HEYNE <

Das Buch

Die schöne Tiffany Warren liebt ihr Leben in der feinen New Yorker Gesellschaft, die Kleider, die Empfänge, den Komfort. Doch jetzt soll sie alles aufgeben, nur weil ihre Mutter Rose sie als Dreijährige mit Hunter Callahan verlobt hatte, um endlich eine Fehde zwischen den Warrens und den Callahans zu beenden. Und kurz darauf war Rose Hals über Kopf mit ihrer Tochter von Montana nach New York geflohen und hatte ihren Mann Frank und ihre drei Söhne auf der Ranch zurückgelassen.
Nun reist Tiffany nach Montana, zu ihrem Verlobten, den sie noch nie gesehen hat. Nur widerwillig ist sie dazu bereit, schließlich endeten in Montana eben erst die Indianerkriege. Tiffany weiß nicht, wovor sie sich mehr fürchtet: Zum ersten Mal auf ihren Vater zu treffen – oder vor der Begegnung mit Hunter. Auf der Zugfahrt lernt sie die junge Jennifer Fleming kennen, die ausgerechnet von Frank Warren als Haushälterin engagiert wurde. Nach einem Überfall auf den Zug kehrt Jennifer allerdings entsetzt in ihre Heimat zurück. Tiffany beschließt kurzerhand, Jennifers Identität anzunehmen, um sowohl ihren Vater als auch ihren Verlobten zunächst aus sicherer Distanz kennenzulernen. Aber da hat sie die Rechnung ohne die beiden verfeindeten Familien gemacht …

»Mit ihrer besonderen Mischung aus Humor und Sinnlichkeit erobert Johanna Lindsey die Herzen ihrer Leserinnen im Sturm.«
Romantic Times

Die Autorin

Johanna Lindsey wächst auf Hawaii auf. Sie heiratet nach der Highschool und hat bereits zwei kleine Kinder zu versorgen, als sie sich zum Schreiben gedrängt fühlt. 1976 veröffentlicht sie ihren ersten Roman. Heute ist sie eine der erfolgreichsten Autorinnen historischer Liebesromane. Weltweit hat sie über 60 Millionen Exemplare ihrer Bücher verkauft, die nicht selten die ersten Plätze der Bestsellerliste der *New York Times* erreichen. Johanna Lindsey schreibt und lebt mit ihrer Familie in New Hampshire.

Lieferbare Titel

978-3-453-81098-3 - Gefangener des Herzens
978-3-453-40677-3 - Die ungehorsame Braut
978-3-453-77257-1 - Der geheimnisvolle Verführer
978-3-453-49109-0 - Ungezähmte Sehnsucht
978-3-453-40886-9 - Im Taumel der Herzen
978-3-453-40986-6 - Gefechte der Liebe
978-3-453-41046-6 - Wenn die Liebe dich findet

JOHANNA LINDSEY

Zügellose Leidenschaft

Roman

Aus dem Amerikanischen
von Eva Malsch

WILHELM HEYNE VERLAG
MÜNCHEN

Das Original ONE HEART to WIN
erschien bei Gallery Books, a division of
Simon & Schuster, New York

FSC
www.fsc.org
MIX
Papier aus verantwortungsvollen Quellen
FSC® C014496

Verlagsgruppe Random House FSC® N001967
Das für dieses Buch verwendete FSC®-zertifizierte Papier
Holmen Book Cream liefert Holmen Paper, Hallstavik, Schweden.

Printed in Germany 2014
Umschlaggestaltung: Nele Schütz Design, München,
unter Verwendung eines Motivs von © Franko Accornero
Satz: IBV Satz- und Datentechnik GmbH, Berlin
Druck und Bindung: GGP Media GmbH, Pößneck
ISBN: 978-3-453-41782-3

www.heyne.de

Kapitel 1

Rose Warren hörte auf zu weinen, bevor ihre Tochter die Vordertür des Sandsteinhauses öffnete. Tiffany sollte sie nicht in diesem Zustand sehen. Doch sie konnte nicht aus ihren Gedanken verbannen, was die Tränen ausgelöst hatte – jene beklemmenden Worte.

Komm mit ihr zu mir, Rose. Fünfzehn Jahre ist es her. Hast du uns nicht lange genug gequält?

Normalerweise ließ sie ihre Tochter, die letzten Monat achtzehn geworden war, Franklin Warrens Briefe lesen. Zumeist eher unpersönlich, mussten sie nicht verheimlicht werden. Doch diesmal war es anders. Sobald Rose die Stimme des Mädchens im Flur hörte, zerknüllte sie den Brief in der Faust und steckte ihn in ihre Rocktasche. Den wahren Grund, warum die Eltern nicht zusammenlebten, kannte Tiffany nicht. Und Frank wusste nicht einmal, warum Rose ihn hatte verlassen müssen. Nach all den Jahren wäre es am besten, wenn es dabei bliebe.

»Bitte komm zu mir ins Wohnzimmer, Tiffany!«, rief sie, bevor ihre Tochter nach oben gehen konnte.

Als Tiffany den Raum betrat, nahm sie ihren Hut ab. Das Nachmittagssonnenlicht schimmerte auf ihrem rotblonden Haar. Dann löste sie das kurze dünne Cape von ihren Schultern. Für einen Mantel war das Wetter zu warm. Trotzdem musste eine Dame in New York City respektabel gekleidet sein, wenn sie das Haus verließ. Rose musterte sie und wurde wieder einmal daran erinnert, dass ihr kleiner Liebling gar nicht mehr so klein war.

Seit Tiffanys achtzehntem Geburtstag betete Rose unentwegt, das Kind möge nicht mehr wachsen. Schon jetzt maß ihre Tochter einsdreiundsiebzig und beklagte sich oft darüber. Diese Größe hatte sie von Franklin geerbt, ebenso wie die smaragdgrünen Augen. Doch das wusste sie nicht. Den zarten Knochenbau und die schönen, fein gezeichneten Züge verdankte sie ihrer Mutter, das rote Haar nur teilweise, denn es wies kupferfarbene Glanzlichter auf, im Gegensatz zu Roses dunkleren Locken.

»Ich habe einen Brief von deinem Vater bekommen.«

Keine Antwort.

Wie gleichgültig Tiffany ihrem Vater gegenüberstand, brach Rose fast das Herz. Früher hatte sich ihre Tochter immer wahnsinnig über Franks Briefe gefreut. Natürlich erinnerte sie sich nicht an ihn, denn als sie Nashart, Montana, mit ihrer Mutter verlassen hatte, war sie noch zu klein gewesen. Rose wusste, sie hätte Begegnungen zwischen den beiden erlauben sollen. Frank war so großzügig gewesen – er hatte die Jungs regelmäßig zu ihr geschickt. Vermutlich nur, damit sie sich schuldig fühlte, weil sie Tiffany nicht gestattete, ihn zu besuchen. Sie hatte befürchtet, er würde das Kind nicht zu ihr zurückschicken. Keine grundlose Angst, sondern ihr schlimmster Albtraum. In seinem Zorn hatte Frank mehrmals verkündet, er würde das Mädchen bei sich behalten. So viel hatte er ihr angedroht, um sein Ziel zu erreichen – die Wiedervereinigung seiner Familie. Und sie konnte es ihm nicht einmal verübeln. Doch es durfte nicht geschehen. Unmöglich!

Und nun wurde Rose mit ihrer schlimmsten Angst konfrontiert. *Wenn Tiffany nach Montana reist, werde ich sie nie wiedersehen …*

Hätte sie den Verlobten ihrer Tochter doch bloß aufgefordert, nach New York zu kommen! Doch damit hätte Rose den Bogen überspannt. Fünfzehn Jahre lang hatte Frank ihre Wünsche akzeptiert und sich ferngehalten. Und sie hatte ihm versprochen, dass Tiffany von diesem Jahr an wieder unter seinem Dach leben würde. Reinen Gewissens konnte sie keinen Keil mehr zwischen die beiden treiben.

Tiffany blieb vor ihr stehen und streckte eine Hand nach dem Brief aus. Aber Rose zeigte zum Sofa. »Setz dich.«

Achselzuckend nahm Tiffany ihr gegenüber Platz und hob die Brauen, weil ihr der Brief vorenthalten wurde. Das Wohnzimmer war sehr geräumig, so wie das ganze Haus. Rose entstammte dem alten Geldadel, und inzwischen verfügte sie über das gesamte Familienvermögen. Als sie mit ihrer dreijährigen Tochter aus Montana heimgekehrt war, hatte sich ihre Mutter gerade von einer langwierigen Krankheit erholt. Daran hatte sie in Roses fünfjähriger Abwesenheit ständig gelitten. Vier Jahre später war sie gestorben. Wenigstens hatte Tiffany ihre Großmutter noch kennengelernt.

Für Rose war das eine schmerzliche Zeit gewesen. Sie hatte ihren Ehemann und die drei Söhne aufgeben müssen und dann auch noch die Mutter verloren. Ihr Vater war viel früher gestorben. Wahrscheinlich wäre sie vor Verzweiflung verrückt geworden, hätte sie auch noch auf Tiffany verzichten müssen. Und jetzt war es so weit.

»Ist es wieder einmal Zeit für das grandiose Gespräch?«, fragte das Mädchen gelangweilt.

»Seit deinem achtzehnten Geburtstag bist du ziemlich frech geworden«, betonte Rose.

»Wenn du diesen Groll, der an mir nagt, so nennen willst, dann ist's eben Frechheit.«

»Tiffany …«

»Ich will nicht nach Montana fahren, Mama. Falls es deshalb böses Blut gibt, kümmert's mich nicht. Und wenn ich meine drei Brüder nie wiedersehe, ist es mir genauso egal. Außerdem weigere ich mich, jemanden zu heiraten, den ich noch nie gesehen habe.« Herausfordernd reckte Tiffany das Kinn hoch und verschränkte die Arme. »So! Endlich habe ich's gesagt!«

»Da bin ich ganz deiner Meinung.«

Verblüfft riss Tiffany die Augen auf, dann seufzte sie erleichtert. »Vielen Dank! Oh, du ahnst nicht, wie verzweifelt ich war, weil ich …«

»Lass mich erst einmal ausreden. Natürlich musst du keinen Mann heiraten, den du nicht kennst. Du wirst ihn in Montana treffen und einige Monate Zeit finden, um ihn kennenzulernen. Wenn du ihn danach nicht magst, kannst du die Verlobung lösen und heimkehren, bevor sich das Wetter verschlechtert. Das verspreche ich dir, Tiffany.«

»Großer Gott, warum hast du mir nie gesagt, dass die Entscheidung bei mir liegt? Ich dürfte die Ehe ablehnen, die du mit meinem Vater für mich arrangiert hast, als ich noch ein Baby war?«

»Das verschwieg ich dir, weil ich hoffte, du würdest die Verpflichtung ernst nehmen, dich an den Gedanken gewöhnen und dich vielleicht sogar auf die Hochzeit freuen.«

»Aber Montana ist noch gar nicht zivilisiert!«

»Können wir dieses Gespräch bitte ohne Geschrei führen?« Lächelnd fügte Rose hinzu: »So unzivilisiert, wie du glaubst, ist Montana gar nicht. Ich dachte, davon hätten deine Brüder dich überzeugt. Und ich habe niemals eine schönere Landschaft gesehen. Vielleicht wird es dir dort gefallen.«

»*Hier* gefällt es mir – wo ich aufgewachsen bin, wo du lebst, wo meine Freunde und Freundinnen wohnen«, murmelte Tiffany. Etwas lauter fuhr sie fort: »Wo die Männer keine Waffen an den Hüften tragen, weil man in dieser Stadt nicht dauernd auf irgendwas schießen muss – Menschen inklusive. Wie konntest du diesem Arrangement nur jemals zustimmen, Mama?«

»Ich schlug es sogar vor.« Das hatte Rose ihrer Tochter noch nie gestanden, und als sie jetzt das ungläubige Staunen in den großen smaragdgrünen Augen las, wünschte sie, es gäbe einen anderen Weg, das alles zu erklären. Doch es gab keinen.

»Also wirfst du mich den Wölfen zum Fraß vor?«

»Um Himmels willen, Tiff, sei doch nicht so melodramatisch! Ich sah keine andere Möglichkeit, die Fehde zwischen den Callahans und den Warrens zu beenden. Wegen dieses Landstreifens mit der Wasserquelle zwischen den beiden Grundstücken fing es gar nicht an. Aber beide Parteien benutzten ihn, um diesen Streit beizubehalten, indem jede das bisschen Land für sich beansprucht. Noch nie ist mir so viel Sturheit untergekommen, auf beiden Seiten. Jedes Mal, wenn sie sich gleichzeitig der Wasserquelle nähern, krachen Schüsse. Und falls Rinder die Grenze überqueren, werden sie nicht immer zurückerstattet, was zu neuen Schusswechseln führt. Deine Ehe mit Hunter Callahan soll diese Fehde endlich aus der Welt schaffen.«

»Also opferst du deine Tochter, um eine Fehde zu beenden, die du gar nicht angefangen hast?«

Rose seufzte ärgerlich. »Nur zu deiner Information, junge Dame – Zachary Callahan gehört zu den attraktivsten Männern, die mir je begegnet sind. Zweifellos sehen seine Söhne genauso gut aus, weil er mit einer bildhübschen Frau verheiratet ist. Ich kam gar nicht auf den Gedanken, ich könnte dich *opfern*, und nahm an, du würdest dich über einen so wundervollen Ehemann freuen. Aber dann, als Außenseiterin, sah ich die Sache etwas anders. Sicher, die Rancher waren aggressiv und besitzergreifend. Doch das ist in dieser Gegend nicht ungewöhnlich. Frank und Zacharias waren einfach zwei willensstarke Männer, nicht bereit, auch nur einen Zentimeter nachzugeben. So begann das Unheil, und die Wasserquelle an der Grenze zwischen den beiden Ranches schürte den Streit nur. Aber ich halte die Callahans nicht für schlechte Menschen. Mag Zachary auch ein fanatischer Rinderzüchter und kämpferischer Geschäftsmann sein – angeblich ist er ein treuer Ehemann und guter Vater. Und das sagt sehr viel über eine Familie aus.«

»An dir war es nicht, die Fehde zu beenden, Mama. Warum hast du es trotzdem versucht?«

Mit dem Grauen, das Rose damals erlebt hatte, wollte sie Tiffany nicht belasten. Wegen der häufigen Schießereien hatte sie befürchtet, die nächste Kugel würde eines ihrer Kinder treffen. Und so war sie auf den einfachen Gedanken gekommen, die Fehde mit einer Heirat zu beenden. Das hatte sie Frank vorgeschlagen, ohne zu ahnen, wie bald sie Montana zusammen mit ihrer Tochter verlassen würde. Sie hatte geglaubt, Tiffany und Hunter würden gemeinsam aufwachsen, Freundschaft schließen und sich dann auf ganz natürliche Art ineinander verlieben.

Nun versuchte sie, es mit einfacheren Argumenten zu erklären. »Obwohl ich die Fehde verabscheut habe, ignorierte ich sie bis zu der Nacht, in der dein Vater halb tot nach Hause getragen wurde. Es war keiner von den Callahans, der ihn niedergeschossen hatte, aber einer ihrer Cowboys. Seltsamerweise ergreifen im Westen auch die Angestellten Partei, und einige halten sich nicht immer an ihre Befehle. Dein Vater wäre fast gestorben. In meiner Verzweiflung wollte ich das Ganze ein für allemal beenden, und dafür war mir jedes Mittel recht. Durch die Verlobung habe ich es geschafft. Seither herrscht der Waffenstillstand, den ich immer ersehnt hatte. Deine Brüder wuchsen auf, ohne dass ihnen jedes Mal, wenn sie auf die Weide ritten, Kugeln um die Ohren flogen.«

Atemlos wartete sie auf Tiffanys Reaktion. Was sie ihrer Tochter erzählt hatte, war keine Lüge, sondern nur ein Teil der Wahrheit. Doch daran hatten alle geglaubt, als Frank niedergeschossen worden war. Allerdings arbeitete der Schütze nicht für die Callahans, sondern für einen anderen Boss, der skrupellos die Fäden zog. Als sie das herausfand und begriff, dass sie den wahren Schuldigen nicht würde anklagen können, musste sie Frank an einem Rachefeldzug hindern. Wieder empfahl sie ihm, den Waffenstillstand durch eine Verlobung herbeizuführen, und betonte, dadurch würde die sinnlose Fehde ganz gewiss ein Ende finden. Und diesmal hatte sie darauf bestanden.

Nur sie allein wusste, was in jener Nacht wirklich geschehen war – und warum. Und es sollte niemand erfahren. Falls Tiffany eine arrangierte Ehe akzeptierte, würde sie zwei benachbarte Familien retten, die zu borniert waren, um Wasserrechte zu teilen, und stattdessen darum kämpften. Aber Rose würde ihre Tochter nicht zur Lösung eines Problems zwingen, das seit Generationen existierte, sondern sie nur bitten, Montana und Hunter Callahan eine Chance zu geben.

Glücklicherweise wirkte Tiffany eher neugierig als wütend. »Und was passiert, wenn ich die Heirat ablehne? Bringen sie sich dann gegenseitig um?«

Rose zuckte zusammen. »Das weiß ich nicht. Ich hoffe, sie

haben während der Waffenruhe in diesen fünfzehn Jahren begriffen, wie sinnlos es war, einen Kampf fortzusetzen, den ihre Großväter begonnen hatten und der sie selbst gar nichts angeht.«

»Wieso hat denn das alles angefangen?«

»Das weiß ich nicht genau. Vermutlich ging es um eine Hochzeit, die zu einer Schießerei ausartete.«

»Also sollten die beiden Familien schon vor zwei Generationen durch eine Heirat verbunden werden?«

»Offenbar schon.«

»Dann steht dein Plan, es erneut zu versuchen, unter keinem guten Stern, und meine Hochzeit sollte nicht stattfinden.«

Rose warf ihrer Tochter einen strengen Blick zu. »Willst du den Mann nicht wenigstens kennenlernen und ihm unvoreingenommen begegnen? Er könnte dich sehr glücklich machen.«

Tiffany dachte eine Weile nach, bevor sie antwortete: »Da ich jetzt weiß, dass ich ihn nicht heiraten muss, könnte ich die Sache aus einer anderen Perspektive betrachten. Zwei Monate Sommerferien in einem anderen Teil des Landes … Wann reisen wir ab?«

»Ich fahre nicht mit dir, das heißt – nur bis Chicago. Dort werde ich abwarten, ob du dich für oder gegen die Heirat entscheidest.«

Enttäuscht ließ Tiffany die Schultern hängen. »Warum machst du dir überhaupt die Mühe dieser Reise – wenn du ohnehin nicht bis zum Ziel mitkommst?«

»Weil ich in deiner Nähe sein will – falls du mich brauchst. Mittlerweile führt die Bahnlinie bis Nashart, also liegt Chicago nicht allzu weit von Montana entfernt. Natürlich wird Anna dich begleiten. Und ich habe einen pensionierten US-

Marshall engagiert, der bringt dich direkt zur Tür deines Vaters.« Wenn Tiffany wegen der bevorstehenden Trennung noch lange so todtraurig dreinschaute, würde Rose wieder anfangen zu weinen. »Freust du dich denn kein bisschen auf die Reise?«

»Nein«, erwiderte Tiffany tonlos und stand auf

»Aber – das Wiedersehen mit deinem Vater…«

»Ein *Wieder*sehen?«, fauchte Tiffany. »Ich erinnere mich nicht an ihn. Dafür habt ihr beide gesorgt. Ich will ehrlich sein, Mama. Ich würde das alles lieber hinter mich bringen, ohne Franklin Warren zu treffen.«

»Tiffany!«

»Zähl nicht schon wieder all die Gründe auf, warum er mich nicht besuchen konnte. Hätte er mich sehen wollen, wäre es möglich gewesen. Jetzt ist es, was mich betrifft, zu spät.«

Bevor Tiffany aus dem Zimmer stürmte, sah Rose Tränen in den grünen Augen glänzen. O Gott, was hatte sie den Menschen angetan, die sie am meisten liebte?

Kapitel 2

Tiffany hasste es, mit ihrer Mutter zu streiten. Darunter litt sie so sehr, dass sich ihre Kehle immer noch schmerzhaft verengte, als sie an diesem Abend zum Dinner hinunterging.

Aber Rose schaute sie nur kurz an und verstand den Aufruhr der Gefühle, breitete die Arme aus, und Tiffany warf sich hinein. Dann mussten beide lachen, weil das Mädchen überdurchschnittlich groß war und sich hinabbeugen musste, um der mütterlichen Zärtlichkeit zu begegnen.

Einen Arm um Tiffanys Taille gelegt, führte Rose ihre Tochter ins Esszimmer. Im Warren-Haushalt wurde immer formell diniert, auch wenn keine Gäste erschienen.

An Tiffanys korallenrotem Abendkleid funkelten elfenbeinweiße Pailletten am gerade geschnittenen Dekolleté. Rose trug Dunkelblau mit schwarzer Spitze, aber ihr kastanienrotes Haar milderte die strengen Farben. Nur einer der vier Warren-Brüder besaß das gleiche dunkelrote Haar – Roy, der drittälteste. Die beiden anderen Jungen waren blond wie der Vater, und Tiffanys rotgoldene Locken vereinten die Haarfarben beider Eltern.

»Reden wir nicht mehr darüber, bis es an der Zeit ist, unsere Sachen zu packen«, schlug Rose vor, während sie an einem Ende der langen Tafel Platz nahmen.

»Doch, Mama, über das alles sollten wir sprechen. Ursprünglich wollte ich nicht nach Montana fahren. Nachdem ich mich anders besonnen habe, muss ich dir ein paar Fragen stellen. Sie sind längst überfällig.«

Vielleicht hätte Tiffany nicht betonen sollen, wie lange ihr die Wahrheit vorenthalten worden war. Kurz glitt ein Schatten über das Gesicht ihrer Mutter, bevor sie lächelte. »Natürlich.«

»Der Transcontinental Express durchquert das Land bis nach Kalifornien in der Rekordzeit von vier Tagen, und Chicago liegt näher bei New York. So sehr ich deine Begleitung auch zu schätzen weiß – warum willst du wirklich in Chicago bleiben, statt heimzukehren und meine Entscheidung zu der Heirat hier abzuwarten?

»Darüber zerbrichst du dir also den Kopf?«

Tiffany kicherte. »Nein, ich finde nur – wenn du schon so weit fährst, könntest du mir genauso gut bis Nashart Gesellschaft leisten. Warum möchtest du zwei Monate in einem Hotel verbringen, obwohl du …«

»Chicago ist die nächste große Stadt, die mir den gewohnten Komfort bietet.«

»Schön und gut, aber gibt es denn in Nashart kein Hotel?«

»Bei meinem letzten Besuch musste ich mich mit einer Pension begnügen. Vielleicht würde ich mittlerweile ein Hotel finden. Aber in einer so kleinen Stadt könnte ich mich nicht verstecken. Zu viele Leute würden sich an mich erinnern, Frank würde von meiner Anwesenheit erfahren und Türen eintreten.«

Ungläubig starrte Tiffany ihre Mutter an. »Türen eintreten? Jetzt übertreibst du, nicht wahr?«

»Nein.«

»Wenn das stimmt – warum kommt er nicht hierher und tritt *unsere* Tür ein?« Tiffanys Stimme nahm einen verärgerten Klang an, was ihre Mama glücklicherweise nicht zu bemerken schien.

»Weil ich ihn dann hinter Gitter bringen würde. Das weiß er.« Angewidert fügte Rose hinzu: »In Nashart würde niemand auch nur mit der Wimper zucken, wenn sich jemand so rüpelhaft aufführt.«

»Wieso würde man das akzeptieren?«

»Ich bin nach wie vor seine Frau. Und das wissen alle.«

»Warum seid ihr eigentlich immer noch verheiratet, Mama?«

Jahrelang hatte diese Frage, die Tiffany am meisten interessierte, die Atmosphäre überschattet – und war nie zufriedenstellend beantwortet worden. Ihre Eltern lebten seit fünfzehn Jahren getrennt, ließen sich aber nicht scheiden. Deshalb konnten sie kein zweites Mal heiraten. Und Rose war nicht nur immer noch eine schöne Frau, sie war zudem noch nicht einmal vierzig.

Franklin Callahan hatte sie bei einem Besuch ihrer inzwischen verstorbenen Großtante in Chicago kennengelernt. An ihrem letzten Abend in der Stadt ging sie zu einer Dinnerparty, die ein Freund ihrer Tante gab – ein Anwalt, den Frank für Verhandlungen um den Kauf einiger Rinder engagiert hatte. Wegen dieses Geschäfts war er nach Chicago gekommen.

Den ganzen Abend unterhielt er sich nur mit Rose. Impulsiv stieg er am nächsten Tag zu ihr in den Zug und begleitete sie nach New York, wo er sie so zielstrebig umwarb, dass sie kaum wusste, wie ihr geschah. Einen Monat später hatten sie geheiratet. Das war alles, was Tiffany über die Ehe ihrer Eltern wusste.

Da Rose nicht antwortete, fügte Tiffany vorwurfsvoll hinzu: »Ich dachte, wenn ich achtzehn bin, würdest du mir endlich erzählen, warum ich hier bei dir aufgewachsen bin und meine Brüder bei unserem Vater in Montana leben.«

»Da gibt es nicht viel zu erzählen«, entgegnete Rose ausweichend und begann ihre Suppe zu essen, die soeben serviert worden war. »Dein Vater und ich passten nicht zueinander.«

»Immerhin habt ihr lange genug zueinander gepasst, um zu heiraten und vier Kinder zu bekommen.«

»Sei nicht so frech!«

Zerknirscht zuckte Tiffany zusammen. »Tut mir leid, das hätte ich nicht sagen dürfen. Aber – bitte, Mama, ich bin alt genug, um die Wahrheit zu hören. Und die würde ich gern erfahren, bevor ich meinen Vater treffe.«

Rose aß weiter. Offenbar wollte sie so tun, als würde dieses Gespräch gar nicht stattfinden. Tiffany hatte ihre Suppe noch nicht angerührt.

Während sie überlegte, ob sie aufbegehren oder sich in ihr Schicksal fügen sollte, begann ihre Mutter endlich zu sprechen.

»Wir haben zu schnell geheiratet, Tiff. Bevor wir merkten, wie wenig wir gemeinsam hatten. Und dein Vater warnte mich nicht vor dieser Fehde, die sich so nachhaltig auf unser Leben auswirken sollte. Trotzdem versuchte ich, unsere Ehe zu retten, weil ich ihn liebte.«

Und sie liebt ihn immer noch, erriet Tiffany. Doch das sagte sie nicht. Nach wie vor wich Rose der Frage aus. Die Behauptung, sie habe nichts mit Frank gemeinsam, war nur eine Ausrede, damit sie nicht erklären musste, warum sie ihren Mann wirklich verlassen hatte.

»Ich hätte mich von deinem Vater scheiden lassen«, fuhr sie fort. »Aber dafür gab es keinen Grund.«

»Meinst du – da war kein anderer Mann?«

»Kein einziger. In all den Jahren nicht. Und ich weiß auch

gar nicht, ob eine Scheidung überhaupt möglich gewesen wäre. Kurz nachdem ich mit dir davongeschlichen war, betonte dein Vater, dass er niemals in eine Scheidung einwilligen würde.«

»Du bist davongeschlichen?«

»Ja, mitten in der Nacht. Deshalb konnte ich am Morgen in die erste Postkutsche steigen und einen Vorsprung vor Frank herausholen. Damals führte noch keine Bahnlinie durch Montana. Zudem erklärte ihm meine Zofe, ich würde mich nicht gut fühlen, und so fand er erst später heraus, dass ich verschwunden war.«

Fasziniert hörte Tiffany zu. Also hatte ihre Mutter heimlich die Flucht ergriffen. Aber wenn Frank erwacht war und sie nicht neben ihm im Bett gelegen hatte …

»Habt ihr denn nicht im selben Zimmer geschlafen?«

»Nein, damals nicht mehr.«

Das Thema trieb kein Blut in Tiffanys Wangen, und sie verstand nicht, warum ihre Mutter plötzlich errötete. Vor ein paar Jahren hatte Mama ihr alles erklärt, was eine Frau über das Eheleben wissen musste, und war dabei kein bisschen rot geworden.

Wenn die Eltern das Bett nicht mehr geteilt hatten, musste die Ehe gescheitert sein, und Tiffanys Frage war mehr oder weniger beantwortet. Rose hatte aufgehört, Franklin zu lieben, zumindest auf diese Weise. Oder er war ein schlechter Ehemann geworden, und sie hatte es nicht ertragen, noch länger mit ihm zusammenzuleben. Das musste Tiffany wissen, bevor sie seine Ranch aufsuchte. Womöglich würde er sie dort festhalten, wenn sie sich weigerte, Hunter Callahan zu heiraten. So wie er versucht hatte, seine Frau an sich zu binden? Sodass sie heimlich weggelaufen war?

Doch sie gönnte ihrer Mutter eine Atempause, ehe sie eine

Antwort auf diese Frage verlangen wollte, denn das Thema schien Rose wirklich zu bedrücken. Außerdem wollte Tiffany hören, wie ihrer Mama die Flucht gelungen war, wenn sie vielleicht selber das Weite suchen musste. »Ist denn ein Pferd nicht schneller als eine Postkutsche?«

»O ja«, bestätigte Rose. »Natürlich wusste ich, dass Frank dem Wagen nachreiten und uns einholen würde. In der ersten Stadt kaufte ich Postkutschenpassagen zum nächsten Bahnhof. Doch die ließen wir verfallen und versteckten uns in der Stadt.«

»An diese Reise erinnere ich mich überhaupt nicht.«

»Kein Wunder, du warst ja erst drei Jahre alt.«

»Also ist mein Vater uns vorausgeritten?«

»Ja, und für meine Nerven war es sehr angenehm, dass ich stets wusste, wo er sich gerade befand. Sonst hätte ich dauernd angstvoll über die Schulter spähen müssen. Ich schickte meiner Mutter ein Telegramm, deshalb konnte sie ihn erwarten und wegschicken. Wegen seiner Hartnäckigkeit musste ich mich mit dir woanders einquartieren, statt zu Hause zu wohnen. An den ersten beiden Tage schlief er nicht, stand drüben auf der anderen Straßenseite und wartete ab, ob wir auftauchen würden. Drei Monate blieb er in New York und hämmerte täglich an unsere Haustür. Einmal verschaffte er sich sogar gewaltsam Zutritt.«

»Als wir schon hier waren?«

»Nein, ich wollte erst in unser Haus übersiedeln, wenn er die Stadt verlassen hatte. Ich wohnte mit dir bei einer alten Schulfreundin, hier in der Nähe. Natürlich war Mama wütend, weil dein Vater unsere Heimkehr schon so lange verhinderte. Und sie geriet in noch helleren Zorn, weil er sich eines Tages einfach am Butler vorbeidrängte und das Haus von oben bis unten durchsuchte. Sie ließ ihn verhaften und eine Woche im Gefängnis schmoren, bis ich sie bat, die Anklage zurückzuziehen. Dann trat er endlich die Heimreise nach Montana an.«

»Vielleicht lehnt er die Scheidung ab, weil er immer noch hofft, du würdest zu ihm zurückkommen.«

»O ja. Ganz egal, was ich ihm geschrieben oder wie schmerzlich ich ihn verletzt habe – er nimmt an, ich würde irgendwann wieder mit ihm zusammenleben. Davon ist er fest überzeugt.«

»Und wirst du's tun?«

Rose starrte auf den Tisch hinab. »Nein.«

»Glaubst du nicht, dein Verzicht auf die Scheidung hat falsche Hoffnungen in ihm geweckt? Nach so langer Zeit wäre er vermutlich zu einer endgültigen Trennung bereit.«

»Keine Ahnung. Er kündigte an, dass er als mein Ehemann ins Grab sinken wird. Ob er es ernst meint, weiß ich nicht. Wie ich bereits erwähnt habe – ich sah keinen Grund, das herauszufinden.«

»Ihr schreibt euch regelmäßig«, wandte Tiffany ungläubig ein. »Warum hast du ihn nicht einfach danach gefragt?«

»In dieser Korrespondenz geht es nicht um unsere Beziehung.« Rose lächelte wehmütig. »Jetzt nicht mehr. Anfangs war Frank außer sich vor Zorn, weil ich heimlich abgereist war, dann unglücklich, weil ich eine Rückkehr nach Montana ablehnte, und schließlich wieder wütend. Immer wieder warf er mir brieflich mein Verhalten vor, bis ich ein Jahr lang nicht antwortete. Danach schrieb ich ihm, du würdest seine Briefe lesen. Seither beschränkt er sich auf Informationen, die dich und deine Brüder betreffen, und neutrale Themen.«

Alle Briefe, die Tiffany zu lesen bekam, waren in freundlichem, manchmal sogar scherzhaftem Ton abgefasst, was auf den Humor ihres Vaters hinwies. Aber er erzählte immer nur von der Ranch, ihren Brüdern und Leuten, die sie nicht kannte, von seinen Freunden und Freundinnen ihrer Mutter. Wahrscheinlich würde sie diesen Menschen begegnen, wenn sie nach Montana fuhr.

In keinem einzigen Brief hatte er sich an sie persönlich gewandt und immer nur geschrieben: *Liebe Grüße an Tiffany.* Sie allerdings hatte den Briefen ihrer Mutter immer ein paar Zeilen hinzugefügt. Sie hatte geschildert, wie sie zusammen mit ihrer besten Freundin Margery Eislaufen gelernt habe, wie das Eis unter ihr gebrochen und sie in den kalten Teich gefallen war. Das habe niemand außer ihr selbst komisch gefunden, fügte sie hinzu. Oder sie berichtete von David, einem Jungen, der in der Nachbarschaft wohnte, und gestand, sie fühle sich elend, weil sie ihm versehentlich die Nase gebrochen habe. Aber er habe ihr verziehen, und sie seien wieder Freunde. Auch das Kätzchen erwähnte sie, das sie gefunden und verloren und wochenlang zusammen mit Mama gesucht hatte.

Sehr viel vertraute sie ihrem Vater in diesen Briefen an – bis sie ihm allmählich immer mehr verübelte, dass er sie nie besuchte, kein einziges Mal. Ihr Groll wuchs – insbesondere, seit ihre Brüder das Haus in New York regelmäßig besuchten. Und das regelmäßig ohne den Vater. Jedes Mal stand Tiffany vor der Haustür, starrte die Kutsche an und hoffte, nach den Jungs würde auch er aussteigen. Doch es geschah nie, und der Wagen fuhr immer einfach davon. Leer. Bald fühlte sich auch ihr Herz so an, wann immer sie an Franklin Warren dachte. Leer.

Sie hatte aufgehört, in der Haustür zu stehen, das Herz voller Hoffnung, die Augen voller Tränen. Dann hatte sie auch Franks Briefe nicht mehr gelesen und Mamas Briefen nichts mehr hinzugefügt. Damals mochte sie neun oder zehn Jahre alt gewesen sein, sie erinnerte sich nicht genau. Aber sie hatte vorgegeben, die Briefe zu lesen, damit ihre Mutter nicht merkte, wie weh das Desinteresse des Vaters tat.

Für Tiffany war das die einzige Möglichkeit, sich gegen den seelischen Schmerz abzuschirmen. Sie verbannte Franklin Warren aus ihren Gedanken, bis sie einen Brief von einem ihrer Brüder erhielt, der ihr erklärte, wie sehr sie alle den Vater lieben würden. Noch bevor sie die letzten Zeilen gelesen hatte, waren auch schon die Tränen geflossen.

Was sie empfand, wussten die Jungs nicht. Unbefangen sprachen sie von ihrem Vater, wann immer sie zu Besuch nach New York kamen. Natürlich liebten sie ihn – *sie* hatte er ja auch nicht im Stich gelassen, so wie seine Tochter. Sie merkten nicht, dass sie kaum zuhörte, wenn sie von ihm schwärmten. Manchmal fiel sie ihnen ins Wort, um ein angenehmeres Thema anzuschneiden. Und es war immer so qualvoll, wenn sie abreisten und zu Frank zurückkehrten. So wunderbar hatte sie sich stets mit ihnen amüsiert, bei aufregenden Spielen oder wenn sie durch den Park geritten waren. Als wären sie eine richtige Familie.

Doch das waren sie nicht, was jedes Mal, wenn sie sich verabschiedeten und nach Hause fuhren, erneut bewiesen wurde.

»Hast du mich belogen, Mama? Hasst du ihn etwa?«

»Das wäre übertrieben ausgedrückt«, erwiderte Rose. »Gewiss, er kann einen zur Weißglut treiben, und seine Sturheit gleicht meiner eigenen. Er besaß jene Art von Arroganz, die eine Familie vermutlich entwickelt, wenn sie aus dem Nichts ein Imperium erschafft. Geradezu verbissen bekämpfte er seine Nachbarn, und ich gewann den Eindruck, er würde den Konflikt sogar genießen. An manchen Tagen hatte ich solche Angst, dass ich mich nicht aus dem Haus wagte. Aber Frank meinte, ich dürfe mir deswegen nicht den hübschen Kopf zerbrechen. Wie schmerzhaft das alles an meinen Nerven zerrte, kannst du dir gar nicht vorstellen. Mein Zorn wuchs, und schließlich wäre ich am liebsten zu den Callahans geritten, um sie alle zu erschießen. Vielleicht wär's sogar dazu gekommen – hätte ich gewusst, wie man mit einem Gewehr umgeht. Nein, ich hasste ihn nicht. Aber ich konnte nicht mehr mit ihm zusammenleben.«

»Warum nicht? Willst du's mir verraten?«

»Das habe ich doch …«

»Nein!«, widersprach Tiffany und versuchte, den Grund zu erraten. »Er hat dich betrogen, nicht wahr?«

»Tiffany!«

»Sag ja! Es wäre das Einzige, was einen Sinn ergäbe.«

»Aber es stimmt nicht. Die Wahrheit ist ganz einfach – zwei Menschen konnten nicht mehr einvernehmlich unter demselben Dach wohnen. Und weil ich Frank sehr liebte, verließ ich ihn, damit er jemand anderen finden konnte.«

Deutete Rose im selben Atemzug an, sie habe ihn zu sehr geliebt? Was mochte so schrecklich sein, dass sie so viele Ausreden benutzte, um die Wahrheit zu verschleiern? Jedenfalls klangen sie alle falsch.

Tiffany versuchte noch einmal zu raten. »Oder du hast einen anderen gefunden, und es hat nicht geklappt?«

»Hör auf, Tiff!«, mahnte Rose. »Es gab keinen anderen Mann. Und keine andere Frau für Frank. Es war eine Tragödie. Das ist es noch immer. Warum zwingst du mich, das alles noch einmal durchleben?«

Dies war die einzige Frage, die ihrer Tochter den Wind aus den Segeln nehmen würde, wie Rose wusste. Und Tiffany gab tatsächlich klein bei. So sehr liebte sie ihre Mutter.

Doch sie hatte zu lange mit der Kränkung gelebt, die der

Vater ihr antat. Nun würde sie ihm begegnen, und sie fürchtete, das Seelenleid würde sich in bitteren Vorwürfen entladen. Ihre Mutter hasste ihn nicht. Aber was sie selbst empfand, musste Hass sein – ein zu starkes Gefühl , um etwas anderes sein zu können.

O Gott, sie hatte ihr Herz mit einem Panzer aus Eis umgeben und sich eingeredet, das Desinteresse des Vaters sei ihr egal. Und plötzlich kehrte der Schmerz zurück, schwoll in ihrer Brust an, und sie fühlte sich wieder wie das kleine Mädchen, das vor der Haustür gestanden und einen leeren Wagen angestarrt hatte.

»Verzeih mir, Mama«, bat sie, »ich hatte gehofft, du würdest mir einen Grund nennen, warum ich meinen Vater nicht hassen sollte. Das hast du versäumt. Ich werde nach Montana fahren und die Verpflichtung erfüllen, die du eingegangen bist. Aber ich will ihn ebenso wenig sehen wie du.«

Diesmal schrie sie nicht. *Offenbar keine Hysterie,* erkannte ihre Mutter, *sie meint es ernst.*

»Sicher kann Hunter Callahan mich auch in Nashart umwerben, nicht wahr?«, fügte Tiffany hinzu. »Ich muss nicht auf Papas Ranch wohnen.«

»Und was werden die Callahans denken, wenn du demonstrierst, wie wenig du von deinem Vater hältst? Nicht besonders günstig für das angestrebte Ende der Fehde …«

»Also gut«, murrte Tiffany, »ich werde ihn tolerieren.«

Da brach Rose erstaunlicherweise in Gelächter aus.

»Schätzchen, du wirst dich untadelig benehmen. Immerhin wurdest du zu einer manierlichen jungen Dame erzogen. Und jetzt wechseln wir das verdammte Thema«, fuhr sie ziemlich undamenhaft fort. »Iss deinen Fisch. Wahrscheinlich ist es der letzte, den du für lange Zeit bekommen wirst. Rancher essen Rindfleisch. Nichts anderes.«

Resignierend nickte Tiffany. Warum ihre Eltern sich getrennt hatten, wusste sie noch immer nicht – trotz allem, was Mama gesagt hatte. Den wahren Grund verschwieg sie. Aber vielleicht würde Papa …

Kapitel 3

So sicher war ich mir, ich würde die Reise ertragen«, stöhnte Anna erbost. »Hätte Ihre Mama uns bloß davor gewarnt, dass wir auf dem letzten Teil der Strecke ohne den komfortablen Pullman-Wagen zurechtkommen müssen, den sie gemietet hat!«

Tiffany lächelte ihre Zofe an, die ihr an einem Tisch im Speisewagen gegenübersaß. »Mit dem Pullman-Wagen hat Mama uns verwöhnt. So wie wir beide in diesem Wagen reisen die meisten Leute quer durchs Land.«

Seit vier Jahren war Anna Weston ihre Zofe – blond, mit braunen Augen und fünf Jahre älter als Tiffany. Aber sie wurde oft für jünger gehalten, weil sie einem pausbäckigen Engel glich. Obwohl erst dreiundzwanzig, verfügte sie über mehr Fähigkeiten als die meisten Frauen, die sich ihren Lebensunterhalt verdienen mussten. Sie war sehr gebildet, besaß eine schöne Handschrift, und einer ihrer Brüder hatte ihr beigebracht, wie man Räume nahtlos tapezierte. Von ihrem Vater hatte sie gelernt, Möbel herzustellen und zu reparieren, von ihrer Mutter, drei verschiedene Musikinstrumente zu spielen. Die Agentur, der Anna den angenehmen Arbeitsplatz bei den Warrens verdankte, hatte ihr noch zwei andere Stellungen angeboten – die Positionen einer Gouvernante und einer Lehrerin. Also hatte die Entscheidung bei Anna gelegen.

Das erfuhr Tiffany erst, nachdem die junge Frau den Posten angetreten hatte. Beinahe hätte Anna ihn abgelehnt, weil Tiffany sie beim Bewerbungsgespräch zum Lachen gebracht hatte. Nicht dass Anna humorlos gewesen wäre. Aber sie hielt es für unpassend, einer Arbeitgeberin ihren Humor zu offenbaren. Doch sie war auch praktisch veranlagt, und so nahm sie die Stellung im Warren-Haushalt an, die wesentlich besser bezahlt wurde als die beiden anderen Positionen. Stets penibel auf ihre Professionalität bedacht, weigerte sie sich, Tiffany anders anzureden als »Miss Tiffany«. Das hinderte ihre Herrin nicht an wiederholten Versuchen, Annas steife Förmlichkeit zu lockern. Tiffany sah keinen Grund, warum sie sich nicht anfreunden sollten. Doch nur ganz selten gewann sie den Eindruck, ihre Bemühungen würden zum Erfolg führen.

Aber obwohl Anna sie wahrscheinlich niemals ihre Freundin nennen würde, war sie ihr treu ergeben, eifrig bestrebt, sie zu beschützen, und eine gewissenhafte Anstandsdame. Sobald ein Mann ihre Herrin auch nur ganz kurz anschaute, warf Anna ihm einen vernichtenden Blick zu. Glücklicherweise war sie auch abenteuerlustig – nun ja, zumindest war sie es bis zur Abreise aus Chicago gewesen. Sie hatte sich zur Reise in den »Wilden Westen« bereit erklärt, weil sie gern »etwas mehr von der Welt« sah.

Auch Tiffany wollte verreisen, die große Europatour unternehmen so wie andere junge Damen, oder wenigstens das Cottage ihrer Freundin Margery in Newport aufsuchen, wo sie einen Großteil des letzten Sommers verbracht hatte. Aber ins unzivilisierte Montana wollte sie ganz sicher nicht fahren.

»So unbequem sind die Sitzbänke in diesem Zug gar nicht«, betonte sie, »nur nicht so gut gepolstert. Und hier gibt's einen Speisewagen.«

Da verdüsterte sich Annas Miene erneut, und sie bekundete, die Sitze stellten kein Problem dar. Natürlich nicht. Viel schlimmer fand sie die Hitze, die überfüllten Waggons und den Gestank, den die Menschenmenge verursachte. Auf den Bänken, für drei Personen bestimmt, drängten sich vier oder sogar fünf, außerdem lebhafte Kinder oder schreiende Babys. Darüber hätte sich Tiffany beschwert, wäre die Zofe ihr nicht zuvorgekommen. Und so fiel es Anna schwer, der Situation etwas Positives abzugewinnen. Was für ein Unterschied zum privaten Pullman-Wagen, wo sie sich wie in einem eleganten kleinen Salon gefühlt hatte …

In diesen Zug hätte Rose die beiden niemals steigen lassen, wäre ihr bewusst gewesen, unter welch beklagenswerten Umständen sie weiterreisen würden. Aber all die Farmer waren nicht in Chicago zugestiegen, sondern erst nach der Wisconsin-Grenze. Der Schaffner hatte sich bei den zwei Damen entschuldigt und erklärt, diese zahlreichen Passagiere seien ungewöhnlich. Gewissermaßen müsse der Zug neuerdings als »Einwandererexpress» fungieren. In Montana war soeben ein neues Ackerland eröffnet und im Osten propagiert worden. Nun lockte es Hunderte, vielleicht sogar Tausende in den Westen, die ein neues Leben beginnen wollten. Für die wachsende Bevölkerung von Montana, die dringend Nahrungsmittel und insbesondere Getreide brauchte, war die Ankunft der Farmer natürlich ein Segen. Aber das heillose Gedränge erschwerte den beiden jungen Frauen die lange Fahrt.

»Immerhin hat das Chaos auch einen Vorteil, Anna«, befand Tiffany, während der Lunch serviert wurde. »Wir werden unser Ziel ein paar Tage früher erreichen, weil der Zug nicht mehr in jeder Station hält, um noch mehr Leute einsteigen zu lassen – nur noch, um Vorräte aufzustocken. Und Mama hat gesagt, das Ranchhaus sei groß und schön eingerichtet. Dafür habe sie gesorgt, und sie ist sich sicher, dass wir uns sofort heimisch fühlen werden.«

Nach der Lektüre von Franks letztem Brief hatte ihre Mutter berichtet: »Sie haben schon angefangen, dein Haus auf dem umstrittenen Stück Land zu bauen. Prompt fielen sie wieder übereinander her. Also war es eine trügerische Hoffnung, sie könnten schon vor deiner Hochzeit zusammenarbeiten. Aber so ist dein Vater nun einmal – immer optimistisch.«

Bei diesen Worten hatte ein sanftes Lächeln Roses Miene erhellt und Tiffany an einen Gedanken aus ihrer Kindheit erinnert. Bevor sie verbittert geworden war, hatte sie sich oft ausgemalt, sie würde ihre Eltern wieder zusammenbringen.

Der Kellner stellte zwei Teller auf den Tisch, neigte sich zu Tiffany und flüsterte: »Tut mir leid, Miss. Wegen der langen Warteschlange müssen sämtliche Plätze im Speisewagen besetzt werden, damit wir in der Mittagsstunde alle Mahlzeiten servieren können.«

Nicht zum ersten Mal würden Tiffany und Anna ihren Esstisch mit Fremden teilen. Hätte sich der Zug nicht in einen »Einwandererexpress» verwandelt, würde er an jeder Station halten, und sie könnten Restaurants besuchen. Nun hatten sie während der seltenen Pausen nur knapp zwanzig Minuten Zeit, um sich die Beine zu vertreten. Wenigstens gab es immer noch den Speisewagen, mochte er auch hoffnungslos überfüllt sein.

Verständnisvoll nickte Tiffany dem Kellner zu, und Anna seufzte. Eine junge Frau namens Jennifer, die sie am Vortag kennengelernt hatten, setzte sich kichernd zu ihnen. Blond und recht hübsch, war sie so ähnlich wie Tiffany gekleidet, aber ohne die hochmodische Turnüre, und ihre Garderobe bestand aus viel billigeren Stoffen. Trotzdem schien sie aus einer

Stadt zu stammen, denn die meisten Farmersfrauen trugen verblichenen Kattun. Zudem schien Jennifer allein zu reisen, was Tiffany sehr mutig fand.

Wenig später gesellte sich ein junger Farmer in Arbeitskleidung hinzu, mit einem Hut, den er nicht abnahm. Der überforderte Kellner stellte zwei Teller vor Jennifer und den Neuankömmling auf den Tisch, bevor er in die Küche zurückeilte. Wortlos nickte der Farmer seinen Tischgefährtinnen zu, senkte den Kopf und begann zu essen. Offenbar war es ihm peinlich, mit Frauen beisammenzusitzen, die er nicht kannte. Oder er fürchtete, sie wären schockiert, wenn er sie ansprach.

Umso redseliger war Jennifer. »Wir haben uns ja schon kennengelernt. Und da wir uns wohl noch öfter begegnen werden, sollte ich mich richtig vorstellen. Jennifer Fleming aus Chicago, Haushälterin von Beruf. Meine Agentur schickt mich für ein Jahr nach Nashart. Vielleicht bleibe ich auch länger dort, wenn es mir gefällt.«

Tiffany hielt den Atem an, denn sie erinnerte sich an ein Gespräch mit ihrer Mutter, die der Zofe beim Packen geholfen hatte. »Warum die neuen Kleider, Mama?«, hatte sie gefragt. »Auf einer Ranch werde ich sie nicht brauchen.«

»Oh, doch. In Montana wirst du deine Alltagsroutine nicht ändern. Während meiner Anwesenheit auf der Ranch habe ich deinem Vater eine städtische Lebensweise beigebracht. Und so gewöhnte er sich an ein Haus voller Dienstboten, an Dinnerpartys und die Vorzüge der Zivilisation. Vielleicht hat er es nach meiner Abreise bereut. Aber du musst nur betonen, in welchem Stil du aufgewachsen bist, und er wird sich darauf besinnen – falls er's vergessen hat. Das bezweifle ich, denn in seinem letzten Brief erwähnte er eine Haushälterin aus Chicago, die er einstellen würde, damit du dich heimischer fühlst.«

Papas letzten Brief hatte Tiffany nicht gelesen. Konnte die junge Frau, die jetzt neben ihr im Speisewagen saß, diese Haushälterin sein? Wie viele Haushälterinnen aus Chicago würden denn schon in eine Kleinstadt wie Nashart fahren?

Lächelnd hob Tiffany die Brauen. »Oh, das könnte ein erstaunlicher Zufall sein. Hat mein Vater Sie engagiert? Franklin Warren?«

»Ja, in der Tat!«, rief Jennifer verblüfft. »Eigentlich sollte ich schon auf Mr. Warrens Ranch sein. Doch ich musste erst einmal meine Familie und meinen Verlobten besänftigen. Er wollte, dass ich warte, bis er mich hierher begleiten könnte. Es war *seine* Idee, dass wir unser gemeinsames Leben auf dieser Seite des Kontinents beginnen. Obwohl er Kalifornien vorgezogen hätte, möchte er es mit Montana versuchen, wenn es mir hier gefällt. Natürlich ärgerte er sich, weil ich nicht auf ihn wartete. Aber als die Agentur mir diese Stellung anbot, konnte ich mir die Chance und das phänomenale Gehalt nicht entgehen lassen. Ihr Vater muss steinreich sein, Miss.«

Das wusste Tiffany nicht, und so lächelte sie nur. Anna warf Jennifer einen missbilligenden Blick zu. Ebenso wie ihre Herrin hatte die Zofe schon viele Haushälterinnen gekannt, jedoch noch keine, die so jung und so geschwätzig gewesen wäre wie Miss Fleming. Nun, sie unternahmen alle eine ungewöhnliche Reise in einem heißen, rappelvollen Zug und näherten sich einer kaum zivilisierten Gegend. Vielleicht redete Jennifer nur aus Nervosität so viel. Außerdem arbeitete sie noch nicht und glaubte wahrscheinlich, bevor sie ihren Dienst antrat, wäre es unnötig, der Tochter ihres neuen Herrn professionell und förmlich zu begegnen.

Während sie unentwegt plapperte, schwieg der Farmer, stellte sich nicht einmal vor und schaute auf seinen Teller. Das war ziemlich unpassend, weil er am selben Tisch wie die drei Mädchen saß, auch wenn seine Verlegenheit verständlich war. Trotzdem zeigte Anna ihre Missbilligung, indem sie abwechselnd ihre Herrin und deren Teller ausdrucksvoll anstarrte. Beinahe hätte Tiffany über die Grimassen der Zofe gelacht, aber sie verstand die Botschaft. Hastig beendete sie ihren Lunch, damit sie den Speisewagen verlassen konnten. Sie verabschiedeten sich von Jennifer, die ankündigte, sie würde sie nachmittags in ihrem Waggon besuchen. Dann kehrten sie zu ihren Plätzen zurück, wo sie Thomas Gibbons antrafen, ihren gut bewaffneten Leibwächter.

Bereits jenseits des mittleren Alters, war der pensionierte US Marshall nicht besonders freundlich. Bevor er in Chicago zugestiegen war, hatte Rose nicht viel über ihn erzählt und eigentlich nur erwähnt, er sei ihr von der Pinkerton Agency empfohlen worden, an die sie sich gewandt habe. Für diese Agentur arbeitete er gelegentlich, wenn ein Auftrag ihn in die Nähe der Rocky Mountains führte, wo er früher stationiert gewesen war. Er aß nur zweimal am Tag, morgens und abends. Deshalb hatte er Tiffany und ihre Zofe nicht zum Lunch in den Speisewagen begleitet. Obwohl er seine Pflichten sehr ernst nahm, ließ er die beiden allein durch die Waggons wandern. Aber er stieg mit ihnen aus, wann immer der Zug hielt, und wich ihnen nicht von der Seite, die Hand stets nahe der Waffe an seiner Hüfte.

Erst gegen Abend würden sie die nächste Stadt erreichen, und sie hatten noch nicht gehört, ob sie da Rast machen würden. Die Farmer mussten am nächsten Morgen aussteigen, also würden Tiffany und Anna während ihrer restlichen Reise noch ein paar ruhige, friedliche Stunden genießen.

»Hätten wir bloß gewartet, bis die Warteschlange vor dem Speisewagen verschwunden wäre!«, seufzte die Zofe.

Mr. Gibbons stand auf, damit seine Schützlinge zu den Plätzen am Fenster gehen konnten. Die hatte er ihnen galanterweise überlassen und sich neben den Mittelgang gesetzt, wo er das Getümmel der Leute ertragen musste, die auf dem Weg zum Speisewagen und zurück unsicher durch den schwankenden Zug stolperten.

»Dann hätten wir womöglich zum zweiten Mal kein Essen bekommen«, entgegnete Tiffany und wartete, bis Anna auf den Sitz am Fenster sank. »Mir hat's nichts ausgemacht, den Tisch mit anderen Leuten zu teilen.«

Für die beiden jungen Frauen gehörte es zu den Höhepunkten der Reise, die vorbeiziehende Landschaft zu betrachten, deshalb saßen sie abwechselnd am Fenster. Auch der mittlere Sitz bot eine fast ungehinderte Aussicht, der Fensterplatz allerdings einen besseren Gesamteindruck.

Der Zug hatte den südlichen Teil von Wisconsin durchquert, wo ein Weizenfeld ans andere grenzte. Doch Tiffany hatte die Gespräche einiger Farmer über die allmählich nachlassende Fruchtbarkeit dieses Gebiets gehört, und aus diesem Grund freuten sich so viele auf die Chance eines Neuanfangs in Montana. Natürlich galt das nur für die Männer. Einige Ehefrauen hatte sie weinen sehen, weil sie ihr Zuhause – seit Generationen im Besitz ihrer Familien – aufgeben mussten.

In Minnesota war das Terrain interessanter gewesen, mit vielen schönen Seen und Prärien. Auch dort gab es reichlich Ackerland. Im Vergleich dazu war Dakota eher dünn besiedelt, größtenteils eine Wildnis mit Ebenen. Tiffany hatte Siedler in der Nähe kleiner Erdhäuser gesehen. Und ihren ersten Büffel!

Aber an diesem Morgen hatte sie am Fenster gesessen und etwas beobachtet, das sie beunruhigte: Zwei Männer auf ungesattelten Pferden hatten von einem Hügel aus den vorbeifahrenden Zug angestarrt. Ihre Oberkörper waren nackt gewesen, die langen schwarzen Haare zu Zöpfen geflochten. Mit verdrehtem Hals hatte Tiffany die Reiter gemustert, bis sie aus ihrem Blickfeld verschwunden waren.

Zu dieser Zeit hatte Anna geschlafen, den Kopf auf der Schulter ihrer Herrin. Tiffany hatte sie nicht geweckt, um ihr die Indianer zu zeigen, und die beiden auch nicht erwähnt. Wie ihre Mutter versichert hatte, waren die Indianerkriege in Montana beendet. Vor sechs Jahren hatte die letzte größere Schlacht zu einer Niederlage der Kavallerie geführt. Ein Jahr später hatten die Soldaten die Stämme gejagt und gezwungen, in Reservate außerhalb von Montana zu übersiedeln.

Während sich Tiffany auf dem mittleren Sitz niederließ, hielt der Zug abrupt. Mr. Gibbons stürzte beinahe, bevor er seinen Platz wieder einnehmen konnte. Verwirrt bemerkte sie seine sorgenvolle Miene, die ihrer Zofe nicht auffiel.

»Was ist denn jetzt los?«, rief Anna ärgerlich. »Ich wette, der Zug ist unter diesem Übergewicht zusammengebrochen.«

»Unsinn«, widersprach Tiffany. »Sicher ist da nur irgendwas auf dem Gleis …«

Doch auch diese Vermutung traf nicht zu. Tiffanys Stimme erstarb, als ein Mann im Waggon auftauchte, eine Waffe in der Hand, eine Bandana um die untere Hälfte seines Gesichts geschlungen.

Kapitel 4

Keine hastige Bewegung, verstanden?«

Als der Marshall obszön zu fluchen begann, schnappte Tiffany nach Luft. Anna erstarrte und verstummte – vorerst. Jennifer wurde von einem anderen Räuber in den Waggon gezerrt. Dieser zweite Kerl kam Tiffany irgendwie bekannt vor, doch sie war zu entsetzt und verwirrt, um zu überlegen, woher. Offenbar hatte der Schurke die Haushälterin auf ihrem Weg durch den Zug überfallen. Nun stieß er sie unsanft auf einen freien Sitz. In Tränen aufgelöst, sah die arme Frau völlig verängstigt aus.

Auch Tiffany fühlte sich nicht besonders mutig. Während der erste Schock verebbte, fing sie an zu zittern, ihr Herz raste. Sie wollte aufspringen, konnte sich aber nicht rühren. Anna griff nach der Hand ihrer Herrin. Um ihr Kraft zu spenden oder sich selbst Mut zu machen?

Tiffany versuchte, einen klaren Kopf zu bekommen. Würden die Räuber keine Zeugen am Leben lassen? Nein, sie wollten ihre Opfer nicht töten. Sonst hätten sie ihre Gesichter doch wohl kaum verhüllt, oder? Doch dieser Gedanke tröstete sie nicht allzu sehr und erlöste sie auch nicht von ihrer Lähmung. Nicht einmal die Augen konnte sie schließen.

In hilfloser, panischer Faszination beobachtete sie die Ereignisse. Und da entsann sie sich endlich, warum ihr der zweite

Gauner bekannt vorkam. Diese Kleidung, der formlose Hut … Ja, es war eindeutig der Farmer, der im Speisewagen an ihrem Tisch gesessen hatte! Wahrscheinlich hatte er sich als Farmer getarnt, um zwischen den anderen männlichen Fahrgästen nicht aufzufallen. Kein Wunder, dass er bei der Mahlzeit den Kopf gesenkt und geschwiegen hatte, um die Aufmerksamkeit der drei Frauen nicht auf sich zu lenken. Natürlich wollte er verhindern, dass sie ihn später bei einer polizeilichen Befragung beschreiben konnten. Fühlte er sich sicher, was das betraf?

An diese Hoffnung klammerte sich Tiffany und wünschte inständig, sie alle würden den Überfall überleben und später schildern können.

»Rücken Sie alle Ihre Wertsachen heraus«, befahl der erste Schurke frostig. »Danach verschwinden wir, Ihnen wird nichts passieren. Aber jeder muss uns sein Eigentum aushändigen. Und machen Sie uns nicht weis, Sie würden weder Geld noch Juwelen besitzen. Wenn wir glauben, dass Sie uns zu täuschen versuchen, nehmen wir Ihnen auch die Kleider ab. Falls Sie also nicht splitternackt in der nächsten Stadt ankommen wollen, füllen Sie diesen Sack, und zwar schnell. Aber zuerst legen Sie alle Ihre Waffen auf den Boden. Sofort!«

Mit dumpfem Aufprall und metallischem Klirren landeten Schießeisen auf dem Holzboden des Mittelgangs. Thomas Gibbons trug zwei Revolver bei sich, lieferte aber nur einen ab. Den anderen schob er unter Tiffanys weiten Rock auf der Sitzbank. Warum er das tat, konnte sie sich inmitten ihrer Furcht und Verwirrung nicht vorstellen.

Die Fahrgäste, die vor ihr saßen, drehten sich um und spähten zum Hintergrund des Waggons. Sie tat es ihnen gleich und entdeckte einen dritten Räuber, der sich durch den Mittelgang näherte. Jedem Passagier hielt er einen Sack hin, einen Revolver in der anderen Hand, um der Forderung Nachdruck zu verleihen. Ein vierter, ebenfalls bewaffneter Bandit bewachte die hintere Tür. Hastig wurden Geldbörsen, Schmuck und Uhren in den Sack geworfen. Mehrere Frauen schluchzten lauthals, ein Baby begann zu schreien, und fast alle Leute zogen die Köpfe ein, um notfalls nicht in die Schusslinie zu geraten.

Nun blieb der Schurke mit dem Sack neben Gibbons stehen. Der Marshall legte ein Bündel Banknoten und eine Uhr zum bereits angehäuften Diebesgut. Noch immer konnte sich Tiffany nicht bewegen. Mit großen Augen erwiderte sie den Blick des Räubers, der auf ihren Beitrag zur Beute wartete. Nicht dass sie Widerstand leisten wollte. Sie hatte kaum Wertsachen bei sich, und auf dieser Fahrt trug sie keine Juwelen. In ihrer kleinen Handtasche steckte nur ein bisschen Geld für unterwegs, einige Münzen waren in ihren Unterrock eingenäht. Nicht viele, denn schon lange vor ihrer Abreise hatte Rose alles, was ihre Tochter brauchen würde, auf die Nashart-Bank überwiesen.

Aber Tiffany konnte sich einfach nicht rühren. Schließlich nahm Thomas Gibbons das Retikül von ihrem Schoß und warf es in den Sack. Annas Täschchen war unsichtbar. Auch sie saß reglos da. Ans Fenster gedrückt, hatte sie sich möglichst weit von dem Gauner entfernt.

Doch der schien sie gar nicht zu bemerken. Stattdessen starrte er immer noch Tiffany an. »Ich hätte gute Lust, Sie mitzunehmen. So ein modisch herausgeputztes, elegantes kleines Ding wie Sie ist vermutlich die wichtigste Kostbarkeit im ganzen Zug.«

Von eisigem Grauen erfasst, glaubte sie, ihr Herz würde stehen bleiben. O Gott, er meinte es ernst! Das las sie in seinen dunklen Augen. Wollte er sie etwa entführen und Lösegeld verlangen?

»Gehen Sie weiter, bringen Sie Ihren Raubzug zu Ende!«, stieß der Marshall hervor. »Das Mädchen ist nicht …«

»Halten Sie den Mund, alter Knabe!«, unterbrach ihn der Outlaw, hob seine Waffe und wollte ihn offenbar damit niederschlagen.

Ohne zu überlegen, sprang Tiffany auf. »Nein!« Verzweifelt und mit aller Macht wollte sie Thomas Gibbons vor einer Verletzung bewahren. Der Marshall war der Einzige, der sie vor einer Entführung retten konnte. Wenn er bewusstlos war, würde er ihr nicht mehr helfen und die Banditen nicht daran hindern können, sie aus dem Waggon zu zerren. Leider hatte sie keine Ahnung, was sie sagen oder tun sollte.

Sobald sie sich erhoben hatte, verbarg ihr Rock den Revolver des Marshalls nicht mehr. Und so zwang sie Gibbons zur Initiative. Mit einer Hand ergriff er die Waffe, mit der anderen drückte er Tiffany auf den Sitz zurück und schoss in den Bauch des Räubers, der den Sack umklammerte. Fast im selben Atemzug streckte er den Mann bei der Tür nieder.

Hinter ihm standen keine Schurken mehr. Blitzschnell fuhr er herum, duckte sich und nutzte die Rückenlehne der vorderen Sitzbank als Schutzschild, während die ersten Kugeln in seine Richtung flogen. Anna hatte Tiffany bereits zu Boden gestoßen und sich schützend über sie geworfen. »Verrückt sind Sie, Miss!«, kreischte sie. »Völlig verrückt!«

Ja, allerdings … Hätte Tiffany auch nur für den Bruchteil einer Sekunde nachgedacht, wäre sie niemals so leichtsinnig gewesen, die Aufmerksamkeit des Räubers wieder auf sich zu lenken. Später würde sie ihre Impulsivität sicher bitter bereuen – falls sie diese Tortur überhaupt überlebte. Unablässig krachten Schüsse. Einige männliche Fahrgäste hatten ihre Pistolen vom Boden aufgehoben. Von Marshall Gibbons inspiriert, feuerten sie auf die Verbrecher.

Das Gesicht auf den Boden gepresst, lag Tiffany zwischen den Sitzbänken, von ihrer hysterisch jammernden Zofe fast erdrückt, und betete um das Ende der Schießerei. *Lieber Gott, ich will nicht sterben …*

Plötzlich herrschte Stille. Nur aus der Ferne drang noch das Geräusch von Schüssen heran.

Dann hörte sie Gelächter und eine Männerstimme. »Gute Arbeit, Jungs! Alle vier tot! Aber es ist noch nicht vorbei. Der Maschinist sah einen Räuber mit acht Pferden am Zügel zum Zug laufen und konnte die Tiere glücklicherweise mit einem gezielten Schuss auseinandertreiben. Jetzt haben die Diebe nur mehr den Wagen, der die Beute abtransportieren soll. Nach der Anzahl der Pferde zu schließen, halten sich vier weitere Outlaws im hinteren Teil des Zugs auf. Die müssen wir noch erledigen, und ich heiße freiwillige Mitstreiter willkommen!«

Zweifellos wird der Marshall sich melden, dachte Tiffany, und da neigte er sich auch schon zu ihr herab. »Ich glaube, es wird nicht lange dauern. Bleiben Sie, wo Sie sind. Miss, dann sind Sie in Sicherheit.«

Nachdem die unmittelbare Gefahr vorbei war, seufzte Tiffany erleichtert auf. Und sie konnte sich wieder ein wenig bewegen – nun ja, eigentlich kaum. Da sie nicht von Annas Gewicht befreit wurde, erklärte sie schließlich: »Das hat Mr. Gibbons gewiss nicht wörtlich gemeint. Jetzt dürfen Sie mich loslassen, Anna. Falls die Verbrecher zurückkommen, werde ich die Erste sein, die wieder am Boden liegt.«

»Keine Ahnung, was in mich gefahren ist …« Anna stand auf und zog Tiffany hoch, dann setzten sie sich auf ihre Plätze. »Aber was ist Ihnen bloß eingefallen? Diesen gefährlichen Mann dermaßen zu provozieren …«

Tiffany wollte erwidern, es sei eine gute Taktik gewesen, denn sie habe gewusst, was Thomas Gibbons tun würde. Doch da hätte sie gelogen, also antwortete sie nur: »Ich habe unseren Beschützer beschützt.«

»Beinahe wären Sie erschossen worden!«

Tiffany wurde für einen Moment abgelenkt, weil männliche Fahrgäste und ein Schaffner die vier toten Räuber aus dem Waggon entfernten. Unwillkürlich erschauerte sie und wandte sich wieder Anna zu. »Haben Sie nicht gehört, was der Schurke sagte? Zusammen mit den Wertsachen wollte er mich mitnehmen! Als wäre ich ein hübscher Tand! Da geriet ich in Panik. Irgendwie musste ich's verhindern. Und es hat ein gutes Ende genommen, also machen Sie kein Aufhebens drum.«

»Oh, ich hatte solche Angst«, gestand Anna. »Schon zweimal bestahl mich ein Taschendieb. Und das Haus meines Vaters wurde ausgeraubt, während wir schliefen. Also konnte ich einige Erfahrungen mit Räubern sammeln. Aber nie zuvor hat jemand ein Schießeisen auf mich gerichtet.«

Tiffany wusste, was die Zofe empfand. Gegen die zahllosen kriminellen Aktivitäten in New York war sie stets abgeschirmt worden. Auch sie hatte zum ersten Mal in die Mündung einer Waffe geblickt und ebenso wie Anna in tödlicher Gefahr geschwebt. Was geschehen wäre, hätten der Marshall und die tapferen Fahrgäste den Kampf verloren, wollte sie sich gar nicht erst vorstellen.

Von den Angestellten der Bahn unterstützt, die an solche Überfälle gewöhnt und entsprechend bewaffnet waren, besiegten sie auch die restlichen vier Räuber. Unter dem Jubel der Passagiere fuhr der Zug weiter. Mehrere Leute drängten sich an den Fenstern und beobachteten lachend, wie zwei Banditen dem Waggon nachrannten, in dem sich das gerettete Diebesgut befand.

Immer wieder spähte Tiffany zur Hintertür und erwartete die Rückkehr des Marshalls. Dann verstummte das fröhliche Stimmengewirr, denn ein Schaffner berichtete, einige Passagiere seien bei dem Kampf verletzt worden. Schweren Herzens erfuhr Tiffany, dass auch Thomas Gibbons dazugehörte.

Kapitel 5

Bevor der Zug die nächste Stadt erreichte, kam Thomas Gibbons nicht mehr zu Bewusstsein. Außer sich vor Sorge, hörte Tiffany von einem Bahnbediensteten, der die Verwundeten pflegte, dass der Marshall es vielleicht nicht schaffen würde. Sie kannte ihren Bewacher kaum. Nur selten hatte er mit ihr gesprochen, aber an diesem Tag auf bewundernswerte Weise ihr Leben gerettet. Wenn er nicht genas, würde sie sich schrecklich elend fühlen. Wegen seines kritischen Zustands verschwendete sie keinen Gedanken an eine ihrer Truhen, die seit dem Raubüberfall verschwunden war.

In der Stadt wurden die drei Verwundeten von Bahnangestellten und einem kräftig gebauten Fahrgast sofort zu einem Arzt getragen, dessen Praxis in der Nähe der Station lag. Tiffany und Anna folgten der kleinen Prozession. Angstvoll wanderten sie im Wartezimmer umher und warteten auf die Diagnose.

Endlich, nach einer halben Stunde, erschien der Doktor. »Mr. Gibbons kommt gerade zu sich. Für ein paar Minuten können Sie ihn sehen. Tut mir leid, dass diese Stadt nicht Ihr Ziel ist, aber vorerst kann der Patient keinesfalls irgendwohin fahren. Er wird sicher genesen – in einiger Zeit.«

»Sollen wir hierbleiben und auf den Marshall warten?«,

fragte Anna, während der Arzt in den Behandlungsraum zurückkehrte.

»Unmöglich«, erwiderte Tiffany, »wir wissen ja nicht, wann Mr. Gibbons gesund wird. Aber keine Bange, das ist die letzte Station in Dakota, und morgen sind wir in Nashart. Nun besuche ich den Marshall, und Sie finden inzwischen heraus, wann der Zug weiterfährt.«

Die Stirn gerunzelt, rührte sich Anna nicht von der Stelle. »Glauben Sie wirklich, wir können die Reise allein fortsetzen?«

Tiffany verdrehte die Augen. »Was soll schon passieren? Ein zweiter Raubüberfall, so kurz nach dem ersten? Wohl kaum.«

»Vielleicht ist das wahrscheinlicher, als wir annehmen.«

»Unsinn.«

Nach kurzem Zögern nickte die Zofe und verließ das Haus. Niemals würde sie den Wunsch ihrer Herrin billigen, wären sie noch weiter vom Ziel entfernt. Das wusste Tiffany. Sie ging ins Krankenzimmer und rückte einen Stuhl neben das Bett des Marshalls. Sichtlich bedrückt schaute er sie an.

»Sie sind ein Held, Sir«, betonte sie. »Dank Ihres Muts und ein paar anderer tapferer Männern werden die Farmer unbeschadet das gelobte Land erreichen. Der Doktor sagt, Sie werden gesund. Aber Sie müssen vorerst das Bett hüten.«

»Es tut mir so leid, Miss Warren. Ich weiß, Ihr Vater erwartet Sie morgen, und wenn Sie nicht eintreffen, wird er Himmel und Hölle …«

»Sorgen Sie sich nicht«, unterbrach sie ihn, »ich habe ihm bereits ein Telegramm geschickt. In dieser Stadt wohnt einer seiner Freunde, der meine Zofe und mich nach Nashart begleiten wird.«

Glücklicherweise hörte Anna die Lüge nicht. Aber Tiffany errötete trotzdem. Schon zum zweiten Mal belog sie den guten Marshall. Das erste Mal hatte sie sich nach der Mitteilung des Schaffners dazu entschlossen, wegen der Farmer und der ungewöhnlichen Umstände würde der Zug drei Tage früher als geplant in Montana ankommen. Thomas Gibbons hatte ihr empfohlen, ihrem Vater die Neuigkeit zu telegrafieren. Sie versprach, den Rat zu befolgen. Doch das hatte sie nicht getan. Auch damals war ihr das Blut in die Wangen gestiegen. Nur widerstrebend hatte sie sich bereit erklärt, zwei Monate im Fegefeuer des Wilden Westens zu erdulden. Die Begegnung mit ihrem Verlobten, den sie nicht kannte, würde sie verkraften. Dass sie unter dem Dach ihres Vaters wohnen musste, erschien ihr viel schlimmer. Wenn er sie vom Bahnhof abholte, würde sie womöglich die Beherrschung verlieren und eine peinliche Szene verursachen. Würde sie ihn anschreien, weil er sie niemals in New York besucht hatte, während sie herangewachsen war? Oder schluchzend in seine Arme sinken? Wahrscheinlich Ersteres, nach ihrem Zorn in den letzten Jahren zu schließen …

Wie auch immer, sie wollte ihm nicht in der Öffentlichkeit gegenübertreten. Deshalb durfte er nichts von ihrer verfrühten Ankunft erfahren.

Auch diesmal schien Marshall Gibbson die Lüge nicht zu bemerken. Er seufzte tief. »Sobald all die Farmer in den Zug gestiegen sind, habe ich Schwierigkeiten befürchtet. Für die Räuber war die Gelegenheit einfach zu verlockend – so viele Leute auf einem Fleck, die meisten mit ihren Ersparnissen für das neue Leben, die landwirtschaftlichen Geräte und Materialien. Das Ackerland, das in Montana verteilt wird, war eine sensationelle Neuigkeit und musste die Outlaws aus ihren Schlupfwinkeln locken. Natürlich wollten sie die Chance nutzen.«

Tiffany nickte und tätschelte seine Hand. Nun wusste sie

aus eigener Erfahrung, wie gefährlich der Wilde Westen war. Hatte sie ihrer Mutter tatsächlich erklärt, sie würde eine Urlaubsreise unternehmen? Seit dem Abschied von Mama hatte Sie fast jede Minute verabscheut, so inständig sehnte sie sich nach ihrem Zuhause.

Sie blieb bei Gibbson, bis Anna zurückkehrte und erklärte, sie müssten sich beeilen, sonst würden sie die Abfahrt des Zugs verpassen. Tiffany hatte wegen des Raubüberfalls mit einem längeren Aufenthalt gerechnet. Aber die Leichen der Outlaws waren aus den Waggons entfernt und die Verwundeten in die Arztpraxis gebracht worden. Der Maschinist und der Oberschaffner hatten den Sheriff der kleinen Stadt über den Angriff informiert. Nun stand der Weiterreise nichts mehr im Wege.

Nur zögernd verließ Tiffany den Marshall. Sie fühlte sich für seine schmerzhaften Wunden verantwortlich. Um sie zu beschützen, hatte er sich zum Zeitpunkt des Überfalls im Zug aufgehalten. Sekundenlang erwog sie, bei ihm zu bleiben und ihn zu pflegen. Doch dann siegte die Vernunft. Erstens verstand sie nichts von der Krankenpflege, zweitens müsste sie in dieser primitiven kleinen Stadt ausharren, bis der nächste Expresszug hier halten würde, der neue Fahrgäste aufnehmen konnte. Und das war nicht absehbar.

Sechzig Tage hatte sie ihrer Mutter versprochen. Mehr nicht. Danach würde sie in den zivilisierten Teil der Welt zurückkehren. Nun ja, sie hatte auch versprochen, Hunter Callahan vorurteilsfrei zu begegnen. Aber wie lange würde es dauern, bis sie sich ein Urteil über ihn bildete? Höchstens ein paar Minuten, daran zweifelte sie nicht.

In letzter Minute stieg sie mit Anna in den Zug. Beinahe wäre er ohne die beiden abgefahren, weil Jennifer schreiend zu ihnen lief und Tiffany ein Papier in die Hand drückte.

Einen Fuß schon auf dem Trittbrett, fragte Tiffany: »Was stimmt denn nicht?« Um die Nachricht zu lesen, fehlte ihr die Zeit. Anna war bereits eingestiegen.

»Bitte, geben Sie das Ihrem Vater«, stieß Jennifer hervor, die Augen voller Angst und Bedauern. Oder war es Schuldbewusstsein? »Sagen Sie ihm, es tut mir leid.«

Ein schriller Pfiff erklang, der Zug begann davonzurollen, und Tiffany sprang die letzte Stufe zu Anna hinauf. Sichtlich erleichtert winkte die Haushälterin ihr nach.

»Was hat das zu bedeuten?«, fragte Anna.

Tiffany überflog die wenigen Zeilen auf dem Papier. Dann gab sie es der Zofe und stöhnte bedrückt. »Lesen Sie es selbst. Die Begegnung mit den Outlaws im Wilden Westen war zu viel für sie. Deshalb kehrt sie zu ihrem Verlobten zurück.«

»Warum scheinen Sie die junge Frau zu beneiden?«

»Vielleicht, weil ich genauso gern weglaufen würde!«, murrte Tiffany.

»Wenn es Ihnen so sehr widerstrebt, nach Montana zu fahren, hätten Sie das früher bekunden sollen. Nicht erst jetzt, wo wir fast da sind.«

»Ja, ich weiß«, seufzte Tiffany. »Hätten Sie bloß gesehen, wie froh Jennifer war, weil ich nicht versucht habe, sie umzustimmen!«

»Wollten Sie's tun ?«

»O nein, wie könnte ich? Dass sie heimreisen möchte, darf ich ihr wohl kaum verübeln, wenn es mir selbst so schrecklich schwer fällt, diese Gegend zu besuchen. Selbst wenn es meinem Vater gelungen wäre, eine Haushälterin für mich einzustellen – ich werde seine Ranch *hassen*!«

»Dann kehren wir doch um!«, rief Anna irritiert.

Auch sie würde am liebsten zurückfahren, das verstand Tiffany. Die Zofe war schließlich auch gar nicht verpflichtet, im unzivilisierten Westen zu bleiben, sie hatte es niemandem versprochen … »Gewiss, *Sie* können kehrtmachen, Anna, ich hingegen kann es nicht. Wenn Sie nach New York zurückreisen möchten, wo wir beide hingehören, wäre ich Ihnen nicht böse.«

Dieses Angebot schien Anna zu ärgern. »Daran dachte ich, als uns die Kugeln um die Ohren flogen, das gebe ich zu. Aber wir haben's überlebt. Was Schlimmeres wird uns nicht mehr passieren. Wenn Sie hierbleiben, lasse ich Sie nicht im Stich.«

Hätte sie nicht so steif und förmlich gewirkt, wäre Tiffany ihr um den Hals gefallen. Stattdessen lachte sie. »Oh, ich will mir gar nicht vorstellen, was für Dienstboten wir da draußen antreffen werden, wenn man tüchtige Leute aus dem Osten engagieren muss – und wenn die kündigen, noch bevor sie am Ziel der Reise sind.«

Kapitel 6

Tiffany und Anna waren die einzigen Fahrgäste, die in Nashart, Montana, aus dem Zug stiegen. Sie stritten schon seit einer ganzen Weile. Eigensinnig beharrte Tiffany auf ihrem Plan, obwohl sie der Zofe insgeheim zustimmte. Ja, gewiss, sie war gefangen im Aufruhr ihrer Gefühle – Angst und Groll und Zorn –, weil sie an diesem Tag Franklin Warren gegenübertreten sollte, ihrem Vater.

Aber am frühen Morgen hatte sie überlegt, wie sie die Begegnung noch ein wenig hinauszögern könnte. Ein Traum hatte sie auf diese Idee gebracht.

In diesem seltsamen Traum hatte sie vor einer Tür gestanden, die langsam aufgeschwungen war, um einen Mann jenseits der Schwelle zu enthüllen. Weil sie keine Ahnung hatte, wie er aussehen mochte, starrte sie eine gesichtslose Gestalt an. Doch sie wusste, dass es ihr Vater war, und begann zu schreien.

Plötzlich tauchte Jennifer neben ihr auf und drängte sie zur Flucht. Hand in Hand rannten sie davon, den ganzen Weg bis nach New York – was gewiss unmöglich, ja, sogar idiotisch war. Nun, in einem Traum konnte alles geschehen, und er holte unaufhaltsam ihre verdrängte Angst an die Oberfläche. Doch noch bevor die fantastischen Ereignisse in ihrem Bewusstsein verblassten, erkannte sie die Gelegenheit, der Furcht zu entrinnen. Zumindest für ein paar Tage.

»Da kann ich zuerst mit meinen Brüdern reden, bevor ich mich meinem Vater vorstelle«, erklärte sie der Zofe. »Fünf Jahre habe ich Roy, Sam und Carl nicht gesehen. Damals waren sie Jungs, jetzt sind sie Männer. Ich will herausfinden, was sie von Papa halten, seit sie erwachsen sind.«

»Danach könnten Sie Ihre Brüder in einem privaten Gespräch fragen, ohne sich als die neue Haushälterin auszugeben.« Natürlich musste Anna auf logische Tatsachen hinweisen.

»Verdammt«, fauchte Tiffany, »ich bin nicht bereit, Frank Warren wie eine Tochter zu begegnen, solange ich kaum etwas über ihn weiß – nicht einmal, warum Mama sich damals von ihm getrennt hat. Ich dachte, wenn ich achtzehn bin, würde sie's mir erzählen. Das tat sie nicht. Stattdessen erfand sie lauter Ausreden. Nur eins steht fest – würde sie ihn für einen schlechten Menschen halten, hätte sie mich nicht hierhergeschickt. Jedenfalls muss er irgendwas getan haben, das sie bewog, ihn zu verlassen. Keine Ahnung, ob ich eine familiäre Beziehung zu ihm eingehen kann, ohne ihm etwas vorzuwerfen, das womöglich gar nicht stimmt. Das wäre ein schrecklicher Anfang unserer Bekanntschaft, nicht wahr?«

Anna kräuselte die Lippen. »Das haben Sie nicht richtig durchdacht, Miss. Er wird Sie erkennen, denn …«

»O nein!«, fiel Tiffany ihr triumphierend ins Wort. »Seit ich drei Jahre alt war, hat er mich nicht mehr gesehen. Die Jungs hat er regelmäßig nach New York geschickt, aber mich in all den Jahren nie besucht. Und ich sehe Mama nicht ähnlich, oder? Meine Brüder müssten mich erkennen. Aber ich werde sie bitten, mich nicht zu verraten. Nur zwei Tage lang. Mehr verlange ich gar nicht.«

»Sie haben mich nicht ausreden lassen, Miss«, mahnte Anna. »Ihre Haare wird er erkennen. Diese Farbe vergisst man nicht so leicht.«

»Dann werden wir …«

Tiffany unterbrach sich, weil ein Gepäckträger zwei Kisten aus dem Zug hob, neben ihr abstellte und sie zwang, Platz zu machen. Auch ihre einzige noch verbliebene Truhe landete am Boden. Als ein Schaffner ihr mitgeteilt hatte, ihr übriges Gepäcks sei gestohlen worden, war sie nicht in Tränen ausgebrochen. Diese Sachen konnte man ersetzen, und der Verlust würde die Liste der Beschwerden ergänzen, die Tiffany für ihren ersten Brief an Mama zusammenstellen wollte. Anna war es besser ergangen, denn die Räuber hatten ihren alten, schäbigen, von der Familie geliehenen Koffer ignoriert.

»Dann werden wir mein Haar färben«, vollendete Tiffany ihren Satz.

Entsetzt rang Anna nach Luft. »Das – werden – wir – nicht tun!«

»Falls Sie mir nicht helfen, mache ich es eben selbst. Wenn ich schwarze Haare habe, werden mich nicht einmal meine Brüder erkennen – und mein Vater auf keinen Fall. Nicht den geringsten Verdacht wird er hegen. Bitte, Anna! Für mich ist er ein Fremder. Und er hat sich nie um mich gekümmert. Lieber würde ich meinen Verlobten, der mich kein bisschen interessiert, hier in der Stadt treffen und Papa gar nicht sehen. Aber da sich Mama nun mal einbildet, ich müsste auf der Ranch wohnen, will ich wenigstens inkognito feststellen, wie er wirklich ist.«

Anna versuchte, ihre Herrin mit einem anderen Argument umzustimmen. »In einer so kleinen Stadt werden Sie keine Haarfarbe finden. Schauen Sie da hinüber. Dort gibt's nur einen Gemischtwarenladen. Und offenbar nur eine einzige richtige Straße!«

Erst jetzt drehte sich Tiffany um und inspizierte Nashart. Anna hatte untertrieben. Mehrere Straßen zweigten von der langen Hauptstraße ab, an der sich einige Geschäfte aneinanderreihten. Offenbar hatte sich die Stadt verdoppelt, seit Rose weggezogen war, zweifellos wegen der Bahnlinie.

»Welch eine Überraschung!«, rief Tiffany. »Nashart ist viel größer, als ich es nach den Beschreibungen meiner Mutter erwartet habe. Nicht einmal das Ende der Straße können wir sehen. Da muss es viele Läden geben. Oh, und sogar ein Theater!«, rief sie erfreut. »Und daneben ein Restaurant!«

Damit beeindruckte sie Anna nicht. »Eins geöffnet, das andere geschlossen. Also machen Sie sich keine übertriebenen Hoffnungen, Miss Tiffany. Normalerweise leben Schauspieler in größeren Städten und fahren nur für wenige Aufführungen in kleinere, bevor sie weiterreisen.«

»Ja, aber vielleicht haben wir Glück, und in den zwei Monaten, die wir hier verbringen müssen, wird eine Theatertruppe vorbeikommen. Und wie es aussieht, existiert in Nashart sogar ein Hotel. Ich werde ein Zimmer buchen. Inzwischen kaufen Sie ein Haarfärbemittel. Sollten Sie in der Gemischtwarenhandlung keines finden, versuchen Sie es beim Friseur.«

»Falls es hier einen gibt«, murrte Anna. »Dieses gefärbte Haar müssen Sie monatelang ertragen. Das wissen Sie doch, nicht wahr? Und Sie werden mit zwei verschiedenen Haarfarben albern aussehen, wenn Ihre hellen Locken nachwachsen. Oder Sie schneiden alles ab.«

Entsetzt hielt Tiffany den Atem an, dann gab sie klein bei. »Also gut, vielleicht schlinge ich mir nur ein Tuch um mein Haar. Irgendwas wird uns schon einfallen.«

Die Zofe schüttelte den Kopf. »Leider bedenken Sie nicht alle Konsequenzen Ihres Täuschungsmanövers. Ihr Vater wird sich freuen, wenn Sie verfrüht vor seiner Tür stehen und ihn überraschen. Wenn Sie ihn hintergehen und unter falschem Namen bei ihm erscheinen, wird er sich *nicht* freuen. Und wie wollen Sie Ihre Farce begründen, wenn Sie sich zu erkennen geben?«

»Dann werde ich meinem Vater die Wahrheit sagen. Ruhig und höflich. Aber in mir hat sich zu viel Groll aufgestaut, deshalb kann ich nicht einfach verschweigen, was ich empfinde.«

»Ja, das verstehe ich. Bitte, vergessen Sie es nicht – ruhig und höflich. Vermutlich wünschen Sie, dass ich in Nashart bleibe, während Sie Ihren Plan umsetzen?«

»Warum sollte ich?«

»Weil Haushälterinnen nicht mit Zofen reisen.«

Tiffany biss auf ihre Lippen. »Wohl kaum …«

»Einen Tag könnte ich in Ihrer Nähe bleiben, ohne dass es auffällt. Dazu bin ich bereit. Länger nicht. Sonst wäre es zu peinlich.«

Erleichtert lächelte Tiffany, nachdem sie ihren Willen durchgesetzt hatte. Ein Tag würde ihr genügen, um ihre Gefühle bei der Begegnung mit Franklin Warren einzuschätzen.

Kapitel 7

Das muss sie sein«, sagte Cole zu seinem Bruder John.

»Nein, verdammt!«, ereiferte sich John. »Viel zu elegant.«

»Sie kommt aus dem Osten. Glaubst du, sie taucht in Kattun hier auf?«

»Und viel zu hübsch, zu selbstsicher«, murmelte John. »Willst du's riskieren, das falsche Mädchen auf die Ranch zu bringen?«

»Natürlich werden wir sie nicht einfach packen und davonzerren«, betonte Cole grinsend. »Am besten überlässt du's mir, mit der Lady zu reden. Während ich Süßholz rasple, mietest du einen Wagen. Verdammt unangenehm, dass unserer gerade jetzt zusammengekracht ist, wenn wir was Besonderes von der Bahnstation abholen müssen.«

»Nein.«

»Kannst du nicht ausnahmsweise einmal vernünftig sein?«, seufzte Cole. »Wenn du so schlecht gelaunt bist, jagst du sämtlichen Leuten Angst ein. Nie bist du auch nur ein bisschen diplomatisch. Schon beim ersten Zeichen von Widerstand schwingst du die Fäuste. Warum bist du denn gerade heute so wütend?«

»Pa würde das alles amüsant finden. Aber ich bin anderer Meinung.«

Ebenso wie Cole. Den hatte man neulich angeschossen. Wenn Roy auch schwor, er sei es nicht gewesen – das Wort eines Warrens nahm Cole nicht für bare Münze. Und John war sogar an seinen besten Tagen ziemlich jähzornig. Also hätte er gar nicht nach Nashart mitkommen sollen.

Beide hatten die braunen Augen des Vaters geerbt. Aber nur John war so groß wie Zachary Callahan, fast einsneunzig, während Cole mit seinen einsachtzig als Kümmerling der Familie galt. Den zarteren Knochenbau verdankte er seiner Ma, ebenso wie die braunen Haare. Alle seine Brüder waren schwarzhaarig.

»Beeilen wir uns«, drängte John und spähte in beide Richtungen der Straße. »Ich sehe noch keine Warrens. Aber das könnte sich jeden Moment ändern. Und wenn sie auftauchen und zuschlagen, kann ich dir unmöglich versprechen, dass ich nicht zurückschlage.«

»Alles klar«, stimmte Cole zu, doch er begann sich zu sorgen, und das nicht wegen der Warrens. »Wahrscheinlich wurden sie nicht über die verfrühte Ankunft des Zugs informiert. Ich glaube, nur wir haben davon gehört.« Voller Unbehagen runzelte er die Stirn. »Wenn sie nicht einverstanden ist …«

»Was sollte sie dagegen haben?«

»Und wenn sie *wirklich* nicht will?«, beharrte Cole.

»Pa hat gesagt, sie soll so oder so mit uns kommen. Also werden wir tun, was wir tun müssen.«

»Bei diesem Entschluss hat er nicht bedacht, dass sie von allen Leuten angestarrt wird. Willst du im Knast landen?«

»Wie wär's, wenn wir erst mal mit ihr reden, bevor du Hindernisse bekämpfst, die's noch gar nicht gibt?«

*

In der Straßenmitte hörte Tiffany endlich auf zu niesen und musterte die beiden Cowboys. Offenkundig hatten sie den Staub aufgewirbelt, der ihr in die Nase gestiegen war. Aber das durfte sie ihnen nicht verübeln. Sie waren nur ziemlich schnell an ihr vorbeigeritten, dann hatten sie ihre Pferde abrupt gezügelt. Und daran war vermutlich *sie* schuld.

Wie Anna bereits betont hatte, erregten sie beträchtliches Aufsehen in der Stadt. Deshalb wollten sie die Straße möglichst schnell überqueren und im Hotel verschwinden. Die Leute waren aus den Geschäften gekommen, um zu gaffen, und einige neigten sich über das Balkongeländer und zeigten mit Fingern auf die zwei Neuankömmlinge.

Tiffany sah viele bewaffnete Männer in Arbeitskleidung und Frauen in hausbackenem Kattun. Anscheinend war die neueste Mode nicht bis in den hintersten Westen vorgedrungen. Aber kamen wirklich so wenige Besucher nach Nashart, dass die Ankunft zweier fremder Mädchen einer Sensation glich?

Tiffany presste ein Taschentuch auf ihre Nase und entfernte es vorerst nicht. Noch etwas, das sie am Westen hasste: Staub. Er haftete an den Kleidern, verfärbte die Stoffe und juckte in der Nase, bis sie niesen musste.

In New York ließ sich der Staub kontrollieren. Aber was machte man hier gegen die schmutzigen Straßen? »O Anna, ich will endlich raus aus diesen Kleidern, die ich seit Tagen trage«, jammerte sie. »Und ich brauche ein Bad.«

»Glauben Sie wirklich, hier wird man Ihnen eins bieten?«

Entsetzt starrte Tiffany ihre Zofe an, die wenige Sekunden später auf ein Schild weiter unten an der Straße zeigte. »Tidwells Badehaus, heißes Wasser und Seife.«

»Wie wundervoll!«, stöhnte Tiffany. »Die prahlen mit ihrer Seife, als würde sonst niemand in dieser Stadt so was besitzen. Vielleicht sollten wir in den Zug zurückkehren, bevor er abfährt.«

»Neben dem Badehaus sehe ich eine Taverne. Übrigens scheint es hier viele solche Etablissements zu geben, also wird das Badehaus schätzungsweise von Männern benutzt, die nicht im Hotel absteigen wollen.«

Nachdem sich die Staubwolke aufgelöst hatte, benötigte Tiffany keine weitere Entmutigung. Nichts außer einem dampfenden Bad in einem Privatzimmer würde ihre Laune bessern. »Die ›Etablissements‹ heißen hier Saloons. Und falls Sie mich mit dieser Beobachtung aufheitern wollten – das ist Ihnen gründlich misslungen.«

»Sicher können Sie im Hotel baden, Miss. Darauf wette ich einen Wochenlohn.«

Und da sah Tiffany endlich, wie ein schwaches Lächeln das Gesicht ihrer Zofe erhellte, die ihre Herrin zweifellos hänselte und nicht zu lachen versuchte. »Heute stecken Sie voller Überraschungen, Anna Weston. Seien Sie froh, dass ich Sie nicht feuere, weil Sie gegen meinen Entschluss protestiert haben! Das könnte ich immer noch tun. Und jetzt retten wir uns schnell vor der Sonne und diesem grässlichen Staub.«

Weil Anna ihre Belustigung nicht länger verhehlen konnte, senkte sie den Kopf. »Sehr wohl, Miss.«

Tiffany schnaufte äußerst undamenhaft und überquerte die restliche breite Straße. Als sie gerade die Hoteltür öffnen wollte, erklang eine tiefe Stimme hinter ihr. »Sind Sie die Haushälterin, Ma'am?«

Also war jemand von der Warren-Ranch in die Stadt geschickt worden, um Jennifer abzuholen. Das überraschte Tiffany nicht. Wahrscheinlich hatte die Haushälterin ihrem neuen Arbeitgeber telegrafiert, sie würde wegen des Ansturms der Farmer auf Montana schon früher in Nashart ankommen, und nach dem Raubüberfall hatte sie beschlossen, die Stellung nicht anzutreten.

Tiffany drehte sich um und erwartete, einen ihrer Brüder zu sehen. Darauf hoffte sie, denn das wäre eine perfekte Gelegenheit, die drei auf ihr Geheimnis hinzuweisen, selbst wenn die Jungs sie nicht sofort erkannten.

Seit ein paar Jahren hatte sie ihre Brüder nicht mehr gesehen und würde sie nun vielleicht ihrerseits nicht erkennen. Doch sie wusste, dass sie blond und rotblond waren, keinesfalls braun- und schwarzhaarig wie die zwei Männer, die vor ihr standen. Und keiner ihrer Brüder hatte braune Augen. Es waren die beiden Cowboys, die vorhin die unangenehme Staubwolke aufgewirbelt hatten. Jetzt tippten sie an die breiten Krempen ihrer Hüte, nahmen sie aber nicht ab.

Nun, sie war ja nur eine Dienstbotin oder gab sich als eine aus. Deshalb durfte sie sich nicht wundern, weil ihr Vater zwei Angestellte zur Station geschickt hatte, um die neue Haushälterin abholen zu lassen. »Ja«, antwortete sie, »ich wurde von einem Rancher eingestellt …«

»Wer Sie hierher geholt hat, wissen wir, Ma'am«, wurde sie von dem braunhaarigen jungen Mann unterbrochen. »Und wir wollen Ihnen vorschlagen, stattdessen für uns zu arbeiten.«

Mit gerunzelter Stirn schaute sie zwischen den beiden hin und her. Groß, breitschultrig, attraktiv. Da sie einander glichen, waren sie vermutlich Brüder. Aber was genau wollten sie von ihr? »Also kommen Sie nicht von der Warren-Ranch?«, fragte sie.

»Nein. Setzen wir unsere Besprechung im Hotel fort, bevor jemand von den Warrens auftaucht?«

»Wir haben nichts zu besprechen …«

»Doch.«

»Nein«, erwiderte Tiffany energisch und betrat das Hotel.

Als die zwei Männer ihr folgen wollten, versperrte Anna ihnen den Weg. Mit ausgebreiteten Armen stellte sie sich vor die Tür. Was sie bekundete, war eindeutig – sie sollten Tiffany nicht mehr behelligen. Trotzdem schienen die Männer das nicht zu verstehen, denn sie drängten sich einfach an ihr vorbei.

»Ma'am, Sie müssen uns wirklich zuhören.«

Verblüfft fuhr Tiffany herum. Nicht zu fassen – die Cowboys waren ihr tatsächlich ins Hotel gefolgt. Hinter ihnen stand Anna, das Gesicht hochrot vor Zorn, und so, wie sie aussah, drauf und dran, ihre Handtasche auf die Köpfe der beiden zu dreschen. Was eine schlechte Idee wäre, denn an ihren Gürteln hingen Pistolenhalfter.

Welch eine lächerliche Situation, dachte Tiffany erbost. Sie brauchte dringend ein Bad. Und sie wollte nicht um Hilfe schreien, um die zwei lästigen jungen Cowboys loszuwerden. Die große Hotelhalle war leer, bis auf einen alten Mann, der im Hintergrund den Boden fegte.

Um Anna an einem unklugen Angriff zu hindern, hob Tiffany eine Hand. Dann wandte sie sich an den braunhaarigen Cowboy, der das Wort führte. »So kurz wie möglich, Sir – was haben Sie zu sagen? Und dann gehen Sie.«

»Für ein Dienstmädchen sind Sie ziemlich aufmüpfig, was?«, sagte plötzlich der andere Mann.

Beinahe sperrte Tiffany Mund und Nase auf. Er ärgerte sich über sie? Ehe sie ihn maßregeln konnte, nahm sein Gefährte den Hut ab und schlug ihn damit ins Gesicht »Eigentlich dachte ich, du hättest es begriffen. Im Osten sind die Mädchen elegant und selbstsicher.«

»Trotzdem ist sie nur eine Haushälterin …«

»Eine elegante Haushälterin. Und wenn Pa hört, dass du es verbockt hast, weil du dein Maul nicht halten kannst, wird er dir das Fell über die Ohren ziehen.«

Der schwarzhaarige Cowboy wurde feuerrot. Nicht vor Verlegenheit, dachte Tiffany, eher vor Wut. Er sah älter aus als der andere. Sicher ließ er sich nicht gern von einem jüngeren Mann zurechtweisen. Sie hoffte, sie würde nicht ebenfalls erröten, nachdem sie sich so hochmütig benommen hatte, statt die unterwürfige Haushälterin zu mimen.

Den Hut immer noch in der Hand, lächelte der Braunhaarige beschwichtigend. »Verzeihen Sie, Ma'am. Wenn ich mich vorstellen darf – Cole Callahan. Und das ist mein Bruder John. Der aggressive alte Kauz, der Sie engagiert hat, behandelt uns sehr unfreundlich, obwohl er unser Nachbar ist.«

Tiffany hielt den Atem an. Also waren diese beiden die Brüder ihres Verlobten. Nun senkte Anna zerknirscht den Blick. Offenbar hatte sie tatsächlich geplant, ihre Handtasche auf die Köpfe der Cowboys zu schmettern. Das hätte sie bitter bereut, denn sie waren möglicherweise die künftigen Schwäger ihrer Herrin.

Erstaunt hob Tiffany die Brauen. Ihr Vater – ein aggressiver alter Kauz? Hatte ihre Mutter ihn aus diesem Grund verlassen? War es zu schwierig gewesen, mit Franklin Warren zu leben? Sicher hätte die temperamentvolle Rose einen aggressiven Ehemann nicht allzu lange akzeptiert. Aber – alt? Nun, vermutlich fanden diese zwei Jungs jeden alt, der über vierzig war.

Von wachsender Neugier erfasst, musterte Tiffany die beiden etwas genauer. Sah Hunter ihnen ähnlich? So viele Fragen brannten ihr auf der Zunge. Die durfte sie natürlich nicht stellen, wenn sie ihre Rolle weiterhin spielen wollte. In viel sanfterem Ton begann sie wieder zu sprechen. »Freut mich, die

Nachbarn meines Arbeitgebers kennenzulernen, selbst wenn sie nicht seine besten Freunde sind.«

»Was für eine Untertreibung«, murmelte John. »Diebe und Lügner, denen man nie über den Weg trauen kann – das sind sie. Deshalb können Sie von Glück reden, wenn wir Sie von dieser miesen Bande retten, Ma'am.«

Aus Loyalität gegenüber ihren Brüdern versteifte sie sich, und so klang ihre Stimme etwas zu scharf, als sie fragte: »Warum soll ich Ihnen das glauben?«

»Moment mal, John«, warnte Cole seinen größeren Bruder.

Ob ihre Fragen dem älteren Callahan missfallen würden, kümmerte sie nicht. Und wenn er ihre Familie beleidigte, musste er mit Angriffen auf seine rechnen, oder etwa nicht? Oh, heiliger Himmel, gerieten Fehden auf diese Weise außer Kontrolle?

Aber John tat nichts allzu Schlimmes, wandte sich einfach nur an jemanden hinter ihr und rief: »He, Billy, verbürgst du dich für mich? Bin ich ein ehrbarer Mann?«

Tiffany spähte über die Schulter und sah den alten Mann, der den Boden fegte, anzüglich grinsen. »Wenn du nicht pokerst …«

»Beantworte die verdammte Frage!«, seufzte John ungeduldig.

»So ehrbar, wie die Tage im Sommer lang sind – wenn du nicht pokerst.« Kichernd machte sich Billy aus dem Staub und verschwand im Hintergrund der Hotelhalle.

Ob die Warrens ehrlos waren, hatte John zu fragen versäumt. Aber das durfte Tiffany vorerst nicht herausfinden.

Außerdem hätte John mit seiner furchterregenden Größe und seinem einschüchternden Wesen dem alten Dienstboten sicher die gewünschte Antwort entlockt. Und so ließ sie sich nichts anmerken. »Danke für die Warnung, Gentlemen. Aber ich habe mich verpflichtet, die Stellung bei Mr. Warren anzutreten. Und wenn Sie mir keinen ernsthaften Grund nennen, der mich daran hindern könnte, halten Sie mich bitte auch nicht länger auf. Guten Tag.«

»Dass wir Sie retten, ist ein verdammt guter Grund«, stieß John hervor, »und …«

Cole rempelte ihn mit dem Ellbogen an und brachte ihn zum Schweigen. »Was Sie nicht wissen, Ma'am – die Warrens brauchen keine Haushälterin. Aber wir! Gerade haben wir unseren Koch verloren. Und da wollten wir zwei Fliegen mit einer Klappe schlagen und Sie Frank vor der Nase wegschnappen, Sie dem Ekel stehlen …«

»Stehlen?«, wiederholte Tiffany entsetzt.

Damit John ungestört reden konnte, stieß er seinen Bruder durch die halbe Hotelhalle. »Was Cole meint – wenn Sie für uns arbeiten, zahlen wir Ihnen doppelt so viel wie der alte Frank.«

Kapitel 8

Beinahe hätte Tiffany laut aufgelacht. Es war einfach köstlich! Welcher Dienstbote würde ein verdoppeltes Gehalt ablehnen? Jennifer sicher nicht, falls sie des Geldes wegen in den Westen gereist war. Und sie hatte erwähnt, bevor sie ihren Verlobten heiraten könne, würde sie eine finanzielle Grundlage brauchen.

Also war es nur logisch, wenn Tiffany das Angebot der Callahans annahm, nicht wahr? Dann musste sie ihrem Vater nicht begegnen und würde trotzdem das Versprechen halten, das sie ihrer Mutter gegeben hatte. Bei dieser Erkenntnis fiel ihr eine bleischwere Last von der Seele. Zudem konnte sie Hunter Callahan unter die Lupe nehmen, ohne ihm zu verraten, dass sie seine Verlobte war. Maßlos erleichtert, merkte sie kaum, wie angespannt die Brüder auf ihre Entscheidung warteten.

Dem Blick ihrer Zofe wich sie wohlweislich aus. Über diesen Entschluss würde sie nicht mit Anna diskutieren. Aber erst einmal musste sie sich möglichst glaubhaft in Jennifer verwandeln. Dass die Callahans eine prominente Rancherfamilie waren, wusste die Haushälterin nicht. Und würde sie nicht gewisse Bedingungen stellen?

Und da fiel ihr auch schon eine ein. »Man hat mir versichert, ich würde ein eigenes Zimmer bekommen und …«

»Warum sollten Sie Ihr Zimmer mit einem anderen Mädchen teilen«, wurde sie von John unterbrochen, »wenn wir genug Räume haben?«

»Mit Türschloss.«

»Bei uns lassen sich alle Türen versperren.«

»Und ich erwarte mein Gehalt pünktlich jede Woche.«

»Ums Personal kümmert sich Pa. Das werde ich ihm sagen.«

»Gut, dann nehme ich Ihr Angebot an.«

Zum ersten Mal schenkte John ihr ein Lächeln. Da er so zufrieden aussah, überlegte Tiffany, was geschehen wäre, wenn sie sich anders entschieden hätte.

»Das werden Sie nicht bereuen«, versicherte er.

Weil Anna zu stottern begann, bat Tiffany hastig: »Geben Sie mir nur ein paar Minuten Zeit, damit ich mich von meiner Freundin verabschieden kann, die ich im Zug kennengelernt habe. Dann komme ich zu Ihnen hinaus.«

Die Callahan-Brüder drehten sich zu ihrer »Freundin« um, nickten ihr zu und gingen an ihr vorbei.

Sobald sich die Tür hinter ihnen geschlossen hatte, fuhr die Zofe ihre Herrin an: »Haben Sie den Verstand verloren?«

Tiffany ergriff Annas Arm und führte sie vom Hoteleingang weg. »Nicht so laut!«

Wütend starrte Anna sie an. »Diese Farce sollte nur einen Tag dauern«, fügte sie leiser, aber ebenso entschieden hinzu. »Und Sie wollten nur Ihren Vater zum Narren halten. Nicht die ganze Stadt.«

»Ja, aber mit dieser großartigen Gelegenheit konnte ich nicht rechnen«, erwiderte Tiffany eindringlich. »Bitte, Anna, verderben Sie's mir nicht! Jetzt lässt es sich ohnehin nicht mehr ändern. Ich bin Jennifer … Wie lautet doch gleich ihr Nachname? Da ich ihn nur einmal gehört habe, erinnere ich mich nicht daran.«

»Fleming.«

»Sind Sie sicher? Wenn ich einen falschen Namen angebe, wird es schiefgehen.«

»Ja, ich bin sicher. Trotzdem wird es schieflaufen. Für eine Haushälterin, die tagelang arbeiten soll, besitzen Sie keine geeignete Garderobe.«

Tiffany lachte erleichtert, weil Anna diesmal nur einen einzigen Einwand zu erheben schien. »Was ich anziehen sollte, werden die gar nicht wissen. Vermutlich kennen sie nicht einmal die Pflichten einer Haushälterin. Und außerdem ist der Großteil meiner Garderobe entlang der Bahnlinie verstreut, die Abendkleider vermutlich eingeschlossen. Falls die Callahans meine wenigen Tageskleider zu elegant finden, kann ich behaupten, meine Arbeitskleidung sei gestohlen worden.«

»Vergessen Sie denn ganz, dass Ihr Vater Sie erwartet, Miss?«

»In den nächsten Tagen rechnet er nicht mit meiner Ankunft, und später wird meine Mutter ihn über eine Verzögerung meiner Reise informieren.«

»Woher soll sie das wissen? Und warum sollte Sie Ihr Täuschungsmanöver unterstützen?«

»Ich habe Mama nie versprochen, ich würde Papa treffen, und mich nur verpflichtet, Hunter Callahan mindestens zwei Monate Zeit zu geben, damit er mich umwerben kann. Bevor ich Nashart verlasse, werde ich Mama telegrafisch bitten, sie möge meinem Vater mitteilen, ich sei unterwegs aufgehalten worden.«

»Zweifellos wird sie mit dem nächsten Zug herfahren.«

»Wenn's bloß so wäre!«, seufzte Tiffany. »Doch das wird sie nicht tun. Morgen schicke ich ihr einen Brief mit allen nötigen Erklärungen. Im Gegensatz zu Ihnen wird sie verstehen, dass ich die beste Methode gewählt habe, um die schreckliche Situation zu meistern.«

»Oder sie wird sich ärgern, weil sie Ihre Verspätung bemänteln und Ihren Vater belügen muss«, betonte Anna.

Unbehaglich zuckte Tiffany zusammen. »Es wäre nicht das erste Mal. Um ihn aus ihrem Leben zu verbannen, hat sie ihn schon einmal belogen. Jetzt kann sie's auch für mich tun.«

»Ich begreife nur nicht, warum Sie das wollen.«

Diese Worte trafen einen wunden Punkt. Beinahe wäre Tiffany mit der Wahrheit herausgeplatzt – mit ihrer qualvollen Angst vor einer Begegnung mit Franklin Warren. Jahrelang hatte sie sich nichts sehnlicher gewünscht, als den gesichtslosen Vater endlich kennenzulernen. Doch nun wollte sie es nicht mehr. Mit ihm hatte ihr Aufenthalt in Nashart, Montana, nichts zu tun. Ihre Verlobung war ja nicht einmal seine Idee gewesen. Offensichtlich legte er keinen Wert auf ein Treffen mit seiner Tochter und wollte nur die Fehde mit den Callahans beenden. Das war der einzige Grund, warum er ihre Ankunft wünschte. Doch das alles musste Anna nicht wissen.

»Habe ich jemals behauptet, die Situation würde mir gefallen?«, fragte Tiffany. »Nein. Für mich ist der Aufenthalt in Montana wie eine zweimonatige Gefängnisstrafe. Sobald sich die Zellentür wieder öffnet, steigen wir in den Zug und fahren heim.«

Anna zog die Brauen zusammen. »Hat Ihre Mutter nicht gesagt, Sie sollen Ihrem jungen Mann vorurteilsfrei begegnen?«

»Er ist nicht mein junger Mann. Ja, ich werde ihn eine Minute lang vorurteilsfrei mustern. Länger brauche ich nicht, um ihn einzuschätzen. Er ist ein Cowboy, Anna. Sehen Sie in mir die künftige Ehefrau eines Cowboys?«

Anna schnaufte. »Ist diese Ansicht vorurteilsfrei?«

»Zwei Monate, kein Tag länger«, fauchte Tiffany unnachgiebig.

»Wie eine Strafe kommt mir das keineswegs vor.«

»Von Ihnen verlangt man ja auch nicht, einen Fremden zu heiraten.«

»Von Ihnen auch nicht. Sicher wird man Sie nicht schon morgen vor den Altar zerren. Allzu lange wird Ihr Verlobter kein Fremder sein. Betrachten Sie's doch mal aus einem anderen Blickwinkel. Ich habe beschlossen, Sie auf dieser Fahrt zu begleiten, weil ich – im Gegensatz zu Ihnen – neue Erfahrungen interessant finde. Und bisher habe ich die Reise genossen, natürlich abgesehen von dem Raubüberfall. Andere Menschen, eine andere Umgebung, fern vom Getriebe der Großstadt! Sind Sie denn wirklich kein bisschen neugierig auf das Leben der Leute hier draußen im Westen?«

Nein, dachte Tiffany. Doch sie hatte es satt, mit Anna zu streiten. Für jemanden, der nicht ihre Freundin sein wollte, nahm sich die Zofe ziemlich viele Freiheiten heraus. Aber Anna konnte alles verderben, wenn sie auf ihrem Standpunkt beharrte. Deshalb musste Tiffany eine einleuchtende Erklärung für ihren Entschluss abgeben.

»An alle Möglichkeiten haben Sie sicher nicht gedacht, oder? Wenn ich mich in meinen Verlobten verliebe, seinetwegen das Leben im öden Westen ertragen will und erst nach der Hochzeit merke, was für ein schrecklicher Mann er in Wahrheit ist – was dann? Soll ich weglaufen, wie es meine Mama getan hat? Und da er aus dem Feindeslager kommt, um mich zu erobern – wie kann ich herausfinden, wie er wirklich ist? Entweder wird er sich vorsichtig zurückhalten und nicht er selbst sein. Oder er verstellt sich, weil er mich beeindrucken möchte. Und jetzt bekomme ich plötzlich die perfekte Gelegenheit, den echten Hunter Callahan zu beobachten, bevor er sich mir von der besten Seite zeigt. Die schlechteste will ich nicht erst nach der Trauung kennenlernen, wenn es zu spät für einen Rückzug wäre. Also sollten Sie mir zugestehen, Erfahrungen mit diesen Menschen zu sammeln, ehe ich versuchen muss, ihre Heuchelei zu durchschauen.« Herausfordernd reckte sie das Kinn. »Wenn Sie das nicht begreifen – zu schade.«

Bevor Anna antwortete, schien sie kurz nachzudenken.

»Anscheinend glauben die Callahans, eine Haushälterin wäre auch eine Köchin.«

Diese schlichte Feststellung hatte Tiffany nicht erwartet, sondern vielmehr neue heftige Proteste. Dann brach sie in Gelächter aus, als sie erkannte, dass Anna auf diese Weise ihre Zustimmung bekundete. »So? Dann werde ich sie sofort über die Pflichten einer Haushälterin aufklären. Haben Sie noch das Geld, das Mama Ihnen gab?«

»Ja.«

»Dann nehmen Sie sich ein Hotelzimmer, wie wir es geplant haben. Aber nicht nur für einen Tag, sondern für längere Zeit. Betrachten Sie's als Urlaub. Morgen besuche ich Sie, wenn ich den Brief an Mama zur Post bringe, und erzähle Ihnen, wie wundervoll alles läuft.« Tiffany umarmte Anna, dann verließ sie rasch das Hotel, ehe die Zofe sich anders besinnen und erneut protestieren konnte.

Auf der Straße wartete nur einer der Callahan-Brüder, glücklicherweise nicht der missmutige.

»Ich brauche eine Kutsche für meine Truhe«, wandte sie sich an Cole, »die ist sehr schwer.«

Sekundenlang starrte er sie verständnislos an. Tiffany seufzte. Vielleicht sollte sie nicht so gebieterisch mit ihm reden. Daran musste sie in Zukunft denken, wenn sie die Rolle einer Dienstbotin überzeugend spielen wollte.

Dann lachte Cole. »Hier gibt's keine Kutschen, Ma'am. John leiht sich gerade ein Fahrzeug aus, holt die neuen Räder für unseren zusammengekrachten Wagen, und wir treffen ihn vor der Bahnstation.«

»Großartig. Wo finde ich inzwischen das Telegrafenamt? Ich muss meiner Familie mitteilen, dass ich wohlbehalten angekommen bin.«

»Ein Telegrafenamt haben wir nicht, nur einen Telegrafen. Den zeige ich Ihnen.«

»Danke.«

Sie gingen über die Straße zurück und ein kurzes Stück die andere Seite entlang. Wenigstens wirbelten keine anderen Reiter Staub auf. Cole führte Tiffany zur Postkutschenstation.

»… und Telegraf«, stand auf der unteren Hälfte des großen Schilds.

»Erstaunlich, dass die Bahn die Postkutsche nicht verdrängt hat«, bemerkte Tiffany.

»Im Norden und Süden gibt's immer noch Städte, die zu weit von den Gleisen entfernt sind. Wenn's Ihnen nichts ausmacht, warte ich draußen, falls ein paar Warrens aufkreuzen. Ich will keine Schießerei riskieren, weil wir Sie unseren Feinden wegschnappen.«

Ziemlich beunruhigend. Aber Cole grinste, deshalb nahm Tiffany an, er würde es nicht ernst meinen, und betrat das Postkutschenamt. Auf dem Weg zum Telegrafenschalter hielt sie kurz inne. Würde der Beamte ihren Vater warnen? In einer so kleinen Stadt kannte jeder sicher jeden. Also unterzeichnete sie die Nachricht nicht und schickte sie an R. W. in dem Chicagoer Hotel, in dem Rose wohnte. Auf wie viele Gäste würden diese Initialen schon zutreffen?

Pläne geändert, lautete das Telegramm. *Bitte weise Papa auf verzögerte Ankunft hin. Brief mit näheren Erklärungen folgt.*

Kapitel 9

Tiffany verlor kein Wort über das Vehikel, auf das sie steigen musste. Aber natürlich ärgerte sie sich über den Frachtkarren, den ihr die Callahan-Brüder zumuteten. Die Fahrerbank, auf der sie saß, hatte keine Rückenlehne. Und es gab auch keine Markise, die sie vor der heißen Junisonne schützte. Erschrocken überlegte sie, ob sie womöglich zu schwitzen beginnen würde, bevor sie die Ranch erreichten. Oder – noch schlimmer – sie könnte einen Sonnenbrand bekommen!

Wenn sie wüsste, ob ihre Sonnenschirme in der restlichen Truhe steckten, würde sie Cole bitten, kurz anzuhalten und sie herausnehmen. Doch sie wusste es nicht, denn sie hatte ihre Sachen nicht selbst gepackt, und es wäre zu peinlich, wenn die Callahans warten müssten, bis sie ihre Suche mit leeren Händen beenden würde. Ihr modischer kleiner Hut schützte sie nicht vor der Sonne, und so benutzte sie die Hand, um ihr Gesicht gegen die Hitze abzuschirmen. Nun verstand sie, warum die Männer im Westen breitkrempige Hüte trugen. In der Stadt hatte sie sogar Frauen mit solchen Hüten gesehen.

Während Cole das Gespann lenkte, ritt John neben dem Karren dahin. Tiffany saß kerzengerade da, wie es sich schickte. Aber ihr Rücken begann von der Anstrengung zu schmerzen. Ihre Mutter würde weinen, könnte sie sehen, was ihr Kind wegen ihres albernen Versprechens erleiden musste. Nein, wahrscheinlich würde Rose sie sogar ermutigen und sagen: *Eines Tages wirst du drüber lachen und es deinen Enkeln erzählen.* In Gedanken erwiderte Tiffany verächtlich, ihre Enkel würden zivilisierte New Yorker und entsetzt sein, weil ihre Grandma ein solches Grauen erduldet hatte. Und dann glaubte sie, Rose flüstern zu hören: *Oder eine Bande kleiner Cowboys, die entsetzt wäre, weil du so was überhaupt erwähnst.*

Absurd. Sie müsste inmitten ihrer Freunde das Gesellschaftsleben von New York City genießen, wunderbare Partys besuchen, manierliche junge Gentlemen kennenlernen, die nichts von Outlaws, geschweige denn Indianern wussten. *Hier* dürfte sie *nicht* sein. Und warum war sie hier? Nur weil zwei Nachbarn nicht miteinander auskamen?

»Wenn uns Reiter entgegenkommen, verstecken Sie sich hinten auf der Ladefläche«, befahl Cole.

Wie rüde sie aus ihrem unerfreulichen Tagtraum gerissen wurde … »Was?«, japste sie.

»Es könnten Warrens sein.«

Um nicht sofort zu antworten, biss sie sich auf die Zunge. Was würde Jennifer sagen? Würde die Haushälterin die Gelegenheit nicht nutzen und den Warrens erklären, sie würde nicht für sie arbeiten, sondern für die Callahans, weil die ihr den doppelten Lohn geboten hätten? Ziemlich ehrlos und habgierig. Aber so würde Jennifer, die sich jetzt auf dem Rückweg in den Osten befand, wohl reagieren. Und genauso musste Tiffany sich verhalten, obwohl sie eine Begegnung mit ihrem Vater oder ihren Brüdern noch nicht riskieren wollte. »Lieber würde ich ihnen mitteilen, dass ich nicht für sie, sondern für Ihre Familie arbeiten möchte, Sir. Das wäre anständig und ehrbar.«

»Was Anstand und Ehre bedeuten, wissen die Warrens gar

nicht«, schnaubte Cole. »Also zerbrechen Sie sich deshalb nicht Ihren hübschen Kopf. Das war übrigens die Idee unseres Vaters, dem alten Frank eins auszuwischen und Sie von ihm wegzulocken. Gönnen Sie unserem Pa die Schadenfreude.«

Dank dieser Information erkannte sie, dass sie Jennifers Brief mit der Erklärung, sie würde nach Chicago zurückkehren, nicht an Frank schicken durfte. Zweifellos wünschten die Callahans, der Feind würde erfahren, auf welche Weise die Haushälterin zu ihnen gelangt war.

Würde Frank nicht misstrauisch werden, die »Haushälterin« aufsuchen, zur Rede stellen und womöglich seine Tochter erkennen? Natürlich würde er eine Erklärung für ihre Lügen fordern. Aber war er in seinen Briefen an Rose ehrlich gewesen? Nun gewann Tiffany den Eindruck, die Fehde hätte sich wieder verschärft und wäre schlimmer, als er es ihrer Mutter verriet.

So verächtlich, wie die Callahans von den Warrens sprachen, musste Tiffany fast glauben, nicht einmal eine Heirat könnte den Zwist beenden. *Vielleicht haben die Callahans die Hochzeit schon abgeblasen, und ich muss gar nicht hierbleiben …* Das wollte sie sofort herausfinden. »Sir, Sie sagten, Sie seien nicht mit ihren Nachbarn befreundet. Aber das alles klingt so, als wäre ich mitten in einen Krieg geraten.«

Cole lachte schallend. »O nein, Ma'am. Man kann seine Nachbarn auch hassen, ohne sie umzubringen.«

Trotzdem scheute er eine Begegnung mit den Warrens. Die Fehde erwähnte er nicht, und sie durfte nicht danach fragen, weil Jennifer nichts davon wusste. Aber Tiffany konnte etwas mehr über seine Familie herausfinden. Verständlicherweise war eine Haushälterin neugierig auf die Leute, für die sie arbeiten würde.

Ein paarmal hatte Cole zu ihr herübergeschaut. Schließlich

bemerkte er ihre Schwierigkeiten mit der Sonne und zügelte das Pferd. »Tauschen wir die Plätze, dann sitzen Sie in meinem Schatten.« Er reichte ihr die Hand und half ihr, sich an ihm vorbeizuschieben, ohne das Gleichgewicht zu verlieren.

Da er sehr groß war, schirmte er sie tatsächlich gegen die Sonne ab. Außerdem stülpte er ihr seinen breitrandigen Hut auf den Kopf, direkt über ihr modisches Hütchen, das verhinderte, dass die Krempe vor ihre Augen rutschte. Wie sie aussehen musste, brachte sie fast zum Lachen. Aber nur fast. Jedenfalls wurde sie vor der grellen Sonne geschützt. Erstaunlich, wie rücksichtsvoll Cole war. Wenigstens *diesen* Callahan fand sie sehr nett.

Während er weiterfuhr, lächelte sie ihn an. »Vielen Dank. Wieso wussten Sie eigentlich von meiner Ankunft heute Mittag, obwohl der Zug drei Tage zu früh in Nashart war?«

»Das wusste ich nicht. Wir sollten was für unseren Bruder von der Bahnstation abholen.« Cole zeigte nach hinten.

Als Tiffany über die Schulter spähte, entdeckte sie zwei Kisten auf der Ladefläche. Sie glichen denjenigen, die aus dem Zug geladen worden waren.

»Heute sollte das alles geliefert werden«, fügte Cole hinzu. »Wir hofften, auch Sie würden mit dem Zug ankommen. Doch wir wussten selbst nicht, welches Glück wir haben.«

Papa hätte da sein müssen … Offensichtlich interessierte sie ihn nicht sonderlich, denn sonst hätte er sich erkundigt, ob der Zug vielleicht früher eintreffen würde. Entschlossen verdrängte sie ihren Kummer. »Was für einen Haushalt werde ich führen? Wie viele Dienstboten haben Sie?«

»Zwei Mädchen. Wahrscheinlich würden wir mehr brauchen, aber die sind schwer zu finden.«

Tiffany blinzelte ungläubig. Wieso engagierten die Callahans eine Haushälterin, wenn sie kaum Personal hatten, das beaufsichtigt werden musste? Nun, darauf wollte sie nicht hinweisen. Immerhin wurde ihr die Gelegenheit geboten, das Versprechen zu erfüllen, das sie ihrer Mutter gegeben hatte. Sie würde Hunter kennenlernen. Und das, ohne ihrem Vater zu begegnen.

»Erzählen Sie mir etwas mehr über Ihre Familie?«, bat sie.

»Wir sind Rinderzüchter. Wie die Warrens. Zu unserer Triple C-Ranch gehören fünfhundert Morgen und über tausend Rinder.«

Obwohl sie beeindruckt war, fragte sie: »Genügt dieses Land für so viele Kühe?«

»Natürlich nicht«, erwiderte Cole grinsend. »Wir halten die Herde nicht auf der Ranch fest, das Land ist frei verfügbar, nach allen Richtungen.«

»Was genau bedeutet das?«

»Die Rinder grasen, wo sie wollen.«

Also kämpften die beiden Familien nicht um den Grundbesitz, nur ums Wasser. Vorerst hatte sie keine Gewässer gesehen. Von Nashart aus waren sie der Nordstraße gefolgt. Tiffany betrachtete ausgedehnte Wiesen und schneebedeckte Berggipfel in der Ferne. So imposante Gebirgsketten hatte sie bisher nur auf Gemälden und in bebilderten Büchern gesehen.

Sie passierten einen Wald und ein Holzfällerlager, dann ein einsames Haus im New-England-Stil, eine seltsame Erinnerung an Tiffanys Heimat. Da es aus Stein gebaut war, musste es einen Steinbruch in der Nähe geben. Sie hatte gehört, die Industrie würde in dieses Territorium vorrücken, aber dank des scheinbar grenzenlosen, offenen Lands würde sie die Schönheit der Wildnis nicht zerstören.

Eine sehr schöne Gegend, das musste Tiffany zugeben. Von dieser Erkenntnis durfte Anna natürlich nichts erfahren.

Da Cole noch immer nichts von seiner Familie erzählt hatte,

fragte sie, in der Hoffnung, er würde ihren Verlobten erwähnen: »Wie viele Geschwister haben Sie?«

»Drei Brüder. Ich bin der jüngste, Hunter ist der älteste. Morgan, dieser Narr, wurde vom Goldfieber gepackt und verschwand letztes Jahr, als drüben bei Butte eine neue Goldader gefunden wurde, das ist eine der größeren Bergbausiedlungen in unserer Gegend. Pa bekam einen Wutanfall. Aber Morgan ist furchtbar stur. Er stieß tatsächlich auf Gold – nicht genug, um richtig reich zu werden, aber um dort zu bleiben.«

»Und warum ist er deshalb ein Narr?«

»Weil wir Rinderzüchter sind. Und in Montana treiben sich ohnehin schon unzählige Goldgräber rum. Dieses Jahr wurde Kupfer auf unserem Land entdeckt. Pa glaubte, das würde Morgan auf die Ranch zurückholen, und sagte ihm, wenn er unbedingt ein Bergmann sein will und Schande über die Familie bringt, könnte er das auch daheim tun. Das klappt nicht. Noch nicht.«

Diese Informationen gaben ihr keine Möglichkeit, nach ihrem Verlobten zu fragen. Also musste sie eine Begegnung mit Hunter abwarten, dann würde sie endlich feststellen, was für ein Mann er war.

Weiter vorn sah sie einen großen Teich – oder kleinen See? – zwischen Wiesen voller blauer und goldgelber Blumen. Am Ufer spendeten mehrere Bäume verlockenden Schatten. Eine so idyllische Szenerie müsste man für ein Picknick wählen.

Die Straße führte direkt zum Wasserrand und teilte sich, um ihm in beiden Richtungen zu folgen. Offenbar wurde der kleine See von einem breiten Bach gespeist, der nicht allzu seicht wirkte, vermutlich noch von der Schneeschmelze nach dem Winter gefüllt.

Weiter nördlich, an der linken Seite des gewundenen Bachs,

sah Tiffany eine bewegte braune Masse, die ihre Neugier erregte. »Was ist das?«

Cole folgte ihrem Blick. »Die Warren-Herde. Das ist ihre Tageszeit. Jetzt bringen sie ihre Rinder zum Wasser. Am Nachmittag sind wir dran, hier am rechten Ufer. Schon vor langer Zeit haben die Familien beschlossen, das Schicksal nicht herauszufordern und ihre Rinder niemals gleichzeitig zu tränken.«

»Warum nicht?«

»Weil's sinnlos wäre, die Gemüter zu erhitzen – oder jemanden zu einem Schuss auf die andere Seite zu verleiten. Schon ein einziger Knall könnte eine Stampede verursachen. Früher ist das oft passiert.«

Tiffany hörte nur mit halbem Ohr zu, denn sie entdeckte Reiter im Bach, die den Rindern den Weg zum anderen Ufer versperrten. Als ihr bewusst wurde, dass es ihre Brüder sein könnten, stockte ihr der Atem. Doch sie waren zu weit entfernt, und so erkannte sie keine Einzelheiten.

Dann bog der Wagen vom Bach ab. Die Herde und die Cowboys verschwanden aus Tiffanys Blickfeld, und sie sah auf einer Anhöhe oberhalb des Sees ein unvollendetes Gebäude. Nur ein Gerüst ohne Mauern. Wenn das Bauwerk fertig war, würde es eine atemberaubende Aussicht bieten …

O Gott, dachte sie, das ist das Stück Land, um das die beiden Familien streiten. *Dieses Haus wollten sie für Hunter und mich bauen …*

Doch die Bauarbeiten waren wegen neuer Streitigkeiten abgebrochen worden. Nun, sie würde ohnehin nicht in diesem Haus wohnen. Aber der Gedanke weckte ein plötzliches Unbehagen. Die Menschen hier erwarteten von ihr, die Fehde zu beenden. Wenn sie Hunter nicht heiratete, würde das Haus leer stehen. Oder man würde es gar nicht erst vollenden.

Plötzlich lag eine schwere Last auf ihrer Seele, die sie erbost abschüttelte. Frieden zu stiften, war wohl kaum ihre Pflicht, nicht wahr?

Nun bog der Wagen in eine andere Straße ein, und sie fuhren zu einem großen Gebäude mit einer lang gestreckten, überdachten Veranda. Einstöckig und aus akkurat zurechtgesägten Brettern errichtet, war das Haus der Callahans nicht die kleine Holzhütte, die Tiffany so halb erwartet hatte, und es wirkte kein bisschen primitiv, wenn man den Spucknapf zwischen zwei Verandasesseln und die Schlammspuren übersah, die zur Haustür führten.

John schwang sich aus dem Sattel und half Tiffany vom Wagen, nachdem sie Cole den Hut zurückgegeben hatte.

Sobald ihre Füße den Boden berührten, verkündete sie: »Bevor ich mich dem Hausherrn präsentiere, möchte ich mich einquartieren und ein Bad nehmen. Gibt es einen Butler, der …«

»Einen – was?«, wurde sie von Cole unterbrochen, während er um den Karren herumging. »Jedenfalls haben wir genug Räume. Pa hat mit mehr als vier Kindern gerechnet und deshalb diesen riesigen Ausbau beschlossen. Das wäre gar nicht nötig gewesen. Die Schlafzimmer im Erdgeschoss sind besetzt. Suchen Sie sich eins von den leer stehenden Zimmern im oberen Stock aus. Aber das Bad liegt unten, neben der Küche. Um Wasser zu holen, müssen Sie nicht zum Brunnen rausgehen. Wir haben Pumpen.«

So viel wollte Tiffay gar nicht hören, und schon gar nicht die Erklärungen zu dem Bad. Beinahe hätte sie aufgestöhnt. Benutzten denn hier alle Hausbewohner dasselbe Bad? Das war beinahe unerträglich. Vielleicht war das Täuschungsmanöver, das sie sich ausgedacht hatte, doch keine so gute Idee gewesen.

Plötzlich spähte Cole über ihren Kopf hinweg und schrie: »He, Hunter, wir brauchen Hilfe!«

»Nein, verdammt noch mal!« Hinter ihr erklang höhnisches Gelächter. »Meine Idee war's nicht, die Warrens schon wieder zu ärgern. Ihr wolltet Franks vornehme Haushälterin ja unbedingt entführen. Seht selbst zu, wie ihr mit ihr zurechtkommt.«

Tiffany fuhr herum. Endlich würde sie ihren Verlobten sehen. Aber es ritten zwei Männer am Wagen vorbei, und sie hatte keine Ahnung, welcher Hunter war. Da sie nicht anhielten, konnte sie die beiden nicht genauer mustern.

Und dann wurden ihr Hunters Worte erst richtig bewusst.

Entgeistert starrte sie Cole an. »Also wurde ich entführt?«

Kapitel 10

Cole Callahan antwortete nicht sofort und wurde feuerrot. Als er Tiffanys Arm ergreifen und sie zu den Verandastufen führen wollte, riss sie sich los. Schließlich seufzte er zerknirscht. »Dazu ist's ja nicht gekommen, oder?«

»Aber Sie hätten es getan?«

»Beruhigen Sie sich. Pa hat gesagt, wir sollen Sie hierher holen. Egal, auf welche Weise. Wir hätten Sie nicht lange festgehalten. Nur ein bisschen, um die Warrens aufzuregen.«

Oh, diese abscheuliche Fehde ... Nur gut, dass Tiffany ähnliche Interessen wie die Callahans verfolgte, sonst hätte sich diese Gelegenheit niemals geboten.

Andererseits wollte sie nicht wie eine Geisel behandelt werden, denn da müsste sie verraten, wer sie wirklich war, und die Callahans würden sie sofort zu ihrem Vater bringen. Das musste sie verhindern. Also warf sie Cole nur einen vernichtenden Blick zu und fragte in messerscharfem Ton: »Sind Sie Rancher oder Outlaws? Das wüsste ich gern, bevor ich Ihren ... Schlupfwinkel betrete.«

»Glauben Sie mir, Ma'am, wir halten uns stets an die Gesetze«, beteuerte er.

»Die scheinen Sie eher zu umgehen.«

»Würden wir Ihnen doppelt so viel zahlen, wie Sie wert sind, wenn wir was Unlauteres vorhätten?«

Nun röteten sich Tiffanys Wangen. Schweigend stieg sie die Verandastufen hinauf, durchquerte die Eingangshalle und hielt abrupt inne. Sie nieste. Dann nieste sie noch einmal. Die Callahans brauchten keine Haushälterin, sondern ein neues Haus. Das hier war nichts weiter als ein staubiger Schweinestall.

Auf dem kurzen Weg zum Wohnzimmer klebten getrocknete Schlammspuren am Boden. Mehrere Sofas und Sessel standen in dem großen Raum stillos herum, vermutlich aus dem Osten importiert – früher schöne Möbel, jetzt aber so alt, dass die Farbe der Polsterung zu schmutzigem Grau verblasst war. Wahrscheinlich war viel zu oft Rauch aus dem rußgeschwärzten Kamin gestiegen und hatte die Wandgemälde beschädigt. In der dicken Staubschicht auf dem Hartholzboden zeigten sich Abdrücke von Schuhsohlen. Was machten die beiden Dienstmädchen, die angeblich in diesem Haus arbeiteten, den ganzen Tag?

Tiffany drehte sich um und wollte Cole danach fragen.

Stattdessen stieß sie einen schrillen Schreckensschrei aus, als sie sich in einem ovalen Spiegel erblickte, der an einer Wand der Eingangshalle hing. Ihr Teint wirkte grau und voller Schmutzstreifen – sie erkannte sich kaum wieder. Hastig zog sie ein Taschentuch hervor und begann ihr Gesicht zu schrubben. Aber ohne Wasser konnte sie den klebrigen Staub nur weiter verteilen.

»Haben Sie eine Maus gesehen?«, fragte Cole, als er mit Johns Hilfe ihre schwere Truhe ins Haus trug. Verständnislos starrte Tiffany ihn an. »So hat Ihr Kreischen geklungen«, erklärte er.

»Ich habe nicht gekreischt«, widersprach sie indigniert, »nur ein bisschen gestöhnt.« Dann warnte sie ihn: »Wenn es hier von Mäusen wimmelt, muss ich Sie bitten, mein Gepäck in den Wagen zurückzubringen.«

»Mäuse gibt's hier nicht«, versicherte er grinsend. »Zumindest habe ich noch keine bemerkt. Laufen Sie hinauf und suchen Sie sich ein Zimmer aus, damit wir wissen, wohin wir dieses schwere Ding schleppen sollen.«

»Stellen Sie's hierhin. Im Moment interessiert mich nur, wo ich baden kann. Keine Sekunde länger ertrage ich den Schmutz, den Sie und Ihr Bruder …«

»Bringt die Truhe nach oben, Jungs. Ich zeige der Dame das Bad.«

Erstaunt schaute Cole an Tiffany vorbei. »Ich dachte, du …«

»Inzwischen bin ich neugierig geworden«, wurde er unterbrochen.

Der Neuankömmling kehrte offenbar in die Richtung zurück, aus der er gekommen war. Als sich Tiffany zu ihm wandte, sah sie nur einen breiten Rücken.

»Kommen Sie, Rotschopf«, fügte er hinzu, »das Bad liegt da drüben.«

Unter normalen Umständen würde sie sich nicht von der Stelle rühren. Hatte er ihr tatsächlich wegen ihrer Haarfarbe einen Spitznamen gegeben? Aber der Staub war offenbar unter ihre Kleider gedrungen, denn ihr ganzer Körper begann zu jucken. Und so eilte sie hinter dem großen Mann her. Sein schwarzes Haar war viel zu lang für die gängige Mode. Hätte er keinen Waffengurt getragen, würde sie glauben, er wäre ein Dienstbote. Oder lief in Montana etwa auch das Personal bewaffnet herum?

Nachdem sie an der Treppe zum oberen Stockwerk vorbeigegangen waren, verengte sich die Halle und wurde dunkler. Am Ende der Passage drang Licht aus einer offenen Tür. Der Mann führte Tiffany in die Küche. Für ein paar Sekunden schloss sie die Augen, zählte bis zehn und hoffte, sie würde nicht schreien. Wer immer zuletzt gekocht hatte – hinter ihm war ein Chaos aus schmutzigen Töpfen und Pfannen und Tellern zurückgeblieben.

»Da gebe ich Ihnen recht, Sie müssen dringend geschrubbt werden.« In der tiefen Stimme schwang unverkennbares Gelächter mit.

Tiffany riss die Augen auf und sah ihren amüsierten Begleiter in einer anderen Tür stehen, die er geöffnet hatte. Nur undeutlich sah sie die Porzellanwanne hinter ihm, weil ihr Blick von seinem Gesicht gefesselt wurde. Hellblaue Augen bildeten einen faszinierenden Kontrast zu seinem schwarzen Haar und der gebräunten Haut. In diesen Augen funkelte immer noch Belustigung, doch es war ein eher gutmütiger Spott. Mit markanter Nase und breiter Stirn besaß er überaus attraktive Züge. Groß, schlank und muskulös, trug er ein langärmeliges schwarzes Hemd, ein blaues Halstuch, eine dunkelblaue Hose und schlammige schwarze Stiefel.

»Leider leckt die Wanne«, sagte er und wies mit dem Kopf in den kleinen Raum, vor dem er stand. »Die Wasserrohre führen in den Gemüsegarten hinaus, den Old Ed hinter dem Haus angelegt hat. Dadurch wird das Erdreich befeuchtet, und manchmal ist es etwas seifig.«

Ein seifiger Gemüsegarten? Das musste ein Scherz sein, und sie beschloss, ihn zu ignorieren. »Wer ist Old Ed?«

»Der Koch, den wir schmerzlich vermissen. So sehr wir uns auch bemühten – wir konnten ihn nicht überreden, bei uns zu bleiben. Der komische alte Kauz hat behauptet, es sei an der Zeit, weiterzuziehen und etwas mehr von der Welt zu sehen.«

»Ist er nicht zu alt dafür?«

»Keineswegs, vielleicht Mitte dreißig.«

»Warum wird er dann Old Ed genannt?«

»Weil er nach einer Begegnung mit einem Grizzly graue

Haare bekam. Er ging zur Jagd in den Wald, um sein Dinner zu erlegen. Genau das hatte der Bär auch vor. Ed war sicher, das Riesentier würde mit vollem Bauch in seinen Bau zurückkehren. Vor lauter Schreck ließ er sein Gewehr fallen.«

Gewiss kein Gesprächsthema für zarte Ohren. Aber Tiffanys Neugier bewog sie, die Schicklichkeit zu vergessen. »Und wie kam er davon?«

»Er rannte wie der Wind und noch schneller, als der Bär auf ihn schoss.«

Ungläubig starrte sie ihn an. »Wie absurd …«

Da lachte er laut auf. *Zweifellos über mich,* dachte sie. Ärgerlich versteifte sie sich. Für einen Cowboy fand sie ihn zu freundlich und zu unverschämt. Aber ein so attraktiver Mann war es sicher gewöhnt, mit allen Frauen zu flirten.

»Allerdings«, bestätigte er. »In seiner Panik bildete Old Ed sich diese verrückte Geschichte ein. Am nächsten Tag ging er wieder in den Wald, sah sein Gewehr am Boden liegen und neben dem Lauf den blutigen Abdruck einer Bärenpfote. Wahrscheinlich tappte der Bär nach der glänzenden Waffe und schoss sich selber ins Bein. Und Ed war am Morgen mit grauem Haar erwacht.«

Das erinnerte Tiffany an etwas. »Meine Haare sind nicht rot.«

»Aber fast«, erwiderte er grinsend. »Wenn Sie heißes Wasser wollen, zünden Sie den Herd an. Wenn nicht – vor ein paar Jahren wurde eine Pumpe für die Wanne gebaut. Darauf hat Ed bestanden. Er war's leid, ständig Wassereimer für seine Spüle in die Küche zu schleppen, wenn er ein Dinner zu kochen versuchte. Richtig wütend war er und wollte keine einzige Mahlzeit mehr zubereiten, wenn er seinen Willen nicht durchsetzte. Da wurde die zweite Pumpe blitzschnell angelegt.«

»Diesen Staub muss ich noch schneller loswerden, sonst fange ich womöglich zu schreien an.«

Achselzuckend trat er von der Tür weg und gab den Weg in das kleine Bad frei. »Wie Sie wollen.«

Wie sie wollte? Ja, Tiffany hatte getan, was sie wollte, und mit einem Fremden gesprochen, obwohl sie wusste, dass es sich nicht schickte. Keinesfalls, bevor man sie miteinander bekannt gemacht hatte. So ein Verhalten passte nicht zu ihr. Aber sie gab *ihm* die Schuld an der ungehörigen Situation. Sie war einfach zu verwirrt, weil sie nie zuvor einen so attraktiven Mann gesehen hatte. Zudem fand sie ihn sehr charmant.

Verärgert über sich selbst, trat sie einen Schritt vor. »Wer sind Sie? Arbeiten Sie auf der Ranch?«

»Hier arbeiten alle. Da wir gerade davon reden – sind Sie nicht ein bisschen zu jung für eine Haushälterin? Irgendwie habe ich das Gefühl, Sie werden sehr jung aussehen, wenn Sie sauber geschrubbt sind. Und ziemlich hübsch.«

»Oh, ich bin älter, als ich wirke, vermutlich so alt wie Sie. Wie alt sind Sie?«

Er lachte wieder. »Wenn ich diese Frage beantworte – verraten Sie mir dann auch Ihr Alter?«

Warum redete sie immer noch mit einem Angestellten?

»Natürlich nicht.«

»Das dachte ich mir. Ich werde vor der Tür Wache halten. Da fällt mir ein …« Seine blauen Augen funkelten. »Sperren Sie die Tür lieber zu, dann sind Sie sicher vor mir.«

Kapitel 11

Zitternd saß Tiffany in einer Wanne voller kaltem Wasser. Aber das spürte sie kaum. Noch immer dachte sie an den frechen Kerl, der sie mit dem Ratschlag gehänselt hatte, sie solle die Tür versperren und sich vor ihm schützen. Stand er immer noch da draußen und wartete, bis sie »sauber geschrubbt« war, wie er es ausgedrückt hatte? Wie sie sich verstört eingestand, gefiel ihr dieser Gedanke – nein, er erregte sie sogar.

Sie wünschte, er hätte sich vorgestellt … O Gott, könnte er Hunter Callahan sein? Nein, unmöglich, nicht mit diesen hellblauen Augen. Denn seine zwei Brüder, die sie bereits kannte, hatten braune Augen. Außerdem war Hunter davongeritten, das hatte sie gesehen.

Als sie aus der Wanne stieg, stöhnte sie, weil sie merkte, dass sie nichts Sauberes zum Anziehen hatte. An eine Zofe gewöhnt, die alle Bedürfnisse ihrer Herrin vorausahnte, hatte Tiffany nicht an dieses Problem gedacht. Aber sie würde nicht noch einmal in diese schmutzigen Kleider schlüpfen. Auf keinen Fall.

In ein Badetuch gewickelt, öffnete sie die Tür einen Spalt und wollte um Hilfe rufen, da sah sie ihre Truhe am Küchenboden stehen. *Gott segne den lieben Cole,* dachte sie erleichtert. Immerhin war er aufmerksam genug, um zu erraten, was sie brauchte.

Etwas später blickte sie in den ovalen Spiegel über dem Rasiertisch, um festzustellen, ob sie präsentabel aussah. Sauber, ja. Aber wohl kaum präsentabel, zumindest nicht nach ihren Maßstäben. Voller Angst, jemand könnte die Küche betreten, hatte sie hastig ein paar Sachen aus ihrer Truhe gezerrt, ohne genauer hinzuschauen, unter anderem ein gelbes Tageskleid. Ob sie alle Knöpfe am Rücken geschlossen hatte, wusste sie nicht. Um das herauszufinden, konnte sie sich nicht weit genug herumdrehen. Mit ihrem feuchten Haar ließ sich nicht viel machen, und so band sie es einfach im Nacken zusammen. Dabei wurde ihr klar, wie abhängig sie von einer Zofe war. Nicht einmal ihr eigenes Haar vermochte sie hochzustecken.

Seufzend öffnete sie die Tür und sah Cole davor stehen, der gerade anklopfen wollte. Weil er sie wortlos anstarrte, wartete sie eine Weile und sagte schließlich: »Soeben habe ich Ihre wunderbare Badewanne benutzt.«

Nachdem es ihm gelungen war, seinen Blick von ihrem frisch gewaschenen Gesicht loszureißen, musterte er die Wanne. »Die hat Ma in einem extravaganten Katalog aus St. Louis entdeckt und sofort bestellt. Hätten Sie bloß das Gelächter gehört, als die Wanne geliefert wurde! Jetzt muss ich's aber zugeben, ich bade gern darin. Im Holzzuber musst man sich dauernd Splitter aus dem Arsch ziehen.«

Kommentarlos akzeptierte sie seine unpassende Ausdrucksweise. Von ihrer Mutter hatte sie schon Schlimmeres gehört. Nach den Jahren im Westen verfügte Rose über einen sehr fantasievollen Wortschatz.

»Danke, dass Sie meine Truhe hierhergetragen haben. Wenn ich mir ein Zimmer ausgesucht habe …«

»Die habe ich Ihnen nicht gebracht. Und mein Pa …«

Weiter kam er nicht und starrte sie wieder an. Eine ungewöhnliche Reaktion. An solche Blicke war sie gewöhnt, aber nicht von Männern, die sie bereits kannte. Sie fühlte sich versucht, ihn aufzufordern, er möge den Mund schließen. Doch das wäre ihm sicher peinlich, und sie wollte ihn nicht beschämen. Obwohl es *seine* Schuld war, dass Schmutz und Staub sie dermaßen verunstaltet hatten.

»Ihr Vater?«, ermunterte sie ihn weiterzusprechen und bezwang ihren Lachreiz.

»Also, der will …«, begann er und schluckte. »Noch nie habe ich ein so hübsches Mädchen gesehen.« Verlegen errötete er. »Entschuldigen Sie … Pa will Sie jetzt sehen, und er hat gesagt, ich soll Sie holen.«

»Ja, natürlich. Bringen Sie mich zu ihm.«

Die Wangen immer noch gerötet, nickte Cole. Sie versuchte nicht, sich seinen langen Schritten anzupassen. Doch sie holte ihn schon bald ein, als er ihr die vordere Haustür aufhielt. Würde er sie nach draußen führen? Sie runzelte die Stirn, bis er zum Ende der Veranda zeigte. Dort saß ein älterer Cowboy – nun ja, vielleicht kein Cowboy, aber ein Mann, der wie einer angezogen war. Das musste der Besitzer der Ranch sein, der Vater ihres Verlobten.

»Gerade bin ich nach Hause gekommen«, sagte er, während sie langsam zu ihm ging. »Dass meine Jungs erfolgreich waren, hat mich ziemlich überrascht. Ich bin Zachary Callahan. Und wie heißen Sie?«

Von plötzlicher Nervosität erfasst, erinnerte sie sich nicht an den Namen, den sie benutzen musste. Das war der schlimmste Feind ihres Vaters, und damit auch ihrer. Wenn sie ihren Papa auch nicht liebte – sie liebte den Rest ihrer Familie. Und dieser Mann konnte die Fehde mit den Warrens beenden, wenn er es wollte. Der Gedanke schien ihm zu gefallen. Sonst hätte er der Verlobung niemals zugestimmt, nicht wahr? Wie hieß doch gleich diese Haushälterin?

»Jennifer Fleming«, platzte sie schließlich heraus.

Offenbar bemerkte er ihr Unbehagen nicht. Er zeigte auf den Sessel neben sich, stand aber nicht auf. Für eine Dame hätte er das vielleicht getan, für eine Bedienstete nicht. Tiffany ignorierte den Sessel, denn er war staubig und wurde zudem vom Qualm der Zigarre eingehüllt, die Callahan rauchte. Sie schätzte ihn auf Mitte vierzig. Noch immer hatte er dichtes rabenschwarzes Haar. Um seine dunkelbraunen Augen zogen sich feine Linien. Lachfältchen, würde ihre Mutter sie nennen. Normalerweise deuteten sie auf ein gutmütiges Wesen hin. Er sah sehr gut aus, das hatte Rose betont. Und angesichts seiner zwei jüngeren Söhne hatte Tiffany nichts anderes erwartet.

Entschlossen verdrängte sie ihre mulmigen Gefühle und erinnerte sich an die Rolle, die sie spielte. »Wann ist Ihre letzte Haushälterin gegangen, wenn ich mir die Frage erlauben darf?«

»Wir hatten noch keine. Und weil unser Koch weggerannt ist, brauchen wir Sie dringend. Wollen Sie sich nicht setzen?«

Nun müsste sie ihm erklären, dass er sich irrte, wenn er sie für eine Köchin hielt. Doch das wagte sie noch nicht, und so erwiderte sie: »Verzeihen Sie, Sir, ich vertrage den Zigarrenrauch nicht.«

»Das verstehe ich. Meine Frau gestattet mir nicht, im Haus zu rauchen. Den Gefallen tu ich ihr, obwohl sie ohnehin nicht runterkommt.«

Tiffany blinzelte ungläubig. Also war er noch immer verheiratet? Wegen des Zustands, in dem sich das Haus befand, hatte sie angenommen, seine Ehefrau wäre schon vor langer Zeit gestorben.

»Wann darf ich mit Mrs. Callahan sprechen? Meine Stellung gehört in die Domäne Ihrer Gemahlin, Sir.«

»Mit solchen Banalitäten behelligen wir Mary nicht. Vor einiger Zeit hat sie einen schlimmen Sturz erlitten, und seither ist sie ans Bett gefesselt, bis ihre Knochen genesen. Wenn Sie Fragen haben, wenden Sie sich an Hunter, meinen ältesten Sohn.«

Musste sie ihren Verlobten um Hilfe bei ihrer Arbeit bitten? Sie malte sich aus, wie sie Seite an Seite knien und Böden scheuern würden. Hastig unterdrückte sie ein hysterisches Gelächter. Zwei Arbeitskräfte würden viel zu lange brauchen, um in einem so großen Haus sauber zu machen. Dazu müssten die Callahans ein ganzes Dienstbotenheer beauftragen.

Was das betraf, nahm Tiffany kein Blatt vor den Mund. »Sir, in Ihrem Haus sieht es grauenhaft aus. Man hat mir erzählt, Sie würden zwei Dienstmädchen beschäftigen. Darauf weist aber nichts hin.«

Zachary furchte die Stirn. Zweifellos hatte sie ihn beleidigt. Sie versteifte sich, wartete auf einen scharfen Tadel und fürchtete, die Beherrschung zu verlieren. Womöglich würde er sie dann hinauswerfen, noch bevor sie zu arbeiten begonnen hatte.

Stattdessen brach er unvermittelt in Gelächter aus. »Ziemlich selbstsicher für eine Dienstbotin, was?«

Amüsierte ihn das?

»Klar, Mädchen, ich habe Augen im Kopf. Was für ein Drecksloch das Haus ist, weiß ich. Leider fehlt's mir seit einigen Tagen an Personal. Als Old Ed verschwand, nahm er seine Küchenhilfe mit. Pearl putzt im Erdgeschoss. Aber weil ihre Schwester krank wurde, bat Pearl um eine Woche Urlaub und passt auf ihre kleinen Neffen und Nichten auf. Und Luella, die im ersten Stock sauber macht, hat gedroht, sie würde kündigen, wenn sie auch noch Pearls Pflichten übernehmen müsste. Natürlich durfte ich das nicht riskieren, nachdem schon ein paar Leute abgehauen sind. Aber jetzt sind Sie ja da. Bald wird alles blitzblank funkeln.«

Tiffanys Entsetzen wuchs. Schlimm genug, dass vorerst nur ein einziges Mädchen hier arbeitete. Nicht einmal die vier zuvor beschäftigten Leute würden für das große Haus genügen. Und sie müssten sicher nicht von einer Haushälterin überwacht werden.

»Ist Ihnen bewusst, was eine Haushälterin tut, Sir?«

»Wir hatten nie eine, und ich kannte auch niemanden, der jemals eine eingestellt hätte – bis ich hörte, Frank würde Sie aus Chicago hierher holen, Miss. Und da kam ich auf die Idee, ihm Ihre Talente zu klauen, was immer die sein mögen.« Zachary lachte wieder. Offensichtlich genoss er den Streich, den er den Warrens spielte, in vollen Zügen. Hatten beide Seiten einander während des Waffenstillstands oft mit solchem Unfug geärgert? Immerhin besser als Blutvergießen.

»Wie es die Berufsbezeichnung verrät, halte ich ein Haus in Ordnung«, erklärte Tiffany. »Ich mache nicht sauber. Gewissermaßen bin ich ein Luxus für die Hausherrin, die ihre Zeit den Kindern oder anderen Interessen widmen kann. Ich sorge für die reibungslose Funktion des Haushalts, für makellose Sauberkeit, und beaufsichtige die Dienstboten, damit sie tun, wofür sie bezahlt werden. Außerdem kümmere ich mich persönlich um Ihr teures Porzellan und das edle Tafelsilber – all die kostbaren Dinge, die Ihre Gemahlin keinem gewöhnlichen Dienstmädchen anvertrauen würde.«

Eine Zeit lang dachte er darüber nach. »Teures Porzellan haben wir nicht. Mary hatte mal ein sehr schönes Besteck. Aber sie fand es zu wertvoll für den täglichen Gebrauch, und so verrostet es in der Dachkammer. Hier gibt's auch kein Dienstbotenheer, das Sie rumkommandieren können. Nun, weil Sie kochen müssen, haben Sie ohnehin genug zu tun.«

»Ich koche nicht«, erwiderte sie in entschiedenem Ton.

»Sicher, das gehört nicht zu den Pflichten, die Sie soeben aufgezählt haben. Aber da ich Ihnen das Doppelte zahle und Sie keinen Besen anfassen wollen, sind Sie eben unsere neue Köchin.«

»Sir, Sie missverstehen mich …«

»Außerdem hat Frank Warren auch kaum Dienstboten, die Sie befehligen könnten, und er würde Ihnen genauso wie ich andere Aufträge erteilen, ohne das Doppelte zu zahlen. Warum sind Sie so undankbar?«

Brennend stieg ihr das Blut in die Wangen. Würde er sie feuern? Aber wie sollte sie etwas tun, wovon Sie keine Ahnung hatte? Das würde einfach nicht funktionieren. Eine Haushälterin könnte sie zwei Monate lang spielen. Doch sie hatte noch nie im Leben irgendetwas gekocht, und es ließ sich an einer Hand abzählen, wie oft sie vor diesem Tag eine Küche betreten hatte.

Ihre Mutter beschäftigte zwei Köche und ein halbes Dutzend Küchenhilfen. Tag für Tag wurden in Roses Haus exquisite, originelle Mahlzeiten serviert. Für deren Zubereitung hatte sich Tiffany nie interessiert und die Küche, einen viel zu heißen Raum voll reger Betriebsamkeit, zumeist gemieden.

Sie könnte kochen lernen – allerdings nicht ohne Anleitung oder ein Kochbuch. Wurden im Gemischtwarenladen Bücher verkauft? Auch so spezielle wie Kochbücher? Konnten die Leute hier überhaupt lesen? Aber selbst wenn in einer kleinen Stadt wie Nashart wunderbarerweise ein Kochbuch zu finden wäre – an diesem Abend würde ihr das nichts nützen. Bald musste sie die Callahans verköstigen. Und jetzt, am späten Nachmittag, sollte sie das Dinner allmählich vorbereiten.

»Warum sind Sie nicht verheiratet? Ein hübsches Mädchen wie Sie?«

Zacharys Frage unterbrach ihre Gedanken. Beinahe lächelte Tiffany, als sie sich wieder zu ihm wandte. »Ich bin verlobt.« Wie amüsant das war, verstand nur sie, denn es galt für Jennifer und sie selber gleichermaßen.

Ihrem Arbeitgeber schien es zu missfallen, nach seiner mürrischen Miene zu schließen. »Also werden Sie demnächst kündigen?«

»Ich – ich habe mit Mr. Warren eine zweimonatige Probezeit vereinbart. Wenn es mir hier gefällt, wäre mein Verlobter bereit, mit mir in Montana ein neues Leben zu beginnen – statt in Kalifornien, was er vorziehen würde.«

»Hat er Sie wirklich allein hierher fahren lassen?«

Darauf antwortete sie, was Jennifer sagen würde. »Es war nötig. Wir beide müssen arbeiten und genug Geld sparen, damit wir ein Haus im Westen kaufen können.«

Zachary grinste. »Dann verhelfe ich Ihnen zu einer früheren Hochzeit? Keine Bange, Sie werden jeden Cent ehrlich verdienen. Diesen Sommer erwarten wir einen Gast aus dem Osten, und Mary sorgt sich wegen präsentabler Mahlzeiten und neuer Vorhänge, die fürs Wohnzimmer genäht werden sollen. Nun, Sie haben genug Zeit, das alles zu planen.«

Nur mühsam unterdrückte sie ein Stöhnen. Mit dem »Besuch« meinte er offenbar sie. Wollte er Hunters Verlobte beeindrucken? Oder wünschte es nur seine Frau? Das musste Tiffany herausfinden. Vorsichtig erkundigte sie sich: »Haben Sie oft Besuch aus einer so weit entfernten Gegend?«

»Nein«, seufzte er, »das ist ein sehr ungewöhnlicher Besuch.«

Obwohl sie wusste, dass sie die Grenzen einer Haushälterin überschritt, konnte sie sich nicht zurückhalten. »Wer ist es denn?«

»Ein heikles Thema, Mädchen. Allein schon, wenn ich dran denke, krieg ich Magenschmerzen.« Zachary schnitt eine Grimasse. Als er merkte, dass Tiffany ihn mit großen Augen anstarrte, verbesserte er sich, allerdings ziemlich ausweichend: »Nur jemand, der in ein altes geschäftliches Arrangement verwickelt ist. Sorgen Sie einfach für Ordnung im Haus.«

Ohne jeden Zweifel sprach er von ihr. Und offenbar fand er die Verlobung genauso unangenehm wie sie. Bereute er die Vereinbarung vor all den Jahren? Wenn ja, warum sagte er die Hochzeit nicht ab? Ging es um seine Ehre? Oder vielleicht hatten die Callahans gehofft, Tiffany würde sterben, bevor Hunter sie heiraten musste.

Könnte sie bloß danach fragen! Solange Zachary weder ihren Namen noch die Verlobung erwähnte, war das unmöglich.

Aber auf das Problem Personalmangel durfte sie hinweisen. »In Ihrem Haus hat sich so viel Schmutz angehäuft, dass es nicht nur an der tagelangen Abwesenheit eines Dienstboten liegen kann. Offenbar hat die Frau, die für das Erdgeschoss verantwortlich ist, schlampig gearbeitet.«

Zacharys Augen verengten sich. »Unterstehen Sie sich, sie zu feuern! Hier draußen wachsen Dienstmädchen nicht auf Bäumen.«

»Natürlich ist das Ihre Entscheidung, Sir. Ich mache Ihnen nur Vorschläge.«

»Erwarten Sie, ich würde darauf eingehen?« Er wirkte nicht erfreut, aber auch nicht besonders verärgert. Eher geplagt. Ein Viehzüchter kümmerte sich natürlich nicht um das Hauspersonal, und er verstand auch nichts davon.

»Besprechen wir die Sache, wenn ich die Frau kennengelernt und festgestellt habe, ob sie faul oder nur schlecht ausgebildet ist. Aber da sie in absehbarer Zeit wohl kaum zurückkommen wird und das Haus dringend gereinigt werden muss, sollten Sie Ihre Rancharbeiter damit beauftragen.«

Lachend schüttelte Zachary den Kopf. »Die machen doch nicht sauber! Das sind Cowboys, keine Hausmädchen. Andererseits – wenn Sie die Jungs drum bitten, tun sie's vielleicht.« Bei diesem Gedanken lachte er noch lauter.

»Also werden Sie die Männer nicht auffordern, mir zu helfen?«

»Nein, verdammt, Miss, ich riskier's keinesfalls, dass tüchtige Cowboys mir weglaufen, nur weil Sie nicht wissen, wie man einen Besen schwingt.«

Wieder einmal erhitzten sich Tiffanys Wangen. Ob sie das wusste oder nicht, spielte keine Rolle. Nur auf die Verantwortung einer Haushälterin und die Grenzen ihrer Pflichten kam es an. Offenbar störte es Mr. Callahan nicht, *ihre* Kündigung zu riskieren. Und zu der hatte sie gute Lust, denn dieser Schweinestall war einfach unerträglich.

Es lag ihr auf der Zunge, ihm zu erklären, wer sie wirklich war, und zu verlangen, man möge sie in die Stadt bringen.

Da schaute Zachary an ihrer Schulter vorbei und rief: »He, Hunter, bring unsere vornehme Haushälterin ins Bunkhaus! Soll sie mal auf die harte Tour rausfinden, dass Cowboys keine Böden scheuern!«

Kapitel 12

Aus dem Augenwinkel hatte sie eine Männergruppe vom Weideland zum Haus reiten sehen. Ob es Cowboys waren, konnte sie wegen der Entfernung nicht feststellen. Dann verschwanden sie hinter dem Haus aus ihrem Blickfeld. Etwas später hatte sie Schritte hinter ihrem Rücken gehört, sich aber nicht umgedreht, in ihr Gespräch mit Zachary vertieft.

Nun fuhr sie herum und wollte endlich ihren Verlobten begutachten. Wieder einmal sah sie zwei Männer, und einer war der attraktive Charmeur, der sie gehänselt hatte. Halb saß er auf dem Geländer der Veranda, halb lehnte er daran. Einen Fuß stützte er auf eine Sprosse, die Handgelenke über dem gebeugten Knie gekreuzt, den Hut tief in die Stirn gezogen, sodass sein Gesicht überschattet wurde. Der andere Mann, der ebenso gut aussah, lehnte neben der Tür, die Arme vor der Brust verschränkt. Irgendetwas an ihm beunruhigte Tiffany. Sekundenlang starrte sie ihn an. Spürte sie eine – gewisse Gefahr? Nein, sicher nicht. Und doch – aus unerfindlichen Gründen hielt sie ihn für einen Outlaw. Würden die Callahans Verbrecher bei sich aufnehmen? Sicher nicht. Trotzdem glaubte sie, ein Krimineller, der sich tarnte, würde genauso aussehen.

Wie der Charmeur hatte er schwarzes Haar, trug es aber kürzer, und es wirkte gepflegter. Seine Stiefel, weder abgewetzt noch voller Schlamm, glänzten beinahe, die Sporen funkelten.

Und er trug ein schwarzes Jackett, das eher zur Straße einer Großstadt gepasst hätte als zu einer Montana-Ranch, darunter ein weißes Hemd und eine dünne Krawatte statt eines Halstuchs. Sein Waffengurt war geradezu elegant, aus schwarzem Leder mit verschlungenem geprägtem Muster und silbernen Nieten. So kleidete sich kein Cowboy. Was hatte er auf der Ranch zu suchen? Ein Gast aus der Stadt? Oder *Hunter*? Der Gedanke raubte ihr fast den Atem.

Niemals, in all ihren Fantasien über ihren Verlobten, hatte sie sich gefragt, ob sie ihn *fürchten* würde. Aber irgendwas an diesem Mann alarmierte sie. In diesem Moment stand ihr Entschluss fest. Wenn das Hunter war, würde sie abreisen.

Bisher hatte sich keiner der Männer bewegt. Sie musterten Tiffany einfach nur. Nicht ganz so offensichtlich wie Cole, aber neugierig. Abschätzend wanderten hellblaue Augen über ihre Gestalt hinweg, stürmisch graue erwiderten ihren Blick und glitten nicht weiter hinab. Beide Männer machten sie nervös. Und sie wusste noch immer nicht, wer Hunter war! Eigentlich sollte ein Sohn etwas zu seinem Vater sagen, wenn er sich zu ihm gesellte. Aber anscheinend interessierte er sich viel mehr für Tiffanys Gespräch mit dem Hausherrn.

Hatten die beiden überhaupt etwas gehört? Vielleicht nicht, denn sie waren auf der langen Veranda ziemlich weit entfernt. Jetzt richteten sie sich gleichzeitig auf, und Tiffany schaute angespannt zwischen ihnen hin und her.

»Kommen Sie mit, Rotschopf, das wird sicher lustig.«

Erleichtert seufzte sie auf. Also war der gefährliche Mann nicht ihr Verlobter, sondern der Charmeur. Andererseits – fand sie das viel besser? Darüber konnte sie jetzt nicht nachdenken, denn er wartete nicht auf sie und stieg die Verandastufen hinab. Der andere rührte sich erst, als Tiffany an ihm vorbeiging.

Ehe Hunter die Ecke des Hauses umrundete, drehte er sich um. »Wollten wir nicht zum Badezimmer um die Wette laufen, Degan?«

»Damit war ich einverstanden, bevor etwas Amüsanteres die Langeweile vertrieben hat«, erwiderte der Gefährliche in kultiviertem Ton.

»Aber du wirst die Jungs verwirren«, warnte Hunter.

»Na und?«

Hunter lachte. »Wie du willst.«

Anscheinend fürchtete er Degan nicht, deutete aber an, auch die Cowboys würden den Mann gefährlich finden, der sich viel zu dicht hinter Tiffany befand. Aus einem Impuls heraus wollte sie ins Haus flüchten.

Dann ärgerte sie sich über ihre alberne Feigheit und holte ihren Verlobten ein, der mit einem Finger an seine Hutkrempe tippte. »Das dachte ich mir. In diesem Staubkokon hat sich ein Schmetterling verborgen. Verdammt, Miss, Sie überraschen mich wirklich. Oder sind Sie verheiratet?«

Wie er sie anschaute … Das brachte sie ziemlich durcheinander. Als wäre sie eine appetitliche Mahlzeit und er halb verhungert. »Noch nicht – ich meine, ich bin verlobt.«

Langsam verzogen sich seine Lippen zu einem Grinsen, das Tiffanys Puls beschleunigte. »*Noch nicht*, also habe ich eine Chance, Rotschopf.«

Ihr Gesicht erhitzte sich. Flirtete er mit ihr? Das konnte man nicht mehr charmant nennen, und es wäre höchst unschicklich – insbesondere nachdem er von ihrer Verlobung erfahren hatte. Außerdem war er ebenfalls verlobt. Mit ihr. War Hunter die westliche Version eines Schürzenjägers? Der Gedanke missfiel ihr. Hastig verdrängte sie ihn und konzentrierte sich auf ihre Absichten. »Haben Sie die Bedingung gehört, die ich vorhin stellen wollte, Mr. Callahan?«

Er ging weiter und berührte ihren Arm, nur ganz leicht, um sich zu vergewissern, dass sie ihm folgte. »Klar. Nennen Sie mich Hunter.«

»Und Sie nennen mich bitte Miss Fleming – *nicht* Rotschopf.«

»Ihr Vorname?«

»Jennifer, aber …«

»Jenny genügt«, unterbrach er sie grinsend. »Bedenken Sie – hier sind wir nicht in der Großstadt, wir benehmen uns nicht so förmlich. Sicher werden Sie sich daran gewöhnen.«

»Nicht so förmlich» war eine glatte Untertreibung. Aber Tiffany gab ihm recht. Sie spielte nicht nur eine andere Person, sondern auch eine Dienstbotin. Deshalb musste *sie* sich den Callahans anpassen, nicht andersrum. Zumindest, wenn sie darauf bestanden. Das schien Hunter zu beabsichtigen, wenn er sie mit diesem albernen Spitznamen anredete.

Hinter dem Haus sah sie Ställe, Gehege und das Bunkhaus, das sie ansteuerten, auch den Gemüsegarten, den Old Ed angelegt hatte, bevor er in die weite Welt hinausgezogen war. Außerdem gab es einige Lagerschuppen und sogar eine Waschküche, vor der Bettzeug und Männerkleidung an Leinen hingen. Würde die Ranch ihres Vater auch so aussehen, fast wie eine Selbstversorgergemeinschaft?

»Wie viele Cowboy arbeiten hier?«, fragte sie und hoffe auf ein kleines Heer, das sie brauchen würde.

»Sieben sind gerade mit mir von der Weide zurückgeritten«, erklärte Hunter, »und drei bleiben über Nacht draußen bei den Rindern.«

Tiffany hatte mit viel mehr Männern gerechnet. »Sind das genug für die Herde, wenn sie so groß ist, wie Cole es behauptet hat?«

»Mehr als genug, weil meine Brüder und ich auch arbeiten.«

»Hört Ihr Arbeitstag immer so früh auf?«

»Für uns ist das nicht früh, weil wir sehr zeitig anfangen.« Nach einer kurzen Pause empfahl er ihr augenzwinkernd: »Nun sollten sie sich auf eine Enttäuschung gefasst machen.«

Erbost biss sie die Zähne zusammen. Für diese Art von Humor hatte sie kein Verständnis. »Warum glauben Sie, dass es ›lustig‹ wird?«, fragte sie vor der Tür des Bunkhauses. »Sind Sie so sicher, dass die Cowboys mir ihre Hilfe im Haushalt verweigern werden?«

»O ja.«

»Wohnen Sie denn gern in einem Schweinestall?«

»Übertreiben Sie nicht. Wir arbeiten im Freien. Da lässt sich nach einem Regentag ein bisschen Schlamm an den Stiefeln nicht vermeiden, wenn wir ins Haus gehen.«

Nur ein Wort von ihm würde die Situation nach Sonnenuntergang ändern. Immerhin war er der älteste Sohn des Ranchers. Vielleicht würden die Cowboys protestieren, aber dennoch gehorchen. Also musste sie Hunter überzeugen. »Es ist viel mehr als …«

Weiter kam sie nicht, denn er öffnete die Tür und schob Tiffany über die Schwelle. »Hört mal zu, Jungs, die Lady hat euch was zu sagen.« *Lacht nicht zu laut,* hätte er hinzufügen können. Das bekundeten seine zuckenden Mundwinkel deutlich genug.

Aber die Cowboys lachten nicht. Zwei lagen in ihren Stockbetten, zwei spielten Karten im Hintergrund des lang gestreckten Raums, und die anderen standen bei einem Kessel, der über dem offenen Feuer hing, und füllten ihre Teller. Also gab es einen Koch? Plötzlich starrten alle zu Tiffany herüber. Jetzt musste sie sich bewähren. »Wahrscheinlich finden Sie meine Bitte etwas seltsam«, begann sie und lächelte gewinnend. »Aber ich brauche kurzfristig Hilfe im Haushalt.

Wenn alle mit anpacken, wären wir in ein paar Stunden fertig.«

»Was für eine Arbeit wäre das?«, fragte jemand.

Ermutigt fuhr sie fort: »Die Wohnzimmermöbel müssten hinausgetragen, mit Wasser und Seife gereinigt und die Sofakissen gelüftet werden. Auch den Kamin sollten Sie sauber machen. Und die Böden müssen gescheuert werden, bis sie glänzen. Die Küche benutzen wir erst wieder, wenn sie blitzblank geputzt ist. Die anderen Räume habe ich noch nicht gesehen, aber vermutlich sind sie in ebenso schlimmem Zustand.«

Alle schwiegen. Hilfe suchend schaute sie Hunter an. Aber er unterstützte sie nicht. Offenbar fand er es wahnsinnig komisch, dass sie Cowboys zumutete, die Arbeit von Hausmädchen zu erledigen. Die Männer nahmen sich prompt ein Beispiel an seiner sichtlichen Belustigung und begannen zu lachen.

»Ich helfe Ihnen.«

Abrupt verstummte das Gelächter, und Tiffany blinzelte verblüfft, denn sie erkannte Degans Stimme. Als sie sich umdrehte, sah sie ihn neben der Tür an der Wand lehnen, die Arme gekreuzt wie vorhin auf der Veranda. Langsam ließ er den Blick seiner sturmgrauen Augen durch den Raum schweifen und schien allen Männern Angst einzujagen – abgesehen von Hunter und dem Koch, den Tiffany jetzt im Hintergrund entdeckte. Dort schnitt er ein großes Stück Rindfleisch in Scheiben und schien die Ereignisse nicht zu beachten.

Im Gänsemarsch verließen die Cowboys das Bunkhaus, und Tiffany hörte einige Kommentare – teils höflich, teils entrüstet.

Ein kleiner Mann mit O-Beinen und einem Schnurrbart,

dessen Spitzen bis zu seinem Kinn reichten, wandte sich zum Koch und schrie: »Halt den Kessel warm, Jakes!«

Hinter ihm knurrte ein stämmiger Bursche: »Wenn du irgendwem erzählst, ich hätte Hausarbeit gemacht, bist du tot.«

Tiffany lächelte und errötete abwechselnd. Nun hatte sie ihr kleines Heer – keineswegs dank ihres Verlobten. Zweifellos hatte die Angst vor Degan alle Cowboys umgestimmt. Triumphierend flüsterte sie Hunter zu: »Freut mich, dass Sie sich irren.«

»Das war kein Irrtum«, entgegnete er und musterte sie anzüglich. »Aber ich wurde von einem hübschen Gesicht ausmanövriert. Sie können sehr überzeugend wirken, Rotschopf. Wenn Sie nächstes Mal was brauchen, wenden Sie diesen Effekt bei mir an, das könnte amüsant werden.«

Ausdrucksvoll schweifte sein Blick über ihren Körper. Sie errötete noch heftiger. Flirtete ihr Verlobter mit Jennifer?

»Kommst du, Hunter?«, fragte Degan, als der letzte Cowboy aus dem Bunkhaus trottete.

»Nein, verdammt, ich esse lieber was von Jakes' Eintopf. Heute Abend wird unsere vornehme Haushälterin wohl kaum kochen. Keine Bange, später bringe ich den Rest ins Haus.«

Nachdem Tiffany ihm einen vernichtenden Blick zugeworfen hatte, trat sie hoch erhobenen Hauptes ins Freie. Nur weg von diesem dreisten Mann …

Unglücklicherweise folgte ihr Degan auf dem Weg zum Haus. Welch ein seltsames Gefühl – einen Mann zu fürchten und ihm gleichzeitig dankbar zu sein …

Kapitel 13

Danke«, fühlte sie sich verpflichtet zu sagen. Sie hatte gewartet, bis sie das Haus erreichten, damit sie hineineilen konnte, bevor Degan antworten würde. Doch sie schaffte es nicht, die Veranda zu überqueren, ehe Zacharys Gelächter erklang.

»Zum Teufel, Mädchen, nie hätte ich gedacht, dass Sie Cowboys in Hausmädchen verwandeln können! Wenn Sie das schaffen, gelingt Ihnen vermutlich alles. Nun werde ich meiner Mary sagen, sie muss sich wegen ihrer feudalen Party keine Sorgen machen.«

Tiffany hatte nicht erwartet, wie sehr sie sich über ein Kompliment von Mr. Callahan freuen würde. Etwas verlegen fragte sie: »Wo finde ich denn Putzmittel und dergleichen?«

»Neben der Küche gibt's einen großen Schrank, da drin werden Besen und Eimer und dieses ganze Zeug verwahrt.«

Sie ging ins Haus, um Utensilien und Aufträge unter die Cowboys zu verteilen. Zu viel durfte sie ihnen nicht zumuten, nachdem sie so nett und hilfsbereit gewesen waren. Und so verlangte sie nicht, sie müssten die Boden polieren. Diese Arbeit sollte später das Dienstmädchen erledigen, das dafür zuständig war.

Zuerst wandte sie sich an den Cowboy mit dem langen Schnurrbart. »Bitte, tragen Sie die Teppiche hinaus und klopfen Sie den Staub mit einem Besen heraus. Am besten hängen Sie die Teppiche über das Verandageländer. Natürlich nicht auf der Seite, wo Ihr Boss sitzt. Den möchten wir nicht unnötig ärgern.«

Da lachte er. »Wenn er Ihnen erlaubt, uns dermaßen zu schikanieren, soll er sich ruhig ein bisschen ärgern.«

Einem anderen Cowboy gab sie einen Besen, seinem Nebenmann einen Mopp, einen Eimer und Scheuerlappen. »Säubern Sie bitte alle Böden im Erdgeschoss. Erst fegen, dann feucht wischen. Und nun brauche ich einen Freiwilligen, der den Kamin und den Schornstein reinigt – die schwierigste Arbeit.«

Allgemeines Schweigen.

»Bitte?«

»Das mache ich«, meldete sich ein schmächtiger Bursche. »Schon als ich noch klein war, zwang mich meine Ma, den Schornstein zu fegen.« Um seine damalige Größe anzuzeigen, berührte er sein Knie – sicher eine maßlose Untertreibung, aber damit brachte er seine Gefährten zum Lachen.

Auch Tiffany stimmte in das Gelächter ein, bevor sie die restlichen drei Männer ersuchte, die Möbel aus dem Haus zu tragen und draußen feucht abzuwischen. Dann gab sie ihnen einen Tiegel Bienenwachs, mit dem sie die Tischplatten polieren sollten.

Nachdem alle Cowboys beschäftigt waren, ging sie in die Küche, die sie sich selbst vornehmen wollte. Sie fand es angemessen, weil sie hier *kochen* sollte. Das wurde von ihr erwartet. Nun musste sie bis zehn zählen, ehe sie sich dazu durchrang, einen schmutzigen Teller zu ergreifen.

»Vielleicht müssten Sie erst einmal das Spülbecken mit Wasser füllen«, ertönte eine tiefe Stimme hinter ihr.

Verwirrt fuhr sie zur Tür herum. Degan betrat die Küche

und schlenderte an ihr vorbei, während sie wie gelähmt dastand. Gewiss, er hatte sich bereit erklärt, ihr zu helfen. Aber sie hatte nicht vermutet, dass er es wörtlich meinte, und deshalb nicht gewagt, ihn mit einer Aufgabe zu betrauen. Außerdem hatte er ihr ohnehin schon beigestanden und die Cowboys zur verhassten Hausarbeit bewogen.

Er pumpte Wasser in die Spüle, dann warf er eine Handvoll Seifenflocken aus einer Schachtel hinein, die auf dem Fensterbrett stand. »Wenn das Zeug eingeweicht wird, lässt es sich danach leichter reinigen.«

Ohne auf seinen Vorschlag einzugehen, starrte sie die benutzten Teller und Platten und Schüsseln an, die sich auf dem Tisch in der Küchenmitte stapelten. Bei dem Gedanken, dieses fettige Geschirr anzufassen, erschauerte sie. Obwohl ihr ein Dutzend Fragen auf der Zunge brannten, brachte sie kein Wort hervor. Stattdessen malte sie sich aus, wie er Züge, Postkutschen oder sogar Banken überfallen würde. Waren Outlaws so vielseitig?

Er zog sein Jackett aus, nahm den Hut ab und hängte beides an Haken neben der Hintertür. Dann krempelte er die Hemdsärmel hoch. Mit seinen breiten Schultern, den muskulösen Unterarmen und dem Revolver an der Hüfte wirkte er in dieser verschmutzten Küche völlig deplatziert. Während er Essensreste in einen großen Topf schabte und Teller in die Seifenlauge stellte, kam er Tiffany nicht mehr so beängstigend vor, und die Stimme gehorchte ihr wieder. »Mr. Degan …«

»Degan Grant.«

»Mr. Grant …«

»Degan ist in Ordnung.«

»Bitte, nehmen Sie ein bisschen Rücksicht auf mich. So schnell kann ich die jahrelang gewohnte Etikette nicht ablegen, *Mr.* Grant. Ich weiß, es ist eine dumme Frage. Aber – wissen Sie irgendwas übers Kochen?«

Beinahe lächelte er. Oder täuschte sie sich? »Wenn das Wasser kocht, muss man irgendwas machen. Und in den Brotteig gehört Hefe. Davon abgesehen habe ich keine Ahnung.«

»Ich auch nicht«, seufzte sie. »Als ich Mr. Zachary Callahan erklärte, ich würde nicht kochen, meinte ich zunächst nur, das würde keineswegs zu dem Pflichten einer Haushälterin gehören. Aber ich kann es tatsächlich nicht …«

Offenbar wollte er nicht darüber diskutieren, während er einen Eimer mit Wasser füllte und auf die Arbeitsfläche neben der Spüle stellte. »Sie waschen das Geschirr ab, ich trockne es.«

So weit wie möglich schob sie ihre Ärmel hoch – wegen der engen Manschetten nicht allzu weit. Ohne jeden Zweifel würde sie das gelbe Kleid ruinieren.

Könnte Rose sie jetzt sehen, würde sie glauben, ihre Tochter hätte den Verstand verloren. War es diese Plackerei wert, Hunter klammheimlich kennenzulernen? Vielleicht nicht. Aber die Qual lohnte sich, wenn sie dem Mann, der sie so viele sinnlose Tränen gekostet hatte, nicht begegnen musste. Nur zwei Monate, dann würde sie abreisen, *ohne* ihren Vater zu treffen.

Die Zähne zusammengebissen, ergriff sie den Lappen, den Degan ihr hinhielt. Aus dem Augenwinkel entdeckte sie einen kleinen hölzernen Kasten – den Brotkasten – auf einem Tischchen in der Ecke. Das brachte sie auf die Idee, wie zumindest *ein* Küchenproblem zu lösen wäre. »Brot! In Nashart gibt es eine Bäckerei, ich lasse das Brot hierher liefern!«

Dass sie laut gesprochen hatte, merkte sie erst, als Degan antwortete: »Sicher werden die Callahans nichts kaufen, das ihre Haushälterin herstellen müsste. Außerdem können Sie die Familie nicht nur mit Brot füttern.«

Widerstrebend tauchte sie ihre Hände ins Wasser, nahm einen Teller heraus und wusch ihn ab. »Wenn ich morgen in der Stadt bin, versuche ich ein Kochbuch zu kaufen.«

»Viel Glück.«

Klang seine Stimme sarkastisch? Um das herauszufinden, schaute sie ihn an und merkte, dass er viel zu dicht neben ihr stand. Sie wollte zur Seite rücken, fürchtete jedoch, das würde ihn beleidigen. *Behüte Gott mich davor, einen Outlaw zu beleidigen …*

In diesem Moment sah er nicht wie ein Outlaw aus. Seine Miene war unergründlich. Als er ihr den Teller aus der Hand nahm und abtrocknete, kicherte sie nervös. Wovon hatten sie gesprochen? Ach ja, er glaubte, sie würde in Nashart kein Kochbuch finden. Anna hatte betont, im Gemischtwarenladen würde man wahrscheinlich nur das Allernötigste bekommen. *Und was soll ich dann machen?*

»Kann dieser Jakes nicht für die Callahans kochen?«, fragte sie, der Verzweiflung nahe.

»Darum wurde er schon vergeblich gebeten. Da er im Bunkhaus und draußen auf der Weide für die Cowboys kocht, hat er genug zu tun. Außerdem sind seine Mahlzeiten zwar nahrhaft, aber ziemlich geschmacklos.«

Wie sollte sie ohne Anleitung für diese Leute kochen? Am Ende ihrer Weisheit, reichte sie Degan einen zweiten gespülten Teller. Diesmal berührten sich ihre Schultern. Angstvoll zuckte sie zusammen. Doch er schien es gar nicht zu bemerken. Damit es nicht noch einmal passierte, trat sie möglichst unauffällig zur Seite.

Den nächsten Teller schrubbte sie etwas vehementer. »Morgen bringe ich einen Brief an meine Mutter zur Post. Ich werde sie bitten, mir ein Kochbuch zu schicken.«

»Und in der Zwischenzeit?«

Fast jedes Wort, das Degan Grant sagte, wies ihr die Tür. Auch seine körperliche Nähe drängte sie in diese Richtung. *Wenn ich die Flucht ergreife, wäre wenigstens das Küchenproblem aus der Welt geschafft …* Dann fiel ihr eine letzte Möglichkeit ein. »Am besten spreche ich mit Mrs. Callahan. Sie muss ein paar alte Familienrezepte besitzen, die sie mir leihen könnte. Dabei werde ich ihr klarmachen, wie unvernünftig ihr Mann ist, weil er Kochkünste von einer Haushälterin verlangt.«

»Vermutlich steht die Frau auf seiner Seite. An Ihrer Stelle würde ich ihn nicht *unvernünftig* nennen.«

Da hatte er recht. Im Grunde wollte sie ohnehin nicht mit Mary Callahan reden, denn die würde sie durchschauen und sich bei Zachary über sie beschweren. Dann würde er erkennen, dass er »Miss Fleming« für praktisch nichts das Doppelte zahlte, und sie feuern. Insbesondere, wenn er von ihren mangelnden Kochkünsten erfuhr. Als sie ihr Täuschungsmanöver geplant hatte, war sie gar nicht auf den Gedanken gekommen, welche Hindernisse ihr drohen mochten. Wie auch immer, mit einem Fehlschlag wollte sie sich noch nicht abfinden. Wenn sie am nächsten Tag in die Stadt fuhr, müsste ihr irgendjemand begegnen, der ihr helfen würde.

»Ich werde mir etwas anderes ausdenken«, murmelte sie.

»Also wollen Sie nicht aufgeben und kündigen?«

Sie schaute ihn wieder an. Diesmal trafen sich ihre Blicke, was Tiffany durcheinanderbrachte, aber erstaunlicherweise nicht erschreckte. Offenkundig war er sehr gefährlich, und trotzdem sah er auf seine düstere Art sehr gut aus.

Bei dieser Erkenntnis wurde sie schon wieder rot. »Natürlich nicht«, antwortete sie und reichte ihm den letzten Teller. Dann ging sie zum großen Tisch und trug zwei Töpfe zur Spüle, was das Schmutzchaos kaum verringerte. »Warum ist die Küche in einem so schrecklichen Zustand? Hat einer der Callahans zu kochen versucht?« Sie stellte sich vor, Hunter würde am gusseisernen Herd stehen und in Töpfen rühren. Dieses Fantasiebild bewog sie zu einem ironischen Lächeln, das Degan nicht sah, weil er die sauberen Teller gerade in einen Schrank räumte.

»Nein«, erwiderte er. »Ed kochte eins seiner luxuriösen Menüs, um die Familie über seine Kündigung hinwegzutrösten, und das klappte nicht. Während wir aßen, informierte er uns über seine Pläne. Zach war verdammt wütend, sie stritten, und Ed verschwand noch am selben Abend, ohne in der Küche sauber zu machen.«

»Also hätte Mr. Callahan sich beherrschen sollen«, befand Tiffany.

Degan kehrte zum Spülbecken zurück und nahm ihr den ersten abgewaschenen Topf ab. Allmählich fühlte sie sich in seiner Gesellschaft etwas besser, und so fügte sie hinzu: »Was machen Sie eigentlich hier, Mr. Grant, wenn ich mir die Frage erlauben darf?«

»Um Rinder kümmere ich mich nicht.«

Das war alles, was er sagte. Plötzlich sah er wieder gefährlich aus. Hätte sie bloß den Mund gehalten! Was war denn nur in sie gefahren?

Sie spülte den zweiten der Töpfe, holte die nächsten vom Tisch und blickte nicht auf, bis sie jemanden hinter sich rufen hörte: »Soll das ein Witz sein?«

Kapitel 14

Degan musste die Stimme erkannt haben, denn er drehte sich nicht um. Und Tiffany vermutete, es wäre Hunters Frage, in der dieses ungläubige Staunen mitschwang. Da sie nicht sicher war, spähte sie über die Schulter. Tatsächlich, ihr Verlobter stand in der Küchentür und starrte den Rücken Degan Grants an, der einen weiteren Topf abtrocknete.

Wieder zu Degan gewandt, wunderte sie sich über seine Gelassenheit. Anscheinend war er kein bisschen verlegen, weil er bei der Küchenarbeit ertappt wurde. »Wohl oder übel muss ich das machen«, entgegnete er, ohne nach hinten zu schauen. »Sonst kriegen wir nie mehr was Anständiges zu essen.«

»Dafür interessierst du dich normalerweise nicht sonderlich«, betonte Hunter.

»Nein, zum Glück nicht«, bestätigte Degan trocken.

Tiffany holte den letzten Topf, der noch auf dem Herd stand, und erregte damit Hunters Aufmerksamkeit. »Eigentlich habe ich nicht erwartet, Sie arbeiten zu sehen, Rotschopf«, sagte er gedehnt. »Ich dachte, Sie würden die Peitsche schwingen.«

Entrüstet versteifte sie sich. »Wenn Sie uns nicht helfen möchten, sollten Sie gehen, Mr. Callahan.«

»O nein, hier ist es so amüsant …«

Von seiner Hänselei entnervt, warf sie einen nassen Lappen in seine Richtung, der vor seinen Füßen landete. Sie wünschte, sie hätte seine Brust getroffen, obwohl sie das wahrscheinlich bereuen würde. »Dann machen Sie sich nützlich und schrubben Sie den Tisch.«

Hunter kam grinsend näher, den Lappen in der Hand. Belustigte ihn denn *alles*? Erst jetzt wurde ihr bewusst, dass sie sich wie Tiffany verhielt, nicht wie Jennifer. Niemals würde eine Dienstbotin den Sohn des Hausherrn herumkommandieren.

Endlich drehte sich Degan um. An die Arbeitsfläche gelehnt, trocknete er den letzten Topf ab. Tiffany nahm an, er wollte sehen, ob Hunter ihnen wirklich helfen würde. An dessen Stelle würde sie's nicht tun. Für so etwas war das Personal da, selbst wenn die Callahans derzeit keines hatten.

Aber zu ihrer Verblüffung begann er, den Tisch abzuwischen. Das Grinsen erlosch, als er mit dem Kinn zur Tür wies. »Allmählich erlahmen die Jungs, Degan. Wenn sie in diesem Schneckentempo weitermachen, werden sie heute Nacht kaum schlafen. Deshalb müssen sie angespornt werden. Von dir.«

Widerspruchslos stellte Degan den Topf beiseite und verließ die Küche.

Tiffany gab nicht vor, sie hätte keine Ahnung, was Hunter mit diesem Ansporn meinte. »Wieso fürchten sie sich vor ihm?«

»Warum flüstern Sie?«

Dass sie geflüstert hatte, war ihr gar nicht aufgefallen. »Würden Sie bitte antworten?«, ersuchte sie ihn etwas lauter.

»Weil er ein Killer ist. Das wissen die Jungs.«

Tiffany schnappte nach Luft. »Also ein Outlaw?«

Lachend schüttelte er den Kopf. »Nur schnell genug mit der Waffe, sodass er davon leben kann. Outlaws verstoßen gegen die Gesetze. Aber Degan läuft nicht rum und schießt zum

Spaß auf Leute. Zumindest habe ich das noch nie beobachtet. Hier befolgt er die Gesetze.«

»Und was für einen Beruf übt er aus?«

Hunter zuckte die Achseln. »Revolverschwinger, Leibwächter, Friedensstifter. Suchen Sie sich's aus.«

Vor allem die letzte Bezeichnung faszinierte sie. »Wie stiftet er denn Frieden?«

»Indem er die Gegner abschreckt.«

»Haben Sie Angst vor ihm?«

Diese Frage schien ihn zu überraschen. »Warum sollte ich? Er arbeitet für uns. Nicht für die Warrens.«

Das missfiel ihr. »Würden die Warrens ihn bezahlen – hätten Sie dann Angst vor ihm?«

»Vielleicht, wenn ich ihn nicht kennen würde. Er ist kein Heckenschütze. Und er fängt keinen Streit an. Dafür feuert er einfach zu schnell. Es wäre unfair.«

»Wissen Sie das? Oder glauben Sie es nur?«

Plötzlich runzelte er die Stirn. »Was bedeuten die vielen Fragen nach Degan?«

»Wenn ich hier arbeiten soll …«

»*Wenn?*«

»Ja, *wenn*. Ich muss wissen, ob ich auf dieser Ranch sicher bin. Wieso hat Ihr Vater ihn eingestellt?«

»Vor ein paar Monaten kam es zu einem Streit, der den Waffenstillstand mit unseren Nachbarn gefährdet. Mein Bruder Cole verpasste Roy Warren ein blaues Auge, als sie zusammen an dem Haus gearbeitet haben, das für mich gebaut werden sollte. Einige Tage später wurde beinahe Coles Ohr weggeschossen. Zweifellos wollte Roy sich rächen. Wir schickten Sheriff Ross rüber, damit er mit ihm redet. Das brachte die Warren-Brüder erst recht auf die Palme.«

»Ist noch was passiert?«

»Sam, der Älteste, provozierte uns. Eines Abends tauchte er im Blue Ribbon Saloon auf und setzte sich zusammen mit meinem Bruder John an den Pokertisch. Nach einer Weile warf er ihm vor, er würde schummeln. So was nahm John nicht hin. Von einem Warren schon gar nicht. Also gingen sie auf die Straße raus, um das zu klären. Beide wären gestorben, hätte der Sheriff nicht rechtzeitig eingegriffen und sie für die restliche Nacht ins Gefängnis gesteckt. Am nächsten Morgen entschuldigte sich Sam und behauptete, er sei zu betrunken gewesen, um klar zu sehen.«

»Und die Ausrede Ihres Bruders?«

Hunter hob die Brauen. »Obwohl John zum Jähzorn neigt – er hat keine Ausrede gebraucht. In dieser Gegend nimmt man's nicht auf die leichte Schulter, wenn man zu Unrecht des Betrugs beim Kartenspiel bezichtigt wird. Ein Wunder, dass John den Kerl nicht direkt am Spieltisch abgeknallt hat. Und als hätte das nicht genügt, um den Kampf erneut zu entfachen, wurde aus dem Hinterhalt auf mich geschossen. Ich war in die Stadt geritten und holte einen neuen Sattel ab. Kaum trat ich aus dem Laden, krachte es, und die Kugel warf mich durch die Schaufensterscheibe.«

Entsetzt hielt sie die Luft an. »Wurden Sie getroffen?«

»Nur der Sattel«, erwiderte Hunter grinsend. »Zum Glück kam ich mit ein paar Kratzern von den Glassplittern davon.«

»Wer hat auf Sie geschossen?«

»Das fanden wir nie heraus. An jenem Morgen waren ein paar Landstreicher in Nashart. Außerdem hielt gerade der Zug in der Station, und einige Fahrgäste wanderten durch die Stadt. Aber Carl Warren war auch da.«

Tiffany biss sich auf die Lippe, sonst hätte sie ihren Bruder, den sie offiziell nicht kannte, aus einem Impuls heraus verteidigt. Trotzdem betonte sie nach einer kurzen Pause: »Ein Verdacht ohne konkreten Beweis …«

»Mag sein. Aber eine begründete Vermutung. Sobald Pa hörte, Degan Grant würde sich in der Stadt aufhalten, hat er ihn angeheuert.«

»Um die Warrens erschießen zu lassen?«

»Unsinn.« Hunter verdrehte die Augen. »Damit sie *uns* nicht umbringen. Pa will ein Blutvergießen vermeiden, so kurz vor der Hochzeit, die einen dauerhaften Waffenstillstand bewirken soll.«

Danach musste sie sich nicht erkundigen. Aber Jennifer wäre wahrscheinlich neugierig. »Wer heiratet denn?«

»Die Warrens haben eine Tochter.«

Abwartend sah sie ihn an und hoffte zu erfahren, was er von seiner jahrelangen Verlobung mit einer Fremden hielt. Hasste er den Gedanken genauso wie sie? Wenn ja, könnten sie sich verbünden und gemeinsam überlegen, wie ein Waffenstillstand ohne zwei Opfer vor dem Traualtar zu erzielen wäre. Leider wollte er das Thema nicht erörtern. Die ganze Zeit hatte er *sie* angeschaut, nicht den Tisch, den er säubern sollte. Ausgerechnet *jetzt* fing er wieder an, die Holzplatte zu schrubben. Natürlich durfte sie ihm keine allzu persönlichen Fragen stellen. Also schnitt sie wieder das Thema des Revolverschwingers an, über den Hunter bereitwillig geredet hatte: »Ist Mr. Grant ein Beschützer?«

»Das könnte man sagen. Verdammt ärgerlich – als könnten wir nicht selbst auf uns aufpassen.«

Also war Degan gewissermaßen ein Abschreckungsmittel. Für diese Aufgabe eignete er sich ohne jeden Zweifel. Aber Tiffany verstand nicht, wieso er gebraucht wurde. Weder Roy noch Carl würden aus dem Hinterhalt auf die Warrens schießen. Andererseits – Sam …

Besonders gut kannte sie ihre Brüder nicht, und sie hatte sie fünf Jahre lang nicht gesehen. Aber sie führten einen regelmäßigen Briefwechsel, und sie traute keinem einen Mordversuch zu – am allerwenigsten Roy, der die erneuten Feindseligkeiten angeblich verursacht hatte. Nur zehneinhalb Monate jünger als Tiffany, war er ein Träumer und schrieb Gedichte. Doch sie konnte sich vorstellen, dass Sam in Wut geraten und die Warrens attackieren würde, wenn sie Roy fälschlicherweise eines Betrugs beschuldigten. Als ältester der vier Brüder wollte er die jüngeren schützen. Aber er war erst neunzehn, und er würde wohl kaum aus dem Hinterhalt auf jemanden feuern – nicht nur einmal, sondern sogar *zweimal.*

Dieser Gedanke bewog sie zu der Frage: »Was sagt Ihr Sheriff zu den Schüssen?«

»Ross hält sich an Fakten, nicht an Spekulationen. Was immer er glaubt – er wird seine Meinung erst äußern, wenn es Beweise gibt.«

Zu schade, dass die Callahans nicht genauso dachten … Doch das erwähnte Tiffany nicht, sonst würde sie Hunter womöglich beleidigen. »Ist Ihre Familie auch mit anderen Ranchern verfeindet?«

»Alle Leute in und um Nashart herum kommen gut miteinander aus. Abgesehen von den Warrens und uns. Die anderen verbünden sich sogar gegen die Bergmänner, die neulich hierherzogen. Und die Stadtbewohner fürchten, auch Nashart könnte sich zu einer unsicheren Goldgräberstadt entwickeln wie Virginia City, Helena oder Butte und übles Gesindel in unsere Gegend locken.«

»Das höre ich zum ersten Mal«, sagte sie verblüfft. »Nashart – eine Bergbaustadt?«

»Wegen einer einzigen Mine wird's noch keine Bergbaustadt. Anfang des Jahres wurde in einer Schlucht westlich von unserer Ranch Kupfer gefunden. Ein bisschen zu nah für unseren Geschmack. Butte gehört zu den größten Goldgräberstädten in Montana, und Harding, einer der dort tätigen Minenbesitzer, hat eine Mannschaft hierhergeschickt. Bevor irgendwer in Nashart was merkte, war schon ein Schacht in Betrieb.«

»Und?«

»Zwei Adern wurden gefunden. Eine führt unter unserem Land dahin. Dass da gebuddelt wurde, merkten wir erst, als ein Tunnel einstürzte und ein gewaltiges Loch entstand. Dabei wurden ein paar von unseren Rindern verletzt. Pa war wütend. Aber Hardings Vorarbeiter behauptete, sie wären unwissentlich unter unseren Grund und Boden geraten. Harding wollte uns das betreffende Stück Land abkaufen oder die Schürfrechte erwerben, dann bot er uns sogar eine Teilhaberschaft an. Das alles lehnte Pa ab. Er ist nun mal durch und durch Rinderzüchter. Um die ertragreiche Kupfermine direkt unter unserer Ranch kümmert er sich nicht. Und – ja, ich habe mich schon gefragt, ob Harding was dagegen hätte, wenn wir woanders hinziehen – oder sterben – würden.«

In plötzlichem Zorn stieß Tiffany hervor: »Also will sich ein Bergmann Ihr Land aneignen, und Sie glauben natürlich, es wären junge Burschen gewesen, die auf Sie und Cole geschossen haben?«

»Wieso nehmen Sie an, die Warren-Brüder wären jung?«

»Weil Cole sehr jung ist und die erste Auseinandersetzung mit Roy hatte. Deshalb kann der noch nicht allzu alt sein.«

»Ja, nach der Keilerei der beiden musste man das wohl vermuten. Harding versicherte dem Sheriff, mit den Schüssen hätte er nichts zu tun. Nun bleibt ihm nichts anderes übrig, als den Teil der Mine zu nutzen, für den er das Schürfrecht besitzt. Danach muss er weiterziehen. In Montana gibt's genug Gold, Silber und Kupfer. Zu viel, um deshalb zu morden.«

»Vielleicht sieht Mr. Harding das etwas anders.«

»Dann wäre er ein Narr.«

»Wer behauptet denn, er wär's nicht?«, zischte Tiffany.

»Jetzt bin ich an der Reihe, um zu fragen – soll das ein Witz sein?« Degan war zurückgekehrt und lehnte im Türrahmen – anscheinend nicht amüsiert, nur neugierig. Ohne ein weiteres Wort warf Hunter den Putzlappen auf den Tisch und stapfte aus der Küche.

Um ihr Erröten zu verbergen, wandte sich Tiffany wieder zur Spüle um. Hatte sie tatsächlich mit dem Erben ihres Arbeitgebers gestritten? »Werden Sie Callahan senior empfehlen, mich zu feuern, Mr. Grant?«, fragte sie kühl.

»Wollen Sie das?«

Da drehte sie sich um. »Sicher ist es Hunters Wunsch.«

Wieder diese zuckenden Mundwinkel. Der Anflug eines Lächelns – oder auch nicht. »Weil Sie eine eigene Meinung haben?«

»Das war eine ungehörige Diskussion. Ich hätte meine Gedanken für mich behalten sollen.«

»Wenn Hunter Ihre Abreise anstrebt, wird er Sie selbst rauswerfen. Aber ich versichere Ihnen, das will er nicht.«

Kapitel 15

Schon am frühen Abend zog sich Tiffany in das Schlafzimmer zurück, das sie ausgesucht hatte, einen hübschen, spartanisch eingerichteten Raum. Ein hoher Schrank, an der Innenseite der Zimmertür eine Garderobe mit einem Spiegel, ein Doppelbett mit einem Nachttisch und einer Lampe, dazu eine Kohlenpfanne, die wohl nur im Winter brannte.

Vielleicht etwas *zu* spartanisch. Sie könnte Anna bitten, ein paar zusätzliche Möbel zu schreinern. Ansonsten würde die Zofe in den nächsten Wochen wenig zu tun haben. Bei diesem Gedanken lächelte Tiffany müde. Obwohl Anna verkündet hatte, sie sei eine gute Tischlerin, konnte sich Tiffany nicht vorstellen, das zierliche Mädchen würde Bretter zersägen und einen Hammer schwingen. Genauso wenig sah sie sich selber am Küchenherd.

Das Schlafzimmer lag an einer hinteren Ecke des Hauses, direkt über der Küche. Dafür hatte sich Tiffany entschieden, weil es drei Fenster gab, die für eine angenehme Lüftung sorgen würden. Nun stand sie an einem der beiden Fenster, die nach Osten hinausgingen. In der Dunkelheit sah sie kaum etwas außer Mond und Sterne. Während der Nächte in New York boten ihre Schlafzimmerfenster eine Aussicht auf Straßenlampen, elegante Häuser und Kutschen, die sogar zu später Stunde vorbeifuhren.

Hier erblickte sie ein paar flackernde Lichter im Bunkhaus und mehr Sterne als je zuvor in ihrem Leben. In der Ferne heulte ein Tier. Ein Hund? Hoffentlich kein Wolf. Oder doch?

Wenigstens war das Haus inzwischen bewohnbar – zwar nicht makellos, aber halbwegs sauber. Dankbar dachte sie an die hilfsbereiten Cowboys. Jetzt konnte sie die Eingangshalle durchqueren, ohne zu niesen. Worum sie die Männer gebeten hatte, war in wenigen Stunden erledigt worden. Anfangs hatten sie sich über die Hausarbeit beklagt und danach besorgt abgewartet, ob Tiffany bei ihrer Inspektion des Erdgeschosses zufrieden gewesen war.

Einer überraschte sie sogar. Slim, der Cowboy mit dem langen Schnurrbart, rannte mit einer Vase voller Wiesenblumen ins Speisezimmer, wo sie gerade mit einem Finger über die Stuhllehnen strich und feststellte, ob sie ordentlich abgestaubt waren. »Meine Ma hat gern Blumen im Haus«, erklärte er und reichte ihr die Vase. »Hier habe ich keine gesehen. Nicht mal verwelkte.«

Vor lauter Rührung hätte sie fast geweint. Und dann ließ sie sich von der Rolle mitreißen, die sie spielte, und versprach, für die Cowboys einen Kuchen zu backen. Da jubelten sie lauthals, und jeder informierte Tiffany über seinen Lieblingskuchen. Zu spät bereute sie ihr impulsives Angebot und erinnerte sich, dass sie überhaupt erst einmal kochen lernen musste.

Wie es ihr gelingen sollte, wusste sie noch immer nicht. Jedenfalls war das – neben dem Vorsatz, die Fehde zu beenden und in zwei Monaten heimzukehren – ihr drittes Ziel. Das stand fest, nachdem Hunter Wort gehalten, an diesem Abend den Rest von Jakes' Eintopf ins Haus gebracht und Tiffany eine kleine Portion gegessen hatte. Eine völlig geschmacklose Mahlzeit, dazu altbackenes Brot. Wenigstens war die Butter nicht ranzig gewesen. Aber danach hatte sie noch einmal Geschirr spülen müssen!

Diesmal hatte Hunter ihr sogar geholfen. Sie wünschte, er hätte es nicht getan. So dicht neben ihm an der Spüle zu stehen – das war noch schlimmer gewesen als vorher der Abwasch mit Degan. Warum, wusste sie nicht genau. Und sie war zu müde, um darüber nachzudenken.

»Sie sehen ein bisschen mitgenommen aus.« Mit diesen Worten hatte Hunter seine Unterstützung begründet. Welch eine höfliche Formulierung, falls er erklären wollte, sie würde so erschöpft wirken, wie sie sich fühlte …

»Ja«, stimmte sie zu, »als ich diese Stellung annahm, ahnte ich nicht, wie schwierig die Arbeit sein würde.«

»Habe ich schon erwähnt, dass die Küche mein Lieblingsraum ist?«

Skeptisch starrte sie ihn an, und er lachte.

»Lassen Sie's mich anders ausdrücken. *Jetzt* ist die Küche mein Lieblingsraum, seit Sie ihr einen besonderen Glanz verleihen. Ich glaube, hier werde ich Ihnen sehr oft im Weg stehen.«

Flirtete er *schon wieder* mit ihr, oder war er nur freundlich? Schwer zu sagen, wenn ein Mann so oft lachte … »Dann werde ich Ihnen hoffentlich nicht zu oft auf die Zehen steigen.«

Grinsend zwinkerte er ihr zu. Kurz danach war sie ermattet die Treppe zu ihrem Zimmer hinaufgestiegen. Ihr ganzer Körper schmerzte von den ungewohnten Aktivitäten. Am liebsten wäre sie sofort ins Bett gesunken. Aber vorher musste sie den Brief an ihre Mutter schreiben – eine problematische Pflicht.

Wäre Mama mit ihr hierhergereist, hätte sie ihr das Täuschungsmanöver niemals gestattet. Trotzdem glaubte Tiffany, sie würde Roses Erlaubnis erhalten. Keine Sekunde lang überlegte sie, ob sie in ihrem Brief lügen sollte. Allerdings würde sie Zacharys Wunsch, dass sie kochen müsste, lieber auslassen, denn ihre Mutter würde sich darüber ärgern.

Sicher wäre Tiffany in Tränen ausgebrochen, hätte sie ihr Briefpapier nicht in ihrer einzigen verbliebenen Truhe gefunden. Um alles auszupacken, war sie zu müde. Sie wühlte nur kurz in ihrem Gepäck und stellte fest, dass sie alle Abendkleider bist auf eines verloren hatte, viele Kleider und sämtliche Nachthemden. Deshalb würde sie in ihrer Unterwäsche schlafen müssen. Zum Glück besaß sie immer noch ihre Schmuckschatulle. Natürlich konnte eine Haushälterin keine teuren Juwelen tragen. Aber sie lächelte erleichtert, weil die kostbarste Truhe im ganzen Zug keine Beute der dreisten Räuber geworden war. Wahrscheinlich hatten sie den Gepäckwaggon geplündert, die schwerste Kiste bis zuletzt stehen lassen, und dann war ihnen die Zeit davongelaufen.

Da es in Tiffanys Zimmer weder einen Schreibtisch noch einen Toilettentisch gab, setzte sie sich aufs Bett, die Schachtel mit dem Briefpapier auf den Knien.

Liebe Mama, begann sie zu schreiben, *so sehr vermisse ich dich! Gerade hörte ich einen Wolf vor meinem Fenster heulen. Jemand erzählte mir von einem Grizzly. Diesen Bären hatte ein junger Mann im Wald getroffen und vor lauter Schreck graue Haare bekommen. Hier gibt es wilde Tiere, und Montana ist längst nicht so zivilisiert, wie du's mir einreden wolltest. Ich habe solche Angst und fühle mich völlig fehl am Platz. Aber ich weiß, du sorgst dich wegen des Telegramms, und deshalb will ich dir alles erklären.*

Es geschah so unerwartet. Ich war schrecklich nervös, fürchtete mich vor der Begegnung mit meinem Vater und wagte mich kaum aus dem Zug. Und wer tauchte in Nashart auf? Zwei Mitglieder der Familie, in die ich einheiraten soll! Sie hielten mich für die Haushälterin, die ihr Vater eingestellt und die zufällig im selben Zug gesessen hatte wie Anna und ich. Doch die junge Frau hatte, vom Wilden Westen überwältigt, bereits getan, was ich mir wünschte, war in einer früheren Station ausgestiegen und zurückgefahren. Das tat ich nicht, denn ich wollte das Versprechen halten, das ich dir gegeben hatte. Doch die Gelegenheit, die mir die Callahans boten, war zu verlockend – ich konnte sie nicht ignorieren und ließ mich als ihre Haushälterin engagieren. Wer ich wirklich bin, wissen sie nicht. Bitte, lach nicht, obwohl du die Situation wahrscheinlich amüsant findest. Für mich ist das eine ideale, wenn auch unkonventionelle Möglichkeit, meinen Verlobten kennenzulernen, den echten *Hunter Callahan, nicht einen gekünstelten jungen Mann, der sich von der besten Seite zeigen würde, wenn er mir im Haus meines Vaters den Hof machte. Dass ich ihm eine Chance geben sollte, war* deine *Idee. Aber wie kann ich das, wenn ich nicht weiß, ob er ehrlich ist und was er von dieser Heirat hält? Hier, in seinem Haus, werde ich herausfinden, wie er wirklich ist, und seine wahren Gefühle ergründen. Übrigens hast du recht, er ist tatsächlich sehr attraktiv, und er scheint auch ein angenehmes Wesen zu besitzen.*

Und er ärgerte Tiffany und zog außerdem vorschnelle Schlüsse. Doch das fügte sie nicht hinzu. Wenn Rose glaubte, ihre Tochter könnte Hunter mögen, würde sie ihr eher erlauben, eine Zeit lang im Haus der Callahans zu bleiben.

Die ganzen zwei Monate möchte ich nicht hier verbringen, Mama, nur bis ich mir eine Meinung über meinen Verlobten gebildet habe. Keine Ahnung, wie lange das dauern wird. Jedenfalls bin ich noch nicht bereit, meinem Vater gegenüberzutreten. Fünfzehn Jahre hat er gewartet, um mich zu sehen. Also werden ein paar Wochen mehr keine Rolle für ihn spie-

len, aber für mich. Allzu lange werde ich die Farce nicht aufrechterhalten, denn ich sehne mich nach meinen Brüdern. Doch ich möchte die Chance nutzen, mich in Montana einzuleben und seine Bewohner *kennenzulernen, bevor ich mich für die erste Begegnung mit Papa wappne. Was ich in meiner derzeitigen Situation empfinde, weißt du ja. Das alles ist ziemlich viel auf einmal – diese beängstigende Gegend, ein Verlobter, den ich nicht kenne, ein Vater, den ich ebenso wenig kenne … Lass mich die Schwierigkeiten auf meine Weise meistern. Ich weiß, was ich tue. Bitte, erfinde irgendeinen Grund, um Papa telegrafisch zu erklären, warum ich etwas verspätet bei ihm ankommen werde. Am besten drückst du dich vage aus. Und damit ich in der Zwischenzeit nicht verhungere – würdest du mir bitte ein paar Kochbücher schicken, die ich dem Koch der Callahans geben kann? Ich weiß, mit der Gefahr meines Hungertods übertreibe ich ein bisschen. Aber diese Bücher brauche ich wirklich. Der Mann arbeitet im Bunkhaus und auf der Rinderweide. Sicher kannst du dir vorstellen, was für unappetitliche Mahlzeiten er zubereitet.*
Alles Liebe, Tiffany.

Obwohl sie glaubte, sie hätte alle wichtigen Punkte ihrer komplizierten Situation einleuchtend erläutert, würde sie angstvoll auf die Antwort ihrer Mutter warten. Wenn Rose die Pläne ihrer Tochter missbilligte, würde sie womöglich nach Nashart kommen – trotz ihrer eigenen obskuren Gründe, warum ihr das widerstrebte – und geradewegs zu Franklin Warren gehen.

Und sie wird mich aus dem Haus der Callahans holen … Aber Tiffany war zu müde, um darüber nachzudenken, und auch zu erschöpft, um sich auszuziehen. Sie versiegelte den Brief, dann sank sie einfach auf das Bett zurück. Wenige Minuten später war sie eingeschlafen.

Kapitel 16

Ein Hahn krähte und weckte Tiffany. Durch die Fenster strömte Sonnenschein ins Schlafzimmer. Sie fühlte sich erfrischt und ausgeruht. Nachdem sie sich gewaschen hatte, packte sie ihre Kleider aus, auch das Reitkostüm – wenn sie auch kaum Zeit finden würde, es zu tragen –, Schuhe und Stiefel und mehrere Sonnenschirme. Zu ihrer Erleichterung fand sie auch genug Unterwäsche aus feinster Seide, in Nashart sicher unersetzlich. Sie zog ein hellblaues Tageskleid an, zu dem glücklicherweise ein enges Jäckchen gehörte. Mit dem verdeckte sie die Knöpfe am Rücken, die sie nicht schließen konnte. Die Jacke endete oberhalb der Turnüre, die wieder in Mode gekommen war, allerdings nicht so ausgeprägt wie früher.

Für die Position einer Haushälterin war sie nun passend gekleidet, für die Pflichten einer Köchin und Geschirrspülerin allerdings nicht. Heute musste sie eine Schneiderin suchen. Und was, wenn es in Nashart keine gab? Jedenfalls brauchte sie praktischere Kleider, die sie ohne die Hilfe einer Zofe anzuziehen vermochte.

Sie fand ein blaues Band, mit dem sie ihr Haar am Hinterkopf umwand. Wenn sie Anna besuchte, sollte sie sich vielleicht zeigen lassen, wie sie ihre Locken hochstecken konnte. Falls die Zeit dafür reichte. Die Liste ihrer Pläne für diesen Tag wurde immer länger.

Bevor sie nach unten ging, überlegte sie, ob sie an Mary Callahans Tür klopfen sollte. Sie müsste sich der Hausherrin vorstellen, ehe man sie dazu aufforderte. Doch das würde keine einfache Begegnung werden. Schon gar nicht, wenn sie der Frau, die Hunters Verlobte beeindrucken wollte, gestehen würde, die neue Köchin könne nicht kochen. Und so beschloss sie, dieses Gespräch zu verschieben. Hoffentlich würde sie in der Stadt ein Kochbuch finden. Dafür würde sie ein Vermögen zahlen, selbst wenn man es ihr nur leihen wollte.

Beim Dinner am letzten Abend hatte sie Zachary erklärt, an diesem Morgen müsse sie in die Stadt fahren. Cole hatte versprochen, er würde sie hinbringen, aber zu ihrer unangenehmen Überraschung wartete Degan auf der Veranda. Davor stand der angespannte gemietete Wagen.

»Zachary will, dass ich Sie begleite«, teilte Degan ihr mit, »weil er fürchtet, Sie könnten ein paar Warrens über den Weg laufen, und die würden Sie zurückstehlen.«

Das klang plausibel. Aber Tiffany wollte nicht schon wieder mit ihm allein sein. Die Zweisamkeit am letzten Abend in der Küche hatte ihre Nerven schon genug strapaziert. »Was ist mit Cole passiert?«

»Dem habe ich gesagt, ich würde mit Ihnen fahren.« Als sie die Stimme erkannte, drehte sie sich um und sah Hunter aus dem Haus treten. »Untereinander streiten meine Brüder. Aber dem Willen des Ältesten beugen sie sich widerstandslos.«

Wie sein selbstgefälliges Lächeln verriet, genoss er seine Vormachtstellung und die damit verbundenen Privilegien. Da Tiffany ohne ihre Brüder aufgewachsen war, wusste sie nichts über solche hierarchischen Regeln. Aber sie freute sich über seine Begleitung. »Dann muss Mr. Grant nicht …«

»Degan kommt mit«, fiel Hunter ihr ins Wort. »Habe ich

noch nicht erwähnt, dass ich keinen Schritt ohne den Wachhund tun kann?«

Peinlich berührt hörte sie den abfälligen Unterton und wandte sich zu Degan, um zu sehen, ob er beleidigt war. Doch er ließ sich nichts dergleichen anmerken. Lässig schlenderte er die Verandastufen hinab, band ein gesatteltes Palominopferd mit flachsblonder Mähne und ebensolchem Schweif von einem Pfosten los und stieg auf. Im Osten sah man diese Farbe nur selten.

Vor den Wagen war ein Pferd gespannt, wie Tiffany es bisher nur ein einziges Mal gesehen hatte – auf einem Gemälde, das ihre Mutter besaß und das braun und weiß gescheckte Pferde aus dem Westen zeigte. Rose nannte sie Pintos.

Ein schönes Tier, dachte Tiffany. Aber wenn der Wagen in Nashart nicht auf sie wartete – wie sollte sie zur Ranch zurückgelangen? Würde sie keine Frau mimen, die jeden Cent für ihre Heirat zurücklegte, könnte sie ein Reitpferd kaufen oder mieten. In New York war sie sehr gern durch den Central Park geritten. Das hatte sie dort gelernt, noch ehe die Anlage des großen Parks vollendet worden war. Schon vorher hatte man ihn für Spaziergänger und Reiter geöffnet. Wehmütig seufzte sie. In der Rolle einer Dienstbotin durfte sie sich dieses Vergnügen wohl kaum erlauben.

Einen zusammengeklappten Sonnenschirm und ein Retikül in der Hand, das den Brief an ihre Mutter enthielt, ging sie zum Wagen. Das Trittbrett, das zu dem hohen hölzernen Sitz führte, war für lange Männerbeine bestimmt. Trotzdem konnte sie mit einiger Mühe einen Fuß darauf setzen. Dann spürte sie kraftvolle Hände durch die Turnüre hindurch, die ihr Hinterteil nach oben schoben. »Mr. Callahan!«, japste sie.

»Seien Sie still, Rotschopf. Wie wollen Sie denn ohne meine Hilfe da raufkommen?«

Nun stand sie mit beiden Füßen auf dem Trittbrett, dann kletterte sie etwas mühsam zum Sitz hinauf. Die Wangen hochrot, den Rücken steif wie ein Brett, saß sie da und ignorierte Hunter.

»Sie müssen ein bisschen lockerer werden«, meinte er, während er heraufstieg und sich neben sie setzte. »Hier sind Sie in Montana.«

O Gott, noch ein Grund, warum sie nicht hierbleiben wollte. Hatten die tapferen Siedler auf dem Weg nach Westen jedes Gefühl für Sitte und Anstand in der alten Heimat zurückgelassen? Gehörten Raubüberfälle, Privatkriege und skrupellose Mineneigner in dieser Gegend zur Normalität? Und die Entführung – nun ja, die *potenzielle* Entführung – von Haushälterinnen?

»Wieso fahren Sie schon so bald in die Stadt zurück?«, fragte Hunter. »Unsere Speisekammer ist gut bestückt.«

Nach seinem Fauxpas wollte er Konversation machen? Mit einem Peitschenknall hatte er das scheckige Pferd angespornt, und jetzt spürte sie den Blick seiner hellblauen Augen. Schöne Augen. Allerdings konnte sie nicht lange genug hineinschauen, ohne sich über ihn zu ärgern – auch jetzt nicht.

»Aus mehreren Gründen«, antwortete sie kühl. »Ich muss einen Brief zur Post bringen, und ich brauche eine Schneiderin, weil sich meine Garderobe nicht fürs Geschirrspülen eignet. Außerdem will ich einige Sachen kaufen. Nachdem Ihr Vater die Küchenhilfe erwähnt hat, die gleichzeitig mit Ed verschwunden ist, möchte ich einen Ersatz anheuern. Oh, und ich werde mir eine genießbare Mahlzeit in einem Restaurant gönnen, ein Frühstück oder einen Lunch. Ich schaudere, wenn ich mir vorstelle, was Jakes heute Morgen serviert hat. Und schließlich möchte ich eine Freundin besuchen, die ich im Zug kennengelernt habe.«

Ungläubig starrte er sie an. Das erriet sie erst, als er stöhnte. »Verdammt, Frau, das wird den ganzen Tag dauern!«

Die Stirn gerunzelt, schaute sie ihn an. »Keineswegs, denn ich pflege sehr wirkungsvoll vorzugehen.«

Ihr Selbstvertrauen entlockte ihm ein verächtliches Grinsen. »Zumindest *einen* Punkt kann ich von Ihrer langen Liste streichen. Die einzigen Leute, die hier Arbeit suchen, sind Cowboys, Bergleute und Landstreicher. Sobald eine Frau auftaucht, wird sie *sofort* geschnappt.«

»Meinen Sie – für die Hausarbeit?«

»Oder für die Ehe, das kommt auf ein und dasselbe raus, nicht wahr?«

»Vielleicht hier draußen. Da, wo ich herkomme, nicht.«

»Nur für reiche Leute mag das gelten.«

Obwohl sie geradeaus auf die Sandstraße schaute, spürte sie wieder Hunters prüfenden Blick. Diesen Fehler hätte sie nicht machen dürfen. »Ja, natürlich«, bestätigte sie. »Einige Köchinnen haben mir gesagt, sie seien nur wegen ihrer Fähigkeiten geheiratet worden.« Eine Lüge. Doch das wusste er nicht.

Er lachte leise. »Für einen Mann ein gängiger Beweggrund. Und wie sieht's bei Ihnen aus? Sind Sie eine gute Köchin?«

Warum fragte er danach? Tiffanys Nerven spannten sich an. Überlegte er, ob sie eine geeignete Ehefrau wäre? Obwohl er eine Verlobte hatte? Wollte er sich nicht mehr bis zu deren Ankunft gedulden? Oder fand er die arrangierte Heirat genauso grauenhaft wie sie? Wie gern würde sie das mit ihm besprechen … Leider musste sie darauf verzichten, solange ihr niemand von seiner Verlobung erzählte.

Weil er auf eine Antwort wartete, wiederholte sie, was sie am Vorabend Degan gegenüber erwähnt hatte – Mr. Zachary Callahan wisse bereits, dass sie nicht kochen könne.

Statt einen Kommentar dazu abzugeben, lachte Hunter nur, und sie biss die Zähne zusammen. Dann kehrte sie zum Thema der dringend benötigten Küchenhilfe zurück. »Also herrscht in dieser Gegend ein Mangel an weiblichen Arbeitskräften?«

»Genau. So war's schon immer. Und wenn Sie in der Stadt herumstolzieren, wird bald ein Heer heiratswilliger Kerle unsere Tür belagern. So was Reizvolles gab's hier schon lange nicht mehr.«

Normalerweise trieben ihr Komplimente kein Blut in die Wangen. Warum es jetzt passierte, wusste sie nicht. Vielleicht, weil Hunters Stimme ein bisschen scharf klang. Als müsste sie sich für ihr hübsches Gesicht entschuldigen …

Aber was sie viel schlimmer fand – die enttäuschte Hoffnung auf eine Küchenhilfe. Offenbar glaubte Hunter, hier draußen im Westen würde eine Frau lieber heiraten, als für den geringen Lohn eines Küchenmädchens zu arbeiten. Damit hatte er sicher recht. Was er allerdings nicht wusste – sie würde jede Summe zahlen, um diese Hilfskraft zu bekommen. Denn Tiffany schwamm im Geld. Jennifer nicht.

Um ihn auf ihren Erfolg vorzubereiten, wies sie auf Erfahrungen hin, die Jennifer *möglicherweise* gesammelt hatte. »Ich wurde schon öfter beauftragt, Hauspersonal einzustellen. Und ich kann sehr überzeugend sein.«

»Daran zweifle ich nicht. Wahrscheinlich können Sie mich zu *allem* überreden.« Er neigte sich näher zu ihr und flüsterte: »Wollen Sie's versuchen?«

Sein warmer Atem an ihrem Hals jagte einen seltsamen Schauer über ihren Rücken. Natürlich nicht wegen seiner Worte … Aber warum war sie nicht empört, obwohl sie es sein sollte? Viel prüder und sittsamer, als Jennifer reagieren würde, erwiderte sie: »Wie ich annehme, sind Sie an belanglose Flirts gewöhnt. Das bin ich *nicht*. Und bedenken Sie bitte, dass ich verlobt bin.«

»Aber Ihr Verlobter ist in Chicago, gewissermaßen am anderen Ende der Welt, und ich bin hier. Außerdem – was ist das für ein Mann, der Sie so weit weglaufen lässt?«

»Das hört sich ja fast so an, als wäre ich ihm entkommen, was nicht zutrifft. Wie haben gründlich über meine Arbeit in Montana diskutiert und uns gemeinsam dafür entschieden. Bevor wie heiraten, wollen wir beide genug Geld für ein Haus sparen.«

»Sie haben meine Frage nicht beantwortet, Rotschopf. Was für ein Mann ist er?«

Da Jennifer nichts von ihrem Verlobten erzählt hatte, konnte Tiffany nur den Mann beschreiben, den *sie* eines Tages zu heiraten hoffte. »Anständig, herzensgut und einfühlsam. Seit wir uns näher kennen, ist er mir treu ergeben. *Niemals* würde *er* seine Treue brechen.«

Hunter hob die Brauen. Nun, vielleicht hätte sie auf den letzten Satz verzichten sollen, der wie eine Kritik an *ihm* klang.

Eine Zeit lang schwieg er. Doch er war noch nicht fertig mit *seiner* Kritik an ihrer Wahl. »Er dürfte nicht auf die Hochzeit warten, das ist sein erster Fehler. Und der zweite – er hätte Ihnen nicht erlauben sollen, allein hierherzufahren. So was würde ich *meiner* Verlobten nicht gestatten. Wenn ich eine Frau heiraten will, bestehe ich auf meinen Ansprüchen und bringe nicht irgendwelche Ausreden vor, um zu begründen, wieso wir warten sollten. Man kann auch die Ringe tauschen und *danach* für ein Haus sparen.«

Um Jennifers willen ärgerte sie sich über seine Ungerechtigkeit. Er stammte aus einer reichen Familie, selbst wenn der Lebensstil der Callahans etwas anderes vermuten ließ. Dass sich die Dienstbotenklasse ständig ums Geld sorgte, verstand er nicht. Das konnte auch Tiffany kaum nachempfinden. Aber sie war froh, weil er ihr endlich eine Gelegenheit bot, nach *seiner* Verlobung zu fragen.

»Sind Sie denn verlobt, Sir?«

Bevor er antwortete, murmelte er etwas Unverständliches vor sich hin. »Für heute Morgen haben wir genug geschwatzt. Sehen wir zu, dass wir in die Stadt kommen. Halten Sie Ihren Hut fest, Rotschopf!«

Ungeduldig rüttelte er an den Zügeln, spornte das Pferd an, und Tiffany presste die Lippen zusammen.

Warum gab er nicht zu, dass er mit ihr verlobt war?

Kapitel 17

Sobald der Wagen hinter der Speditionsfirma hielt, sprang Hunter vom Sitz und fuhr Degan an: »Nun brauche ich einen Drink. Du klebst wie Kleister an ihr. Nun ja – nicht zu nahe. Aber pass auf, dass sie von niemandem belästigt wird.«

Dann marschierte er davon und verschwand hinter der Ecke des Gebäudes. Tiffany seufzte. Aber es gelang ihr, vom Wagensitz hinunterzuklettern, bevor sich Degan aus dem Sattel schwingen und ihr helfen konnte. Diesen gefährlichen Mann müsste sie jetzt nicht ertragen, hätte sie Hunter nicht geärgert. Also war es ihre eigene Schuld.

Warum sie Hunter dermaßen erzürnt hatte, wusste sie nicht genau. Weil sie seine Ansicht über Jennifers Verlobten nicht teilte? Oder weil er seine eigene Verlobung so schrecklich fand, dass er nicht darüber reden wollte? Um das zu beurteilen, kannte sie ihn nicht gut genug. Und sie würde ihn wohl kaum besser kennenlernen, wenn sie seine spezielle Art von Freundlichkeit auch weiterhin beleidigend fand. Oder wenn sie ihm zeigte, wie unsittlich ihr sein heiseres Flüstern erschien.

In Zukunft musste sie ihre Reaktionen auf Hunter besser kontrollieren. Natürlich *wollte* sie ihn nicht mögen, sondern nach New York zurückkehren. Und wenn er etwas zu ihr sagte, was er nicht sollte, *wollte* sie keine prickelnde Erregung spüren!

Während sie die Richtung zur Main Street einschlug, in die er sich vorhin gewandt hatte, blieb Degan an ihrer Seite und führte die beiden Pferde am Zügel mit sich. Am erstbesten Geländer band er sie fest, dann begleitete er Tiffany auf den langen Brettergehsteig, der an allen Häusern entlangführte.

»Zuerst möchte ich meinen Brief zur Post bringen«, erklärte sie ihm.

»Da vorn.«

Sie gingen an ein paar Läden vorbei. Als köstliche Düfte aus der offenen Tür einer Bäckerei wehten, trat Tiffany ein, ohne Degan über ihre Absicht zu informieren. Trotzdem folgte er ihr. Im Hintergrund des Raums reihten sich Öfen aneinander, vorne lagen lange Brotlaibe und Kuchen auf einigen Tischen. Der Bäcker schloss eine Ofenklappe und kam lächelnd zu Tiffany. »Wie kann ich Ihnen helfen, Ma'am?«

Obwohl sie in Nashart nicht die Dienstleistungen erwartete, an die sie in der Großstadt gewöhnt war, fragte sie: »Liefern Sie Ihre Ware zu Ihrer Kundschaft nach Hause?«

»Nein.«

»Ich würde Sie gut bezahlen.«

»Nein, dafür habe ich keine Zeit. Wenn Sie Brot brauchen, müssen Sie's hier kaufen.«

Enttäuscht über den Misserfolg ihres Angebots, runzelte sie die Stirn. »Geben Sie mir wenigstens ein Rezept fürs Brotbacken? Das bezahle ich.«

Sein Lächeln erstarb. »Niemals würde ich mein Geheimnis verraten!«

»Nicht das Rezept für Ihr Spezialbrot!«, erwiderte sie ungeduldig. »Für irgendeins!«

»Wissen Sie nicht, wie man Brot backt?« Nun lachte er. »Was für eine Ehefrau wollen Sie denn mal abgeben?«

»Eine, die einen Bäcker wie Sie in ihrem Haus einstellt!«, fauchte sie und marschierte aus dem Laden.

Degan verlor kein Wort über ihren Fehlschlag, warnte sie aber vor weiteren Extratouren, mochten sie auch nicht lange dauern. »Um meine Pflicht zu tun, muss ich Sie ersuchen, schnellstens zu erledigen, was Sie vorhaben, und zusätzliche Besorgungen auf ein andermal zu verschieben. Bevor die Schwierigkeiten anfangen, will ich Sie aus der Stadt bringen.«

Abrupt blieb sie stehen. »Welche Schwierigkeiten?«

»Heute ist Samstag. An jedem Samstag passiert was, und seit Harding seine Mine eröffnet hat, wird's immer schlimmer. Später werden Cowboys nach Nashart reiten und wie üblich Krach schlagen. Die Bergleute werden schlecht bezahlt, deshalb geht einigen das Temperament durch. Und die Cowboys vertragen sich nicht mit ihnen.«

Beunruhigt dachte Tiffany an die Schießerei im Zug. »Der Sheriff sollte Waffen in der Stadt verbieten.«

Degans ansonsten undurchschaubare Miene veränderte sich ein wenig und verriet, dass er gelacht hätte – falls er jemals lachte. »Warum? Bisher wurde niemand ermordet oder auf unfaire Weise niedergeschossen. Hier werden Streitigkeiten nicht mit Blei ausgetragen, es sei denn, ein paar Angeber reiten nach Nashart und wollen sich einen Namen machen. Die Bergmänner sind nicht bewaffnet, die Cowboys schon. Aber die meisten sind anständige Kerle, die unbewaffnete Männer nicht bedrohen würden. Das verschafft den Minenarbeitern einen gewissen Vorteil. Die können verdammt gut mit ihren Fäusten umgehen. So wie die beiden da drüben, die Hunter mustern.«

Tiffany folgte seinem Blick zur anderen Straßenseite und entdeckte zwei Männer, die nicht besonders groß, aber kräftig gebaut waren. Und sie sahen ziemlich wütend aus, als Hunter an ihnen vorbeischlenderte. »Er hat mir einiges über die Bergarbeiter erzählt, und ich finde es absurd, dass sie seiner Familie grollen. Wo doch die Callahans zuerst hier waren.«

»Keineswegs absurd«, widersprach Degan, »wenn jemand gleichsam geschenktes Geld rundweg ablehnt, so wie Zachary. Harding bot ihm sogar Prozente am Minenertrag an. Nicht einmal darauf ging Zachary ein. Wenn man in *dieser* Richtung aus der Stadt reitet, sieht man den Ruß von den Schmelzhütten der Bergleute auf den Weiden. Zachary will, dass sie abhauen, und keine Geschäfte mit ihnen machen. Und sie glauben, deshalb hätte er mich engagiert. Das ärgert sie erst recht.«

»*Warum* Sie engagiert wurden, weiß ich«, sagte sie abfällig.

»Damit ich für Frieden sorge. Stört Sie das?«

Diesmal hörte sie unverkennbare Belustigung aus seiner Stimme heraus. Vielleicht ging es ihm tatsächlich um Ruhe und Frieden. Doch sie fürchtete, auch Friedensstifter könnten ein Blutvergießen heraufbeschwören. Und die zwei Bergleute provozierten Hunter immer noch, indem sie ihn anstarrten.

Nun beobachtete sie, wie er vor dem Gemischtwarenladen stehen blieb. Anscheinend bemerkte er die Minenarbeiter nicht, denn er sprach mit einer dunkelhaarigen, vollbusigen Frau, die eine Bluse mit schamlos tiefem Ausschnitt trug. Auch ihr roter Rock musste jedem Mann ins Auge stechen, obwohl er völlig unmodern war und ganz ohne Turnüre. Da entsann sich Tiffany, dass sie in dieser Stadt noch keine einzige Turnüre gesehen hatte. Also musste ihre eigene völlig aus dem Rahmen fallen.

Offensichtlich flirtete Hunter mit der Frau. Die Hände zu

beiden Seiten ihres Kopfs gegen die Wand gestützt, verhinderte er ihre Flucht. Nicht dass sie, einen Arm über seiner Schulter, weglaufen wollte. Würden sie sich küssen? Die Gesichter waren einander viel zu nahe. Atemlos spähte Tiffany zu ihrem untreuen Verlobten hinüber und konnte den Blick nicht von ihm abwenden.

Kapitel 18

Tiffany hörte nur mit halbem Ohr zu, als Degan ihr erklärte, warum sie an diesem Tag nicht in die Stadt hätte fahren dürfen.

»Die Bergarbeiter wurden ermahnt, keinen Unfug zu treiben. Also werden sie Hunter in Ruhe lassen. Aber sie hoffen, er wird sie provozieren. Sobald er zuerst die Faust hebt, werden sie nicht im Knast landen. Und die Kerle sind verdammt stark, weil sie den ganzen Tag Spitzhacken schwingen. Mit einem könnte er's aufnehmen, mit zweien nicht.«

»Ist das seine Geliebte?« Tiffany schaute immer noch zu Hunter und der dunkelhaarigen Frau hinüber. Dann merkte sie, dass diese Frage nicht mit Degans Informationen zusammenhing. Aber sie errötete trotzdem nicht. Dafür fühlte sie sich zu … Was sie empfand, wusste sie nicht genau. Jedenfalls keine Verlegenheit.

»Das ist Pearl, das beurlaubte Hausmädchen der Callahans«, antwortete Degan. »Denken Sie sich nichts dabei. Hunter ist mit einer anderen verlobt.«

Endlich erwähnte jemand diese wichtige Tatsache. Die wollte sie als Munition benutzen, um Hunters unsittliche Anträge abzuwehren, die er ihr vielleicht machen würde. »Mit wem ist er denn verlobt?«

Degan ergriff ihren Arm und führte sie weiter. »Mit einem

Mädchen, das er nie gesehen hat. Deshalb glaubt Pearl, da wird nichts draus, und will ihn auf Teufel komm raus verführen.«

Jetzt errötete Tiffany. Hätte sie sich doch bloß nicht nach Hunters Liebesleben erkundigt … Hastig wechselte sie das Thema und dachte an eine andere Frage, die sie Degan stellen wollte. »Was passiert eigentlich, wenn die Warrens und die Callahans gleichzeitig in die Stadt kommen?«

»Sie besuchen verschiedene Saloons. Darauf besteht der Sheriff. Aber es kann laut werden, wenn sie sich hier auf der Straße oder am Ufer des Sees begegnen. Schon seit Monaten ist der Waffenstillstand gefährdet, den sie ausgehandelt haben.«

»Glauben Sie so wie Hunter, die Warrens hätten neulich auf die Callahans geschossen?«

»Nein.«

»Warum nicht?«

»Roy hatte keine Angst vor einer Keilerei und handelte sich ein Veilchen ein. Welchem Mann passiert das nicht? Aber das war kein Grund, ein Gewehr hervorzuholen. Was den Schuss auf Hunter betrifft – an jenem Tag waren zu viele Fremde in der Stadt, also ließ sich schwer was feststellen. Jedenfalls war's ein lausiger Schuss, sicher nicht von einem Einheimischen. Oder wer's auch immer war – er wollte Hunter nicht töten.«

»Keiner von den Warrens?«

»Die sind keine schlechten oder hinterhältigen Schützen, aber ich vermute, sie wollen Ärger machen. An Sams Beweggründen gab's keinen Zweifel, als er behauptete, John habe beim Pokern geschwindelt. Der Junge hatte es auf einen Kampf abgesehen.«

»Aber warum?«

»John hatte Roy am lautesten wegen des Schusses auf Cole

beschuldigt. Deshalb war Sam wütend. Doch es war John, der bei jenem Kampf zur Waffe griff. Wahrscheinlich wollte Sam ihn nur verprügeln, und wenn sich die beiden nächstes Mal über den Weg laufen, werden sie sicher aufeinander losgehen.«

Welch ein erschreckender Gedanke … »Offenbar wird's vorerst keinen Frieden geben.«

»Die neuen Unstimmigkeiten fingen an, als die Warren-Jungs das Haus nicht fertigbauen wollten.«

»Wieso nicht?«

»Weil's für Hunter und seine Verlobte bestimmt ist, die Schwester der Warren-Brüder.«

Tiffany musste sich zwingen, erstaunt die Brauen zu heben. »Das Mädchen, das Hunter noch nie gesehen hat? Wie seltsam …«

»Allerdings. Und die Warren-Jungs wollen auch, dass es dabei bleibt. Die glauben wohl, ihre Schwester, eine feine junge Dame aus dem Osten, wäre zu gut für Hunter. Vielleicht möchte Mr. Franklin Warren an der vereinbarten Heirat festhalten, um den Waffenstillstand ein für allemal zu sichern. Aber seine Söhne sind dagegen.«

Das eifrige Bestreben ihrer Brüder, sie zu schützen, rührte sie fast zu Tränen. Ihrem Vater war ihr Schicksal egal, diesen wunderbaren Jungs nicht. Ohne zu überlegen, seufzte sie schwärmerisch: »Oh, wie lieb von ihnen …« Erst als Degan ihr einen prüfenden Blick zuwarf, merkte sie, dass Jennifer von Tiffany verdrängt worden war, und beeilte sich, ihren Fehler wiedergutzumachen. »Ich meine – ich wünschte, ich hätte solche Brüder. Was hält denn Hunter von dieser arrangierten Verlobung?«

»Keine Ahnung. Ich nehme an, als ältester Sohn wird er sich verpflichtet fühlen, das Beste für die Familie und die Ranch zu tun. Selbst wenn er sein Herz opfern muss.«

Ärgerlich straffte Tiffany die Schultern. Wie konnte er es wagen, Hunters geplante Ehe mir ihr ein *Opfer* zu nennen? Beinahe hätte sie Degan Hand abgeschüttelt, die ihren Arm immer noch umfasste.

Doch dann hörte sie ihn hinzufügen: »Natürlich wollen die Warrens nicht kampflos mit ansehen, wie ihre Schwester eine Callahan wird. Aber sorgen Sie sich nicht. Ich passe auf, damit nicht zu viel Blut fließt. Dafür werde ich bezahlt.«

Musste er so etwas sagen? Tiffany unterdrückte ein Stöhnen und bereute, dass sie ausgerecht *ihn* über das heikle Thema befragt hatte. Sie sollte sich *nicht sorgen*? Jetzt fand sie den Zwist der beiden Familien schlimmer denn je. Während die ältere Generation mit der Verlobung einen dauerhaften Waffenstillstand anstrebte, hielt die jüngere – zumindest, was die Warren-Brüder betraf – das Arrangement für eine Quelle neuer Konflikte.

Wenn sie ihre Gefühle nicht kontrollierte, würde sie sich verraten. Und so sagte sie nichts mehr zu Degan. Stattdessen beschloss sie, seinen Wunsch zu erfüllen und ihre Besorgungen möglichst schnell zu erledigen. Nachdem sie ihren Brief zur Post gebracht hatte, wollte sie Anna besuchen. Auf dem Weg zum Hotel musste sie die Gemischtwarenhandlung passieren, vor der Hunter glücklicherweise nicht mehr mit Pearl poussierte. Also konnte sie hineingehen, wenn sie auch bezweifelte, dass sie finden würde, was sie brauchte. Nun, zumindest musste sie es versuchen.

»*Nur* eine Minute«, versicherte sie Degan und huschte in das Geschäft, ehe er gegen die weitere Verzögerung protestieren konnte. Sie hielt sich nicht mit einer Inspektion des erstaunlich üppigen Sortiments auf und wandte sich sofort an den Ladenbesitzer. »Haben Sie ein Kochbuch?«

»Tut mir leid, hier gibt's keine Bücher.«

Mühsam verbarg sie ihre Enttäuschung und wollte den Laden verlassen, aber er hielt sie zurück.

»Warten Sie, Miss, das hätte ich fast vergessen …« Er öffnete eine Schublade am Ladentisch und reichte Tiffany ein dünnes Buch. »Das hat meine Frau vor einer Weile bestellt. Niemand hat's gekauft. Nun bin ich froh, dass ich's nicht weggeworfen habe.«

Die Grundregeln der Kochkunst, lautete der Titel. Am liebsten hätte Tiffany den Mann geküsst. In aller Eile bezahlte sie das Buch, lief hinaus und war so glücklich, dass sie Degan ihre Errungenschaft zeigte.

Skeptisch las er den Titel. »Grundregeln? Hoffentlich hat sich Jakes nicht an so was orientiert. Sind Sie jetzt fertig?« Er schaute sich um. »Inzwischen sind immer mehr Bergleute aufgetaucht, und ich habe Hunter aus den Augen verloren. Vermutlich genehmigt er sich im Blue Ribbon Saloon einen Drink, so wie er's angekündigt hat.«

Weil er leicht beunruhigt wirkte, schlug Tiffany vor: »Suchen Sie ihn. Ich habe noch viel zu tun. Unter anderem muss ich meine Freundin besuchen und – was am wichtigsten ist – eine Küchenhilfe einstellen. Wenn Hunter auch glaubt, ich werde keine finden.«

Auf dem Weg zum Hotel wich er nicht von ihrer Seite. »Da hat er recht«, stimmte er Hunter zu.

Irritiert runzelte sie die Stirn. Old Ed hatte ein Küchenmädchen beschäftigt. Warum sollte ihr das *nicht* gelingen? Und wenn sie ihre Zofe engagierte? Nein, das wäre unter ihrer Würde, und sicher käme es ständig zu Streitigkeiten. Außerdem könnte Anna den Callahans die Wahrheit erzählen. Das durfte Tiffany nicht riskieren.

Ihre sichtliche Enttäuschung schien Degan auf eine Idee zu bringen. »Warum heuern Sie keinen der Männer an, die in

Nashart Arbeit suchen?«

Ungläubig starrte sie ihn an. »Fürs *Geschirrspülen*?«

»In dem Restaurant, wo Sie essen wollen, arbeiten nur Männer. Auch Eds Küchenhilfe war ein Mann.«

Tiffany lächelte ermutigt. »Falls Sie jemanden kennen, der vertrauenswürdig ist, sagen Sie's mir. Und – informieren Sie mich bitte, wenn Sie Warrens in der Stadt sehen. Ich möchte ihnen nicht begegnen, nachdem ich es versäumt habe, die Stellung auf ihrer Ranch anzutreten.«

»Warum haben Sie das getan?«

»Nun …«, begann sie verlegen. »Zachary Callahan bot mir den doppelten Lohn an. Und mein Verlobter und ich müssen vor der Hochzeit Geld für ein Haus sparen.«

»Ah, je mehr Sie verdienen, desto eher treten Sie vor den Altar? Aber ich begreife nicht, warum Ihr junger Mann zu dieser langen Trennung bereit war – aus welchem Grund auch immer. Wie konnten Sie ihn dazu überreden?«

»Also wirklich, Mr. Grant, Sie …«

Stürmisch graue Augen schienen sie zu durchbohren. »Wenn er tatsächlich existiert und Sie ihn lieben, werde ich Hunter zur Zurückhaltung ermahnen. Dazu müssen Sie mich einfach nur auffordern.«

»*Wenn* er existiert? Glauben Sie, ich lüge?«

»Sie wären nicht die erste Frau, die eine Verlobung erfindet, um unwillkommene Annäherungsversuche abzuwehren. Das nimmt Hunter nämlich an. Also sollten Sie ihm reinen Wein einschenken.«

Kapitel 19

Offenbar wurde an Tiffanys Verlobung gezweifelt. Welch eine Ironie, dachte sie – dabei ist es das Einzige, was in dieser ganzen Farce der Wahrheit entspricht … Sie war ebenso verlobt wie Jennifer!

Um ihre Empörung zu bekunden, nachdem sich Degan in ihre Privatangelegenheiten eingemischt hatte, beschleunigte sie ihre Schritte. Jeden anderen würde sie wegen einer solchen Impertinenz zur Rede stellen. Aber mit einem so gefährlichen Mann konfrontiert, wollte sie das Schicksal nicht herausfordern.

Leider wurde sie Degan Grant nicht los. Er folgte ihr bis zum Hotel, wartete aber wenigstens nicht vor dem Eingang, nachdem sie die Halle betreten hatte. Sie erkundigte sich an der Rezeption, wo Miss Weston zu finden sei. Dann bezähmte sie ihren Ärger, bevor sie an die Tür ihrer Zofe klopfte. Bedauerlicherweise kehrte er bei Annas ersten Worten sofort zurück. »Also sind Sie zur Vernunft gekommen, Miss Tiffany? Das dachte ich mir.«

»Oh, ich besuche Sie nur, um Ihnen vom großartigen Erfolg meiner Taktik zu erzählen.«

»Jetzt sind Sie sarkastisch, nicht wahr?«

Allerdings, aber Tiffany wollte sich nicht bei ihrer Zofe beklagen und wich einer direkten Antwort aus. »Ich habe schon sehr viel herausgefunden. Zwischen den Callahans und meiner Familie herrscht immer noch böses Blut, der Waffenstillstand ist neuerdings wieder gefährdet. Und einige Bergarbeiter sorgen für zusätzliche Unruhe.«

»Aus der Harding-Mine?«

»Wieso wissen Sie das?«

»Gestern Abend lernte ich im Speisesaal des Hotels einen leitenden Angestellten des Harding-Unternehmens, einen Mr. Harris, kennen. Anscheinend ist das ein sehr netter Gentleman. Sein Boss besitzt Minen in Montana und anderswo, und Mr. Harris muss ständig zwischen den einzelnen Standorten hin und her reisen, um Probleme zu lösen und für die erwartete Produktion zu sorgen.«

»In der Nashart-Mine wird die sicher nicht erzielt.« Tiffany berichtete in knappen Worten, was sie darüber wusste. »Wenn Sie Mr. Harris wieder treffen, können Sie vielleicht erfahren, was sein Boss plant, nachdem den Harding-Leuten der Zugang zum gesamten Kupfervorkommen verwehrt wird … Heute habe ich nur wenig Zeit. Reden wir, während ich eine Schneiderin suche.«

»Am besten wenden Sie sich an Mrs. Martin. Ich habe am Empfang nach einer Schneiderin gefragt. Da wurde sie mir empfohlen. Sie arbeitet nicht in einem Salon, sondern zu Hause. Wo sie wohnt, weiß ich. Das kann ich Ihnen zeigen.«

Als sie das Hotel verließen, wartete Degan auf dem Gehsteig. Weil Tiffany nicht unhöflich sein wollte, machte sie die beiden miteinander bekannt. Aber sie erklärte, Anna sei ihre »Freundin«, der sie im Zug begegnet sei, und Degan ein Arbeiter auf der Callahan-Ranch. Sie merkte, wie unbehaglich sich ihre Zofe beim Anblick des auffälligen Waffengurts fühlte, und eilte mit ihr weiter.

»Wer *ist* das?«, wisperte Anna.

»Das sagte ich doch. Er arbeitet auf der Ranch. Heute hat er mich in die Stadt begleitet, und er bringt mich auch zurück. Sie müssen nicht flüstern, Anna, er folgt uns nicht auf den Fersen.«

Möglichst unauffällig spähte Anna über die Schulter und stellte fest, dass Degan Grant tatsächlich einen gewissen Abstand wahrte. »Warum erwähnen Sie Ihren Verlobten nicht? Den haben Sie doch sicher schon kennengelernt? Oh, und waren die Callahans verärgert, als Sie sagten, Sie würden nicht kochen?«

»Ich werde kochen«, murmelte Tiffany.

»Sie, Miss? In einer Küche?«

»Tun Sie nicht so, als wäre das lächerlich!«

»Aber Sie können gar nicht kochen!«

»Deshalb werde ich's lernen.« Tiffany hielt das Buch hoch, das sie gekauft hatte, und stopfte es hastig in ihr Retikül zurück, bevor die Zofe sah, wie dünn es war. Dabei überlegte sie, wie viele Informationen es enthalten mochte, wenn es in ihre kleine Handtasche passte. Jedenfalls gelang es ihr, Anna zu überraschen.

»Das haben Sie wirklich vor? Ich nahm an, Sie hätten es mittlerweile aufgegeben, eine Haushälterin mit Kochkenntnissen zu spielen, und würden sich zur Ranch Ihres Vaters bringen lassen.«

Wenn sie ihre Herrin auch für ein verwöhntes reiches Mädchen hielt, das niemals einen Finger rührte, um sich selbst zu helfen – sie hatte nicht mit Tiffanys Starrsinn gerechnet.

»*Gar nichts* gebe ich auf, und ich *werde* kochen lernen. Außerdem – wenn mir die Arbeit auch missfällt, sie ist immer noch besser als eine Begegnung mit meinem Vater.«

Traurig schüttelte Anna den Kopf. »Wirklich?«

O Gott, plötzlich brannten Tränen in Tiffanys Augen. Und

sie war so sicher gewesen, sie hätte *seinetwegen* schon längst genug geweint. Ohne zu antworten, schaute sie zur Seite und konzentrierte sich darauf, die Tränen hinunterzuschlucken.

Nun bogen sie in eine Seitenstraße zwischen kleinen Häusern und einer pittoresken Kirche am Ende. Anna öffnete die Gartenpforte vor dem zweiten Haus zur Rechten und warf wieder einen Blick zurück, um sich zu vergewissern, dass Degan immer noch diskreten Abstand wahrte. »Miss Tiffany, Sie haben Hunter Callahan noch immer nicht erwähnt.«

Bei diesem Thema versiegten die Tränen sofort. »Weil er ein Schürzenjäger ist. Sogar *mich* wollte er verführen.«

»Ist das nicht erfreulich? Es beweist doch, dass Sie ihm gefallen.«

»Offenbar verstehen Sie nicht, worauf es ankommt. Wer ich bin, weiß er nicht, also betrügt er seine Verlobte! Und heute sah ich ihn in der Stadt mit einem der Callahan-Dienstmädchen flirten.«

»Warum ärgert Sie das? Offiziell sind Sie noch gar nicht hier. Und dachten Sie allen Ernstes, er hätte all die Jahre wie ein Mönch gelebt? Nur was *nach* der Hochzeit passiert, zählt wirklich. Und was geschieht, *bevor* sich die Brautleute zum ersten Mal sehen, spielt keine Rolle.«

Tiffany schwieg. Die Logik dieser Erklärung leuchtete ihr ein. Aber auf ihre Gefühle wirkte sich diese Logik nicht aus, und sie verstand nicht, warum sie Hunter für ihr Eigentum hielt, obwohl sie das gar nicht wollte.

»Genau genommen haben Ihre zwei Monate in Montana noch gar nicht begonnen«, fuhr Anna fort. »Solange Sie sich für jemand anderen ausgeben, kann Hunter Sie nicht umwerben.«»In dieser Frist, die Mama festgelegt hat, werde *ich* entscheiden, ob ich Hunter heiraten will. Nicht umgekehrt.«

»Und wie soll er Ihnen den Hof machen, wenn er Sie nicht kennt?«

Darauf antwortete Tiffany nicht, denn die Antwort würde lauten, dass sie gar nicht umworben werden *wollte*. Zumindest nicht in Montana.

Sie wollte heimfahren, nach New York, wo sie ein normales Leben führen konnte – das Leben, zu dem sie erzogen worden war. Aber vorher musste sie etwas herausfinden, worüber sie ebenso wenig reden mochte. Was dachten die beiden Familien über die Fehde? Konnte sie Frieden stiften, ohne einen Cowboy zu heiraten? Und sie würde auch an die Sicherheit ihrer Brüder denken, nicht nur an das Versprechen, das sie ihrer Mutter gegeben hatte.

Weil sie beharrlich schwieg, fügte ihre Zofe hinzu: »Diesen Leuten müssen Sie nichts vormachen. Sie möchten nicht bei einem Vater wohnen, den Sie nicht kennen, das ist verständlich. Aber auch die Callahans warten auf die Braut ihres Sohns und würden Sie nur zu gern unter ihrem Dach beherbergen. Da Sie fast Ihr Leben lang mit ihrem Erben verlobt sind, gehören Sie schon jetzt praktisch zur Familie.«

Tiffany verdrehte die Augen. »Und wie soll ich da feststellen, wie sie wirklich sind?«

Um das irritierende Gespräch zu beenden, klopfte sie an die Tür der Schneiderin. Agnes Martin war eine nette alte Dame, die ihre beiden Besucherinnen ins Wohnzimmer führte und ihnen Tee anbot. Zu Tiffanys Verblüffung kannte sie Anna bereits. »Haben Sie beschlossen, für meinen Mann zu arbeiten, Miss Weston?«, lautete ihre erste Frage.

»Darüber denke ich noch nach, Ma'am«, erwiderte die Zofe und errötete unter Tiffanys durchdringendem Blick.

»Gut, er könnte wirklich Hilfe gebrauchen und …«

Im Flur erklang ein leiser Schrei und erregte die allgemeine Aufmerksamkeit. Tiffany spähte durch die offene Tür und sah einen großen, dünnen Burschen, der einen Besen in der Hand hielt und offenbar viel jünger war als sie.

»Tut mir leid, Andy.« Die Schneiderin seufzte zerknirscht. »Ja, ich weiß, du wolltest diese Stellung haben. Aber mein Mann ist zu alt, um jemandem auszubilden. Und Miss Weston ist bereits eine erfahrene Schreinerin.« Verlegen entschuldigte sie sich und ging in die Küche, um Tee aufzubrühen.

»Wie kam es denn *dazu*?«, wandte sich Tiffany ungläubig an ihre Zofe. »Erst seit gestern sind Sie hier!«

Anna grinste. »Nachdem Sie weggefahren waren, erforschte ich die Stadt. Dabei kam ich an einer Möbelwerkstatt vorbei und hörte Hammerschläge. Als ich frisch gesägtes Holz roch, konnte ich nicht widerstehen und ging hinein. Beide Martins waren da, und wir kamen ins Gespräch. Sobald ich erwähnte, mein Vater sei Schreiner und habe mir einiges beigebracht, boten sie mir diese Stellung an.«

»Daran denken Sie doch nicht ernsthaft?«

»Wissen Sie, wie selten eine Frau eine solche Gelegenheit bekommt? Im Osten wäre das unmöglich. Ja, ich *denke* dran. Und ich hätte was zu tun, bis Sie Vernunft annehmen, Miss.«

Nun kehrte Agnes mit dem Teetablett zurück, und Tiffany hörte sie im Flur zu ihrem Gehilfen sagen: »Heute habe ich nichts mehr für dich zu tun, Andy, wenn du überall gefegt hast. Komm nächste Woche wieder zu mir.«

Nachdem die drei Frauen Tee getrunken hatten, erinnerte sich Tiffany an Degan, der vor dem Haus wartete. Sie teilte Mrs. Martin mit, warum sie zu ihr gekommen war, und wurde in die Schneiderwerkstatt geführt. Obwohl sie nur ein paar Röcke und Blusen benötigte, musste sie Maß bei sich nehmen lassen und Stoffe aussuchen. Zu ungeduldig, um in den Musterbüchern zu blättern, erklärte sie, die Kleidungsstücke müssten sich einfach nur für die Küchenarbeit eignen. Außerdem bestellte sie ein paar Nachthemden und bot der Schneiderin eine zusätzliche Bezahlung an, falls alles in ein paar Tagen fertig wäre. Dann fragte sie: »Braucht der Junge eine Stellung?«

Agnes nickte. »In der Tat. Sogar den Stall mistet er aus, damit er sein Pferd füttern kann, und er schläft auf einem Heuballen. Überall in der Stadt versucht er ein bisschen was zu verdienen. Aber hat keine Ausbildung und kann nur Hilfsarbeiten übernehmen. Die gibt's in Nashart selten. Weil er mit leidtut, gebe ich ihm manchmal kleine Aufträge im Haushalt.«

»Ist er verlässlich und vertrauenswürdig?«

»O ja, und höflich. Vor ein paar Wochen kam er aus Wisconsin hierher. Ein Landstreicher ist er nicht, aber ich glaube, er wird nur so lange in der Stadt bleiben, bis er genug verdient hat, um weiterzuziehen. Hätten *Sie* eine Stellung für ihn, Miss?«

»Vielleicht, zumindest für zwei Monate. Und nur, wenn er nicht verschwindet, sobald er etwas Geld beisammen hat.«

»Fragen Sie ihn«, schlug Agnes achselzuckend vor. »Bevor er geht, schicke ich ihn zu Ihnen. Er kam in den Westen, um seinen Vater zu suchen. Wenn er mehr verdient als die nächste Mahlzeit, müsste er merken, dass er mit etwas Geld sein Ziel eher erreichen könnte. Übrigens, falls Sie an einer Heirat interessiert sind, Miss – schauen Sie sich mal unseren Sheriff an. Ein guter, abständiger Mann. Den würden wir nur ungern verlieren. Aber weil er hier keine Braut findet, wird er wohl bald woandershin ziehen.«

Auf *diese* Indiskretion reagierte Tiffany nicht. Das schien Agnes auch gar nicht zu erwarten. Sie verließ die Werkstatt, und ein paar Minuten später kam der schlaksige Junge herein, immer noch den Besen in der Hand. Sommersprossig, rotblond und mit braunen Augen, wirkte er so verhärmt, dass sie vermutete, er würde bestenfalls *eine* Mahlzeit pro Tag erhalten. Aber er sah freundlich und sauber aus, die Wangen vor Eifer gerötet. Wahrscheinlich hatte die Schneiderin ihm Hoffnungen auf eine Arbeitsstelle gemacht.

Ermutigend lächelte Tiffany ihn an. »Ich bin Jennifer Fleming.«

»Andrew Buffalo, Ma'am«, stellte er sich verlegen vor.

»Nun, Andrew – ich wurde als Köchin auf einer Ranch hier in der Nähe eingestellt und brauche eine Küchenhilfe. Die Arbeit erfordert keine besonderen Kenntnisse, nur Fleiß. Wärst du interessiert?«

»O ja, Ma'am!«

Sie war beinahe so glücklich wie der Junge. Nun hatte sie alle ihre Ziele erreicht, trotz Hunters und Degans Skepsis bezüglich der Küchenhilfe. Doch sie wollte noch mehr über Andrew wissen, bevor sie ihren Sieg feierte. »Du müsstest mindestens zwei Monate auf der Ranch bleiben.« Als er nickte, fuhr sie fort: »Erzähl mir ein bisschen was von dir. Mrs. Martin sagte, du seist in den Westen gekommen, um deinen Vater zu suchen. Glaubst du, er ist in Montana? Gibt es einen Grund dafür?«

»Den letzten Brief bekamen wir aus einer jetzigen Geisterstadt, das ist schon einige Jahre her. Wir hatten gehört, hier würde es eine Menge edles Erz geben, und wir dachten, das müsste auch unserem Dad zu Ohren gekommen sein. Deshalb will ich mich in den größeren Minenstädten wie Butte und Helena umsehen. Aber ich habe noch nicht genug verdient, um so weit nach Westen zu gelangen.«

»Hat er deiner Familie nicht mehr geschrieben?«

»Nein – seit meine Geschwister und ich groß geworden sind, nicht mehr. Schließlich war mir klar, dass er nicht heimkommen wird. Er verstand sich ohnehin nicht gut mit unserer Ma. Und sie hat nie damit gerechnet, ihn wiederzusehen.«

»Also weißt du nicht, ob er reich geworden ist – oder ob er überhaupt noch lebt?«

Andrew schüttelte den Kopf. »Sicher ist er noch am Leben. Das spüre ich. Aber er versucht nicht mehr, reich zu werden. In seinem letzten Brief schrieb er uns ganz verzweifelt, jemand hätte ihn um sein Claim betrogen, und es sei zu gefährlich, allein sein Glück zu versuchen. Deshalb würde er für einen anderen Minenbesitzer arbeiten.«

Wie traurig das alles klang – und Tiffany fürchtete, Andrews Suche würde erfolglos verlaufen. Der Westen war einfach zu groß. Wie sollte er hier seinen Vater finden, der keine Spuren hinterlassen hatte?

»Denkst du nie daran, deinen Plan aufzugeben und heimzukehren?«

»Doch«, erwiderte Andrew grinsend. »Jedes Mal, wenn mein Magen knurrt. Aber ich will meinen Pa wenigstens einmal sehen, bevor ich nach Hause zurückgehe – und ihn vielleicht verprügeln, weil er uns alle im Stich gelassen hat für etwas, das sich gar nicht lohnt. Daheim werde ich nicht gebraucht. Meine Schwestern sind verheiratet. Und meiner Ma geht's gut, die ist Hutmacherin und hat einen eigenen Salon. Aber womöglich braucht mich mein Pa.«

»Was für ein guter Sohn …« Tiffany lächelte ihn wieder an. »Wenn du mit meinen Bedingungen einverstanden bist, pack deine Sachen zusammen, und wir treffen uns zum Lunch im Restaurant. Danach fahren wir zur Ranch.«

Da strahlte er übers ganze Gesicht und stürmte so schnell aus der Werkstatt, dass sie lachen musste. Sie ging zu Anna ins Wohnzimmer und erzählte ihr triumphierend von ihrem Erfolg. Dann drängte sie zum Aufbruch, denn sie fürchtete,

Degan würde bald gegen die Haustür hämmern, und lud auch ihre Zofe zum Lunch ins Restaurant ein.

Das lehnte Anna ab. »Danke, Agnes hat mich gerade gefragt, ob ich mit ihr essen möchte. Außerdem – wollen Sie wirklich, dass Ihre Arbeitgeber mich bei der Mahlzeit ausfragen?«

Tiffany schluckte. »Nein. In ein paar Tagen, wenn ich meine neuen Kleider abhole, sehen wir uns wieder.«

»Und ich harre bis dahin in Nashart aus. *Sie* können diese alberne Farce ja jederzeit beenden.«

Beleidigt rauschte Tiffany aus dem Zimmer. Als sie das Haus verließ, sah sie nicht Degan auf den Eingangsstufen sitzen, sondern Hunter.

Kapitel 20

Ist Mr. Grant zur Ranch zurückgekehrt?«, fragte Tiffany.

»Nein, er will noch was in der Stadt erledigen.« Hunter stand auf, öffnete die Gartenpforte, und sie gingen die Seitenstraße entlang. »Und weil Sie schon den halben Tag für *Ihre* Besorgungen gebraucht haben, sagte ich ihm, er soll sich genug Zeit für *seine* nehmen. Wir treffen ihn im Restaurant. Wie ich höre, sind sie immer noch entschlossen, dort zu essen.«

In ihrer Freude über das Gelingen ihrer Mission überging sie seine schlechte Laune. »Ich habe einen Jungen namens Andrew Buffalo eingestellt, der mir in der Küche helfen wird. Vielleicht haben Sie ihn gesehen, als er aus dem Haus lief.«

»Da er fast über mich gestolpert wäre, konnte ich ihn gar nicht übersehen. Aber sollte nicht *Pa* entscheiden, wer für uns arbeitet?«

»Ich habe ihn nicht um Erlaubnis gebeten. Entweder bezahlt er den Jungen, oder *ich* übernehme das. Aber da Ihr ehemaliger Koch eine Küchenhilfe hatte, steht mir wohl das gleiche Recht zu.«

Statt des erwarteten hitzigen Protests lachte Hunter. »Für eine Bedienstete sind Sie verdammt autoritär, was?«, befand er und grinste gewinnend.

»Zum Glück arbeite ich nicht für Sie, sondern für Ihren Vater.«

»Sehen Sie da einen Unterschied? In dieser Gegend ist ein Callahan ein Callahan.«

»Wo ich herkomme, ist eine Haushälterin keine Köchin.«

»Wie auch immer, es gefällt mir, dass Sie für mich arbeiten«, betonte er und lachte wieder.

Warum amüsiert ihn das?, überlegte Tiffany verwirrt. Dann beschloss sie, nicht darüber nachzudenken und sich auf eine der wenigen guten Mahlzeiten in den nächsten zwei Monaten zu freuen.

»Also Buffalo heißt er ...«, sagte Hunter gedehnt. Inzwischen hatten sie den Brettergehsteig entlang der Main Street erreicht. »Sicher ein falscher Name.«

»Spielt das eine Rolle?«

»Nein, solange er nicht vor dem Gesetz davonläuft.«

»Machen Sie sich nicht lächerlich. Das ist noch ein *Junge.*«

»Na und? Ich habe schon jüngere Kerle bei Schießereien gesehen. Ständig kommen blutjunge Burschen in den Westen, auf der Suche nach Abenteuern. Wenn sie nichts Aufregendes erleben, sorgen sie selber für Dramatik. Und meistens ändern nur die Typen, die Ärger gemacht haben, ihre Namen.«

»Wäre Andrew ein Outlaw, könnte er sich sicher besser ernähren«, wandte Tiffany erbost ein.

»Nicht unbedingt.«

»Außerdem hat sich Mrs. Martin für ihn verbürgt«, stieß sie zwischen zusammengebissenen Zähnen hervor.

»Agnes? Warum haben Sie das nicht gleich gesagt? Dem Urteil dieser netten Frau vertraue ich rückhaltlos.«

Zu spät gab er sich geschlagen. Ob er es beabsichtigte oder nicht, er hatte ihr die Freude über die Einigung mit Andy verdorben. Als Hunter ihren Arm nahm, um sie über die Straße zu führen, riss sie sich los und ging auf dieser Seite weiter. Das Restaurant lag noch einen Häuserblock entfernt, und soeben war jemand vorbeigeritten und hatte Staub aufgewirbelt. Deshalb wollte Tiffany die Straße noch nicht überqueren. Dann merkte sie, dass sie sich einem Saloon näherten, vor dem ein paar Männer herumlungerten. Bergarbeiter, so wie sie aussahen. Zwei kräftig gebaute Gestalten lehnten an einer Ladenfront und glichen den beiden, die Hunter vor einer Weile mit scharfen Blicken zu provozieren versucht hatten.

Neben sich hörte sie ihn seufzen. »Schon so lange habe ich niemanden mehr getötet. Vermutlich bin ich wieder mal dran.«

Prompt blieb sie erschrocken stehen, obwohl er sicher übertrieb. Aber sie akzeptierte, worauf er sie hinweisen wollte, und murmelte: »Gehen wir jetzt über die Straße.«

»Wollen Sie wirklich keinen Ärger heraufbeschwören?«

Erst jetzt bemerkte sie sein Grinsen und wollte ihn fast ohrfeigen, nachdem er ihr grundlose Angst eingejagt hatte.

»Freut mich, dass Sie die Stadt noch nicht verlassen haben, Mr. Callahan. Würden Sie ein paar Minuten für mich erübrigen?«

Beide drehten sich zu einem Mann in mittleren Jahren um, der höflich lächelte. Zu einem teuren dunklen Anzug trug er einen Hut mit steifer Krone und schmaler Krempe. Modisch im Stil des Ostens gekleidet, passte er ebenso wenig wie Tiffany mit ihrer Turnüre in die kleine Rancherstadt. Konnte das der leitende Angestellte des Minenunternehmens sein, den Anna erwähnt hatte?

»Nein«, entgegnete Hunter kurz angebunden. Offenbar mochte er den Mann nicht.

Jetzt schlenderten die zwei breitschultrigen Arbeiter heran und postierten sich hinter dem elegant gekleideten Mann.

»Wenn Sie etwas zu sagen haben, wissen Sie, wo mein Pa zu finden ist«, fügte Hunter hinzu.

»Leider ist Ihr Vater sehr unvernünftig. Als sein ältester Sohn könnten Sie ihn sicher umstimmen.«

»Wieso glauben Sie, ich würde seine Meinung nicht teilen? Mit Ihren Schmelzöfen verpesten Sie große Weideflächen mit widerlichem Ruß!«

»Sicher brauchen Sie nicht das ganze riesige Weideland. Für einen Teil davon wurde Ihnen ein Vermögen angeboten.«»An unserer Antwort wird sich nichts ändern, Harris. Warum strecken Sie sich nicht einfach nach der Decke und ziehen weiter?«

»Das könnten wir Sie auch fragen.«

Als der Mann davonging, wirkte er nicht mehr so zivilisiert. Ein Angestellter? Eher eine wirkungsvolle Waffe des Minenbesitzers, dachte Tiffany. Nun sprangen die zwei Männer vor, die das Gespräch belauscht hatten, und der größere versuchte sogar, Hunter einen Stoß zu versetzen!

So etwas musste Hunter erwartet haben, denn er schob die Hand seines Widersachers beiseite. Ohne ihn aus den Augen zu lassen, sagte er zu Tiffany: »Gehen Sie zum Restaurant hinüber. Wenn ich das hier erledigt habe, komme ich nach. Allzu lange wird's nicht dauern.«

Um sich aus der Gefahrenzone zu entfernen, trat sie auf die Straße. Doch schon nach wenigen Schritten hielt sie inne. Mochte Hunter auch glauben, er könnte die Aggressionen der beiden Männer entschärfen – Tiffany war sich nicht so sicher. Schon gar nicht angesichts der anderen Bergarbeiter, die vor dem Saloon standen. Jetzt stolperten zwei sichtlich Betrunkene näher heran, um herauszufinden, was sich da zusammenbraute.

»Sie machen einen großen Fehler, Callahan«, fauchte der Kleinere der beiden, die Hunter fixierte. »Wegen Ihrer Familie haben wir keine Arbeit.«

»Warum verlassen Sie die Stadt nicht?«, fragte Hunter.

»Weil man uns gesagt hat, wir sollen hierbleiben, denn …«

»Halt den Mund, Earl«, mischte sich der andere ein. »Wir haben eine Nachricht für Ihren Pa, Callahan. Aber die werden Sie ihm nicht mitteilen«, fuhr er fort und lachte meckernd. »Sicher versteht er die Botschaft, wenn Sie nach Hause getragen werden.«

Als sich Hunter krümmte, zuckte Tiffany entsetzt zusammen. Den ersten Schlag hatte er pariert, aber beide Männer waren gleichzeitig über ihn hergefallen! Hatte Degan nicht behauptet, die Minenarbeiter würden Hunter in Ruhe lassen und provozieren, damit er zuerst die Fäuste hebt? Griffen sie ihn jetzt an, weil ihre Kameraden vor dem Saloon standen, zuschauten und »bezeugen» würden, er hätte den Kampf angefangen? Vergaßen sie die Anwesenheit Tiffanys, die etwas anderes sagen würde? Oder war es ihnen egal?

Wie unfair, dass Hunter *zwei* Gegner abwehren musste! Sie umklammerte ihren Sonnenschirm ein bisschen fester, wenn sie auch nicht genau wusste, zu welchem Zweck. Jedenfalls würde sie diesen beiden brutalen Schurken nicht gestatten, ihren Verlobten bewusstlos zu schlagen. Und wo blieb denn der Sheriff?

Dann stockte ihr der Atem, als sie beobachtete, wie Hunter blitzschnell nach einem seiner Gegner trat und ihn zurückwarf. Dadurch verschaffte er sich etwas Luft, boxte Earl ins Gesicht und in den Bauch, streckte ihn mit einem Kinnhaken nieder und konnte sich mit dem anderen Mann befassen, der das Gleichgewicht wiedergefunden hatte. Doch da war Earl schon wieder auf den Beinen. Wütend ging er auf Hunter los, und Tiffany schrie auf. Wenn sie ihn mit vereinten Kräften niederschlugen, würde er sicher nicht mehr aufstehen. Aber irgendwie gelang es ihm, den größeren Mann in Earls Weg zu schleudern, und beide stürzten übereinander. Sofort sprangen sie wieder auf, wurden aber erneut abgewehrt, und er schien sie tatsächlich zu besiegen.

Plötzlich sah sie Metall im Sonnenlicht funkeln. Einer der Betrunkenen hatte eine kleine Waffe aus seiner Tasche gezogen und richtete sie auf Hunters Rücken.

»Hinter Ihnen, Hunter!« Noch während Tiffany den Warnruf hervorstieß, warf sie ihren Sonnenschirm auf den dritten Angreifer – und verfehlte ihn. Aber ein Instinkt musste Hunter bewogen haben, auf dem Boden zu sinken, seinen eigenen Revolver zu zücken und fast im selben Atemzug zu feuern. Die kleine Waffe landete auf den Gehsteigbrettern, schreiend umklammerte ihr Besitzer seinen Oberarm, der sich blutrot färbte. Entweder hatte Hunter schlecht gezielt, oder er hatte den Mann nur entwaffnen wollen.

»Das würde ich nicht tun«, ermahnte er einen anderen Betrunkenen, der sich nach der kleinen Pistole bückte.

Sofort hob der Bergarbeiter die Hände und wich zurück.

Hunter sprang auf und hob seine Waffe, um die beiden Männer in Schach zu halten, die ihn angegeriffen hatten. Im Rückwärtsgang wollten sie fliehen, kamen aber nicht weit, weil der Sheriff endlich auftauchte, vom Krach des Schusses angelockt.

Hunter wechselte ein paar Worte mit ihm, bevor er den Sonnenschirm aufhob und zu Tiffany ging. Erstaunt starrte sie dem Sheriff nach, der nur den Verwundeten abführte. »Warum verhaftet er nicht alle?«

»Weil das Gefängnis überfüllt ist und ich keine Lust hatte, jemanden anzuzeigen.«

»Warum wollten Sie das nicht?«, fragte sie erbost. »Die beiden haben zuerst die Fäuste geschwungen! Zwei gegen einen!«

Hunter grinste. »Hatten Sie Angst um mich?«

»Natürlich nicht«, log sie hastig.

»Jedenfalls danke ich Ihnen für die Warnung, Jenny. Diese Deringers sind zwar winzig, aber sie können einen trotzdem töten.« Lachend reichte er ihr den Sonnenschirm. »Haben Sie dieses Ding tatsächlich auf einen bewaffneten Mann geworfen?

In einem Moment geistiger Umnachtung! Führte sich Hunter etwa immer so auf, wenn Degan nicht in der Nähe war und ihm zur Vorsicht riet? Nun ärgerte sie sich, weil er seine Waffe nicht früher gezogen und die beiden Minenarbeiter schon vor dem Angriff des Betrunkenen abgewehrt hatte.

War der beängstigende Kampf von Mr. Harris inszeniert worden? Allmählich gewann sie den Eindruck, ihre Familie würde den Callahans längst nicht so große Sorgen bereiten wie die Minen-Fraktion.

Kapitel 21

Hast du mich nur weggeschickt, damit man auf dich feuern kann?«, fragte Degan trocken, als er hinter seinem Schützling stehen blieb.

Lachend drehte sich Hunter um. »Wie hast du's erraten?«

Darüber amüsierte sich Degan ebenso wenig wie Tiffany. Vielsagend hob er die Brauen und schaute sie an. »Sind Sie *jetzt* zur Heimkehr bereit?«

Gewiss, zur Rückkehr in ihr *richtiges* Heim. Leider musste sie noch neunundfünfzig Tage lang im Fegefeuer ausharren. Nun, in Nashart war das offenbar ein ganz normaler Tag, jedenfalls für diese Männer. Wie gelassen sie diesen grässlichen Kampf hinnahmen … Daran sollte sie sich wohl gewöhnen, wenn sie diese ganze Tortur überstehen wollte.

»Noch nicht«, entgegnete sie frostig. »Trotz allem werde ich mir einreden, dies sei eine zivilisierte Stadt, und hier zu Mittag essen.« An Hunter gewandt, fragte sie: »Kann ich das ungefährdet wagen, Mr. Callahan? Wenn nicht, gehe ich lieber zur Bahnstation und kaufe mir eine Rückfahrkarte.«

»Vorerst sind Sie sicher. Aber tun Sie uns allen einen Gefallen und lassen Sie sich an Samstagen nicht mehr nach Nashart kutschieren.«

»Glauben Sie mir, dazu habe ich mich bereits entschlossen. Übrigens hat mich Ihre Antwort keineswegs beruhigt,

Sir.« Damit marschierte sie in die Richtung des Restaurants.

Hunter blieb an ihrer Seite. »Keine Bange, Rotschopf, ich werde Sie beschützen. Das schwöre ich.«

Aus seiner Stimme hörte sie den aufrichtigen Wunsch heraus, für ihre Sicherheit zu sorgen. Besaß er eine versteckte ritterliche Ader? Das wüsste sie zu schätzen, wenn sie ihn heiraten wollte, was nicht zutraf. Also war Hunter nicht nur humorvoll, attraktiv und tapfer, wie er soeben bewiesen hatte, sondern auch fürsorglich. Hinter Jennifers Maske hatte sie gehofft, mehr schlechte als gute Wesenszüge an ihm zu entdecken. Natürlich wäre es schlimm genug, wenn er Jennifer zu verführen suchte. Doch das hatte er bisher nicht ernsthaft probiert.

Andrew Buffalo erwartete Tiffany vor Sal's Restaurant, und sie machte ihn mit ihren Begleitern bekannt. Über seinen neuen Arbeitsplatz war der Junge so glücklich, dass er nicht einmal Degan misstraute.

Sie hatte befürchtet, das Lokal wäre etwas zu rustikal für ihren Geschmack. Aber das Dekor bereitete ihr eine angenehme Überraschung. Weiße, bestickte Tischtücher, sogar kleine Gänseblümchensträuße, allerdings in Gläsern, nicht in Vasen. Und der Speiseraum war gut besucht. Sie wurden zum letzten noch freien Tisch im Hintergrund geführt. Unterwegs wurde Hunter mehrmals von Freunden aufgehalten, die sich nach dem Befinden seiner Mutter erkundigten. Vielleicht hätte er Tiffany mit ihnen bekannt gemacht, wäre sie nicht, von Degan gedrängt, weitergegangen.

Niemals stellt Mama ihren Freunden Dienstboten vor … Das wusste sie. Trotzdem war sie leicht gekränkt. Sie musste sich besser auf die Rolle einstellen, die sie spielte. Viel zu oft verhielt sie sich wie Tiffany, nicht wie eine Haushälterin.

Leider waren einige Reaktionen nicht kontrollierbar, zum Beispiel auf Hunter, nachdem sie alle Platz genommen hatten. Noch nie war ihr eine Mahlzeit so beklemmend erschienen.

Beim Essen befragte er Andrew, was sie erwartet hatte, und behandelte ihn sehr freundlich. Doch sie hörte nur mit halbem Ohr zu und bemühte sich vergeblich, Hunters fabelhaftes Aussehen zu ignorieren. Hätte sie ihm nicht direkt gegenübergesessen, wäre es einfacher gewesen. Noch dazu schaute er sie dauernd an, obwohl er mit dem Jungen sprach. Das machte sie nervös und trieb ihr heißes Blut in die Wangen. Natürlich konnte sie ihn nicht auffordern, diese Blicke zu unterlassen, weil er sonst merken würde, dass er sie verwirrte.

Zu allem Überfluss neigte sie neuerdings auch noch zur Geschwätzigkeit, wenn sie nervös war. In einer Gesprächspause plapperte sie: »Als ich den Namen des Restaurants draußen auf dem Schild las, hielt ich ›Sal‹ für eine Kurzform von ›Sally‹. Aber Mr. Grant hat mir erklärt, hier würden nur Männer arbeiten.«

»Was den Namen betrifft, haben Sie recht«, sagte Hunter lächelnd. »Tom, der Besitzer, hat das Lokal nach seiner Frau Sally benannt, und nach ihrem Tod blieb es dabei. Die ganze Stadt hat um diese wunderbare Frau getrauert, und wir hatten Angst, Tom würde das Restaurant aufgeben und in den Osten zurückkehren. Aber Sarah Wilson bot ihm ihre Hilfe an. Die spuckt Kinder wie Kautabak aus und hatte genug Milch für Toms Neugeborenes.«

»Jetzt bringst du sogar mich durcheinander«, warf Degan ein, »und ich weiß nicht, was Miss Fleming denkt.«

»Tut mir leid.« Hunter sah Tiffany wieder an. »Zwei Jahre, nachdem das Ehepaar hierhergezogen war, starb Sally im Kindbett.«

»Gibt es keinen Doktor in Nashart?«, fragte Tiffany.

»Doch, aber hier draußen lassen sich nur wenige Ärzte nieder. Seit ich denken kann, ist unserer der Einzige im meilenweiten Umkreis und wird oft in andere nahe gelegene Städte gerufen. Deshalb ist er bei unseren eigenen Notfällen nicht immer verfügbar. Etwa bei Komplikationen während einer Geburt, und das hat Sally das Leben gekostet.«

Bedrückt erkannte Tiffany eine weitere Gefahr des Westens, insbesondere für Frauen. War ihrer Mutter geholfen worden, als sie vier Kinder zur Welt gebracht hatte? Wie tapfer musste Rose gewesen sein, um ein solches Risiko auf sich zu nehmen …

Tiffany versuchte, das traurige Thema zu wechseln. »Wie viele Kinder hat Sarah Wilson, Mr. Callahan? Das interessiert mich, weil Sie es so – ausdrucksstark angedeutet haben. Fünf? Sechs?«

»Nach der letzten Zählung zwölf.«

»Und sie hat ihren Mann noch nicht erschossen?«

Hunter brach in Gelächter aus, und Tiffany lächelte, obwohl sie nicht gescherzt hatte. Was für eine arme Frau!

»Mögen sie Kinder nicht?«, fragte er.

»Das – das weiß ich nicht genau. Ich war nur selten mit Kindern zusammen.«

»Eigentlich wollte ich wissen – wie viele möchten Sie eines Tages bekommen?«

»Ganz sicher eine überschaubare Anzahl.«

»Jedenfalls werden Sie bildschöne Kinder kriegen«, sagte er und musterte sie bewundernd. Dann neigte er sich zu ihr vor und flüsterte: »Wollen Sie welche machen?« Als sie nach Luft schnappte, grinste er. »Finden Sie raus, wann Sie gehänselt werden und wann nicht, Rotschopf. Sie nehmen alles viel zu ernst. Sogar für ein Mädchen aus dem Osten.«

Da beschloss sie, die Wahrheit zu gestehen. »Nun, für gewöhnlich nicht. Ich besitze ein eher heiteres Temperament.«

»Und warum verstecken Sie's dann?«

Wieder errötete sie. Vielleicht neckte er sie diesmal nicht. Aber wie sollte sie das Debakel ihres Lebens mit ihm erörtern, wenn er es verursachte? Hastig wechselte sie erneut das Thema. »Nun, ich bin froh, dass Tom beschlossen hat, sein Kind in Nashart großzuziehen. Dieses Hühnchen schmeckt köstlich.«

Vor allem die Sahnesoße war sensationell. Hätte Tiffany nicht so schlechte Erfahrungen mit dem Bäcker gesammelt, würde sie Tom nach dem Rezept fragen. Dann sah sie den Wirt von einem Tisch zum anderen wandern, Komplimente und Geld entgegennehmen. In diesem Moment erkannte sie etwas verspätet, warum Köche und Bäcker die Geheimnisse ihrer Rezepte hüteten – damit bestritten sie ihren Lebensunterhalt.

Die drei Männer an Tiffanys Tisch hatten Rindfleisch bestellt, Degan ein etwas anderes Steak, mit einer dunklen Soße. Wahrscheinlich war er ebenso wie sie an verfeinerte Speisen gewöhnt. Ein deprimierender Gedanke, denn sie fürchtete, so gut würde sie niemals kochen können.

Anscheinend spürte Hunter, was sie bedrückte. »Sorgen Sie sich nicht, Rotschopf, von Ihnen erwarten wir keine solchen kulinarischen Meisterleistungen. Erst mal müssen Sie die Grundbegriffe lernen«, betonte er, und sie lächelte erleichtert. »Tom stammt aus Chicago«, fuhr er fort. »Bekommen Sie Heimweh, wenn sie seine Kochkunst genießen?«

O ja! Seit sie New York verlassen hatte, litt sie an heftigem Heimweh. Doch das gab sie nicht zu und fragte stattdessen: »Warum ist Tom in den Westen gezogen?«

»Aus finanziellen Gründen«, antwortete Hunter. »In Chicago konnte er sich's nicht leisten, ein Restaurant zu eröffnen. Hier kostete es ihn fast nichts, nur das Baumaterial, und das wurde zur Hälfte gespendet. Die Stadtbewohner waren so froh über ihr neues Restaurant, dass sehr viele beim Bau mithalfen. Innerhalb eines Tages war das Haus fertig.«

Beinahe hatten sie alle die Mahlzeit beendet. Wären sie einen Moment früher aufgestanden, hätte es zu einer Katastrophe bei der Tür geführt, denn einer von den Warren-Brüdern trat ein. Unschlüssig erstarrte Tiffany. Was sollte sie tun? Natürlich durfte sie Sam nicht kennen. Von zwei jungen Männern begleitet, schlenderte er zwischen den vorderen Tischen hindurch. Sechs Jahre lang hatte sie ihren ältesten Bruder nicht gesehen.

So sehr hatte er sich verändert. Sein Gesicht wirkte männlicher, und er trug einen Schnurrbart. Doch die blonden Haare und seine grünen Augen waren unverwechselbar. Und – o Gott, sie sehnte sich so sehr danach, ihn zu umarmen. Beinahe stiegen ihr Tränen die Augen.

Dann hörte sie Degan zu Hunter sagen: »Ich lenke ihn ab. Bring Miss Fleming durch die Hintertür hinaus.«

Beide Männer standen auf, und Hunter ging um den Tisch herum und ergriff Tiffanys Arm. »Machen Sie kein Aufhebens«, murmelte er. »Gerade ist ein Warren reingekommen. Die sollen zwar rausfinden, dass wir Sie ihnen vor der Nase weggeschnappt haben, das war ja der Sinn der Sache. Aber jetzt noch nicht.«

»Am besten nie …«, flüsterte sie. »Ich würde mich schrecklich fühlen, wenn ich ihnen meinen Entschluss erklären müsste.«

Einen Arm um ihren Hals gelegt, schirmte Hunter sie gegen

Sams Blick ab. Glücklicherweise bugsierte er sie zur Hintertür hinaus, bevor eine tiefe Stimme womöglich ihren Namen gerufen hätte – ihren richtigen Namen.

Kapitel 22

In aller Eile führte Hunter sie zu dem Geländer, an dem Degan die Pferde festgebunden hatte, und wartete nicht auf die anderen. Er stieg auf seinen Pinto-Hengst, reichte Tiffany eine Hand, um sie hinaufzuziehen, und sie protestierte nicht, weil sie nur noch an ihre Flucht denken konnte. Hätte Sam sie erkannt, müsste sie noch an diesem Tag ihrem Vater gegenübertreten. *Und du wärst mit deinen Brüdern vereint,* erklang eine innere Stimme. Könnte sie Franklin Warren aus diesem Grund ertragen? Nein, nicht einmal dafür, denn er hatte ihr zu wehgetan. Bevor sie Montana verlassen würde, musste sie eine andere Möglichkeit finden, ihre Brüder zu treffen.

»Das sollten wir öfter machen.«

Bis Hunters Bemerkung in ihr Bewusstsein drang und einen Sinn ergab, dauerte es eine Weile. Meinte er, dass sie auf seinem Schoß saß? Großer Gott … »Warten Sie, ich dachte, Sie bringen mich zum Mietstall. Ich will mir ein Pferd ausleihen und zur Ranch reiten.«

»Da reiten wir gerade hin.«

»Aber das ist unschicklich.«

»Was für dumme Ideen Sie haben, Rotschopf …«

Tiffany biss die Zähne zusammen. Natürlich würde er nicht umkehren, nachdem sie die Stadt bereits verlassen hatten. Aber er sollte doch wissen, wovon sie redete. *So* sehr konnte sich die Etikette im Westen nicht von den gesellschaftlichen Regeln unterscheiden, die sie gelernt hatte. Noch schlimmer, er hatte sie in einer viel zu intimen Position platziert, nicht hinter ihm oder rittlings vor ihm, sondern seitlich auf seinen Schenkeln, damit er sie anschauen konnte, was er grinsend tat.

Offensichtlich war er sehr zufrieden mit sich selber, der Schurke, während ihr Unbehagen wuchs. Um seinem Blick auszuweichen, wandte sie den Kopf nach vorn und betrachtete die Straße. Die lange Mähne des Pinto wehte über ihre Hand. So ein schönes Tier. Vor ihrer Abreise wollte sie einen Schecken kaufen und nach New York verfrachten lassen. Darum würden ihre Freunde und Freundinnen sie beneiden, wenn sie mit ihr durch den Central Park ritten. Von ihrem Dilemma wussten sie nichts, denn sie hatte sich zu sehr geschämt, um ihnen zu erzählen, warum sie nach Montana reisen musste – so entsetzt wären sie gewesen.

Ohne Hunter anzusehen, sagte sie: »Ein hübsches Pferd.«

Als sie ihn stöhnen hörte, drehte sie sich um. »Hör nicht auf sie, Patches«, riet er dem Pinto und schnitt eine Grimasse, »sie hat dich nicht wirklich ›hübsch‹ genannt.« Dann neigte er sich zu ihr nach vorn und flüsterte: »Beleidigen Sie ihn nicht noch einmal, er ist so verdammt empfindlich.«

Unwillkürlich lachte sie, bis sie merkte, dass er nur einen Vorwand gesucht hatte, um sein Gesicht ihrem zu nähern. Diese strahlend hellblauen Augen nahmen ihr den Atem. Wenn er sie küsste … Heiliger Himmel, was sollte sie dann tun?

»Ich reite sehr gern«, platzte sie heraus. »Aber ich halte lieber meine eigenen Zügel. Hätten Sie mich bloß zum Mietstall gebracht …«

Nun richtete er sich auf. Der Moment, in dem er sie vielleicht geküsst hätte, war vorbei, und sie konnte wieder etwas ruhiger atmen. Andererseits … Statt sich erleichtert zu fühlen, war sie enttäuscht. Was stimmte nicht mit ihr? Für sie war es zweifellos besser, wenn sie *nicht* wusste, welche Gefühle Hunter Callahans Kuss wecken mochte.

Er schaute sie immer noch an. »Für eine Reiterin hätte ich Sie nicht gehalten. Ich dachte, ihr Großstadtleute würdet immer nur in Kutschen herumfahren.«

Ah, endlich ein Gesprächsthema, das sie vom dummen Gedanken ablenken und ihr helfen müsste, sich zu fassen … »Keineswegs. Ich habe in der Nähe eines großen Parks gewohnt. Schon als kleines Kind lernte ich reiten. Vielleicht würden Sie mir Patches manchmal leihen?«

Entschieden schüttelte Hunter den Kopf. »Ein Mann ist sehr eng mit seinem Pferd verbunden. Wie mit einem Familienmitglied.«

Darüber musste sie lachen, verstummte jedoch, als sie merkte, dass er es ernst meinte.

»Wie wundervoll ihr Gelächter klingt, Jenny … Warum höre ich's nicht öfter?«

Weil sie unentwegt von Angst und Sorge gepeinigt wurde – und noch schlimmer, weil sie den Mann, den sie verachten wollte, zu mögen begann. Nur manchmal. Wenn sie ihn nicht beim Flirt mit anderen Frauen ertappte, sich selbst eingeschlossen. Natürlich durfte sie das nicht erwähnen. »Weil eine Haushälterin sich stets reserviert benehmen muss«, erwiderte sie sittsam.

»Hören Sie bloß auf!«, rief er grinsend. »Das mag für die vornehmen Häuser im Osten gelten, wo Sie früher gearbeitet haben. Jetzt sind Sie in Montana!«

Musste er ständig darauf hinweisen? Sie kehrte zu dem Thema zurück, das sie vorhin kurzfristig beruhigt hatte. »Halten Sie Patches wirklich für eine verwandte Seele?

Ich habe zwei Pferde besessen. So nahe standen mir beide nicht.«

Neugierig hob er die Brauen. »Pferde sind teuer. Wieso konnten Sie sich welche leisten?«

Tiffany unterdrückte ein Stöhnen. Welch ein alberner Fehler … Doch sie erfand sofort eine Erklärung. »Mein Vater ist mit einem Pferdezüchter befreundet, und der arbeitet für einen grausamen Mann. Jedes Pferd, das seinem Standard nicht entspricht, soll erschossen werden. Das bringt unser Freund nicht übers Herz, und deshalb verschenkt er die Pferde.«

»Ach, die Leute im Osten – typisch!«, seufzte Hunter geringschätzig. »Hier draußen lassen wir solche Tiere einfach frei. Auf der Ranch haben wir ein paar Extrapferde. Suchen Sie sich eins aus und geben Sie mir Bescheid, wenn Sie ausreiten wollen. Dann begleite ich Sie.«

Sie runzelte die Stirn. »Nein, danke, ich reite lieber allein.«

»Können Sie mit einem Revolver umgehen?«

»Nein.«

»Mit einem Gewehr?«

»Natürlich nicht.«

»Dann werden Sie auch nicht allein ausreiten.«

Tiffany wollte widersprechen, aber sein Tonfall hatte zu deutlich bekundet, wie sinnlos das wäre. Vielleicht konnte sie schießen lernen … Nein, wozu die Mühe, wenn sie nur ein paar Wochen hierbleiben würde?

Dann fiel ihr etwas anderes ein. »Wenn Sie Extrapferde haben, Sir – warum haben Sie keines für mich mitgenommen?«

»Sollte ich's mir entgehen lassen, dass Sie bei der Heimkehr auf meinem Schoß sitzen?« Hunter lachte leise. »Nein, verdammt!«

Also hatte er diese unangenehme Situation geplant? Grinsend musterte er ihr Gesicht und schien sich zu gratulieren, weil er diese intime Nähe arrangiert hatte. Warum? Ging er etwa mit allen jungen Frauen so um, die seinen Weg kreuzten? Und eine noch wichtigere Frage war: *Genießt er einen unschuldigen Flirt, oder will er mich wirklich verführen?* Jennifer, verbesserte sie sich. Das musste sie herausfinden. Aber wie, wenn sie bei jedem Annäherungsversuch in seinem speziellen Stil beleidigt war? Sollte sie netter zu ihm sein, vielleicht sogar auf den Flirt eingehen, um zu sehen, wohin das führen mochte? Nein, dann würde sie ihn zur Untreue animieren. Guten Gewissens konnte sie ihn nicht benutzen, um der arrangierten Heirat zu entrinnen. Sie durfte ihn nicht provozieren, denn es musste *seine* Idee sein, ein Beweis für seine Schürzenjagd, den sie ihrer Mutter präsentieren konnte.

In Gedanken versunken, merkte sie, dass sie Hunter schon die ganze Zeit geistesabwesend anstarrte. Offenkundig lange genug, um den Eindruck zu erwecken, sie würde seine Avancen willkommen heißen … Denn jetzt neigte er sich wieder zu ihr. So leuchtend blau, so sinnlich hielten seine Augen ihren Blick fest. Ihr wurde ganz flau im Magen, sekundenlang blieb die Luft in ihrer Kehle stecken. Was nun geschah, konnte sie nicht verhindern und sich nicht einmal bewegen. Sie atmete seinen maskulinen Duft ein – eine Mischung aus Leder, Kiefernharz und etwas anderem, das sie nicht zu definieren vermochte. Aber es betörte sie, und sie fragte sich, wie wohl sein Mund schmecken würde. Wenn er sie küsste, würde es ihre Welt drastisch verändern, denn sie würde ihr womöglich gefallen. Ihm auch – und dann könnte er sich noch mehr wünschen. Für ihn wäre es ganz normal, eine oder zwei Verführungen pro Tag. An diese Quote würde er herankommen, weil Pearl ihren Arm erst vor Kurzem um seine Schulter geschlungen hatte …

Bei dieser Erinnerung wurde Tiffany abrupt aus ihrem alarmierenden Bann gerissen. »Halt!«

Sie wollte einen Kuss abwehren. Aber er musste geglaubt haben, er sollte das Pferd zügeln. Patches blieb stehen. Verwirrt sah sie sich um. Inzwischen hatten sie fast das Ufer des Sees erreicht, in der Nähe erhob sich das Gerüst des unvollendeten Hauses.

»Dieses Bauwerk ist mir gestern aufgefallen«, erklärte sie nach einem tiefen, beschwichtigenden Atemzug. »Darf ich es mir genauer anschauen?«

»Jenny …« Mehr sagte er nicht. Doch er dachte immer noch an einen Kuss, das wusste sie. Jetzt war sie wieder bei klarem Verstand und konnte die Gefahr im Keim ersticken.

»Bitte, erwähnen Sie nicht, was eben fast passiert wäre, Mr. Callahan. Und versuchen Sie es nie wieder. Ich arbeite für Ihre Familie, aber das bedeutet keineswegs, dass Sie gewisse Situationen ausnutzen dürfen.«

»Niemals würde ich das tun.«

Mit ihrem Tadel hatte sie ihr Selbstvertrauen zurückgewonnen. In entschiedenem Ton fuhr sie fort: »Und vergessen Sie meine Neugier auf dieses Gerüst. Bringen Sie mich einfach nur zur Ranch. In Zukunft sollten wir nicht mehr allein miteinander sein, das ist unschicklich. Verstehen Sie, warum? Weil es Sie auf falsche Gedanken bringt!«

»Das muss mit Ihren roten Haaren zusammenhängen«, murmelte er, ließ sie vom seinem Schoß zum Boden hinabgleiten und stieg vom Pferd.

In einer Hand die Zügel, umfasste er mit der anderen Tiffanys Ellbogen und führte sie zwischen den Bäumen zum Wasserrand, zu dem unfertigen Haus. Sie versuchte, sich loszureißen. Zweimal.

Da schien er zu merken, dass sie ihm immer noch grollte.

»Beruhigen Sie sich. Wegen eines harmlosem Kusses – zu dem es gar nicht kam – sollten Sie sich nicht aufregen.«

So sah er das also? *Harmlos?* Ohne Bedeutung? Nun, vielleicht hatte sie übertrieben reagiert. Im Umgang mit diesem Mann musste sie in Zukunft vorsichtiger sein, besser darauf achten, wer sie wirklich war und wofür er sie hielt. Zwischen ihren beiden Identitäten musste sie die richtige Balance finden, sonst würde sie ihren Arbeitsplatz verlieren – oder einen möglichen Verbündeten. Denn wenn Hunter Callahan seinen Neigungen so freizügig nachgab, wie es schien, würde er die arrangierte Heirat ebenso hassen wie sie selbst und ihr helfen, der Verpflichtung zu entrinnen.

In der Nähe des Gerüsts erkannte Tiffany, dass ein viel größeres Haus geplant worden war, als sie es aus der Ferne eingeschätzt hatte. Jetzt konnte sie Hunter endlich nach seiner Verlobung fragen, die Degan erwähnt hatte. Diese Gelegenheit musste sie nutzen. »Ich habe gehört, das Haus wird für Sie und Ihre künftige Gemahlin gebaut. Auch das ist ein Grund, warum Sie nicht versuchen sollten, mich zu küssen.«

Sofort ließ er ihren Arm los und warf ihr einen scharfen Blick zu. »Wer hat Ihnen das erzählt?«

»Mr. Grant, als ich ihn heute in der Stadt nach der Fehde fragte. Stimmt es? Sind Sie mit einer Warren verlobt?«

»Und wenn schon? Muss ich zu leben aufhören, während ich warte, bis die junge Dame hier auftaucht? Ich habe sie nie gesehen, Rotschopf, und fühle mich nicht an sie gebunden.«

»Aber Sie werden sie heiraten.«

»Also, *das* bleibt abzuwarten. Mein Pa hofft, ich werde sie mögen. Andernfalls wird er mich nicht zu der Heirat zwingen.«

»Wussten Sie schon immer, dass die Entscheidung bei Ihnen liegt? Und dass so viele Leute mit dieser Ehe rechnen, ist eben einfach ihr Pech?«

»Genau!«, stieß er hervor. »Und verdammt will ich sein, wenn ich wie ein Ehemann lebe, solange ich's noch nicht bin.«

Hunters Blickwinkel überraschte sie. Damit hatte sie nicht gerechnet. Hielt er die geplante Heirat für eine Schlinge, die sich um seinen Hals legen würde?

Anscheinend bemerkte er Tiffanys Verwunderung, denn er fügte in ruhigerem Ton hinzu: »Seit Jahren belastet mich diese arrangierte Verlobung. Sobald ich anfing, mich für Mädchen zu interessieren, nahm Pa mich beiseite und sagte: ›Amüsier dich, aber lass dich auf keine feste Bindung ein. Deine Braut wurde schon ausgesucht.‹ Was zum Teufel soll das? Wir leben im neunzehnten Jahrhundert. Wer heiratet denn heutzutage eine Frau, die für ihn *ausgesucht* wurde? Und warum? Weil zwei Männer sich nicht hinsetzen und sich sagen, das ist nicht unser Kampf, wieso zum Geier gehen wir aufeinander los? Und warum lächeln Sie? Finden Sie's vielleicht komisch?«

Beinahe hätte Tiffany sogar aufgelacht, weil er ihre eigenen Gedanken aussprach. Doch das durfte sie ihm nicht verraten. »Keineswegs. Ich frage mich nur, ob Ihre Verlobte auch so denkt.«

»Hoffentlich«, murmelte er.

»Haben Sie nie überlegt, was sie wohl von alldem hält?«

»Nein, ich nahm an, sie würde tun, was man ihr befiehlt.«

»Vielleicht täuschen Sie sich.«

»Ach – glauben Sie etwa, sie wird mich nicht mögen?«

»Falls sie mir nur ein bisschen gleicht, wird sie zivilisierte Städter vorziehen, keine unverschämten, eingebildeten Cowboys, die nicht wissen, wann sie sich zurückhalten sollten.«

Hunter lächelte dünn, dann betrat er das Gerüst. Die Hände in die Hüften gestemmt, sah er sich in dem Haus um, das man wohl nie vollenden würde. Sie wollte ihm folgen – bis sie merkte, dass sich seine Miene verdüstert hatte. Noch nie hatte sie ihn so wütend gesehen. Nicht auf sie – nun ja, vielleicht auf die Frau, die sie wirklich war. Wahrscheinlich hatte sie den falschen Ort gewählt, um das Thema der Verlobung anzuschneiden, auf die das Gerüst so eklatant hinwies.

In dieser Vermutung wurde sie bestärkt, als er plötzlich gegen einen Eckpfosten trat. Nach einem zweiten Tritt brach das Holz entzwei, und Hunter sprang zurück, um einigen Brettern auszuweichen, die herabsanken. Doch mehrere Nägel verhinderten, dass sie vollends zu Boden fielen.

»Warum haben Sie das getan?«, fragte Tiffany entgeistert.

»Weil das verdammte Ding gar nicht existieren dürfte. Niemals hätten die Bauarbeiten beginnen sollen. Schon längst hätte ich's niederreißen müssen.« Er griff wieder nach ihrem Arm. »Kommen Sie, es war ein Fehler, hier anzuhalten. Reiten wir nach Hause.«

Sie protestierte nicht. Wenn er es auch nicht wusste – soeben hatte sie die besten Neuigkeiten seit ihrer Ankunft in Montana gehört. *Hunter verabscheut die Verlobung genauso wie ich.*

Warum freute sie sich nicht über alle Maßen? War sie so eitel? Ärgerte sie sich tatsächlich, weil er Tiffany Warren ablehnte?

Kapitel 23

Auf dem kurzen Ritt zum Ranchhaus besserte sich Hunters Laune nicht. Tiffany eilte die Verandastufen hinauf, noch bevor sie Zachary Callahan an einem Pfosten lehnen sah. Während er zwischen seinem ältesten Sohn und seiner Haushälterin hin und her schaute, schien es ihm zu missfallen, dass sie auf einem Pferd gesessen hatten. Merkte hier wenigstens *ein* Mensch außer ihr selber, wie unschicklich das war?

»Meine Mary hat nach Ihnen gefragt, Mädchen«, erklärte Zachary mürrisch. »Gehen Sie rauf und stellen Sie sich vor.«

»Ich kann sie mit Ma bekannt machen«, erbot sich Hunter.

»Das kann sie allein«, widersprach sein Vater. »Ich will mit dir reden, mein Junge.«

»Gleich bin ich wieder da, Pa.« Hunter scheuchte Tiffany ins Haus und die Treppe hinauf.

»Moment mal!«, flüsterte sie, als er an Marys Tür klopfen wollte. »Bevor ich zu Ihrer Mutter gehe, muss ich halbwegs präsentabel aussehen.«

»Sie sind sehr schön«, meinte er lächelnd. »Keine Angst, Ma wird Sie nicht beißen.«

»Das nahm ich auch nicht an, aber der erste Eindruck …«

Er hob ihr Kinn, um ihr Gesicht zu inspizieren, und gab vor, ein paar Schmutzflecken von ihren Wangen zu wischen. Wie überflüssig das war, wusste sie, denn er berührte sie viel zu sanft, seine Finger schienen sie eher zu liebkosen, statt kräftig über die zarte Haut zu reiben. In ihrem ganzen Körper breitete sich Hitze aus, Hunters Blick drohte sie zu hypnotisieren.

Dann hörte sie ihn leise stöhnen. Er ließ sie los, pochte gegen das Holz und öffnete die Tür zum Schlafzimmer seiner Eltern. »Vertrauen Sie mir, wenn ich nächstes Mal sage, Sie würden gut aussehen.«

So hatte er sich nicht ausgedrückt, sondern Tiffany mit dem Kompliment verwirrt, sie wäre schön. Nun führte er sie in den großen Raum an der Ecke des Hauses. Durch zwei Fensterfronten, zwischen auseinandergezogenen Vorhängen, strömte so viel Licht herein, dass sich ihre Augen erst daran gewöhnen mussten. Das Zimmer war mit Möbeln vollgestopft, und wie sie erfreut feststellte, kannte man im Westen sogar Toilettentische. Mary besaß einen voller Schnörkel *und* einen Schreibtisch, außerdem einen kleinen runden Tisch, an dem sie wahrscheinlich mit ihrem Mann Mahlzeiten einnahm, wenn sie sich besser fühlte und aufstehen konnte. Bücherregale, mehrere Stühle mit geraden Lehnen und ein komfortabler Polstersessel neben dem Bett – zweifellos für Besucher – vervollständigten die Einrichtung.

Von einigen Kissen gestützt, saß Hunters Mutter in dem großen Vier-Pfosten-Bett. Ihr langes braunes Haar war geflochten. Auf jeder Schulter lag ein Zopf. Sie trug ein langes, schlichtes, kurzärmeliges weißes Nachthemd. Weil sie es vermutlich zu warm fand, um unter der Decke zu liegen, saß sie darauf, mit nackten Füßen. Rose hatte erwähnt, Zachary sei mit einer hübschen Frau verheiratet. Und Mary sah immer noch gut aus, nicht zierlich, sondern eher kräftig gebaut, mit ausdrucksvollen blauen Augen. Hunters Augen.

Unbefangen ging er zum Bett und küsste ihre Wange. »Ich

habe Jenny zu dir gebracht, Ma. Wenn du sie ein bisschen zu steif findest, vergiss nicht – sie kommt aus dem Osten.«

Das sagte er in seinem üblichen hänselnden Ton, lächelte aber charmant, und deshalb war Tiffany nicht beleidigt.

Auch seine Mutter lächelte. »Verschwinde, mein Junge, und lass uns allein, damit wir uns kennenlernen können. Bei mir wird Miss Fleming sicher nicht so reserviert sein.« Sobald er die Tür hinter sich geschlossen hatte, verkündete sie: »Ich habe gehört, was Sie taten.« Beinahe blieb Tiffanys Herz stehen, bis die Hausherrin hinzufügte: »Zach hat mir von Ihrer erstaunlichen Leistung berichtet. Dank Ihrer Initiative erstrahlt das Erdgeschoss wieder im alten Glanz. Wie schlimm es war, wusste ich nicht. Allerdings hätte ich's ahnen müssen, weil Pearl schon so lange beurlaubt ist. Um ehrlich zu sein, ich hätte nie gewagt, die Cowboys um Hilfe zu bitten. Setzen Sie sich und erzählen Sie mir, wie Sie das geschafft haben.«

Zu Tiffanys Verblüffung verflog ihre Nervosität sofort, was sie Marys freundlichem Wesen verdankte. »*Mein* Verdienst war es nicht«, gestand sie und sank in den Polstersessel. »Als ich die Cowboys zur Hausarbeit aufforderte, lachten sie. Dann sagte Mr. Grant, er würde mir helfen, und plötzlich waren alle dazu bereit.«

»Ah, das erklärt dieses Wunder. Der Mann kann sehr überzeugend wirken. Immer höflich, das leugne ich nicht. Aber ich werde froh sein, wenn er nach der Hochzeit nicht mehr gebraucht wird und uns verlassen muss.«

»Nach der Hochzeit Ihres Sohns, Ma'am?«

»Ja. So viel werden wir beide zu tun haben, um das Haus auf Vordermann zu bringen. Miss Warren ist steinreich und im Luxus aufgewachsen. Hoffentlich ist sie nicht zu verwöhnt, um sich hier einzuleben. Nun, zumindest *ich* hoffe das. Die

Männer rechnen mit dem Schlimmsten. Aber die haben nie ein nettes Wort über die Familie der jungen Dame verloren. Zumindest ihr Vater freut sich sehr auf ihre Ankunft.«

Irgendwie gelang es Tiffany, ein ungläubiges Blinzeln zu vermeiden. »Hat er Ihnen das gesagt?«

»O nein. Jahrelang habe ich nicht mehr mit ihm gesprochen. Das hörte ich von den Klatschbasen aus Nashart, die mich manchmal besuchen. Seit Monaten redet er nur noch davon.«

»Und – Sie fürchten, Ihre Familie wird keinen guten Eindruck auf Miss Warren machen?«

»Allerdings, verdammt noch mal! Mit Samthandschuhen werde ich sie anfassen. Von dieser Hochzeit hängt so viel ab. Deshalb bin ich froh über Ihre Hilfe. Aber jetzt verraten Sie mir erst mal – warum ist ein so hübsches Mädchen wie Sie unverheiratet?«

Im Gespräch mit der liebenswerten Frau fühlte sich Tiffany plötzlich sehr unbehaglich, weil sie die Callahans hinterging. Trotzdem wiederholte sie Jennifers Geschichte, die in ihren eigenen Ohren immer banaler klang. Inzwischen gab sie Hunter sogar recht. Wenn Jennifer und ihr Verlobter sich wirklich liebten – müssten sie nicht erst heiraten und später für ein Haus sparen?

Aber Mary überraschte sie mit einer neuen Betrachtungsweise. »Ich erinnere mich, wie es früher im Osten war, wie man hin und her überlegte und sich endlos sorgte, bevor man Entschlüsse fasste. Da gab es zu viele Möglichkeiten, darin lag das Problem. In Montana ist es ganz anders, hier hat man zu wenige Möglichkeiten. Wenn ein Mann sieht, was er will, muss er sofort und impulsiv danach greifen, sonst schnappt's ihm jemand weg.«

Beschreibt sie Franklin Warrens damalige Situation, fragte sich Tiffany. War das alles, was hinter der Romanze ihrer Eltern steckte? Franks spontane Entscheidung für Rose, weil es hier draußen kaum Frauen gab? Nun, die Impulsivität hatte keine glückliche Ehe bewirkt.

Aber Tiffany hatte nicht gewusst, dass Mary aus dem Osten stammte. »Ich dachte, Sie wären hier aufgewachsen, Ma'am, so wie Ihr Mann.«

»Großer Gott, nein! Auch Zach wurde nicht hier geboren. In dieser Gegend lebten damals nur Trapper und Indianer. Zachs Vater, Elijah Callahan, besaß eine Ranch in Florida, und meiner, ein Metzger, kaufte ihm Rindfleisch ab. So lernten wir uns kennen.«

»Also sind Sie mit Ihrem Mann hierher gezogen?«

»Ja«, bestätigte Mary. »Sein Vater begleitete uns, und er wohnte auch in unserem Haus. Kurz davor war Elijahs Frau gestorben, und er sah keinen Grund, in Florida zu bleiben. Was ihn *wirklich* vertrieb, war ein Zwist mit einem Nachbarn.«

Die letzten Worte hatte sie fast geflüstert, als ginge es um ein Geheimnis, von dem Tiffany eigentlich nichts wissen durfte. Meinte Mary die Warrens? Wohl kaum. Jedenfalls war das eine Gelegenheit, das Thema der Fehde anzuschneiden.

»Seltsam …«, begann Tiffany vorsichtig. »Wie Ihr Sohn mir erzählt hat, verstehen die Callahans sich auch hier nicht so gut mit den Nachbarn. Über Ihrer Familie scheint ein Fluch zu liegen …«

»Oh, es ist noch schlimmer. Aber ich hoffe, es findet bald ein Ende. Zach ist da skeptischer. Wer kann es ihm verdenken, nachdem sie uns hier gefolgt ist und ihre Familie mit ihrem Hass beeinflusst hat?«

»Wer war das?«

»Mariah Warren. Hat Ihnen niemand von der Fehde erzählt?«

»Danach möchte ich mich erkundigen«, würgte Tiffany hervor, »da ich anscheinend mitten hineingeraten bin. Wer ist Mariah Warren?«

»Elijahs einzige wahre Liebe, geborene Mariah Evans. Die beiden wollten heiraten.«

»Aber sie taten es nicht?«

»Nein«, seufzte Mary. »In der Nacht vor der Hochzeit machte Elijahs bester Freund ihn betrunken und hielt es für einen großartigen Scherz, ihn ins Bett einer Hure zu verfrachten, damit er darin erwachen und das Schlimmste glauben sollte. Aber Mariah wollte mit ihrem Bräutigam reden. Einige Leute vermuten, sie hätte plötzlich Angst vor der Ehe bekommen, andere behaupten, sie hätte die Hochzeitsnacht nicht erwarten können. Stundenlang wartete sie in Elijahs Ranchhaus auf seine Heimkehr. Schließlich ging sie in die Stadt und suchte ihn in seiner Lieblingstaverne. Als sie eintrat, verstummten alle Gäste. Erbost hob sie ihre Muskete und fragte, wo Elijah sei. Im oberen Stock, sagte jemand.«

Tiffany hielt den Atem an. »Hat sie auf ihn geschossen?«

»In jener Nacht nicht, da stand sie einfach nur unter Schock – aber am nächsten Tag, als er zu ihr kam, alles erklärte und beteuerte, er habe keine Affäre mit dem Tavernenflittchen. Das glaubte sie ihm nicht und wollte ihn töten. Doch sie war eine schlechte Schützin, traf ihn nur ins Bein, und seither hinkte er. Danach verebbte Mariahs rasende Eifersucht nicht. Um sich an ihm zu rächen, heiratete sie Richard Warren, einen alten Verehrer. Da wurde auch Elijah eifersüchtig. Er brauchte etwas länger, bis er eine Frau fand, die er nur heiratete, um Mariah zu ärgern.«

»Warum ließen es die beiden nicht dabei bewenden?«

»Das wäre vernünftig gewesen. Aber die übergroße Liebe verwandelte sich in ebenso machtvollen Hass. Und die wilde Eifersucht verpestete Mariahs Seele für den Rest ihres Lebens.«

»Wie sind die zwei Familien hier gelandet?«

»Elijah wollte uns möglichst weit von Mariah entfernen. Nachdem sie ihrem Mann drei Kinder geboren hatte, starb er wenig später. Nur Frank blieb am Leben, und sie erzog ihn dazu, uns zu hassen. Sie folgten uns hierher – das heißt, Frank wusste nicht, was seine Mutter nach Montana trieb. Damals musste sie schon verrückt gewesen sein – diese weite Reise zu unternehmen, nur um ihren Rachefeldzug gegen Elijah fortzusetzen …«

»Was ist geschehen?«, fragte Tiffany leise.

»Nun, was zu erwarten war. Sie konnten nicht zusammenleben. Aber sie starben zusammen.«

»Indianer?«

»Du meine Güte, nein! In diesem Gebiet bekämpften die Indianer den weißen Mann noch nicht. Meistens waren sie freundlich. Sonst hätten wir kein Haus hier gebaut, obwohl es nur eine Pelzhandelsniederlassung in der Nähe gab.«

»Und wie sind Elijah und Mariah gestorben?«

»Sie haben einander erschossen.«

Kapitel 24

Für Mary Callahan mochte Mariahs und Elijahs Geschichte mittlerweile das schlimmste Grauen verloren haben – für Tiffany war es eine neue Tragödie, die ihr nicht aus dem Sinn ging. *Sie haben einander erschossen.* Wie konnte jemand so zornig werden, dass er töten wollte? Nun, offenkundig geschah das ständig – in Kriegen und Duellen, bei den Schießereien hier im Westen. Aber einen so mörderischen Hass den Kindern zu vererben – unfassbar … *Muss ich jetzt für den Wahnsinn meiner Großmutter büßen?*

Sie fühlte sich elend, denn sie hatte den Eindruck gewonnen, letzten Endes wäre ihre Familie schuld an der Fehde. Oder doch nicht? Tiffany kannte nur die Version der Callahans. Um die andere Seite anzuhören, musste sie mit ihrem Vater reden. *Nein, danke.* Außerdem – was könnte er hinzufügen? Dass Elijah nicht wortgewandt genug gewesen sei, um Mariah zur Vernunft zu bringen? Oder Mariahs Geisteskrankheit habe von Anfang an existiert und sie nur deshalb bewogen, die wilde Wut jahrzehntelang zu nähren?

Wider Erwarten mochte sie Mary Callahan, und sie wollte die freundliche Frau nicht mit dem Geständnis enttäuschen, sie könne nicht kochen. Statt sie um Hilfe zu bitten, wollte Tiffany einen Versuch auf eigene Faust wagen. Während des restlichen Nachmittags studierte sie ihr Kochbuch. Das dauerte nicht lange, weil es so dünn war. Dann stellte sie eine Liste der benötigten Zutaten auf und erforschte die Vorräte in der Speisekammer. Daneben lag der Eiskeller mit großen Blöcken aus gefrorenem Seewasser, gepökeltem Fleisch und Fisch. Vorerst war das Eis nicht geschmolzen, weil der Sommer eben erst begonnen hatte. Aber die im Kochbuch erwähnten Zutaten fand sie nicht.

»Stimmt was nicht?«, fragte Andrew, als er durch die Hintertür in die Küche kam und Tiffanys gerunzelte Stirn sah.

Sie hielt ihr Kochbuch hoch. »Für einige dieser Rezepte braucht man Eier. Aber im Eiskeller gibt es keine.«

»Vorhin hat Jakes mich im Bunkhaus einquartiert, und da hörte ich irgendwas von Hühnern.«

»Wirklich? Komm, die suchen wir.«

Hinter einer Scheune fanden sie den Hühnerstall voller Geflügel, aber sie entdeckten kein einziges Ei. Einige Hühner hockten auf Stangen, andere pickten Samenkörner vom Boden. Tiffany war fasziniert. Noch nie hatte sie lebende Nutztiere gesehen, auch keine toten, für die Küche bestimmt.

»Verschwinden Sie!«, schrie Jakes. Einen Korb unter dem Arm, bog er um eine Ecke. »Diese Mädchen gehören mir!«

»Oh, ich wollte nicht stören«, beteuerte sie mit einem sanften Lächeln. *Was für ein grässlicher Griesgram …*

Durch Jakes' Vollbart zogen sich graue Strähnen, obwohl höchstens Mitte vierzig war. Er hatte O-Beine, war klein und dünn und offenbar ziemlich schlecht gelaunt. Aber wahrscheinlich konnte er ihr wertvolle Tipps geben, was die Kochkunst betraf, und deshalb wollte sie sich nicht mit ihm verfeinden. »Ich war neugierig. Wegen der Eier.«

»Jeden Tag bringe ich zwei Dutzend ins Haus. Wenn Sie mehr brauchen, sagen Sie's mir. Aber gehen Sie meinen Hennen nicht auf den Geist! Die mögen keine Fremden. Und wenn sie sich aufregen, gibt's keine Eier.«

Das war ihr nur recht, denn sie wusste ohnehin nicht, wie man ein Ei aus einem Huhn herausbekam. »Und wie ist es mit der Milch? Von Kühen?«

»Im Stall stehen zwei Milchkühe. Myrtle und die Hennen gehören mir, die Kühe nicht. Mit denen können Sie machen, was Sie wollen.«

O nein! »Andrew?«

»Darum kümmere ich mich sehr gern, Ma'am.«

Erfreut lächelte sie den Jungen an, der ihre Gedanken gelesen hatte. Schon jetzt verdiente er sein Geld, aber seine schnelle Antwort überraschte sie. »Kennst du dich mit den Tieren auf einer Farm aus?«

»Meine ältere Schwester hat einen Farmer geheiratet. Bevor ich in den Westen ging, verbrachte ich einen Sommer bei ihr auf dem Land. Da gefiel es mir, und ich wollte sogar selbst Farmer werden – bis ich beschloss, meinen Pa zu suchen.«

»Wenn ihr meine Mädchen lange genug bewundert habt, könnt ihr vielleicht woanders weiterquatschen«, murrte Jakes.

Tiffany biss auf ihre Lippen, um den unhöflichen Kerl nicht zu maßregeln. »Gibt es sonst noch Lebensmittel, über die ich Bescheid wissen sollte?«

»Im See schwimmen Fische. Aber Rinderzüchter angeln nicht. So was müssen Sie selbst machen. Wie Old Ed.«

Das klang interessant. Den idyllischen See würde sie sehr gern wieder aufsuchen, und deshalb betraute sie Andrew vorerst nicht mit dieser Aufgabe. Und im Eiskeller lagerten für die nächste Zeit genug Fische. Jetzt hatte sie nur noch eine einzige Frage, denn sie wollte nicht in Jakes' Domäne eindringen. »Vorhin haben Sie erwähnt, Myrtle würde Ihnen gehören?«

»Kommen Sie, ich mache Sie mit ihr bekannt.«

Verlegen errötete Tiffany. Sie hatte ihn missverstanden und Myrtle für ein Tier gehalten. War der Mann verheiratet? Wenn ja, musste die Frau das Temperament einer Heiligen besitzen, um ihn zu ertragen. Und die Cowboys? Falls welche verheiratet waren – gab es auf dem Ranchgebiet Wohnhäuser für ihre Familien?

Zusammen mit Andrew folgte sie dem Koch zum Schweinestall hinter einem Schuppen. »Myrtle ist die Muttersau«, verkündete er stolz. »Die habe ich bei einer Pokerpartie gewonnen und hier behalten, damit sie die Essensreste frisst. Das ist viel angenehmer, als das Zeug täglich zu verbuddeln, sonst würde es wilde Tiere anlocken. Mrs. Callahan meinte, man könnte die Sau noch zusätzlich nutzen, und kaufte ihr einen Gefährten. Ende des Jahres werden diese Ferkel köstlich schmecken.«

Schon wieder wurde Tiffany rot, weil sie Myrtle für Jakes' Ehefrau gehalten hatte. Stattdessen war sie sein Lieblingstier – oder auch nicht, weil er bei dem Gedanken, ihre Kinder zu verspeisen, genüsslich zu schmatzen schien! Dann verdrängte Tiffany ihre Empörung, denn die Ferkel wurden gezüchtet, um auf dem Dinnertisch zu enden. Das hatte Mary bezweckt.

Aber die Schweinchen sahen so süß aus, als sie um ihre ausgewachsenen Eltern herumschwirrten. Eines zwängte sich unter einem Zaunbrett hindurch und schnüffelte an Tiffanys Stiefeln. »Sollte man sie nicht besser einzäunen?«

»Die kommen nicht weit«, erwiderte Jakes. »Und werfen Sie ihnen bloß keine Essensreste vor, nur frische Happen! Wenn Sie sich um den Kleinen sorgen, heben Sie ihn doch hoch und setzen Sie ihn in den Stall zurück.«

Was – sie sollte ein Schwein anfassen? Entsetzt starrte sie ihn an. »Oh, ich sorge mich nicht. Danke für die Auskünfte.«

Dann eilte sie mit Andrew ins Haus zurück. Der Junge

steckte voller Überraschungen. Wenn sich seine Kochkunst auch auf gebratenes Fleisch über einem Lagerfeuer beschränkte – er wusste, wie man Gemüse anbaute. Der Garten hinter dem Haus war gut bestückt. Sie beauftragte ihren Gehilfen, ihn zu pflegen, und überlegte, ob sie ihn bitten sollte, ihr einiges von seinen Fähigkeiten beizubringen – bis sie ihn mit bloßen Händen im Erdreich wühlen sah. Da beschloss sie, das Gemüse doch lieber nur zu kochen.

Während sie am Küchentisch saß und las, kam Degan durch die Hintertür herein. »Damit Sie mit was Einfachem anfangen können, das dazu passt«, sagte er und legte einen großen Sack neben das Kochbuch.

Auf den Sack war in großen Lettern das Wort MEHL gestempelt. Aber der köstliche Duft verriet ihr, was darin steckte. Strahlend lächelte sie Degan an. »Oh, Sie haben Brot aus der Bäckerei mitgebracht, Mr. Grant!«

»Entschuldigen Sie den Sack. Die meisten Leute, die in der Bäckerei einkaufen, bringen ihre eigenen Körbe mit. Wischen Sie das Mehl einfach von den Brotlaiben.«

»Haben Sie erwartet, ich würde mit meiner ersten Mahlzeit einen Fehlschlag erleiden?«

»Gewettet habe ich nicht drauf. Aber eins weiß ich – wenn man Brot backen will, muss man den Teig am Vorabend kneten. Vielleicht haben Sie das schon in Ihrem Kochbuch gelesen.«

»Bisher nicht.« Immerhin hatte Tiffany ein schlichtes Rezept für diesen Abend ausgesucht – Hühnersuppe. Sie musste nur das Huhn durch Rindfleisch ersetzen. Und das Brot würde gut dazu passen.

Degan ging zum Bad. »Jetzt mache ich mich frisch, bevor die Brüder auftauchen. Heute Abend reiten wir wieder in die Stadt.«

Erstaunt hob sie die Brauen. Er hatte ihr erzählt, die Cowboys würden nach Nashart reiten, um Ärger zu machen, Doch sie hatte nicht gedacht, dass dies auch für die Callahans galt. »Wer ist *wir*?«

»Alle unverheirateten Männer «, erwiderte er, bevor er die Badezimmertür öffnete. »Dazu gehören auch die Brüder.«

»Wollen sie ›Krach schlagen‹, wie Sie's ausgedrückt haben? Was genau heißt das?«

»Trinken, Pokern ...« Er wollte etwas hinzufügen, sagte aber nur: »Noch mehr Alkohol. Betrunkene prügeln sich gern, und die Saloons werden oft kurz und klein geschlagen. Ganz normaler Western-Spaß.«

»Und Sie spielen das Kindermädchen? Behalten sie vor allem Hunter im Auge. Heute sagten die Minenarbeiter, sie würden ihn nach Hause tragen, vermutlich als Toten, und sein Pa würde diese Botschaft verstehen.«

»Sicher legen Sie zu viel in das Gerede hinein.«

»Sie sagten, die Minenarbeiter seien nicht bewaffnet, Mr. Grant. Aber heute hat einer seine Pistole auf Hunter gerichtet. Vielleicht war er kein Bergmann und tat nur so. In Wirklichkeit könnte er ein bezahlter Killer sein. Wäre das nicht eine Methode, die Callahans loszuwerden? Wenn man einen nach dem anderen niederknallt?«

»Eine interessante Theorie.«

Wieder einmal hatte sie das Gefühl, er würde lachen – falls er das überhaupt jemals tat. Aber wenigstens hatte er ihr zugehört. »Werden Sie auf die Brüder aufpassen?«

»Ich berücksichtige alle Möglichkeiten, Miss Fleming. Dafür werde ich bezahlt. Aber lassen Sie Hunter bitte nicht hören, dass Sie mich Kindermädchen nennen. Er ist schon wütend genug, weil er mich dauernd im Schlepptau hat.«

»Und warum hält sein Vater das für nötig?«

»Weil er ernsthaft bis zur Hochzeit Frieden mit den Warrens will. Und so charmant Hunter den Frauen auch begegnet – wenn's um die Warrens geht, kann er ziemlich aggressiv werden.«

»Halten Sie ihn zurück?«

»Nicht buchstäblich, meine Gegenwart genügt.«

»Auf welche Weise?«

»Er fängt keine Schlägerei mit den Warrens an, wenn er glaubt, ich würde meine Waffe ziehen und schießen. Obwohl er gern die Fäuste schwingt – er möchte nicht, dass jemand stirbt.«

Wie beängstigend das klang ... »Würden Sie die Warrens erschießen?«

»Dafür gab es bisher keinen Grund.«

»Aber – würden Sie es tun?«

Schweigend schloss er die Badezimmertür hinter sich. Tiffany hoffte, er hätte die Frage nicht mehr gehört und wäre einer direkten Antwort nicht absichtlich ausgewichen. Dann begann sie, die Suppe vorzubereiten. In ihre Arbeit vertieft, merkte sie nicht, wann Degan das Bad verließ.

Glücklicherweise bemerkte sie Hunters Rückkehr von der Weide. Sonst hätte sie sich verbrannt, als er auf dem Weg zum Bad schnüffelnd über ihre Schulter spähte. Sie stand gerade am Herd und rührte in ihrer kochenden Suppe. Sofort versteifte sei sich und versuchte, ihn wegzuschieben.

»Das riecht so, als müsste ich in Nashart zu Abend essen«, hänselte er sie.

»Hätten Sie sich auch an Ihren früheren Koch gedrückt?«

»Old Ed war zu groß, dem konnte ich nicht über die Schulter schauen.«

»Tun Sie das nie wieder!«

Ohne die geringste Reue murmelte er: »Für *das* entschuldige ich mich schon vorher.«

Das war ein Kuss auf ihren Nacken. Dann noch einer. Ihr stockte der Atem, und sie versuchte, das köstliche Prickeln auf ihrer Haut zu ignorieren. Die Augen geschlossen, bekämpfte sie Gefühle, die sie nie zuvor empfunden hatte. So leicht wäre es, sich umzudrehen und – o Gott, was? Ihn zu umarmen, zu ermutigen? War sie verrückt geworden? So durfte man einen Verlobten, den man loswerden wollte, nicht behandeln. Also fuhr sie herum und schwang den Kochlöffel wie eine Waffe, aber Hunter war bereits zurückgesprungen und grinste.

»Übrigens riechen Sie besser als das Gebräu in diesem Topf!«, meinte er, bevor er im Badzimmer verschwand.

Seufzend ging sie mit ihrem Kochbuch auf die Veranda, um ihn nicht zu sehen, wenn er das Bad verließ. Der Zwischenfall machte ihr klar, dass sie etwas gegen Hunters Verhalten unternehmen musste. Ein unschuldiger Flirt war das nicht mehr. Erstens schickte es sich nicht, wenn der Sohn des Hauses eine Bedienstete zu verführen suchte. Und zweitens war er so charmant und attraktiv, dass Tiffany allmählich fürchtete, er könnte Erfolg haben. Interessierte es ihn eigentlich, wie viele Herzen er brechen würde, wenn er seine Braut heiratete?

Jedenfalls fand sie schneller als erwartet heraus, was für einen Charakter er besaß, und der missfiel ihr. Alles wies darauf hin, dass er einen lausigen Ehemann abgeben würde.

Kapitel 25

Das erste Dinner, das sie jemals gekocht hatte, und niemand war da, um es zu essen … Zu ihrer eigenen Verblüffung war sie bitter enttäuscht – bis sie ihre Suppe kostete. Sie schmeckte wässerig, und die harten Fleischstücke konnte man nicht kauen. Beinahe hätte sie das Kochbuch weggeworfen, bis Andrew meinte, sie könnte etwas in dem Rezept übersehen haben, und sie las es noch einmal. Tatsächlich, die Suppe hätte den ganzen Tag köcheln müssen, nicht nur zwei Stunden.

Dank Degan konnte sie Zach und Mary Callahan wenigstens eins der besten Brote anbieten, die sie je gekostet hatte. Andrew öffnete eine Dose Bohnen, die sie dazu servieren würde. Dann trug er den Topf mit der Suppe in den Eiskeller, um sie über Nacht kaltzustellen. Am nächsten Tag sollte sie fertig gegart werden. Wieder einmal gratulierte sich Tiffany zur Einstellung des Jungen, der das Dinner für die Herrschaften und das schuldlose Kochbuch gerettet hatte. Bevor er zum Bunkhaus ging, rührte er sogar einen Brotteig an. Sie hatte gelesen, der müsste über Nacht aufgehen. Auch Degan hatte das behauptet. Doch sie würde es erst glauben, wenn sie es sah.

Bevor sie die Küche sauber machen würde, wollte sie sich ein bisschen auf der Veranda ausruhen. Fasziniert betrachtete sie den Himmel, der über den Wipfeln des fernen Walds orangegelb und rot schimmerte. So etwas hatte sie inmitten der hohen New Yorker Häuser nie gesehen.

Sie setzte sich auf die breite Schaukel, die am Verandadach hing, und beschloss, diesen phänomenalen Sonnenuntergang jeden Abend zu genießen. Jedenfalls, solange sie hier war. Zu Hause würde sie auf dieses wunderbare Naturschauspiel verzichten müssen.

Auf dem Weg zur Stadt ritten einige Cowboys am Haus vorbei. Vergeblich hielt Tiffany nach Hunter Ausschau. Dann bog eine zweite Gruppe um die anderen Hausecke – Degan und Hunters Brüder.

Cole führte Patches am Zügel, und sie hielten an, um auf Hunter zu warten. Bei Tiffanys Anblick tippten alle drei Männer an ihre Hüte.

Dann öffnete sich die Haustür neben der Schaukel, und Tiffany starrte in blaue Augen.

»Werden Sie auf mich warten, Rotschopf?«, fragte Hunter. Der sinnliche Klang seiner Stimme nahm ihr den Atem und verriet, *worauf* sie warten sollte, wenn es nach ihm ging. War das wieder eine Hänselei? Oder meinte er es diesmal ernst?

»Nein«, erwiderte sie.

»Es würde sich lohnen, das verspreche ich.«

»Nein.«

Da zuckte er mit den Achseln und ritt mit seinen Begleitern davon. Sie wünschte, sie könnte sich anschließen und beobachten, wie die Cowboys »Krach schlugen«. Nein, um ehrlich zu sein – sie wollte Hunter nachspionieren und herausfinden, ob er sich mit Pearl traf.

»Soll ich die Bohnen und das Brot *wirklich* in Marys Schlafzimmer bringen?«

Bestürzt fuhr Tiffany zusammen. Sie hatte vergessen, dem Hausherrn und seiner Frau das Dinner zu servieren. Nun stand Zachary sichtlich erstaunt in der Tür.

»Verzeihen Sie, Mr. Callahan, ich habe Sie gewarnt. Vom Kochen weiß ich ungefähr so viel wie Sie. Wahrscheinlich verstehen Sie sogar noch mehr davon. Ich will's lernen. Aber heute ist mir alles misslungen, weil ich vergessen habe, das Kleingedruckte unter dem Rezept zu lesen. Nun werde ich ein Tablett für Sie und Mrs. Callahan vorbereiten. Übrigens, das Brot schmeckt ausgezeichnet. Wenn ich es bis zum nächsten Wochenende nicht besser kann, feuere ich mich selbst, damit Sie es nicht tun müssen.«

Zachs Mundwinkel zuckten. »Gerade habe ich das Kochbuch auf dem Tisch gesehen. Das werden Sie hinkriegen.«

»Wer's glaubt, wird selig«, flüsterte sie und lief in die Küche. Hastig richtete sie die kärgliche Mahlzeit auf einem Tablett an, das sie Zachary überreichte.

Danach kehrte sie auf die Veranda zurück und sank wieder auf die Schaukel, um das letzte Abendrot am Horizont zu bewundern, bevor die Dunkelheit hereinbrechen würde. Beinahe stieß sie einen Schrei aus, als sich etwas an einem ihrer hinteren Fußknöchel bewegte, direkt oberhalb des Schuhs.

Weil sie fürchtete, es könnte eine Schlange sein, riss sie ihre Beine so abrupt hoch, dass die Schaukel heftig schwankte. Bis sie es wagte, unter den Sitz zu spähen, dauerte es eine Weile. Und dann lachte sie, als sie ein kleines, rundliches weißes Wesen mit einem flachen rosigen Rüssel und großen Ohren entdeckte. »Ah, du entfernst dich *gar* nicht weit von deinem Stall, was?«, murmelte sie und erinnerte sich an Jakes' Behauptung. »Und ich wette, du hast dein Dinner verpasst. Der Koch ist seine Essensreste sicher schon losgeworden, und hier haben wir heute keine. Warte, ich bringe dir eine Schüssel mit Bohnen. Von dem himmlischen Brot kriegst du natürlich nichts, das essen wir selbst bis zum letzten Krümel.«

Auf dem Weg zur Küche wurde ihr bewusst, dass das Schweinchen kein Wort von alldem verstanden hatte. Sollte sie es zu seinem Stall bringen? Da hörte sie das leise Tappen kleiner Paarhuferpfoten hinter sich. Wenn das Tierchen auch keine Ahnung hatte, worum es ging – es wollte bei ihr bleiben. Rasch drehte sie sich um und hob es hoch, damit es keinen Schmutz ins Haus trug. Zunächst versteifte sich das Ferkel ein bisschen, dann legte es den Kopf an Tiffanys Schulter. Sie sah, wie es die Augen schloss, und musste lachen. Wäre es eine Katze, würde es sicher schnurren.

In der Küche hielt sie das Schweinchen mit einem Arm fest. Mit der anderen Hand füllte sie Bohnen in ein Schüsselchen, das sie vor die Hintertür stellte, und setzte das Ferkel daneben. Eine üppige Mahlzeit war es nicht, aber vermutlich genug für ein so kleines Tier. Wie alt mochte es sein? Es war etwa dreißig Zentimeter lang. Während sie in der Küche aufräumte und sauber machte, ließ sie die Tür offen, um etwas frische Luft hereinzulassen.

Wenige Minuten später wurde die Tür von einem heftigen Windstoß zugeworfen. Tiffany schloss auch die Fenster an dieser Seite des Raums. Offenbar braute sich ein Gewitter zusammen, und sie hoffte, das Schweinchen würde seinen Heimweg finden. Aber als sie sich umdrehte, saß es vor ihren Füßen und schaute erwartungsvoll zu ihr auf. Seufzend trug sie es zu seinem Stall. Noch war es hell genug, und sie sah lächelnd, wie seine Mama gerade seine Geschwisterchen säugte. Also wäre der Ausreißer keinesfalls hungrig eingeschlafen.

Von Norden her frischte der Wind zusehends auf, peitschte Tiffanys zusammengebundenes Haar um die Schultern und zerrte am Saum ihres Kleids. Sie rannte zum Haus zurück. Zum Glück waren die Wolken nicht vor dem Sonnenuntergang herangeweht.

Kapitel 26

Trotz ihrer Erschöpfung konnte sie nicht schlafen, und so stand sie vor dem offenen Fenster an der Rückfront des Hauses. Im Dunkel sah sie keine Nebengebäude außer dem Bunkhaus, wo immer noch eine Laterne brannte. Nachts war es unangenehm warm im Schlafzimmer. Wegen des starken Winds hatte Tiffany die Fenster an der Nordseite schließen müssen. Durch einen heftigen Windstoß war sogar ein altes Gemälde von der Wand geflogen.

Nun hoffte sie auf eine erfrischende Brise am rückwärtigen Fenster. Leider blies der Wind in die andere Richtung. Es regnete noch nicht, aber dichte Wolken rasten am Mond vorbei. Sie würde die Männer bei deren Rückkehr nur sehen, wenn sie eine Lampe im Stall anzündeten, und wegen des heulenden Sturms auch nichts hören. Trotz der späten Stunde schienen sie in dieser Nacht nicht heimzukommen. Frauen und Alkohol. Womöglich tranken sie so viel, dass sie es zu unsicher fanden, nach Hause zu reiten, bevor sie nüchtern waren. Oder sie wollten wegen des drohenden Gewitters im Trockenen bleiben.

Wo Hunter übernachtete, konnte sie sich lebhaft vorstellen. Bei Pearl. Deshalb fühlte sich Tiffany in dieser Nacht so rastlos. *Sie* hatte er gebeten, auf ihn zu warten, bevor er zu einer anderen gegangen war! Mochte Anna auch recht haben, und es spielte keine Rolle, was er vor der Hochzeit tat. Trotzdem fühlte sie sich betrogen, denn um diese Zeit sollte er *sie umwerben*. Und statt seine belanglosen Affären zu beenden, wollte er sogar eine neue anfangen. Mit Jennifer. An diesem Tag hätte er sie fast geküsst, was er allerdings unbedeutend fand. Und dann hatte er sie in der Küche mit den Küssen auf ihren Hals verwirrt. Wusste er, welche Wirkung das auf sie ausgeübt hatte?

Wie auch immer, er würde ihr helfen, die Fehde zu beenden, ohne dass sie sich auf dem Traualtar opfern musste. Von der arrangierten Heirat hielt er nichts, das hatte er bereits erwähnt. Darüber würde sie mit ihm reden, wenn sie aufhörte, Jennifer zu spielen, und ihre Wut auf ihn bezähmen … Aber warum grollte sie ihm überhaupt, wenn er ihr einen stichhaltigen Grund lieferte, warum sie ihn nicht heiraten wollte? Vielleicht brauchte sie einen unwiderlegbaren Beweis …

Sie legte sich wieder ins Bett und begann, Schäfchen zu zählen. Etwas später warf sie sich immer noch unruhig umher, als eine Stimme im Flur erklang.

»Haben Sie auf mich gewartet, Jenny?«

O mein Gott … Hunter würde doch nicht mitten in der Nacht an ihre Tür klopfen? Er musste sternhagelvoll sein …

Um nichts mehr zu hören, zog sie ein Kissen über ihren Kopf. Also verbrachte er die Nacht nicht bei Pearl? Was keineswegs hieß, dass er nicht mit ihr geschlafen hatte.

Aber er war wieder da. Aus irgendeinem Grund lächelte Tiffany, und plötzlich wurde sie von ihrer Müdigkeit überwältigt. Gähnend drehte sie sich zur Seite und dachte, nun würde sie einschlafen. Doch das geschah nicht. Lächerlich. Nie zuvor war sie von schlaflosen Nächten geplagt worden. Aber sie hatte auch noch nie einen so ereignisreichen Tag erlebt. Sinnliche Erregung, die Angst um Hunter beim Kampf mit den Minenarbeitern, der Anblick ihres Bruders Sam, Hunters Erklärung, er würde seine Verlobte – sie – nicht ehelichen, Marys tragischer Bericht über den Ursprung der Fehde, das alberne Gerücht über Frank Warrens Freude auf die Ankunft seiner Tochter … Das alles war einfach zu viel für sie gewesen.

Während sie wieder einzuschlummern versuchte, roch sie plötzlich Rauch. Hatte Hunter sich eine Zigarre angesteckt, bevor er ins Bett ging? Nicht besonders klug, wenn er betrunken war. Und lag sein Zimmer so nah bei ihrem, dass der Qualm aus seinem offenen Fenster in ihres wehte? Sie stand auf, um es zu schließen, da sah sie das Licht.

Nicht besonders hell, aber es beleuchtete den Hinterhof direkt unterhalb ihres Zimmers. Und es drang aus der Küche, ebenso wie der Rauch. Hatte jemand den Herd angezündet? Wollte Andrew, dankbar für seine neue Stellung, sie überraschen und Brot backen? Nein, dafür war es zu früh, der Teig musste länger aufgehen. Und die Rauchwolke, die am Fenster vorbeiwehte, war zu dicht, um vom Herd zu stammen.

Entsetzt griff sie sich an die Kehle, dann stürmte sie schreiend aus ihrem Zimmer. »Feuer!« Sie rannte den Flur entlang und die Treppe hinab. Sekundenlang wurde sie von einem Instinkt gedrängt, durch die Vordertür ins Freie zu fliehen und sich in Sicherheit zu bringen. Aber sie wusste nicht, ob jemand ihren Schrei gehört hatte. Vielleicht war das Feuer auch gar nicht so schlimm, wie es der Rauch vermuten ließ, und konnte mit einem einzigen Eimer Wasser gelöscht werden. Wenn nicht, musste sie nach oben zurücklaufen und sich vergewissern, dass niemand mehr schlief.

Sobald sie die Küchentür öffnete, drang beißender Rauch in ihre Augen, und sie musste husten. Der Qualm verfinsterte das schwache Mondlicht am Fenster. Es dauerte eine kleine Weile, bis sie die Quelle der dunklen Schwaden entdeckte – Flammen, die aus einem schwarzen Topf auf dem Herd loderten.

Dort hatte dieser Topf nicht gestanden, als Tiffany nach oben gegangen war. Hatte jemand den Herd angezündet, um etwas zu kochen, und dann den Topf stehen lassen, bis der Inhalt gebrannt hatte? Wer würde so etwas Gefährliches tun und so verantwortungslos sein? Immer höher schnellten die Flammen empor, und sie hoffte inständig, sie würden die Balkendecke nicht erreichen.

Sie lief ins Bad, schloss die Tür, damit der Rauch ihr nicht folgte, und füllte einen Eimer mit Wasser. Bevor sie die Tür wieder öffnete, hörte sie Schritte in der Küche. Sie eilte zum Herd, dankbar für das Licht der Laterne, die jemand mitgebracht hatte.

»Verdammt, tun Sie das nicht!«, schrie Hunter und erschreckte Tiffany dermaßen, dass sie den Eimer fallen ließ. Wasser spritzte auf ihre nackten Füße.

Er rannte zum Schrank und holte einen Deckel, den er auf den Topf legte. Darunter verschwanden die Flammen.

»Wieso ist das Feuer ausgegangen?«, fragte sie verblüfft.

»Weil's erstickt wurde. Das habe ich von Jakes draußen im Weide-Camp gelernt, als ein paar Bäume Feuer fingen, weil wir Wasser auf die Flammen über gebratenem Speck gegossen hatten. Wenn Fett brennt, wird das Feuer vom Wasser in alle Richtungen gespritzt.« Während seiner Erklärung packte er Tiffany am Arm und zog sie durch die Hintertür hinaus, von Rauchwolken verfolgt. »Alles in Ordnung?« Einen Finger unter ihrem Kinn, schaute er prüfend in ihr Gesicht.

Sie schlug seine Hand weg. »Meine Füße sind nass.«

»Also ist ihnen nichts passiert.« Hunter wandte sich zur offenen Küchentür, durch die der Qualm allmählich entwich.

Als er Tiffany wieder anschaute, begnügte er sich nicht mit ihrem Gesicht. Stattdessen schweifte sein Blick langsam über ihren Körper. Erst jetzt merkte sie, dass sie nur ihre Unterwäsche trug.

»Sie hätten einen Morgenmantel anziehen können«, befand er mürrisch.

»Aber – ich dachte, das Haus brennt ab«, verteidigte sie sich errötend. Ausgerechnet *er* hat es nötig, sich zu beschweren, dachte sie ärgerlich. Sein Hemd war aufgeknöpft, und ohne Gürtel rutschte die Hose zu den Hüften hinab. Doch darauf wies sie ihn nicht hin, als sie ihm in die Küche folgte.

Ein großer Schaden war nicht entstanden, nur Ruß an den Wänden und eine große Pfütze am Boden.

»Gehen Sie wieder ins Bett.« Hunter ergriff zwei Lappen, nahm den Topf vom Herd und stellte ihn auf den Fliesenweg vor der Hintertür. »Morgen früh machen wir sauber.«

Auf dem Weg zur Eingangshalle fiel ihr etwas ein, und sie blieb stehen. »Haben nur Sie meinen Schrei gehört?«

»Ich schlief noch nicht. Und Sie haben direkt vor meiner Tür geschrien. Am anderen Ende des Flurs haben meine Eltern wohl nichts gehört.« Wieder einmal musterte er ihren Körper. »Schreien Sie nächstes Mal lauter.«

Zutiefst verlegen, weil sein Blick sie an ihre spärliche Kleidung erinnerte, entgegnete sie: »Hoffentlich gibt es kein nächstes Mal. Muss ich die Küche in Zukunft versperren?«

»Nein. Passen Sie nur auf, dass der Herd kalt ist.«

Tiffany wollte erwidern, er sei kalt gewesen. Dann dachte sie, vielleicht hatte Andrew Feuer gemacht und es zu löschen vergessen. Wenn das stimmte, würde er seine neue Stellung sofort wieder verlieren. Deshalb beschloss sie, den Schuldigen zu entlarven, ehe sie erwähnen würde, der Herd sei wieder angezündet worden, *nachdem* sie ins Bett gegangen sei. Falls Andrew achtlos gewesen war, würde sie die Schuld auf sich nehmen. Hunter schien ihr das Missgeschick ohnehin anzulasten.

»Nur gut, dass ich heute Nacht nach Hause kam«, sagte er und folgte ihr in die Halle. »Hätten Sie das Wasser in den Topf gegossen, würden jetzt die Wände brennen.«

Tiffany erschauerte. Dann entsann sie sich, warum sie so lange schlaflos im Bett gelegen hatte. Während sie neben Hunter die Halle durchquerte, neigte sie sich näher zu ihm, um festzustellen, wonach er roch. Das würde er nicht merken.

Irrtum. »Rieche ich nach Zigarren?«

»Ich wollte nur rausfinden, ob Sie nach Pearl riechen«, entgegnete sie kühl, und er brach in Gelächter aus.

»Eifersüchtig, Jenny? Ich habe gepokert und gewonnen.«

Sie würdigte ihn keiner Antwort. Etwas zu hastig trat sie von ihm weg und rutschte mit ihren nassen nackten Füßen beinahe auf dem glatten Holzboden aus. Hunter hielt sie am Arm fest.

»Soll ich Sie nach oben tragen?« Die Sorge in seiner Stimme wirkte echt.

»Nein.«

»Das würde ich gern tun.«

Jetzt neckte er sie wieder, das verriet sein Tonfall, und sie spürte auch, wohin er wieder schaute. »Nein! Und starren Sie mich nicht so an!«

Sein Gelächter folgte ihr die Treppe hinauf.

Kapitel 27

Als sie am nächsten Morgen nach unten ging, war die Küche voller Callahans. Auch Andrew hatte sich eingefunden. Unbefangen, ohne das geringste Schuldbewusstsein, erwiderte er Tiffanys Blick und lächelte ihr zu. Mit seiner Hilfe wuschen die Brüder den Ruß von den Wänden, von Zachary beaufsichtigt. Fast waren sie mit der Arbeit fertig und alberten herum. Lachend warf Cole einen nassen Fetzen auf John.

Auch Hunter hatte Tiffany entdeckt. »Der Kaffee ist heiß.« Langsam wanderte sein Blick über ihr weißes Morgenkleid, und sein Grinsen bekundete, woran er dachte – an ihre unzulängliche Aufmachung aus der letzten Nacht. Irgendwie gelang es ihr, nicht zu erröten. Sie hatte ja auch gar nicht vorgehabt, ihm in dünner Seide und Spitze zu begegnen.

Nur die jungen Männer begrüßten sie, Zachary tat es nicht. Er erhob sich und setzte den breitrandigen Hut auf, den er in der Hand gehalten hatte. Dann schaute er sie kurz an. »Solche Unfälle passieren nun mal, aber dieser hätte schlimm ausgehen können. Geben Sie acht, damit so etwas nicht noch einmal vorkommt, Miss Fleming.«

Glaubte er, *sie* hätte das Feuer verursacht? Sie wartete ab, ob irgendjemand die Verantwortung übernehmen würde. Doch das geschah nicht. »Mr. Callahan, Sie beschuldigen mich zu Unrecht«, erwiderte sie tonlos. »Bevor ich gestern Abend hinaufging, wischte ich einen kalten Herd ab und löschte alle Laternen.«

»Und wer war dann mitten in der Nacht hier?«, fragte Zach.

Plötzlich wandten sich alle Callahans zu Andrew, der leichenblass wurde. »Ich nicht! Nachdem ich den Brotteig gemacht hatte, verabschiedete ich mich von Miss Fleming und verbrachte den Abend bei Mr. Jakes im Bunkhaus. Den können Sie fragen. Er hat mich sein neues Publikum genannt und mir stundenlang ein Ohr abgeschwatzt. So viele Geschichten … Die erzählte er immer noch, als der erste Cowboy reinkam.«

»Das muss Billy gewesen sein«, warf Hunter ein, »der ist mit mir zurückgeritten.«

»Jakes ist der Vorname des Kochs«, wandte sich Zachary an Andrew. »Wir werfen dir nichts vor, mein Junge. Wenn jemand unser Haus niederbrennen wollte, würde er eine Fackel durch ein Fenster werfen. Im Sommer bleiben die meisten Fenster geöffnet. Warum sollte es wie ein Unfall aussehen?« Diese Frage richtete er an Tiffany. Offenbar glaubte er immer noch an ihre Schuld.

Aber es war Hunter, der an ihrer Stelle antwortete. »Weil es wie ein Unfall aussehen sollte. Nicht wie Brandstiftung. Letzte Nacht waren fast alle Männer in der Stadt. Also bestand die Chance, dass niemand das Feuer in diesem entlegenen Teil des Hauses entdecken würde, bevor es außer Kontrolle geraten wäre. Falls einer von uns etwas bemerkt hätte, konnte man's mit Nachlässigkeit in der Küche begründen. Und ihr wisst ja, wer so was tun würde, ohne einen Verdacht auf sich zu lenken.«

Erschrocken riss Tiffany die Augen auf. O Gott, würden die Callahans ihre Familie beschuldigen?

»Ein Warren«, bestätigte John prompt.

Tiffany unterdrückte ein Stöhnen. »Haben Ihre Nachbarn in all den Jahren jemals versucht, dieses Haus anzuzünden?«

»Nein«, antwortete Zachary, »bisher griffen sie uns immer direkt an, nicht hinterrücks. Da es im Morgengrauen geregnet hat, werden wir keine Spuren finden, die wir verfolgen könnten. Also werde ich Frank Warren besuchen. Wenn er so kurz vor der Hochzeit eine Schießerei anzetteln will ...«

»Dann findet keine Hochzeit statt«, vollendete Hunter den Satz.

»Eher ein Begräbnis«, murmelte John.

Entsetzt erkannte Tiffany den wachsenden Zorn aller Callahans und versuchte, sie von den Warrens abzulenken. »Vielleicht wurde das Feuer von den zwei Männern gelegt, die Hunter gestern Mittag angegriffen haben.«

Zach starrte seinen ältesten Sohn an. »Wann wolltest du das erwähnen?«

Lässig zuckte Hunter die Achseln. »Das war belanglos. Nur arbeitslose Minenarbeiter, die mir die Schuld an ihren Problemen gaben ...«

»Ah, und weil *ich* dafür verantwortlich bin, wolltest du mir nichts davon erzählen? Was ist passiert?«

»Sie haben den Kampf verloren«, erklärte Hunter schlicht.

Zachary schnaufte, und Tiffany starrte Hunter ungläubig an. Mehr würde er nicht dazu sagen? Kein Wort über den Pistolenbesitzer? Und interessierte es niemanden, wen *sie* für den Brandstifter hielt?

»Natürlich begleiten wir dich zur Warren-Ranch, Pa«, entschied John. Hunter und Cole nickten.

Die Stirn grimmig gefurcht, musterte Zachary seine Söhne der Reihe nach. »Einverstanden, Jungs, reiten wir los.«

»Moment mal!«, rief Tiffany ungläubig. »Überstürzen Sie

nichts! Ob ein Warren das Feuer entfacht hat, wissen Sie nicht!«

Ohne sie zu beachten, gingen die Callahans zur Hintertür hinaus und steuerten den Stall an. Nicht einmal Hunter gönnte ihr einen Blick. Kraftlos lehnte sie sich an die Küchentheke.

»Diese – diese Leute kenne ich nicht«, stammelte Andrew angstvoll. »Anscheinend – haben sie Feinde. Ist es überhaupt sicher, hier zu arbeiten?«

Wie konnte sie ihn beruhigen, wenn sie sich selbst fürchtete? Trotzdem versuchte sie es. »Von jetzt an werden sie jede Nacht einen Wachtposten aufstellen, und der wird verhindern, dass jemand hier herumschleicht.« Wenn nicht, würde sie das den Callahans vorschlagen – falls sie lebend zurückkamen.

Bei diesem Gedanken spürte sie, wie alles Blut aus ihrem Gesicht wich. Aber der Junge hatte sich bereits abgewandt und sah sie daher nicht erblassen. »Ich hole mal den Suppentopf aus dem Keller und lasse ihn köcheln.«

Was für banale Dinge hier zu tun waren, während sie vor lauter Sorge um ihre Familie fast den Verstand verlor … Gab es denn wirklich keine Möglichkeit, die Callahans zurückzuhalten?

Als sie Hufschläge hörte, rannte sie auf die Veranda und sah die vier Männer vorbeireiten. In den Sattelhalftern steckten Gewehre. Verzweifelt sank sie auf die Schaukel und schlug die Hände vors Gesicht. »Oh, ich hasse diese gottverdammte Fehde!«

Kapitel 28

Ohne eine Miene zu verziehen, starrte Rose vor sich hin, während ihr Wagen durch die Straßen von Chicago rollte. Sie fühlte sich genauso wie vor vierzehn Jahren, bei ihrem ersten Besuch des großen Herrschaftshauses. Nervös, verängstigt, unglücklich. Damals hatte sie einen schrecklichen Fehlschlag erlitten, und jetzt wagte sie es kaum, auf einen Erfolg zu hoffen.

Der Hass dieses Mannes grenzte an Wahnsinn. Jedes Mal, wenn sie Parker im Lauf der Jahre zur Vernunft zu bringen versucht hatte, war sie abgewiesen worden. Beharrlich verwehrte er ihr das Leben, das sie führen wollte. Noch immer hing die Drohung über Franks Kopf – und ihrem eigenen. Um Himmels willen, genügten fünfzehn Jahre dem Schurken nicht, um seine perverse Rache zu genießen?

Nach wie vor war sie die einzige Person, die Bescheid wusste. Diese Bedingung knüpfte sich an Parkers Bereitschaft, ihren Ehemann am Leben zu lassen. Deshalb musste sie dem geliebten Mann verschweigen, warum sie sich von ihm getrennt hatte. Vielleicht hoffte Parker, Frank würde an gebrochenem Herzen sterben – die Geschichte würde sich wiederholen. Aber dafür war Frank zu stark.

Wann immer sie hierherkam, erlebte sie in Gedanken Parkers ersten Racheakt von Neuem. Beinahe wäre Frank gestorben. Eine Zeit lang hatte sie sich selbst die Schuld daran gegeben. Zu Recht?

In jener Nacht war sie nach Nashart galoppiert, um den Arzt zu holen, hatte ihn verzweifelt angeschrien, er solle sich beeilen. Viel zu gefährlich hatte Franks Schusswunde ausgesehen. Der Doktor lief in den Stall zu seinem Pferd. Bevor Rose wieder auf ihr eigenes steigen konnte, wurde sie in den Schatten an der Seite des Hauses gezerrt, eine Hand hielt ihr den Mund zu, und ein Waffenlauf drückte sich in ihren Rücken. »Das war eine Warnung. Verlassen Sie Ihren Mann, oder er stirbt.«

Eine fremde Stimme. Den Mann sah sie nicht, und sie verstand auch die Zusammenhänge nicht. Sie war sicher gewesen, ein Callahan hätte auf Frank geschossen. Das würden alle Leute glauben. Aber was der Unbekannte sagte, hatte nichts mit der unheilvollen Fehde zu tun.

»Sie sind kein Callahan?«

»Nein.«

»Und was haben Sie gegen meinen Mann?«

»Nichts Persönliches. Ich arbeite für Parker …«

»Für meinen früheren Nachbarn in New York?«, unterbrach sie ihn, bevor sie merkte, wie absurd diese Vermutung war. Doch sie hatte richtig geraten.

»Wie ich sehe, verstehen Sie die Situation.«

»Keineswegs! Ich war mit seinem Sohn Mark verlobt!«

»Diese Verlobung hätten Sie nicht auflösen dürfen. Denn Ihretwegen ist der Junge tot, und sein Vater will Rache üben.«

»Das ergibt keinen Sinn. Schon vor fünf Jahren habe ich die Verlobung gelöst. Wenn Mark gestorben ist, tut es mir sehr leid. Aber wie kann sein Vater mir die Schuld daran geben?«

»Wissen Sie es denn nicht?«

»*Was?* Jahrelang habe ich seine Verwandten nicht gesehen. Ich weiß nur, dass sie ihr Haus kurz nach meiner Hochzeit mit

Franklin verkauft haben und aus New York weggezogen sind. Keine Ahnung, wohin …«

»Parker übersiedelte mit seiner Familie in einen anderen Staat, weil er hoffte, das würde Mark helfen, die geplatzte Verlobung zu verkraften. Aber es nützte nichts. Der Junge begann zu trinken, um Sie zu vergessen. Doch auch das half ihm nicht. Schließlich brachte er sich um. In seinem Abschiedsbrief stand, er könne sein gebrochenes Herz nicht mehr ertragen. Außer sich vor Trauer und Wut, beauftragte Parker mich, Ihren Mann zu töten.«

Eisiges Grauen verengte Roses Kehle. »Vorhin sprachen Sie von einer Warnung«, würgte sie hervor. »Und jetzt sagen Sie, dass Sie bezahlt wurden, um meinen Mann zu erschießen?«

»Seit Jahren arbeite ich für Parker. Auch ich versuchte, Mark über Ihren Treuebruch hinwegzuhelfen, doch das gelang mir ebenso wenig wie seinem Vater. Jetzt ist der Junge tot. Aber ich bin kein kaltblütiger Mörder. Das ist Parker auch nicht – für gewöhnlich. Aus einem ersten Impuls heraus wünschte er den Tod des Mannes, der Sie seinem Sohn weggenommen hat. Aber ich überredete ihn zu einer weniger blutrünstigen Rache.«

»So bezeichnen Sie Ihre Tat?«, zischte sie.

Blitzschnell schwenkte er sie herum und drückte den Revolverlauf, den er in ihrem Rücken gepresst hatte, um sie an einem Schrei zu hindern, gegen ihren Bauch. Noch immer konnte sie sein Gesicht in den Schatten nicht sehen. Doch es genügte ihr zu wissen, dass er Parkers Lakai war.

»Wollen Sie sterben?«, fauchte er. »Täuschen Sie sich nicht. Ohne gewisse skrupellose Wesenszüge wäre Parker nicht da, wo er heute ist. Sie und Ihren Mann macht er für seinen Verlust verantwortlich, und er *will* sich rächen. Davon konnte ich ihn nicht abbringen. Jetzt ist es ganz einfach. Wenn Mark Sie nicht bekam, sollen Sie *keinem* gehören. Möchten Sie das Leben Ihres Mannes retten?«

»Indem ich ihn verlasse?« Rose begann zu weinen. »Bitte, verlangen Sie das nicht von mir!«

»Jemand muss büßen, Mrs. Warren. Mit Tod oder Verzweiflung. Die Entscheidung liegt bei Ihnen. Übrigens gibt es noch eine Bedingung.«

»Genügt diese Forderung denn nicht?«, schluchzte sie.

»Nein. Die Trennung muss Ihren Mann schmerzlich treffen. Deshalb darf er nicht erfahren, warum Sie ihn verlassen.«

»Dann – brauche ich Zeit. Wenn ich verschwinde, während er sich von seiner Verletzung erholt, wird er nicht glauben, dass ich freiwillig fortgehe.«

»Drei Wochen. Kein Tag länger.«

Anfangs hatte sie das ruchlose Abkommen irgendwie zu umgehen gehofft. Aber sie wagte kein Risiko. Jedes Mal, wenn Frank seinen Verband berührte, wurde sie an das Grauen erinnert – sein Leben lag in ihren Händen. Nach Ablauf der Frist reiste sie in den Osten. Wenigstens nahm sie einen Teil von Frank mit – die kleine Tochter. Und bevor sie geflohen war, hatte sie den Waffenstillstand arrangiert, zum Schutz ihrer Söhne. Hätte sie sich auch noch wegen der Callahans sorgen müssen, wäre sie verrückt geworden.

Nun starrte sie aus dem Kutschenfenster. Eine interessante Stadt. Sicher hätte Rose den Aufenthalt in Chicago genossen, würde ihr Peiniger nicht hier leben. Dann verschleierten Tränen ihren Blick. Wie immer, wenn die Erinnerungen zurückkehrten.

Fast ein Jahr hatte sie gebraucht, um herauszufinden, wohin Parker übergesiedelt war. Überall hatte er Geschäftsverbindungen, ständig reiste er zwischen den Staaten hin und her. Dass er Chicago gewählt hatte, einen zentralen Wohnsitz, überraschte sie nicht. Sie wollte ihn töten. Lange und gründlich hatte sie darüber nachgedacht. Zu schlimmes Leid, zu schmerzliche Qualen bereitete er ihr. Nicht nur er konnte Rachepläne schmieden.

Sie war sich nicht sicher gewesen, ob er sie überhaupt empfangen würde. Aber ein Butler hatte sie ins Arbeitszimmer geführt. Die Arme vor der Brust verschränkt, saß Parker hinter seinem Schreibtisch. Das kurze braune Haar begann zu ergrauen. Bei einem Mann von Ende vierzig war das zu erwarten. Zu Roses Enttäuschung wirkte er immer noch gesund und kräftig. Wäre er ihr schwach und hinfällig erschienen, hätte sie vielleicht auf seinen natürlichen Tod gewartet. Aber sie wünschte sich ihren Ehemann zurück, ihr Familienleben!

Er bot ihr keinen Sessel an. »Nennen Sie sich immer noch Mrs. Warren?«

»Ja, eine Scheidung kam nicht in Frage.«

»Das spielt keine Rolle. Weder er noch ein anderer Mann – verstehen Sie? Niemals.«

»Sie hatten Ihre Rache, Sir. Lassen Sie es dabei bewenden.«

»Nur um meine Neugier zu befriedigen – haben Sie ihm denn wirklich nie die Wahrheit erzählt?«, fragte Parker.

»Nein, ich schützte ihn mit Lügen. Er war so verzweifelt!«

»Werfen Sie das *mir* vor? Obwohl *Sie* schuld daran sind?«

»Wenn Sie mir die Schwäche Ihres Sohns anlasten, sind Sie verrückt.«

»Wie können Sie es wagen? Er hat Sie *geliebt*. Und Sie haben ihm Hoffnungen gemacht, um ihn dann vollständig zu zerstören!«

»Mark und ich waren in der Kindheit befreundet, mehr nicht. Er hätte mich nicht zu der Verlobung überreden sollen. Von Anfang an hatte ich meine Zweifel. Aber er glaubte so fest an unsere glückliche Zukunft, und ich brachte es einfach nicht übers Herz, ihn abzuweisen. Ich mochte ihn und wollte ihn nicht verletzen. Doch dann fand ich die wahre Liebe und erkannte den Unterschied. Mark war sogar einverstanden, als ich beschloss, unsere Verlobung aufzulösen!«

»O nein, er tat nur so. Niemals hörte er auf, Sie zu lieben. Und diese Liebe richtete ihn zugrunde. Warum bilden Sie sich ein, daran wären Sie nicht schuld – wenn Sie versprochen hatten, ihn zu heiraten, und ihm dann wegen eines anderen den Laufpass gegeben haben?«

»Wie auch immer, ich habe genug gelitten. Dieser Wahnsinn muss aufhören. Sofort.« Rose zog die Pistole aus ihre Tasche und richtete sie auf Parkers Brust.

Statt der erhofften Reaktion lachte er. »Nur zu. Seit dem Verlust meines einzigen Kindes ist mein Leben ohnehin sinnlos geworden. Aber mein Tod wird nichts für Sie ändern, Rose. Laut meinem Testament werden die Männer, die ich bezahle, Sie weiterhin verfolgen. Sollten Sie zu Warren zurückkehren oder einen anderen Mann wählen, werden Sie sterben.«

O Gott, es war noch schlimmer, als sie gedacht hatte. Im Lauf der Jahre hatte sie mehrmals versucht, ihn umzustimmen. Vergeblich. Nie wieder war sie in sein Haus gelassen worden. An diesem Tag wollte er sie nur empfangen, um wieder einmal den Erfolg seiner Rache auszukosten.

Als der Wagen vor dem Harding-Haus hielt, wappnete sie sich gegen eine neue Enttäuschung. Doch sie würde ihren Peiniger immer wieder um Gnade bitten. Bis einer von beiden sterben würde, Parker Harding oder sie selbst. Sie stieg aus der Kutsche. Da merkte sie, dass ihr jemand gefolgt war.

Kapitel 29

Irgendwie schaffte es Tiffany, an diesem Vormittag Brot zu backen und den Lunch für den Haushalt vorzubereiten, obwohl der Großteil des Haushalts abwesend war. Was sie tat, nahm sie kaum wahr, weil sie sich unentwegt voller Sorge fragte, was zwischen ihrer Familie und den Callahans geschehen mochte. Ging es ihren Brüdern gut? War jemand verletzt worden? Könnte sie doch zur Ranch ihres Vater reiten und das herausfinden! Doch sie konnte nur hoffen, die beiden Parteien würden vernünftig miteinander reden, statt aufeinander zu schießen.

Als hätte sie noch nicht genug Probleme, gab es an diesem Vormittag auch noch Ärger mit dem Hausmädchen, das für den oberen Stock zuständig war. Sie wollte nur nachsehen, ob Luella ihre Arbeit ordentlich erledigte. Aber sobald Tiffany erwähnte, das Bettzeug müsse jeden zweiten Tag gewechselt werden, kreischte Luella: »Ich kündige!«

»Warten Sie!« Tiffany folgte ihr aus dem Schlafzimmer, das soeben gereinigt worden war. »Warum?«

Luella fuhr zu ihr herum. Klein und rundlich, etwa doppelt so alt wie Tiffany, fauchte sie: »Wenn ich das Bettzeug von hier oben wasche, dauert's einen ganzen Tag. Auch die Kleider muss ich waschen, alle Zimmer sauber und Betten machen, und dazu für Mrs. Callahan sorgen! O nein, Sie werden mir nicht noch mehr aufbürden!«

Um Gottes willen, dachte Tiffany, die Frau beschreibt Pflichten, für die man drei oder mindestens zwei Arbeitskräfte brauchen würde … Erschrocken seufzte sie. Dann antwortete sie mitfühlend: »Da gebe ich Ihnen natürlich recht. Ich hatte keine Ahnung.« Aber das hätte sie sich denken müssen. Dass es in dieser Gegend viel zu wenige Dienstboten gab, hatte sie bereits erfahren.

Misstrauisch starrte Luella sie an. »Meine Schwester hat mir von euch Haushälterinnen erzählt. Ihr würdet den ganzen Tag nur rumstehen und die Peitsche schwingen. Und dafür werdet ihr auch noch bezahlt.«

Tiffany unterdrückte ein Lächeln. »Nein, das stimmt nicht. Aber wie Sie vielleicht gehört haben, findet man hier kaum Hausmädchen. Da ich kein nennenswertes Personal beaufsichtigen kann, wurden mir andere Aufgaben zugeteilt …«

Wie sie sich plötzlich erinnerte, beschäftigte sie jetzt eine Küchenhilfe und hatte etwas mehr Zeit. Gewiss, sie wollte gelegentlich ausreiten und angeln, damit die Familie nicht nur Rindfleisch, sondern auch Fisch zu essen bekam. Doch das würde sie wohl kaum ausfüllen.

Impulsiv bot sie der überlasteten Frau ihre Hilfe an. Sie könne zwar nicht Staub wischen, denn da müsste sie dauernd niesen. Aber es sei sicher nicht allzu schwierig, Betten zu beziehen, in den Zimmern aufzuräumen und schmutzige Wäsche in die Waschküche zu tragen?

Luella blinzelte ungläubig. »Nun ja, Pearl übernimmt die Hälfte der Wäsche, wenn sie da ist.« Verächtlich fügte sie hinzu: »Und falls sie ihre Fingernägel nicht sauber statt schmutzig macht.«

Sind sie Rivalinnen? Oder warnt sie mich vor dem Ärger, der mir droht, wenn Pearl ins Erdgeschoss zurückkehrt? Jeden Vormittag kann ich die Betten auf dieser Seite der Treppe machen«, bot sie Luella an, die ihr ein strahlendes Lächeln schenkte.

»Heute ist Hunter mit der frischen Bettwäsche dran. Die habe ich schon heraufgebracht. Vielen Dank, Miss Fleming, das weiß ich wirklich zu schätzen.«

Hunters Zimmer? Leider eilte Luella schon weiter, ehe Tiffany ihr Angebot zurückziehen konnte. Sie schnitt eine Grimasse. Wahrscheinlich wäre es keine gute Idee, *sein* Schlafzimmer zu betreten. Aber solange er nicht da war – was konnte es schon schaden?

Ein maskulines Zimmer. An einer Wand hing ein Gestell mit Gewehren, an den anderen zeigten drei Gemälde Western-Szenen – eine Rinderherde, einen Cowboy, der einen Bullen zu reiten versuchte, eine Gruppe Cowboys, die um ein Lagerfeuer saßen. Eine schöne, reich geschnitzte Truhe stand am Fußende des großen Betts. Weil saubere Bettwäsche darauf lag, vermutete Tiffany, die Truhe müsste noch mehr Bettzeug enthalten, und spähte hinein. Doch sie irrte sich. Nur Cowboy-Sachen lagen darin – Seile, lederne Reithosen, Sporen, Gewehre mit extra langen Läufen, ein Pistolenhalfter, viel edler und üppiger verziert als die schlichten, die Hunter normalerweise trug.

An Haken neben einem Schrank aus dunklem Holz hingen zwei breitrandige Hüte, ein schwarzer und ein cremefarbener. Tiffany widerstand der Versuchung, den Schrank zu öffnen. Mit dem Rücken zu einem der beiden Fenster stand ein brauner Polstersessel, am Sitz fadenscheinig und abgenutzt. Sehr bequem. Sie stellte sich vor, wie Hunter darauf saß, las und vielleicht einnickte.

War das schon immer sein Zimmer gewesen? Hier gab es nichts, das an seine Kindheit erinnerte.

In einer Ecke entdeckte sie die beiden Kisten, die John und Cole von der Bahnstation abgeholt hatten, als sie in Nashart eingetroffen war. Hatte Hunter den Inhalt der Kisten bestellt? Warum hatte er sie noch nicht geöffnet? Nein, sie durfte nicht noch länger hier herumschnüffeln. So neugierig sollte sie gar nicht auf den Mann sein.

Luella hatte das Bett schon abgezogen und das frische Laken an den Rändern unter die Matratze gesteckt. Nun entfaltete Tiffany das obere Laken.

Obenauf sollte eine schöne gestickte Decke in dunklem Braun und Blau liegen. Eine Handarbeit von Mary? Danach wollte Tiffany sie bei der nächsten Begegnung fragen.

Als sie das Laken über dem Bett flattern ließ, erklang Hunters Stimme. »Ich hab mich schon gefragt, wo Sie sich herumtreiben. Dass Sie mich in meinem Zimmer erwarten, hätte ich nicht gedacht.«

Verwirrt zuckte sie zusammen, das Laken entglitt ihren Fingern, schwebte über dem Bett und landete auf der anderen Seite am Boden. Was sie hier machte, war wohl offensichtlich. Also hätte er sich die dreiste Bemerkung sparen können.

Sie drehte sich um und wollte ihn darauf hinweisen. Stattdessen schnappte sie nach Luft und schaute sofort weg. Nur mit einem Handtuch bekleidet, stand er in der Tür. »Guter Gott, warum sind Sie nicht angezogen?«

»Weil ich auf meinen Hintern in den Schlamm geworfen wurde und baden musste. Heute Morgen hat's ziemlich stark geregnet. Bis der Boden trocknet, wird's einige Tage dauern.«

War er bei einer Prügelei mit ihren Brüdern schmutzig geworden? »Was ist auf der Warren-Ranch passiert?«

»Keine Ahnung. Auf dem Weg dorthin trafen wir Degan,

der gerade aus der Stadt zurückkam. Da beschloss Pa, nur den Wachhund mitzunehmen, und schickte uns zurück zur Herde. Falls die Warrens in die Offensive gehen, würde ein Viehdiebstahl zu ihrem Stil passen.«

»Vermissen Sie ein paar Rinder?«

»Sieht nicht so aus. Um zu erfahren, was Pa heute rausgekriegt hat, müssen wir bis zum Dinner warten. Falls weder Sie noch ein Warren der Brandstifter waren, müssen es unsere neuen Nachbarn aus dem Osten gewesen sein.«

»Da sind wir schon wieder einer Meinung. Erstaunlich.«

»Sarkasmus und Überraschung im selben Atemzug, Rotschopf?« Er lachte, dann fragte er neugierig: »Wann haben Sie mir zum ersten Mal recht gegeben?«

Hörte sich seine Stimme an, als würde er näher kommen? »Nicht so wichtig«, erwiderte sie nervös. »Warum haben Sie das heute Morgen ihrem Vater nicht gesagt? Nach allem, was ich über die Minenleute gehört und gestern gesehen habe, wäre *mein* Verdacht *sofort* auf sie gefallen. Wenn sich Ihre Familie aus dieser Gegend verjagen lässt, würde nicht nur der Minenbesitzer davon profitieren, sondern auch jeder, der für ihn arbeitet. Weiß Ihr Vater das?«

»O ja. Aber ein Richter hat eine Entscheidung getroffen. Die müssen verschwinden, sobald ihre Kupferader ausgeschöpft ist, und das wird nicht mehr lange dauern. Selbst wenn sie uns am Zeug flicken, hätten sie nichts zu gewinnen.«

»Nicht nur Zorn hat Ihre Familie heute Morgen zu den Warrens getrieben, oder?«

»Stimmt.« Hunter lachte wieder.

»Da es einige Unwägbarkeiten zu bedenken gibt, sollten Sie nachts einen Wachtposten aufstellen.«

»Das habe ich vor. Aber darum müssen Sie sich nicht sorgen.«

Nachdem sie an diesem Morgen halb krank vor Angst gewesen war, ärgerte sie sich über den Einwand. »Seien Sie nicht so dickfellig! Natürlich sorge ich mich! Ich arbeite hier!«

»Habe ich nicht gesagt, ich würde Sie beschützen? Dachten Sie, das hätte ich nicht ernst gemeint?«

»Wissen Sie, was ich denke, Mr. Callahan? Sie kümmern sich zu sehr um mich, und ich bin nicht Ihr Schützling.«

»Wollen Sie es wirklich nicht sein?«

Weil er fast flüsterte, war Tiffany nicht sicher, ob sie ihn richtig verstanden hatte. Aber sie entsann sich, warum sie ihn nicht anschaute. Heißes Blut stieg ihr ins Gesicht. Mit einem halb nackten Mann – allein in einem Zimmer … Sie hätte sofort hinauslaufen müssen und ihre Fragen erst stellen dürfen, wenn er angezogen war. Jetzt glaubte er womöglich, sein ungehöriger Zustand würde sie nicht stören.

»In ein paar Minuten bin ich hier fertig«, erklärte sie etwas verspätet. »Wenn Sie draußen warten würden …«

»Worauf?«

»Bis ich meine Arbeit erledigt habe.«

»Was für eine dumme Idee, Rotschopf! Das ist mein Zimmer. Und ich brauche meine Kleider.«

Sie drehte sich um. »Dann komme ich später zurück …«

Mehr konnte sie nicht sagen, denn jetzt stand er direkt vor ihr – so nahe, dass ihr ein Zusammenprall gedroht hätte, wäre sie nicht instinktiv zurückgewichen. Zu schnell. Sie stieß gegen das Bett, verlor das Gleichgewicht und fiel nach hinten.

Herausfordernd verzogen sich Hunters Lippen zu einem Grinsen. »Wenn Sie's so meinen …«

Tiffany hob abwehrend beide Hände – eine schwache Verteidigung, die ihn nicht zurückhielt. Langsam neigte er sich herab und sank gegen ihre Hände. Die zog sie sofort zurück, als hätte sie sich verbrannt. So entstand der Eindruck, sie würde seine Brust liebkosen. Da beugte er sich tiefer zu ihr herunter.

»Sicher ist's nicht ratsam, Sie zu küssen. Wahrscheinlich muss ich's bis zum Ende meines Lebens bereuen, weil ich das nicht vergessen werde. Und wie ist es mit Ihnen?«

Aus Tiffanys Kehle entrang sich kein Wort – nur ein Stöhnen, als seine Lippen die ihren wirklich und wahrhaftig berührten. Rasch drehte sie den Kopf zur Seite, um ihm auszuweichen. Aber sein Mund folgte ihrem und erzeugte prickelnde Gefühle in ihrem ganzen Körper.

Immer schneller pochte ihr Herz. »Hunter …«

»Wenn du meinen Namen flüsterst, werde ich fast verrückt. Wie machst du das nur, Jenny?«

An ihrer Wange spürte sie seinen heißen Atem. Um ihren Mund zu seinem zu lenken, legte er eine Hand unter ihren Kopf. Ein so sanfter Kuss … Aber was er ihr antat, war *nicht* sanft. In ihrem Innern schien ein Wirbelsturm zu toben, an Stellen, die sich gar nicht in der Nähe ihrer Lippen befanden – ein Drang entstand in ihr, der nicht zu ihrem Wesen passte! Sie wollte die Arme um Hunters Hals schlingen, ihn ganz zu sich herabziehen … Und da merkte sie, in welche Schwierigkeiten sie geriet. »Wenn Sie mich nicht sofort loslassen, schlage ich Sie!«

Seufzend glitt er von ihr herab. »Und ich dachte, das kalte Wasser wäre unten im Bad geblieben.«

Sie antwortete nicht und schloss die Augen, bis sie vom Bett gestiegen war. Dann tat sie, was sie schon viel früher hätte tun müssen – sie stürmte aus dem Zimmer.

Kapitel 30

Wütend kehrte Tiffany zur Küche zurück. Nicht nur *eine* Tür knallte sie unterwegs zu, auch die Herdklappe, nachdem sie die Brotlaibe für das Dinner in den Backofen geschoben hatte. Gewiss, das war Hunters Haus, und er mochte daran gewöhnt sein, nach einem Bad fast nackt herumzulaufen. Aber, o Gott, *sie* war es *nicht*! Jetzt wurde die Küche von einer Frau geleitet, nicht mehr von Old Ed, der bei einem solchen Spektakel wahrscheinlich nicht einmal mit der Wimper gezuckt hatte. In Zukunft musste sie auf ein paar Hausregeln bestehen. Nie wieder durfte Hunter das Bad verlassen, nur mit einem Handtuch bekleidet. Und er durfte sie nie wieder küssen! Was sie am allermeisten erzürnte – sie hatte es geschehen lassen, statt ihn *sofort* abzuwehren. Dann hätte er nichts erzwungen, das wusste sie. Für ihn war das alles nur ein Spiel, die Hänseleien, die anzüglichen Kommentare, sogar die neckischen Küsse …

Zudem hegte sie den Verdacht, die Suche nach Kleidern wäre nur ein Vorwand für die Zurschaustellung seiner nackten Haut gewesen. Ja, zweifellos hatte er ihr seine Muskeln zeigen wollen. Hatte er nicht erwähnt, er habe sich gefragt, wo sie sein mochte? Weil er geglaubt hatte, sie würde ihn in der Küche erwarten und anstarren! Bildete er sich wirklich ein, sie würde sich in seine Arme werfen – unfähig, seiner hinreißenden Nacktheit zu widerstehen?

Auf dem Küchenboden bezeugten keine Schlammspuren, dass Hunter schmutzig gewesen wäre. Sie spähte ins Bad. Nun gut, der Kleiderhaufen in der Ecke sah ziemlich verdreckt aus. Keine Stiefel. War er so rücksichtsvoll gewesen, sie vor der Hintertür auszuziehen, um den Boden nicht zu beschmutzen? Tiffany öffnete die Tür und schaute hinaus. Tatsächlich, die schlammigen Stiefel. Und das Schweinchen wälzte sich ekstatisch darauf herum. Wenigstens *ein* Geschöpf, das hier gut gelaunt war …

Sie verdrehte die Augen und hob das schmutzige Ferkel hoch, hielt es möglichst weit von ihrem Körper weg, trug es in die Küche und legte es ins Spülbecken. Als sie es mit Wasser übergoss, quiekte es, dann ließ es sich waschen. »Das gefällt dir, was? Aber es soll nicht zur Gewohnheit werden«, mahnte sie. Nachdem sie das Tierchen mit einem Geschirrtuch abgetrocknet hatte, trug sie es vor die Küchentür und schubste es in Richtung Schweinestall. Wieder einmal hatte es ihre Stimmung verbessert, der Zorn war verflogen, würde aber zweifellos zurückkehren, sobald sie Hunter erneut begegnete.

Früher als vermutet … Wie lange er schon in der Tür zum Flur stand und Tiffany beobachtete, wusste sie nicht. Jedenfalls musste er gesehen haben, dass sie das Schweinchen aus der Küche getragen hatte.

»Besuch von unserem Dinner?«, fragte er lächelnd.

»Denken Sie nicht einmal dran.«

Hunter hob die Brauen. »Haben Sie sich etwa mit einem Schwein angefreundet, Rotschopf?«

Welch eine absurde Frage … Herausfordernd reckte sie das Kinn. »Und wenn's so wäre?«

»Ein kühles, reserviertes Mädchen aus dem Osten, immer

etepetete, schließt ein Tier, das mal über sechshundert Pfund wiegen wird, ins Herz …«

Bei diesem Gedanken brach er in schallendes Gelächter aus, das fast ansteckend wirkte. Und so ärgerte sie sich nur kurz über seinen Spott. Dieser Mann besaß eine unbändige Lebensfreude und gewann auch banalen Kleinigkeiten komische Seiten ab. Doch sie schaute ihn zu lange an. Irgendwie kehrte das Bild seiner nackten breiten Brust in ihre Fantasie zurück – und die Erinnerung an all das, was in seinem Zimmer geschehen war.

Hastig senkte sie die Lider, eilte zum Herd und rührte so heftig in der Suppe, dass ein bisschen Brühe über den Rand des Topfs schwappte. Das Lachen war verstummt. Plötzlich stand Hunter neben ihr – nur um sich eine Tasse Kaffee einzuschenken. Damit ging er nicht davon, nachdem er die Kanne auf den Herd zurückgestellt hatte.

Sie sah ihn nicht an, spürte aber seinen Blick. Warum machte er sie immer so nervös? War es überhaupt Nervosität, was sie empfand? Was es auch sein mochte, es beunruhigte sie zusehends, und ihr Puls pochte schneller.

Wenn sie zu reden begann, ließ sich die Vision seiner nackten Brust vielleicht verdrängen. »Wieso sind Sie schmutzig geworden?«

»Caleb, einer unserer älteren Cowoys, fing in der Nähe seines Cottage eine wilden Mustang. Den Mann kennen Sie noch nicht, weil er nicht zu Ihrer Putzkolonne gehört. Wir beschäftigen nur wenige verheiratete Cowboys. Für die paar, die im Ehehafen gelandet sind und hierbleiben wollten, haben wir kleine Häuser an der Nordseite unseres Ranchgebiets gebaut. Einer davon ist Caleb. Jederzeit müsste sein zweites Kind zur Welt kommen … Also, heute fing er diesen Mustang, und es fiel mir furchtbar schwer, den zuzureiten. Dafür hätte sich Caleb einen besseren Tag aussuchen können, ohne verregneten Morgen. Sicher wusste er, das Biest würde mich mehrmals abwerfen, bevor es sich geschlagen gab.«

»Und warum haben Sie sich darauf eingelassen?«

»Weil ich Sam Warrens Rekord brechen will«, erklärte Hunter grinsend.

Als er ihren Bruder erwähnte, schluckte sie. »Welchen Rekord?«

»Vor ein paar Jahren forderte Sam mich in der Stadt zu einem Wettkampf auf. Dabei ging's darum, wer wilde Pferde schneller zureiten konnte. Er brachte vier Mustangs, die er gefangen hatte, nach Nashart und schlug vor, der Sheriff sollte anhand seiner Uhr feststellen, wem es am schnellsten gelang. Keiner unserer Familien trauten wir ein unparteiisches Urteil zu. Wer's mit zwei von drei Pferden schaffte, sollte zum Sieger ernannt werden. Natürlich hätte ich wissen müssen, dass ich den Wettbewerb verliere, weil Sam alle sechs Mustangs gefangen hatte. Wie ich erst später erfuhr, ritt er diese Tiere seit Jahren zu. Nur zum Vergnügen. Also ist er verdammt gut.«

Jetzt erinnerte sich Tiffany – von diesem ungewöhnlichen Hobby hatte Sam ihr erzählt. Er folgte den Spuren der Mustangherden und genoss die besondere Herausforderung, eine Stute einzufangen, ohne den Leithengst zu alarmieren. Oder er rettete junge Mustangs, bevor der Leithengst sie bekämpfte oder verscheuchte.

Was Hunter soeben über jenen Wettkampf erzählt hatte, klang wie ein Spaß, den sich ihr Bruder ausgedacht hatte. Aus einem ähnliche Grund hatte Zachary den Warrens die Haushälterin gestohlen. Also spielten die zwei Familien einander gern Streiche. Auf Tiffany wirkte das nicht wie eine mörderische Fehde. Spitzte sich die Situation erst jetzt zu, weil der geplante Hochzeitstermin näher rückte und ihren Brüdern missfiel? Sollte ausgerechnet die Ursache des Waffenstillstands nach all den Jahren den Frieden gefährden?

Aber sie vergaß das Wasser – das verdammte Wasser, den immerwährenden Streitpunkt. Und wie wütend die Callahans an diesem Morgen zu den Warrens geritten waren. *Nein, es ist nicht vorbei. Und es ist nicht harmlos.*

»Wenn Sie glauben, Sie könnten Sams Rekord brechen – werden Sie ihm dann einen neuen Wettbewerb vorschlagen?«

»Das hängt davon ab, was dieses Jahr geschehen wird. Vielleicht kommt es zu einer anderen Herausforderung.«

Als Tiffany sah, wie Hunter die Waffe an seiner Hüfte berührte, presste sie atemlos eine Hand auf die Brust. Meinte er eine Schießerei? *Mit ihrem Bruder?*

Kapitel 31

Sorgen Sie sich um mich, Rotschopf? Nicht nötig. Wie gut sich mit meinen Fäusten umgehen kann, haben Sie doch gesehen. Vielleicht ist Sam fast so groß und reaktionsschnell wie ich, aber schrecklich dünn. Deshalb braucht's nur einen gut gezielten Schlag, und er fällt bewusstlos um.«

Tiffany atmete auf. Fäuste. Keine Schusswaffen. Wahrscheinlich hatte er nur aus reiner Gewohnheit seine Hand auf den Revolver gelegt. Jetzt war es ihr peinlich, dass er sie so entsetzt gesehen hatte und glaubte, ihre Angst würde ihm gelten. »Ich war nicht besorgt. Aber ich verabscheue Gewalt in jeder Form.« Dann fauchte sie: »Wenn Sie Sam Warrens Schwester nicht heiraten wollen, sollten Sie's Ihrem Vater sagen.«

Langsam musterte er sie von oben bis unten und grinste. »Ja, vermutlich.«

O Gott, er würde ihren Rat aus den falschen Gründen befolgen. Weil er sich zu *ihr* hingezogen fühlte. Damit würde die Fehde nicht enden, aber der Waffenstillstand!

»Tut mir leid«, beteuerte sie, »es steht mir nicht zu, Ihnen so etwas zu empfehlen. Aber bevor Sie es überstürzen, müssten Sie erst mal Frieden mit den Warrens schließen.«

»Das wird nicht möglich sein«, sagte er verächtlich. »Und Sie haben recht, das alles geht Sie nichts an. Warum erörtern wir das Thema?«

»Das werden wir in Zukunft bleiben lassen«, erwiderte sie kühl. »Besprechen wir lieber Ihren mangelnden Anstand. Vielleicht sollte man im Badezimmer ein paar Wandhaken anbringen, damit die Männer ihre Bademäntel aufhängen können.«

Lachend schüttelte er den Kopf. »Ich besitze keinen.«

»Dann kaufen Sie einen.«

»Und warum sollten wir unsere Gewohnheiten ändern?«

War sie unvernünftig, weil sie ein so schlichtes Anliegen äußerte? Ja, weil sie sich wieder einmal wie Tiffany benahm, nicht wie Jennifer. Die würde niemals so etwas von ihren Arbeitgebern verlangen. Nun sah sie sich zu einem Kompromiss gezwungen. »Am besten verlasse ich einfach das Haus, während die Männer baden, und bleibe draußen, bis sie fertig sind.«

»Wieso ist das ein Problem für Sie?«

»Scherzen Sie? Es schickt sich nicht, nackt herumzulaufen …«

»Ich war nicht nackt. Beklagen Sie sich über eine nackte Brust? Wenn ein Mann nichts dabei findet, an einem heißen Tag sein Hemd auszuziehen?«

»Wo ich herkomme …«

»Hier geht es anders zu. In Wirklichkeit regen Sie sich über den Kuss auf, nicht wahr? Sie glauben, Sie wären Ihrem fernen Verlobten untreu geworden. Oder fragen Sie sich, ob Sie den Falschen gewählt haben und hier was Besseres finden könnten?«

Tiffany würdigte ihn keiner Antwort. Aber das war ohnehin nur eine neue Hänselei, denn jetzt änderte er seine Taktik, schnüffelte und schaute zum Herd hinüber.

»Muss ich heute wieder in der Stadt essen?«

»Das Dinner ist noch nicht fertig«, murmelte sie.

Endlich verließ er die Küche.

Dass er vielleicht woanders essen würde, kränkte Tiffany. Sie setzte große Hoffnungen in die Suppe, die inzwischen dicker geworden war. Warum hatte Hunter angedeutet, die Brühe wäre ungenießbar? Sie seufzte. Kein Aroma. Das musste er gemeint haben.

In dem Rezept wurden zwei Gewürze verlangt. Die hatte sie weggelassen, weil sie sich nicht damit auskannte und keinen Fehler machen wollte. Nun beschloss sie, eines der Gewürze hinzuzufügen, und warf eine Handvoll in den Topf. Dann kostete sie die Suppe und biss in etwas, das ihr Tränen in die Augen trieb. Zu würzig, viel zu scharf! Während sie alle Pfefferkörner aus der Brühe fischte, vergaß sie, auf die Uhr zu schauen.

Erst als Cole in der Tür erschien, merkte sie, wie spät es geworden war. »Ist das Dinner noch nicht fertig?«

Zum Glück hatte Andrew die Suppenteller auf den Esstisch gestellt und Löffel dazu gelegt, bevor er ins Bunkhaus gegangen war. Aber das Brot lag noch im Ofen! Das hatte sie vergessen. Voller Angst, wie es aussehen mochte, öffnete sie die Backofenkappe, kniff die Augen zusammen und seufzte erleichtert. Die Kruste war etwas dunkler, als sie es wünschte. Ansonsten war alles in Ordnung. Sie nahm die sechs Laibe heraus, legte drei in einen Korb und trug ihn zusammen mit einem Butterteller in den Speiseraum. Dort saßen alle fünf Männer am Tisch und warteten – Hunter, seine Brüder, Zachary, sogar Degan. Als sie hörte, worüber sie sprachen, verlangsamte sie ihre Schritte.

»Und du hast Frank geglaubt?«, fragte John seinen Vater.

»Ja, das habe ich euch doch gesagt. So was ist nicht sein Stil.«

»Und was meinte er, nachdem du ihm erzählt hattest, Miss Fleming würde für uns arbeiten?« Grinsend wandte Cole sich zu Tiffany um, und seine Brüder folgten seinem Blick. Alle drei freuten sich sichtlich über den Streich, den sie ihrem Vater gespielt hatten. Mit ihrer Hilfe.

Aber Zacharys Antwort verblüffte sie. »Erst mal habe ich gewartet und gefragt, ob er mit seiner neuen Haushälterin zufrieden sei. Da wand er sich und murmelte, die sei noch nicht angekommen. Beinahe musste ich lachen. Dann wollte ich ihm die Wahrheit sagen, doch er erklärte, auch die Ankunft seiner Tochter würde sich verzögern. Er versuchte gar nicht erst, seine Enttäuschung zu verbergen, und plötzlich tat er mir fast leid. Sie hat sich auf der Reise von New York City hierher den Fußknöchel verstaucht. Nun bleibt sie in Chicago, bis sie sich erholt hat.«

Unwillkürlich schaute Tiffany auf ihre Füße hinab und krümmte die Zehen.

»Diese Verzögerung könnte ihm Zeit geben, eine andere Haushälterin zu engagieren, bevor seine Tochter eintrifft«, fuhr Zachary fort. »Dazu könnte er sich zu früh entschließen, wenn ich ihm reinen Wein einschenke. Deshalb will ich mit meinem Geständnis warten, bis die Ankunft seiner Tochter absehbar ist.«

Zu ihrer eigenen Überraschung meldete sich ihr Gewissen, weil sie all die Männer hinterging. Aber nur, bis John spottete: »Die muss ja furchtbar zimperlich sein, wenn sie wegen einer harmlosen Verstauchung ihre Reise unterbricht.«

Empört runzelte sie die Stirn und ärgerte sich noch mehr, als Hunter das Wort ergriff. »Jede Verzögerung kommt mir gelegen. Aber was erwartet ihr von einer jungen Dame aus dem Osten? Wahrscheinlich wird sie ohnmächtig, wenn sie sich in den Finger sticht.«

Tiffany starrte ihn entgeistert an, doch das merkte er nicht, weil er seinem Vater zuhörte.

»Sei bloß nett zu ihr!«, mahnte Zachary. »Heute hat Frank eigens betont, sie würde sich freuen, dich kennenzulernen. Und sie bringt ein wunderbares Brautkleid mit. Ich fürchte mich schon davor, es deiner Ma zu verraten. Sicher wird sie sich aufregen, weil du noch keinen schönen Anzug für die Hochzeit gekauft hast.«

Vor lauter Wut hätte Tiffany fast den Brotkorb und den Butterteller auf den Tisch geknallt. Welche Lügengeschichten verbreitete ihr Vater? Niemals würde Rose ihm erzählen, ihre Tochter würde sich auf die Begegnung mit Hunter freuen! Und hier gab es kein Brautkleid! Damit wollte sie nichts zu tun haben. Trotzdem hatte Rose eins anfertigen lassen. Aber Tiffany hatte Anna verboten, es einzupacken. Zu schade … Hätte sie es mitgenommen, wäre es jetzt eine Beute der Räuber. Sie wandte sich ab, um den Suppentopf und eine Kelle aus der Küche zu holen. Sollten sie sich selbst bedienen und froh sein, wenn sie ihnen die heiße Brühe nicht über die Köpfe goss!

»He!«, rief John ihr nach.

Widerstrebend drehte sie sich um und sah, wie er einen Brotlaib hochhob und ihr die schwarze Unterseite zeigte. Hunter klopfte grinsend mit seinem Fingerknöchel auf einen anderen Laib. Hart wie Stein, genauso klang das.

Anklagend schaute sie Zachary an. »Habe ich Sie nicht gewarnt? Ich bin keine Köchin!«

»Aber Sie sind eine Frau«, konterte er gelassen. »Alle Frauen können kochen. Sie sind einfach nur nervös, das ist verständlich. Bei der nächsten Mahlzeit werden Sie's besser machen.«

Tiffany schluckte krampfhaft. Irgendwie gelang es ihr, nicht zu weinen, obwohl sich Verzweiflung in ihren Zorn mischte. Sie lief in die Küche und holte die Suppe. Als sie den schweren Topf zum Esstisch trug, ließ sie ihn fast fallen. Hunter grinste immer noch. Amüsierten ihn ihre Fehlschläge? Jetzt richtete sich ihre Wut gegen sich selbst, weil sie geglaubt hatte, sie könnte in so kurzer Zeit kochen lernen. Dafür brauchte man eine gewisse Übung. Und sie war dazu erzogen worden, sich modisch zu kleiden, höfliche Konversation mit Leuten aus ihrer eigenen Gesellschaftsschicht zu machen und sich damenhaft zu benehmen. Bedrückt ergriff sie einen Brotlaib und schlug ihn mehrmals gegen eine Tischkante, bis er auseinanderbrach. Dann löste sie ein paar Stücke aus der steinharten Kruste und warf sie in die Suppe.

»Jetzt verstehen wir, wie Sie sich's vorgestellt haben«, witzelte Cole. »Ertränken Sie sie nicht das ganze Brot, damit noch was für die Butter übrig bleibt.«

»Lassen Sie sich nicht entmutigen«, versuchte Degan sie zu trösten. »Lesen Sie Ihr Kochbuch. Bald werden Sie's hinkriegen.«

Weil Sie eine Frau sind, hätte er hinzufügen müssen. Sicher dachte er das. Was für eine seltsame Logik … Bisher hatte sie nur herausgefunden, dass man einige Tischmanieren vergessen musste, um ein verkohltes Brot zu retten.

Bevor sie in die Küche flüchten könnte, fragte Zachary: »Das ist nur der erste Gang, nicht wahr? Was werden Sie danach servieren?«

Der erste Gang? Erst jetzt begann sie zu weinen.

Kapitel 32

Wie sich herausstellte, war die Suppe gar nicht so übel – nicht besonders schmackhaft, aber sättigend. Hunter, Cole und Degan nahmen sich sogar ein zweites Mal. Und so wurde Tiffany in dieser Nacht weder von Zorn, noch von Enttäuschung um den Schlaf gebracht. Aber sie musste unentwegt an Hunter denken, der fast nackt, nur mit einem Handtuch um die Hüften, in seinem Zimmer gestanden hatte. Dieses Bild – nasses Haar, eine feucht schimmernde, muskulöse Brust, lange, kraftvolle Beine – ließ sich nicht aus ihrer Fantasie verdrängen.

Noch nie war ihr ein attraktiverer Mann begegnet. Und in seiner Nähe spürte sie ständig dieses sonderbare Flattern im Magen und wurde nervös – nein, eigentlich nicht nervös, sie nahm nur alles ringsum viel intensiver wahr. Und sein Lächeln – o Gott, er sah einfach zu gut aus. Sie *wollte sich nicht* zu ihm hingezogen fühlen. Aber wie sollte sie dieses Gefühl bekämpfen? An ihrem Entschluss änderte es nichts, sie wollte ihn noch immer nicht heiraten. Schießereien, Outlaws, unerträglicher Staub, zu wenige Dienstboten? Und ihre Mutter nie wiedersehen? Nein!

Außerdem würde Hunter sie nicht mögen, wenn er erfuhr, wer sie wirklich war, wenn er sah, wie sie sich normalerweise benahm, welch ein Leben sie führte. Sie erinnerte sich, wie verächtlich die Callahan-Brüder beim Dinner über Tiffany Warren gesprochen hatten. Hunter mochte praktisch veranlagte Frauen wie Pearl und Jennifer. Schade, dass sie ihre Zeit auf dieser Ranch nicht genießen und ein bisschen mehr wie Jennifer sein konnte … Würde Miss Fleming der Anziehungskraft eines fast nackten Hunters widerstehen? Die *echte* Haushälterin wäre wohl kaum vor dem Kuss weggelaufen, der so betörende Gefühle entfesselt hatte …

Heiliger Himmel, jetzt bewegten sich ihre Gedanken in eine gefährliche Richtung. Um ihr albernes Gehirn unter Kontrolle zu bringen, stellte sie sich Kühe vor, die über Zäune sprangen, zählte sie, und dabei schlief sie schließlich ein. Nicht für lange. Irgendwann, ein bisschen später, wurde sie von einem Geräusch geweckt … Nein, kein Geräusch, eine Flüsterstimme, direkt neben ihrem Bett!

»Miss Fleming, ich will Ihnen helfen. Bitte, Miss Fleming, wachen Sie auf.«

Wahrscheinlich hätte sie sofort geschrien, wäre sie nicht vom Schlaf leicht benommen gewesen. Jemand kniete neben dem Bett. Wegen der Hilfe, die er anbot, vermutete sie, ein neues Feuer wäre ausgebrochen, und einer der Callahans wollte sie aus dem Haus bringen. Aber warum flüsterte er?

»Was ist passiert? Wer sind Sie?«, wisperte sie argwöhnisch und versuchte im Dunkel, das Gesicht des Mannes zu erkennen.

»Sam Warren, Ma'am.«

Um Gottes willen … Sekundenlang blieb ihr die Luft weg. Ihr ältester Bruder – in ihrem Zimmer! Wie hatte er sie gefunden? Sie wollte ihn umarmen … Nein, unmöglich, er hielt sie für Miss Fleming. Also wusste er nicht, dass sie seine Schwester war.

»Endlich habe ich's rausgefunden«, murmelte er. »Die junge Frau im Sal's mussten *Sie* sein. Ich sah Sie nur von hinten. Aber Ihr Kleid gab mir zu denken. So zieht sich hier niemand an. Und ich hatte den Eindruck, Sie wären gewaltsam aus dem Restaurant bugsiert worden. Typisch für die Callahans! Unsere Haushälterin zu entführen! Aber jetzt bin ich da und helfe Ihnen.«

Bei jedem seiner Worte wuchs ihr Wunsch, ihn zu umarmen. Er wollte sie retten! Wie lieb von ihm! Wenn sie ihn belog und wegschickte, würde sie danach sicher weinen …

»Werden Sie hier gefangen gehalten, Miss? Weil alle Haustüren versperrt sind, habe ich befürchtet, auch Ihr Zimmer wäre verschlossen. Und der Wachtposten, der draußen herumgeht, soll sicher Ihre Flucht verhindern.«

»Nein, er bewacht das Haus, weil jemand gestern Nacht Feuer gelegt hat.«

»Davon habe ich gehört. Aber ich schwöre Ihnen, damit hat meine Familie nichts zu tun.«

»Wie sind Sie an dem Wachtposten vorbeigekommen?«

Weil seine Stimme so stolz klang, glaubte Tiffany, er würde grinsen. »Das ist mir gelungen, weil ich mich blitzschnell bewegen kann. Ich ließ mein Pferd bei den Bäumen stehen und schlich näher heran. Dann rannte ich zur Hintertür, fand sie verschlossen und versteckte mich im Schatten. Als der Wächter um die Ecke bog, stürmte ich zur Vorderseite und kletterte aufs Verandadach. Im ersten Stock sind die Fenster geöffnet, auch eins am Ende des Flurs, an dem Ihr Zimmer liegt. Zum Glück ist die Nacht so dunkel, dass der Wachtposten mit einer Laterne patrouilliert und leicht zu sehen ist.«

»Wenn die Callahans Sie hier finden, werden sie glauben,

Sie hätten das Haus niederbrennen wollen und wären zurückgekommen, um es noch mal versuchen.«

»Nein, mein Pa hat Zachary versichert, so was würden wir nie tun.«

»Und wieso wussten Sie, wo ich schlafe? Sicher haben Sie nicht in alle Zimmer geschaut.«

»Natürlich nicht. Ich sah Sie am Fenster, bevor Sie das Licht ausmachten. Außerdem sind meine Brüder und ich heimlich hier rumgeschlichen, als wir noch jünger waren, und haben den Callahans nachspioniert.« Sam lachte leise. »Deshalb weiß ich, wer in welchem Zimmer schläft.«

Tiffany verdrehte die Augen. Das konnte er wegen der mondlosen Nacht, in der sich neue Regenwolken ballten, nicht sehen. Dann nahm sie ihre ganze Willenskraft zusammen, um ihn wegzuschicken. »Bitte, Sie müssen gehen, Mr. Warren. Ich bin freiwillig hier. Dafür schäme ich mich, aber ich wurde wegen des Geldes schwach. Die Callahans boten mir ein unglaublich hohes Gehalt an. Und es war mir zu peinlich, das Ihrem Vater zu erklären.«

»Wenn's nur um Geld geht, kriegen Sie bei uns noch mehr.«

»Nein«, seufzte sie, »so ein Hin und Her wäre mir unangenehm.«

»Das verstehen Sie nicht. Die Callahans wollten uns nur eins auswischen. Aber wir brauchen Sie wirklich. Bald kommt meine Schwester zu uns. Zum ersten Mal, seit sie ein kleines Kind war. Und Sie wurden engagiert, damit sie sich heimisch fühlt. Sie ist an Butler und Haushälterinnern und unzählige Dienstboten gewöhnt. Für meinen Vater ist es sehr wichtig, dass es ihr bei uns gefällt.«

Und da flossen die Tränen. Inständig hoffte sie, Sam würde ihr Schnüffeln nicht hören. Keine Chance. Als er ein

Streichholz anzündete, schnappte sie erschrocken nach Luft und zerrte die Decke über ihrem Kopf. Doch nicht schnell genug.

»Tiffany! Was zum Teufel …«

Kapitel 33

Langsam zog sie die Decke hinab. Sam starrte sie ungläubig an, bis das Streichholz seine Finger zu verbrennen drohte. Da schüttelte er es aus und ließ es fallen, zündete noch eins an und auch die Lampe auf dem Nachttisch.

Tiffany ignorierte seine gerunzelte Stirn und tat, wonach sie ich gesehnt hatte, seit sie erwacht war – sie schlang die Arme um seinen Hals. »Ich kann's erklären«, flüsterte sie.

Aber er schob sie von sich. Trotzdem war sie glücklich über das Wiedersehen nach so vielen Jahren. Blond, mit grünen Augen, und jetzt so hübsch. Vor langer Zeit hatte sie ihn gefragt, warum er nicht so aussah wie sie. Voller Stolz hatte er geantwortet, er würde seinem Pa gleichen. An jenem Tag hatte sie alles über den Vater wissen wollen und Sam kindisch beneidet, weil er Frank ähnelte und sie nicht.

Nun verdüsterte sich seine Miene. »Also wurdest du tatsächlich entführt. Warum hast du's nicht gesagt?«

»Weil es nicht stimmt. Genauso wie du hielten die Callahans mich für Jennifer Fleming. Und sie glaubten mir, als ich sagte, ich würde wegen des Geldes für sie arbeiten.«

»Wieso hast du ihnen die Wahrheit verschwiegen?«

»Ich *wollte* hier sein.«

»Tiff...«

»Setz dich.« Sie klopfte auf den Bettrand. »Bitte, hör mir

zu. Ich wollte gar nicht nach Montana fahren und keinesfalls einen Cowboy heiraten. Aber Mama hatte die Verlobung arrangiert. Obwohl sie mich nicht zu der Heirat zwingt, nahm sie mir das Versprechen ab, zwei Monate in dieser Gegend zu verbringen und Hunter eine Chance zu geben. Und ich fand, es wäre am besten, wenn ich ihn in seinem Haus taxiere.«

»Meine Brüder und ich wollen auch nicht, dass du Hunter heiratest. Das haben unsere und seine Eltern ausgedacht, um den Waffenstillstand zu sichern. Lächerlich! Wir können auf uns selbst aufpassen und die Callahans verdammt noch mal jeden Tag in den Hintern treten.« Verächtlich schüttelte Sam den Kopf und lachte. »Das wissen sie. Deshalb haben sie einen berüchtigten Revolverschwinger wie Degan Grant engagiert, der sie beschützen soll. Den hat der alte Zachary sogar heute Morgen mitgeschleppt, als er bei uns aufgekreuzt ist, um uns der Brandstiftung zu bezichtigen. Vor bezahlten Killertypen fürchten wir uns nicht, Tiff.«

Mit seinem übertriebenen Selbstbewusstsein erschreckte er sie. »Das solltet ihr aber! Der Mann ist gefährlich.«

»Vergiss ihn! Du ahnst nicht, wie sehr wir uns alle auf deine Ankunft gefreut haben! Und jetzt finde ich dich *hier!*«

Bedrückt zuckte sie zusammen. »Auch ich habe mich nach euch gesehnt. Aber noch mehr …« Sie verstumme. Ihre Gefühle für den Vater, die Angst vor einer Begegnung, konnte sie Sam nicht anvertrauen. Das würde er nicht verstehen, weil er Frank liebte.

»Was meinst du?«, fragte er.

»Obwohl ich erst seit ein paar Tagen hier bin, hat es mir genügt, um zu wissen, dass das kein Leben für mich ist.«

»Nur ein paar Tage? Das bedeutet gar nichts. Außerdem …«

Plötzlich schien ihm etwas einzufallen. »Diese Tage hast du als *Dienstbotin* verbracht. Natürlich findest du es furchtbar.«

»Die Pflichten einer Haushälterin halten sich in Grenzen«, erwiderte sie lächelnd. Ihre Erlebnisse in der Küche würde sie nicht erwähnen. »Und ich meine diese Gegend. Im Zug geriet ich in einen Überfall von Räubern, hörte Schüsse krachen und musste mit ansehen, wie Leichen aus den Waggons getragen wurden. Dabei verlor ich den Großteil meines Gepäcks. In Nashart konnte ich beobachten, wie jemand einen Revolver auf Hunters Rücken richtete … Das ist mehr als genug. Vielleicht gehört so was zu *deinem* Leben. Zu *meinem* nicht.«

Sam seufzte. »Klar, ich verstehe, was du meinst, Tiff. Jedes Mal, wenn wir Ma und dich in New York besuchten, fühlten wir uns völlig fehl am Platz. Da passten wir nicht hin. Nur Roy, der besonders oft bei euch war … Weißt du, was er nach seinem letzten Besuch sagte? Er würde die Großstadt immer mehr vermissen, und man würde einfach nur Zeit brauchen, um sich an eine neue Umgebung zu gewöhnen.«

»Einem Mann fällt es wahrscheinlich leichter. Aber ich sehe überall nur Gewalt.«

»Da hattest du eben Pech. Manchmal hören wir monatelang keinen einzigen Schuss. Und wenn doch, erschießt jemand eine Schlange.« Tiffany schnitt eine Grimasse, und Sam fuhr rasch fort: »Glaub mir, die Outlaws sind eine aussterbende Spezies. Heutzutage werden sie von US-Marshalls gejagt. Dank der Eisenbahn wird es hier mit jedem Jahr legaler zugehen.«

Sie tätschelte seine Hand. Was er auch sagen mochte – was sie gesehen hatte, konnte er nicht ändern. Und was sein *würde*, traf *jetzt* noch nicht zu.

Offenbar erriet er ihre Gedanken, denn er stöhnte enttäuscht. »Du solltest zu uns nach Hause kommen, Tiff. Dort wird es dir gefallen. Wir könnten reiten und angeln, und wir zeigen dir die Berge. Da wirst du sehen, wie es *wirklich* hier ist. Pa sehnt sich so nach dir.« Skeptisch runzelte sie die Stirn, was er missverstand. »Klar, er will dich mit einem Callahan verheiraten. Aber keine Bange, das werden wir verhindern. Und vielleicht wird Ma uns mal besuchen, wenn du ihr schreibst, wie wohl du dich hier fühlst.«

Anscheinend erwarteten ihre Brüder zu viel von Tiffanys Aufenthalt, wenn sie hofften, sie könnte ihre Mutter zu einer Reise nach Montana bewegen. Plötzlich wurde Tiffany von neuem Zorn gegen die Eltern und deren Geheimnisse erfasst. Die seltsame Beziehung zwischen den beiden verletzte ihre Söhne immer noch, obwohl sie jetzt erwachsene Männer waren.

Doch sie erwähnte ihren Groll nicht und fragte: »Warum seid ihr in den letzten fünf Jahren nicht mehr zu uns nach New York gefahren?«

Erstaunt hob er die Brauen. »Habe ich das in meinen Briefen nicht erwähnt? Wir mussten einige Pflichten übernehmen, die Rinder zu den Märkten treiben. Mit dreizehn übernahm ich zum ersten Mal eine Herde. Natürlich wird das Vieh jetzt großteils mit der Bahn verfrachtet, trotzdem gibt es immer noch Städte ohne Bahnverbindung. Dort ist man auf uns angewiesen. Außerdem gingen wir zur Schule. Früher wurden wir von Pa unterrichtet, wenn er Zeit hatte. Dann zog ein richtiger Lehrer nach Nashart, und man baute ein Schulhaus. Pa zwang uns nicht, da mitzumachen, doch er meinte, Ma würde sich drüber freuen. Also taten wir's, jeden verdammten Tag.«

»Ich ging sehr gern zur Schule, du nicht?«

»Klar, der Lernstoff hat uns interessiert. Aber täglich mit

John und Cole Callahan in einem Klassenzimmer zu sitzen, war die Hölle.«

»Oh.« Tiffany musste ihren Lachreiz unterdrücken. Dann merkte sie, dass dieses Thema keineswegs lustig war, obwohl es das eigentlich sein müsste. Ihre Brüder waren nicht mit den normalen Schwierigkeiten einer Kindheit aufgewachsen. In ihrer Nähe hatten echte Feinde gelebt, zumeist älter als sie. Vermutlich hatten sie in Keilereien mit den Callahans stets den Kürzeren gezogen. Wie deprimierend …

»Wie gesagt«, fügte Sam hinzu, »jetzt ändert sich die Situation im Westen sehr schnell. In den letzten zwei Jahren hat sich Nashart verdoppelt.«

So eifrig wollte er ihr Montana schmackhaft machen … Doch das größte Problem schien er zu übersehen.

»Sam, ich muss eine Möglichkeit finden, die Fehde ohne diese unselige Heirat zu beenden. Das dürfte mir hier in diesem Haus eher gelingen. Anscheinend ist Mary Callahan der Schlüssel zu der ganzen Geschichte. Wenn irgendjemand diese Familie zur Vernunft bringen kann, dann ist es Zacharys Frau. Ich brauche nur Zeit, um ihr das klarzumachen. Und ich will mich nicht von Papa zum Traualtar schubsen und zur Hochzeit mit Hunter drängen lassen, nur weil er das Ende der Fehde nicht erwarten kann. Deshalb darfst du ihm nicht verraten, wo ich bin. Und unseren Brüdern auch nicht.«

Entrüstet sprang Sam auf. »Du kannst nicht von mir verlangen, dass ich Pa belüge! Unmöglich!«

»Du musst nicht lügen. Erzähl ihm einfach nichts von unserer Begegnung.«

»Das kommt aufs selbe raus …«

»Bitte, Sam, es geht um *mein* Leben, nicht um deines. Ich brauche Zeit, um einiges herauszufinden. Wenn du irgendwem – einem Warren oder einem Callahan – verrätst, wo ich bin, steige ich in den nächsten Zug nach Hause. Dann gibt es keinen Waffenstillstand mehr. Weißt du, wie es vor dieser Vereinbarung war? Natürlich nicht, dafür bist du zu jung. Aber Mama weiß es. Sie hat hier gelebt und schrecklich unter den Feindseligkeiten gelitten. Davon hat sie mir erzählt.«

»Deshalb ist sie fortgegangen?«, flüsterte er bestürzt.

Tiffany blinzelte. »Weißt du das nicht?«

»Danach habe ich Pa gefragt, sogar Ma. Verstehst du, wie weh es tut, wenn man von den Eltern belogen wird? Beide sind schlechte Lügner. Aber ich brachte es nie übers Herz, die beiden zu bedrängen. Pa schaute immer so traurig drein, und Ma wurde wütend. Nur um ihre Verzweiflung zu überspielen. Verdammt, das ergibt keinen Sinn.«

»Nein.« Entschlossener denn je gelobte sich Tiffany, das Rätsel zu lösen. Sie war kein Kind mehr, hatte genug von den Lügen der Eltern und ein Recht auf die Wahrheit.

Nun musste sie Sam veranlassen, ihrem Plan zuzustimmen. »Wirst du mein Geheimnis hüten?«

Die Lippen zusammengepresst, schien er mit sich zu ringen, und sie hielt den Atem an.

»Meine Brüder und ich hatten gehofft, du würdest Hunter hassen«, erklärte er schließlich, »aber Montana lieben und bei uns leben.«

Mühsam kämpfte sie mit den Tränen und schüttelte den Kopf. »Sam …«

»Es ist nicht richtig, dass du Pa hintergehst und die Haushälterin der Callahans spielt. Denk drüber nach. Trotz allem werde ich den Mund halten. Vorerst.«

Kapitel 34

Nachdem er sich verabschiedet hatte, war Tiffany zu nervös, um im Bett zu bleiben, und schlich aus ihrem Zimmer. Sie hätte Sam begleiten und sich vergewissern sollen, dass er unbemerkt aus dem Haus kam.

Das fiel ihr sicher zu spät ein, und so kehrte sie in ihr Zimmer zurück. Rastlos wanderte sie zwischen ihren beiden Eckfenstern hin und her, sah jedoch nichts außer dem Wachtposten, der mit seiner Laterne patrouillierte.

Plötzlich flammte hinter dem Küchenfenster Licht auf, und Tiffany erschrak. Auch in der Nacht des Feuers hatte sie ein ähnliches Licht gesehen … Wer würde einen neuen Brandanschlag wagen, während das Haus bewacht wurde? War der Wächter eingetreten? O Gott, war Sam erwischt worden? Das musste sie feststellen. Hastig schlüpfte sie in ihren Unterrock und die Reisejacke. Warum hatte sie keinen Morgenmantel bei Mrs. Martin bestellt?

So lächerlich sah sie aus … Doch es war ihr egal. Wenigstens lief sie nicht schon wieder in ihrer Unterwäsche die Treppe hinab.

Als sie in die Küche eilte, wollte Hunter den Raum gerade durch die Hintertür verlassen. Er musste ihre Schritte bemerkt haben, denn er drehte sich um. »Was machen Sie hier unten?«

»Ich habe ein Geräusch gehört.«

»Ja, ich auch. Da war nichts. Gehen Sie ins Bett zurück.« Er schien nicht zu glauben, alles wäre in Ordnung, denn er wirkte angespannt. Und er wollte sich draußen umsehen – wo er womöglich ihrem Bruder begegnen würde … Nun musste sie Hunter aufhalten, damit Sam genug Zeit fand, um zu verschwinden.

Impulsiv durchquerte sie die Küche und schlang ihre Arme um Hunters Hals. »Lassen Sie mich nicht allein!«

Ohne auch nur eine Sekunde zu zögern, drückte er sie an sich. Offensichtlich verwirrte sie ihn. »Was stimmt denn nicht, Rotschopf?«

»Von meinem Fenster aus sah ich das Licht in der Küche. Da dachte ich, es würde wieder brennen …«

Etwas atemlos lachte er. »Vielleicht werden *wir* brennen.« Als sie schluckte, beteuerte er: »Das meine ich nicht wörtlich.« Er führte sie zu einem Küchenstuhl, setzte sich und zog sie auf seinen Schoß.

Einen Arm legte er um ihre Schultern und tätschelte ihren Arm. Er liebkoste sie nicht direkt, doch es könnte dazu kommen. Und sie lehnte an seiner Brust – an seiner nackten Brust. Nur mit einer Hose bekleidet, hatte er die Küche betreten. Jetzt war es Tiffany furchtbar peinlich, wie hemmungslos sie sich ihm an den Hals geworfen hatte – egal aus welchem Grund. Oder wollte sie sich nicht eingestehen, sie hätte sogar einen Vorwand gesucht?

»Erstaunlich, Ihre Angst, Rotschopf. Wo Sie doch gestern so tapfer gewesen sind.«

»Das war etwas anderes.«

»Wieso?«

»Da brannte es schon. Ohne nachzudenken, lief ich hinab und wollte verhindern, dass sich das Feuer ausbreitet.« Als sie tief Luft holte, atmete sie seinen Geruch ein. So gut roch er, nach Leder und Kiefernholz.

»Sie sind mutiger, als Sie glauben«, betonte er. »Aber es gefällt mir, dass sie sich so vertrauensvoll an mich wenden, wenn Sie daran zweifeln.«

Um sein Lächeln zu bemerken, musste sie ihn nicht anschauen. In dieser Nacht fühlte sie sich besonders unbehaglich, weil sie ihn täuschte. Nicht dass sie *keine* Angst verspürt hätte. Sie sorgte sich um ihren Bruder, und sie hoffte inständig, er wäre inzwischen entkommen. Wie auch immer, sie musste *sofort* in ihr Zimmer zurückkehren.

»Sicher wird es noch eine Weile dauern, bis ich nicht mehr bei jedem seltsamen Geräusch oder unerwarteten Licht in diesem Haus erschrecke«, sagte sie lächelnd und rückte von ihm weg.

Ein schwerer Fehler, denn jetzt sah sie, wie attraktiv er war, und hatte es plötzlich nicht mehr eilig, von seinem Schoß aufzustehen. Fasziniert betrachtete sie seine muskulöse nackte Brust, die breiten Schultern, die starken Sehnen an seinem Hals, das markante Gesicht. Seine blauen Augen hielten ihre fest. War das die Glut des Verlangens in seinem Blick? Oder eine Spiegelung des Laternenlichts? Ein atemloser Moment. Wer sie war, wusste er nicht. Und wenn er es wüsste, würde er sie nicht mögen. Aber er mochte Jennifer. Durfte sie in dieser Nacht für eine kleine Weile die richtige Jennifer sein?

»Jenny«, flüsterte er.

Damit schien er ihre stumme Frage zu beantworten und ihr gleichsam zu erlauben zu tun, was sie wollte. Als er sie wieder an sich zog, wehrte sie sich nicht. Nein – sie schlang die Finger in sein langes dunkles Haar, hielt seinen Kopf fest, und sein Mund berührte ihren.

Zunächst war es ein sanfter Kuss, dann presste er seine Zunge an ihre Lippen, bis sie sich teilten. In seinem und ihrem Blut erwachte heiße Leidenschaft, beherrschte beide, minutenlang bekamen sie gar nicht genug voneinander. Hunter strich über Tiffanys Rücken, küsste sie immer hungriger, und sie umklammerte seine Schultern. Mit jeder Bewegung seiner Zunge reizte er alle Nerven in ihrem Körper. Er war es, der sich schließlich zurückzog – vielleicht weil er ihr keine Angst einjagen wollte. Darüber war sie längst hinweggekommen, was er nicht wusste. Doch sie war zu unerfahren, um irgendwie zu reagieren, und überantwortete ihm die Initiative.

Behutsam schob er die Jacke und die Träger ihres Hemds hinab. Dann küsste er eine nackte Schulter, hinterließ eine feuchte Spur, und sein Mund wanderte zu ihrem Hals. Während er sie zärtlich küsste und liebkoste, zitterte sie am ganzen Körper. Er erregte sie in einer Weise, die sie niemals auch nur erträumt hatte. So wundervoll war er, so stark, so überwältigend …

Sie half ihm, die Bänder am Ausschnitt ihres Hemds zu lösen, seine große Hand umfasste eine ihrer Brüste, und Tiffany rang nach Luft. Ganz vorsichtig umkreiste er mit seinem Finger die Knospe und entfesselte berauschende Gefühle in ihr.

Beinahe schrie sie auf. Und da hörten sie beide die Schritte. Rasch zog er Tiffany an sich, um ihren nackten Busen zu verdecken, während der Wachtposten am Küchenfenster vorbeiging. Ihr Herz raste, und ihr stockte der Atem, bis die Schritte verklangen.

Hunter lächelte sie wehmütig an, als sie von ihm wegrückte. »Wahrscheinlich ist es gut so. Ich ließ mich mitreißen.«

Welch eine Untertreibung, wollte sie erwidern. Aber sie brachte kein Wort hervor, raffte einfach nur das Hemd vor ihrer Brust zusammen und sprang auf, stürmte aus der Küche und die Treppe hinauf. Nun verdoppelten sich ihre Schuldgefühle, denn sie hatte Sam gebeten, ihr Geheimnis zu hüten, und nicht verhindert, dass Hunter einen völlig falschen Eindruck von ihr gewonnen hatte.

Um Himmels willen, sie kannte den Mann erst seit drei Tagen! Und sie wollte ihn nicht heiraten! Warum hatte sie einer verbotenen Begierde nachgegeben und sich sogar eingeredet, sie *dürfe* diesem verwerflichen Drang nachgeben? Was stimmte nicht mit ihr? Wieso spielte sie so mit dem Feuer?

Das musste aufhören. Noch vor dem Ende der siebenundfünfzig Tage, von jetzt an gerechnet. Morgen würde sie ihrer Mutter einen zweiten Brief schreiben und ihr diesmal *alles* mitteilen – das Grauen, die Angst, was sie alles erduldete, Geschirrspülen, Kochen und so weiter. Nur um Franklin Warren auszuweichen und die Fehde irgendwie zu beenden, ohne die Heirat. Sie hatte versucht, ihrer Mama zusätzliche Sorgen zu ersparen. Doch was sie durchmachte, konnte sie nicht länger ertragen. Wenn Rose das erfuhr, würde sie ihre Tochter von dem unheilvollen Versprechen entbinden.

Vor ihrer Abreise würde Tiffany die Callahans und Warrens an einem Tisch versammeln und auffordern, ein für allemal zu beenden, was niemals zu einer Fehde hätte ausarten dürfen. Danach würde sie reinen Gewissens nach New York zurückkehren.

Kapitel 35

Der zweite Brief an Rose würde sehr lang werden, und Tiffany musste die richtigen Worte wählen. Dafür fehlte ihr am Morgen die nötige Zeit, und so unterbrach sie die Schreibarbeit, um ihr erstes Frühstück für den gesamten Haushalt vorzubereiten. Sie servierte Eier, frisch gebackenes Brot, das diesmal perfekt gelungen war, und Rindfleisch. Das hatte Andrew im Hinterhof gegrillt, weil der Küchenherd nicht übermäßig erhitzt werden durfte. An der Mahlzeit gab es nichts auszusetzen.

Und so verdarb ihr nicht einmal eine anzügliche Bemerkung von Hunter die gute Laune. Die Eier seien nicht das Beste, was er jemals in der Küche gekostet habe, bemerkte er – eine Anspielung auf die nächtlichen Ereignisse.

Die waren ihr natürlich unangenehm – jedenfalls ein bisschen. Noch viel schlimmer fand sie, wie begierig sie an diesem Morgen Hunters Anblick herbeigesehnt hatte. Letzte Nacht hatte sie mit dem Feuer gespielt, und die Flammen würden außer Kontrolle geraten, wenn sie nicht die ungehörigen Gefühle bezwang, die er ständig in ihr weckte.

Glücklicherweise war ihr Tag ausgefüllt, und sie konnte die beunruhigenden Gedanken verdrängen. Nach dem Frühstück wollte sie das Dinner vorbereiten, denn sie plante einen Braten. Um neue Fehlschläge zu vermeiden, besuchte sie Mary.

Ihre mangelnden Kochkünste mochte sie Hunters Mutter noch nicht gestehen, hatte aber eine Möglichkeit gefunden, sich helfen zu lassen, ohne direkt darum zu bitten. »Heute Abend möchte ich einen Braten servieren«, begann sie und setzte sich auf den Stuhl neben dem Bett. »Da gibt es viele Methoden. Haben Sie vielleicht ein Lieblingsrezept, das ich ausprobieren könnte, Mrs. Callahan?«

»Oh, ich hatte mehrere. Aber so etwas ist schwer zu erklären, wenn ich nicht bei Ihnen in der Küche bin. Für meine Familie habe ich nie gekocht. Zacharys Vater Elijah hatte seine eigene Köchin, und sie reiste mit uns hierher. Als sie in den Ruhestand trat, wollte ich die Küche übernehmen. Bei meiner Mutter hatte ich kochen gelernt. Aber Zachary stellte sofort eine Köchin ein und … Nun ja, ich bin ohnehin lieber draußen auf der Weide.«

»Sie – haben sich um die Rinder gekümmert?«, fragte Tiffany ungläubig.

»So schwierig ist das gar nicht, meine Liebe«, entgegnete Mary lächelnd. »Ich kann mit Zach zusammen sein. Und ich bin sehr gern im Freien. Wenn die Rinder im Frühling gebrandmarkt werden, überlasse ich es den Männern. Meistens fange ich verirrte Kälber mit dem Lasso ein und führe sie zu ihren Müttern zurück. Das macht mir großen Spaß. Vielleicht sagen Sie einem der Jungs, er soll es Ihnen mal zeigen.«

Nach Tiffanys Meinung verdiente diese lächerliche Idee keinen Kommentar. Und sie war abgelenkt worden. Sie brauchte Rezepte, keine Tipps, wie sie den Cowboys nacheifern könnte. Ihrem Kochbuch hatte sie nur Grundbegriffe und Vorschläge für Zutaten entnommen, leider ohne Mengenangaben. In dem Buch wurde betont, da müsse man experimentieren. Dafür hatte sie keine Zeit. Ihre Mahlzeiten mussten sofort gelingen, nicht erst nach fünf Fehlschlägen.

»Können Sie mir keinen Rat für meinen Braten heute Abend geben, Ma'am?«

»Meine Mutter bevorzugte einen Schmortopf, gab ein Lorbeerblatt und Knoblauch zu ihrem Braten … Oh, und sie goss immer Rotwein dazu, etwa eine halbe Tasse.«

Also *deshalb* standen Weinflaschen in der Speisekammer!

Nun runzelte Mary nachdenklich die Stirn. »Old Ed besaß seinen eigenen Schmortopf. Den hat er vermutlich mitgenommen. Auf dem Dachboden muss noch der stehen, den meine Mutter immer benutzt hat. Holen Sie ihn. Oder haben Sie einen mitgebracht?«

Tiffany blinzelte. Einen Schmortopf im Reisegepäck? Wenn sie einen sah, würde sie ihn wohl kaum erkennen. Aber Andrew wusste sicher Bescheid, sie würde ihn in die Dachkammer schicken. Jetzt wollte sie die Gelegenheit nutzen und auch für die nächsten Mahlzeiten Ratschläge ergattern. Sie schüttelte den Kopf. »Heute Abend werde ich den Braten mit Rotwein abschmecken. Hätten Sie noch andere Rezepte für mich?«

»Was meine Mutter mir beibrachte, ist alles hier drin.« Mary deutete auf ihre Stirn.

»Bitte, würden Sie mir ein paar Rezepte aufschreiben?«

»Es wäre schwierig, eine Prise vom diesem oder einige Tropfen von jenem oder die Menge der Gewürze zu notieren.« Mary lachte leise. »Und auf die Maße kommt es an. Zu viel kann eine Speise ruinieren, zu wenig genauso. Aber vor der Hochzeit bin ich wieder auf den Beinen, dann zeige ich Ihnen alles.«

Zur Hölle mit der Hochzeit! Außerdem brauchte Tiffany jetzt Hilfe. Und da fiel ihr etwas ein. »Überlegen Sie doch, wie sich diese Tropfen und Prisen zu Papier bringen ließen!« Lächelnd fügte sie hinzu: »Wäre das nicht ein wunderbares Geschenk für Ihre künftige Schwiegertochter?«

Damit überraschte sie Mary. »Verdammt will ich sein, Mädchen, das ist eine großartige Idee! Mal sehen, was ich zustande bringe, und Sie schreiben's für sich selbst ab.«

Erfreut über ihren Erfolg, stand Tiffany auf, um sich zu verabschieden, und hoffte, die Notizen bald zu erhalten. Doch dann zögerte sie und dachte an den angefangenen Brief. Wenn Mama ihr eine verfrühte Heimkehr gestattete, war Mary wohl die einzige Person, die ihr zu einer sorgenfreien Abreise verhelfen konnte. »Ein anderes Geschenk für die Braut wäre noch besser«, sagte sie impulsiv. »Zumindest würde ich es an ihrer Stelle begrüßen.«

»Was meinen Sie?«, fragte Mary verblüfft.

»Beenden Sie die Fehde mit der Familie der jungen Dame noch vor der Hochzeit. Das wäre eine großmütige Geste.«

Seufzend sank Mary in ihre Kissen zurück. »Allerdings. Welch eine Schande! Meine Jungs müssten die besten Freunde von Franks Söhnen sein. Wo wir doch Nachbarn sind ...«

»Warum hängt die Versöhnung trotzdem von dieser Heirat ab? Wieso wird die Fehde nicht einfach aus der Welt geschafft?«

»Glauben Sie, das hätte ich nicht versucht? Auch Rose wollte die Feindseligkeiten beenden. Genau wie ich fand sie es absurd, etwas fortzusetzen, das unsere Generation gar nicht begonnen hatte.«

»Rose?« Beinahe errötete Tiffany, weil sie eine Frage stellte, obwohl sie die Antwort kannte.

»Frank Warrens Frau. Wann immer wir uns in der Stadt trafen, unterhielten wir uns. Eine nette junge Frau, kein bisschen arrogant, obwohl sie aus New York stammt. Hier fühlte sie sich sofort heimisch, weil sie es wollte. So glücklich kamen mir die beiden vor. Dauernd hielten sie sich an den Händen, lachten und tauschten Küsse. Sogar in der Öffentlichkeit«, fügte Mary flüsternd hinzu. »Und dann hörte ich, Rose sei nervös geworden. Nachdem Frank angeschossen worden war, beklagte sie sich über das Leben auf der Ranch. Eines Tages reiste sie einfach ab und nahm ihre kleine Tochter mit. Das habe ich nie verstanden. Bis heute nicht. Wenigstens hält der Waffenstillstand, den sie ausgehandelt hat. Obwohl sie verschwunden ist.«

»Vielleicht – vielleicht hat sie das Großstadtleben zu sehr vermisst.«

»O nein«, widersprach Mary entschieden, »sie *liebte* ihren Mann und das Leben in Montana. Ich wunderte mich nicht, als sie die Verlobung *und* den damit verbundenen Waffenstillstand arrangierte – sogar *verlangte.*« Nun senkte sie ihre Stimme wieder. »Ich glaube, sie hat Zach ein bisschen erschreckt, als sie uns in jener Nacht besuchte und vor lauter Zorn in Tränen ausbrach. Zumindest hat sie meinen Mann verwirrt. Aber ich hatte es kommen sehen. Irgendwas musste sie unternehmen. Nie hatte sie sie sich gescheut, mit den Männern zu schimpfen, weil sie sich wegen des Zugangs zum Wasser nicht einigen konnten. Über diese Sturheit ärgerte ich mich auch. Aber mir fehlte der Mumm, ein Machtwort zu sprechen, so wie es Rose damals tat. Dieses Mädchen war unglaublich tapfer, energisch und temperamentvoll. Muss an den roten Haaren gelegen haben …« Gedankenverloren musterte sie Tiffanys lange Locken.

Kapitel 36

Bleibst du denn nie mehr in deinem Stall?«, fragte Tiffany. Als sie auf der Verandaschaukel saß, hatte sie einen leichten Schubs an ihrem Schuh gespürte, nach unten gespäht und das Schweinchen vor ihren Füßen entdeckt.

Reglos stand es da, starrte sie an, und sie beugte sich hinab, um es zu streicheln. Weil es sich noch immer nicht von der Stelle rührte, verdrehte sie die Augen. Schließlich gab sie nach und hob es auf ihren Schoß, tätschelte seinen Bauch und beobachtete wieder den Sonnenuntergang.

An diesem Tag hatte keine einzige Regenwolke den Himmel getrübt. Rosige und gelbe Streifen leuchteten am Horizont. Hinter den fernen Bäumen glühte es rötlich, sodass sie zu brennen schienen. Während das Brot im Backofen lag, fand Tiffany genug Zeit und genoss das Naturschauspiel.

»Lassen Sie sich nicht von mir stören, Mädchen.« Zachary trat aus dem Haus und schlenderte zu seinem Lieblingssessel, um seine Abendzigarre zu rauchen.

Über das Ferkel auf ihrem Schoß sagte er nichts. Also hatte er sie kaum angeschaut. Für ihn war sie nur eine Dienstbotin. Fast unsichtbar. Im Haus ihrer Mutter wimmelte es von Personal. Und wie oft nahm Tiffany diese Leute zur Kenntnis, von Anna abgesehen? Die Rolle, die sie jetzt spielte, verhalf ihr zu einer unerfreulichen Selbsterkenntnis. Aber da Zachary sie ignorierte, musste sie ihn nicht beachten. Und weil der Wind in seine Richtung wehte, würde ihr der Zigarrenqualm nichts ausmachen.

»In der Küche riecht irgendwas verdammt gut!«, rief er ihr zu, bevor er seine Zigarre anzündete.

Sie lächelte. An diesem Abend würde das Dinner einem Freudenfest gleichen. Zumindest für sie. Marys gusseiserner Schmortopf passte in den Backofen und war mit Griffen versehen, sodass Tiffany ihn auf den Esstisch stellen konnte. Zu dem Topf gehörte eine Platte. Deshalb ließ er sich auch auf dem Herd über dem Feuer verwenden. Jetzt stand er auf dem Küchentisch, und der Braten simmerte in der Soße, bis das Brot fertig gebacken war. Sie hatte einen Zettel mit der Notiz *Nicht anrühren!* auf den Deckel gelegt. Denn es sollte eine Überraschung sein, ihr erstes gelungenes Dinner, das sie selber enthüllen wollte. Auch auf die Präsentation kam es an.

Natürlich war das Aroma, das die Küche seit dem Nachmittag erfüllte, ein verlockendes Omen. Rings um den großen Braten hatte sie das Gemüse angeordnet, von Andrew im Garten geerntet und gewaschen. Nicht zu früh, sondern genau zum richtigen Zeitpunkt, damit es nicht verkochte.

Ein arbeitsreicher Tag lag hinter ihr, und alles war gut verlaufen. Nun ja, fast. Inzwischen war das Unbehagen verflogen, das sie nach dem Besuch in Marys Zimmer verspürt hatte. Sicher war die Sorge unbegründet, Mary könnte die wahre Identität ihrer Haushälterin erraten haben, als sie Roses rotes Haar erwähnt und dann Tiffanys hellere Haarfarbe angestarrt hatte. Dieser Unterschied musste der Hausherrin aufgefallen sein. Sicher hatte sie einen eventuellen Verdacht bald absurd gefunden.

Was Tiffany noch immer beunruhigte, war der Hinweis auf die Ehe ihrer Eltern. *So glücklich, so verliebt …* Und trotzdem hatte ihre Mutter das Weite gesucht. *Warum?* Konnte diese Frage jemals beantwortet werden?

Und noch etwas hatte sie erkannt. Wäre sie nicht aus Montana weggebracht worden, hätte sie sich zu einer anderen Person entwickelt. Zusammen mit Hunter aufgewachsen, hätte sie sich darauf gefreut, ihn zu heiraten. Und jetzt würde sie ihn heiß und innig lieben ... Mittlerweile erschien ihr dieser Gedanke gar nicht mehr so schrecklich, und sie bedauerte es sogar ein bisschen, dass ihr Schicksal etwas anderes beschlossen hatte.

»Wie gern würde ich in sechs Monaten sehen, wie das Schwein auf deinem Schoß sitzt! Hast du meine Warnung vor seiner Größe vergessen?«

Wenn man den Teufel an die Wand malt ... Lächelnd schaute sie zu Hunter auf. Die vertrauliche Anrede störte sie nicht. Nach den nächtlichen Ereignissen wären weitere Formalitäten lächerlich gewesen. Ein Buch in der Hand, das Haar noch feucht von der Dusche, lehnte er am Türrahmen. Weil er sehr leise gesprochen hatte, bemerkte Zachary ihn nicht.

»Ich habe das Schweinchen nicht geholt«, verteidigte sie sich. »Wann immer ich die Veranda betrete, spürt es mich auf.«

»Was es empfindet, verstehe ich sehr gut.«

Errötend wandte sie sich wieder dem Sonnenuntergang zu. Jetzt sollte sie ins Haus zurückkehren. Er wollte sicher mit seinem Vater reden. Aber er ging nicht zu Zachary. Und sie rührte sich auch nicht, hielt ihn sogar zurück, indem sie mit dem Kinn auf sein Buch deutete. »Wo wurdest du unterrichtet? Hast du überhaupt eine Ausbildung?«

»Glaubst du, ich würde deinen Maßstäben nicht entsprechen?«

»Unsinn, ich bin nur neugierig.« Tiffany dachte an das

Klassenzimmer, in dem Sam zusammen mit den Callahan-Jungs gesessen hatte. Natürlich durfte sie das nicht erwähnen. »Wo ich herkomme, gibt es viele Schulen. Hier draußen wohl kaum.«

»Anfangs hat Ma meine Brüder und mich unterrichtet. Sie wollte Lehrerin werden. Stattdessen hat sie geheiratet. Später wurde ein Schulhaus in Nashart gebaut, mit einem einzigen Raum. Das da habe ich dir mitgebracht.« Er legte das Buch neben Tiffany auf die Schaukel. »Vielleicht interessiert dich ein Roman, der westlich von den Rockies spielt. Falls du mal Zeit zum Lesen hast.«

Ja, vermutlich. Nicht jeden Tag würde sie so viel arbeiten wie an diesem. Aber ihre Neugier war noch nicht befriedigt. »Nur ein Klassenzimmer? Darin musstest du zusammen mit deinen verhassten Nachbarn sitzen. Hast du sie verprügelt?«

Hunter lachte. »Nein, ich habe mich immer nur mit Jungs gehauen, die so groß waren wie ich oder – viel besser – etwas größer. Auf die Warrens traf das nie zu. Obwohl Sam jetzt erwachsen ist, bin ich immer noch größer und stärker.«

O ja – muskulöser, breiter in den Schultern, mit kräftigeren Beinen … Rasch schaute sie weg, stand auf und wollte ins Haus gehen. Da erinnerte sie sich an das Schweinchen in ihren Armen und wandte sich zu den Verandastufen, um es zu seiner Mama zu tragen.

»Gib's mir, ich bringe es in seinen Stall.« Hunter streckte die Hände aus. »Vor dem Dinner hast du sicher noch einiges zu tun. Tisch decken und so weiter.«

»Danke.« Tiffany legte das kleine Tier in seine Arme.

Hinter der Tür angekommen, hörte sie Zachary rufen: »Was zum Geier macht das Ferkel hier? Jakes soll besser auf unser Schlachtvieh aufpassen!«

Als sie durch den Flur marschierte, schrie sie: »*Dieses* Schätzchen wird nie auf dem Esstisch landen! Niemals!«

»Hab ich das richtig verstanden? Sie kann unmöglich …« Was Zach hinzufügte, wurde von Hunters Gelächter übertönt.

Kapitel 37

Während Tiffany den Flur entlangeilte, beobachtete Hunter ihre schwankende Turnüre. Ihr kupferrotes Haar war im Nacken zusammengebunden, aber lang und dicht genug, um ihren Rücken bis zur Taille zu bedecken. Wahrscheinlich sprühten ihre Smaragdaugen Funken und bekundeten, wie entschlossen sie für das Ferkel kämpfen würde. Daran zweifelte er nicht, und er lachte, bis sie in der Küche verschwand.

Vorhin hatte er grinsend die Notiz auf dem Deckel des Schmortopfs gelesen. Jenny amüsierte ihn sogar in ihrer Abwesenheit …

»*Hör auf damit!*«

Er wandte sich zu seinem Vater um. In seinem Sessel vorgebeugt, starrte Zachary ihn durchdringend an. Hunter schlenderte zum anderen Ende der Veranda und setzte sich halb auf das Geländer, das Schweinchen unter einem Arm. Lässig baumelte ein Bein herab. »Womit?«

»Schau sie nicht so an.«

Weil es um etwas ging, das sich seiner Kontrolle entzog, war Hunter nicht verlegen. Gleichmütig zuckte er die Achseln. »Dagegen kann ich nichts machen.«

»Doch, verdammt!«

Hunter lachte leise. »Weißt du nicht mehr, wie du in deiner Jugend warst?«

»*So* alt bin ich noch nicht«, murrte Zachary. »Und ich finde das *gar nicht* komisch.«

»Da irrst du dich, Pa. Nie im Leben habe ich so viel gelacht wie seit Jennys Ankunft. Als wäre reine Freude mit ihr ins Haus gekommen. Was immer sie tut, heitert mich auf.«

»Solche Gefühle musst du im Keim ersticken. *Sofort!* Glaubst du, ich weiß nicht, wohin das führen kann?«

Hunter stellte beide Füße auf den Verandaboden. »Und wenn schon?«

»Moment mal, das Mädchen ist verlobt. Und *deine* Verlobte reist quer durch das ganze Land zu dir.«

»Was ich davon halte, habe ich mehrmals betont.«

»Ja, und es ist mir genauso unangenehm wie dir. Aber Rose Warren hat mich dazu überredet – oder eher deine Ma, die sich auf ihre Seite stellte. Jetzt ist es eine Frage unserer Ehre.«

Wie oft hatte Hunter das gehört, von verschiedenen Seiten? Aber nur *er allein* sollte sich opfern. Er hatte zwar gegen ein Arrangement protestiert, das in seiner Kindheit getroffen worden war, aber niemals einen Grund gesehen, das Abkommen zu brechen. Bis jetzt.

Zumindest hoffte er, es würde einen Grund geben. Seufzend schüttelte er den Kopf. »Wir bringen ihnen die Rinder zurück, die sich auf unser Gebiet verirren. Mit unserem Vieh verfahren sie genauso. Seit fünfzehn Jahren geht's fast immer friedlich zu, abgesehen von den Kämpfen zwischen Cole und Roy, zwischen John und Sam und harmlosen Streitigkeiten davor. Um den Frieden zu sichern, brauchen wir keine Heirat, Pa. Dafür genügt es, wenn du dich mit Franklin einigst. Du bist nicht Grandpa, der nicht mal mit einem Warren *reden* wollte.«

»Auf eine einfache *Einigung* mit Frank kann ich nicht bauen. Der Frieden muss auf Blutsbanden beruhen. Das wusste seine Frau. Deshalb bestand sie auf dieser Verlobung.«

»Du hast vier Söhne. Auch ein anderer würde den Zweck erfüllen.«

»Nun, Rose hat *dich* gewählt, den Ältesten, und ich stimmte ihr zu.«

»Jetzt stimme ich dagegen.«

»Diese Diskussion hatten wir schon oft, Hunter, und ich dachte, alles wäre geklärt. Lern Franks Tochter erst mal kennen, danach entscheidest du, ob du sie heiraten willst oder nicht. Und in der Zwischenzeit lässt du die Finger vom Hauspersonal. Ich habe dich gut genug erzogen. Also wirst du nicht mit einer Frau rumtändeln, die bereits vergeben ist.«

Musste Zach diese Trumpfkarte ausspielen? Zum Zeichen seiner Kapitulation wollte Hunter die Arme hochwerfen. Gerade noch rechtzeitig erinnerte er sich an das Ferkel, das er beinahe hätte fallen lassen. »Schon gut«, murmelte er und verließ die Veranda.

Als er den Schweinestall hinter dem Haus ansteuerte, kam er an Zach vorbei, der sich über das Geländer beugte. »Vielleicht will Miss Warren dich auch nicht heiraten. Hast du dir das schon mal überlegt? Aber das könnt ihr ja besprechen, wenn sie hier ist.«

Ohne zu antworten, ging Hunter weiter. Er wollte nicht mit seinem Vater streiten, denn er wusste, dass die Entscheidung letzten Endes bei ihm selbst lag. Es wäre nur angenehm gewesen, die Sache *vor* seiner Begegnung mit der Warren-Tochter zu regeln und einen unbefristeten Frieden zu genießen, damit die Nachbarn nicht die Messer wetzten, wenn er die idiotische Verlobung beendete.

Bei der Rückkehr zum Haus traf er Jenny nicht in der Küche an. Sobald er sie sah, würde sein Ärger verfliegen. Das geschah, als er den Speiseraum betrat. Dort stellte sie gerade den

Schmortopf auf den Tisch, an dem sich die restliche Familie und Degan bereits versammelt hatten. Auf dem Rückweg zur Küche ging sie an ihm vorbei. Weil Zachary die Brauen hob, gelang es Hunter irgendwie, ihr nur mit den Augen zu folgen, bevor er sich setzte.

Dann stand sein Vater auf, um den Braten in Scheiben zu schneiden, und Hunter hörte ihn zu seiner Verblüffung befehlen: »Hol sie zurück! So, wie das duftet, hat sie heute richtig gut gekocht. Deshalb soll sie mit uns essen, wie damals Ed. Und vielleicht bringt sie euch Jungs wieder die Tischmanieren bei, die ihr vergessen habt, seit eure Ma im Bett liegt.«

Ein sehr nettes Zugeständnis, dem ältesten Sohn zuliebe. Hunter nickte und ging in die Küche, wo Jenny vor der Spüle stand, mit dem Rücken zur Tür. Als sie die Schritte hörte, warf sie einen Blick über die Schulter und drehte sich um. »Lasst uns bitte was übrig. Vorher wollte ich das Fleisch nicht aufschneiden, das hätte die Präsentation verdorben.«

Hunter grinste. »Also war die Notiz *Nicht anrühren!* für dich selbst bestimmt?«

»O nein, ich …« Sie lachte schallend. »Was ist los?«

Ihr Gelächter ließ ihn erstarren. Hatte er sie jemals so fröhlich lachen gehört? Falls ja, hatte es ihn nicht so fasziniert wie in diesem Moment. Wie war es möglich, dass sie plötzlich noch schöner wurde? Endlich gehorchte ihm die Stimme wieder. »Wenn du lachst, leuchtest du geradezu. Als hättest du eine Kerze in deinem Innern angezündet. Bitte, runzle die Stirn, damit ich mich wieder bewegen kann.«

Stattdessen lachte sie noch einmal. Offenbar glaubte sie, er würde sie hänseln. Stimmte es? Das wusste er selber nicht. Sie wandte sich wieder zum Spülbecken. »Geh essen, bevor alles kalt wird.«

Hunter räusperte sich. »Nun, also – du musst mich ins Speisezimmer begleiten, Rotschopf. Weil Pa erst essen will, wenn du dich auch an den Tisch gesetzt hast.«

Ehe sie zögerte, machte sie sogar ein paar Schritte in Richtung Tür. »Schickt es sich, wenn das Hauspersonal zusammen mit der Familie diniert? Essen die Dienstmädchen manchmal mit euch?«

»Nein, aber du bist ja auch kein Dienstmädchen. Old Ed hat immer mit uns gegessen. Und Degan kommt sehr oft zum Dinner. Außerdem glaubt Pa, du würdest uns Tischmanieren beibringen, also solltest du dich nicht weigern.«

Er kehrte zu seinem Platz am Esstisch zurück und überließ ihr die Entscheidung, ob sie ihm folgen wollte oder nicht. Doch eigentlich tat er es nur, weil er fürchtete, er könnte sich nicht beherrschen und würde sie berühren, wenn sie an seiner Seite ins Speisezimmer ging. Kurz danach betrat sie den Raum, kein bisschen verlegen – nicht so, wie die meisten Dienstboten sich fühlen würden, wenn sie am Familiendinner teilnehmen sollten. Stattdessen nahm sie eine stolze Haltung ein, als hätte sie ein Recht auf diese Mahlzeit. Erst jetzt fiel ihm auf, dass sie sich niemals unterwürfig benommen hatte, was ihn kaum überraschte. Jennifer Fleming war sich ihres Werts sehr wohl bewusst.

Hinter dem leeren Stuhl ihm gegenüber blieb sie reglos stehen. Lektion Nummer eins. Hunter musste lachen – erst recht, als seine Brüder und Degan aufsprangen, um ihr den Stuhl zurechtzurücken. Am schnellsten war Cole.

Mit einem strahlenden Lächeln dankte sie ihm. Zachary schnitt immer noch den Braten auf. Dafür nahm er sich viel Zeit. Vielleicht fürchtete er, das Fleisch zu ruinieren, was die Köchin enttäuschen würde. Schließlich wurden gefüllte Teller herumgereicht.

»Redet nicht alle auf einmal«, mahnte Zachary.

Nervöses Gelächter und Räuspern. Da Jennifer den Männern über die Unsicherheit wegen ihrer Anwesenheit hinweghelfen wollte, schnitt sie ein neutrales Gesprächsthema an. Nicht zuletzt hing die Verlegenheit mit ihrem eleganten Kleid zusammen. So pflegte sich eine Haushälterin nicht anzuziehen. Zudem saß sie so gelassen und anmutig am Tisch wie eine feine Dame, die der Hausherr zum Dinner eingeladen hatte.

»Kann mir jemand ein bisschen mehr über Nashart erzählen?«, bat sie. »Mr. Callahan, Ihre Frau erwähnte, die Stadt habe noch nicht existiert, als Ihre Familie hierhergezogen sei. Damals gab es nur eine Handelsniederlassung, nicht wahr?«

»Ja«, bestätigte Zachary, »für lange Zeit war das alles.«

»Aber die Märkte für Ihre Rinder lagen nicht allzu weit entfernt, und so hatten Sie keine geschäftlichen Probleme?«

»Für uns war das kein entscheidender Faktor, denn wir nahmen an, der Neuaufbau unserer Herde würde einige Jahre dauern. Wir hatten nur hundert Rinder nach Montana mitgebracht und unterwegs ein Viertel verloren.«

»War die Reise so schwierig?«

»Nicht direkt. Meistens verlief sie per Floß auf den Flüssen, erst auf dem Mississippi, dann auf dem Missouri bis zum Fort Union, nordöstlich von hier. Von dort führt der Missouri weiter nach Westen. Jetzt verkehren Dampfer auf dieser Route. Die gab's damals noch nicht.«

»Warum haben sie sich nicht in der Nähe des Fort Union angesiedelt?«

Hunter lachte. »Weil mein Pa isoliert sein wollte. Auf der Ranch in Florida hatten die Callahans bereits ein Vermögen gemacht. Dort liegen einige der ältesten Ranches von Amerika, aber mit der Rinderzucht ging's bergab. Zu viele Ranches, zu nah beieinander. Wir wollten weg von dort – auch aus anderen Gründen. Also suchten wir keine dicht besiedelte Gegend, sondern das Gegenteil. Zu weit vom Wasser konnten wir uns nicht entfernen, deshalb folgten wir dem Yellowstone River. Nicht per Floß, denn er mündet nordwärts in den Missouri. Aber wir blieben immer bei seinen Nebenflüssen. Wegen des Bachs, der fast das ganze Jahr hier vorbeifließt und den See speist, ließen wir uns an dieser Stelle nieder. Außerdem gab's den Trapper-Trail zur Handelsniederlassung.«

»*Fast* das ganze Jahr?«, wiederholte Jennifer.

Während Zachary die Teller der Männer erneut füllte, antwortete John: »Später im Jahr trocknet der Bach aus. In einem Jahr war er sogar ganz trocken.«

»Im Winter friert er zu, nicht wahr? Wie tränken Sie dann die Rinder?«

Diesmal meldete sich Cole zu Wort. »Für die Kühe, die zu blöd sind, um den Schnee aufzulecken, brechen wir das Eis am Rand des Sees auf.«

Jenny nickte. »Und wann ist Nashart entstanden?«

»Das sollen Ihnen meine Jungs erzählen. Jetzt will ich diese köstliche Mahlzeit mit Mary teilen.« Zachary füllte zwei Teller und trug sie aus dem Speisezimmer.

Während Jenny auf eine Erklärung wartete, blickte sie in die Runde. Nur Hunter schaute sie nicht an, was er natürlich bemerkte. Trotzdem antwortete er: »Nachdem wir unsere Ranch in der Nähe der Handelsniederlassung gegründet hatten, dauerte es nicht lange, bis ein Saloon gebaut wurde. Aber ein paar Jahre lang gab es nur diese zwei Gebäude. Außer Trappern und Indianern kam niemand vorbei.«

»Warum hat sich das geändert?«

»Weil Gold entdeckt wurde. So viele Leute wurden vom Goldfieber gepackt. Aus ganz Amerika kamen sie scharenweise nach Montana, die meisten zu spät, denn damals verbreiteten sich solche Neuigkeiten sehr langsam. Inzwischen hatten wir unsere Rinder schon öfter zum Fort Union gebracht, und so gab es eine gute Reiseroute zwischen hier und dort, die von den Goldsuchern genutzt wurde. Wenn sie erfolglos waren, kamen sie auf demselben Weg zurück. Mehrere blieben hier, wenn sie die Baustellen sahen. Die Handelsniederlassung hatte sich bereits in einen Gemischtwarenladen verwandelt, der vom lebhaften Reiseverkehr profitierte. Und der Fortschritt kann so ansteckend wirken wie das Goldfieber. Bald wurden kleine Geschäfte gegründet – zum Beispiel ein Friseursalon, eine Wäscherei, eine Schreinerei.«

»Und so wurde Nashart eine richtige Stadt?«

»Ja, aber sie war nur ein Viertel so groß wie jetzt und wuchs nur langsam. Das änderte sich erst mit der Eröffnung der Postkutschenlinie, obwohl der Goldrausch vorbei war. Butte, Helena und Virginia City wurden immer größer, und so lockten sie Geschäftsleute statt der Goldsucher an.«

Erst nach diesen Erklärungen merkte Hunter, dass er inzwischen allein mit Jennifer am Tisch saß, und er wollte persönlichere Themen anschneiden. Das wurde auch ihr bewusst, denn sie stand auf, war aber so höflich, das Gespräch zu beenden. »Mal sehen, ob man Montana zu einem Staat ernennt, oder ob Nashart eine Geisterstadt wird, wenn alles Erz ausgeschöpft ist.«

»Da unterschätzt du die Macht der Eisenbahn. Viele Städte sind keine Minenstädte mehr. Entlang der Bahnlinie entstehen immer mehr.« Auch Hunter stand auf und folgte ihr zur Tür, um ihre Gesellschaft noch etwas länger zu genießen. »Lass dir beim Aufräumen helfen.«

»Nein!« erwiderte sie etwas zu schnell. Dann verbesserte sie sich: »Das macht Andrew, und wir müssen noch den Brotteig für morgen mischen. Da wärst du nur im Weg.«

»Hilfe ist Hilfe.«

»Nicht, wenn sie zur Ablenkung ausartet«, entgegnete sie ärgerlich. »Und ich will nicht die ganze Nacht in der Küche verbringen.« Plötzlich errötete sie und schien sich an die letzte Nacht zu erinnern. Den ganzen Tag hatte er an nichts anderes gedacht. »Wenn du mir helfen willst, könntest du mir morgen ein Pferd leihen«, fügte sie hinzu.

Oh, er lenkte sie ab! »Willst du mit mir ausreiten?«, fragte er lächelnd.

»Nein, ich muss die Kleider holen, die ich in der Stadt bestellt habe. Andrew wird mich begleiten …«

»Hatten wir nicht besprochen, dass ich dich beschützen werde? Ohne mich reitest du nirgendwohin.«

»Also gut!«, fauchte sie und stürmte in die Küche.

Hunter grinste. Offenbar hatte Jennifer Probleme, wenn sie ihren Willen nicht durchsetzte. Das Leben mit ihr würde niemals einfach sein. *Das Leben mit ihr …*

Dachte er wirklich schon so weit voraus?

Kapitel 38

Zu Tiffanys Belustigung setzte Hunter seinen Willen ebenso wenig durch. Sichtlich erbost fügte er sich in sein Schicksal, als Degan darauf bestand, mit ihnen nach Nashart zu reiten. Aber sie genoss es, wieder auf dem Rücken eines Pferdes zu sitzen – schicklich gekleidet im einzigen Reitkostüm, das sie noch besaß. Aus smaragdgrünem Samt war es etwas zu warm für das Wetter, und der passende Hut hatte die Reise nicht überstanden. Diesmal wollte sie nur so lange wie nötig in der Stadt bleiben und nicht einmal einen Besuch bei Anna riskieren, einfach die Kleider abholen und sofort zur Ranch zurückreiten. Sonst würde sie womöglich ihren jüngeren Brüdern begegnen.

»Nur zwei Besorgungen«, versicherte sie den Männern zu ihrer Rechten und Linken, während sie der Main Street in die Stadt folgten. »Zuerst bringe ich einen Brief zur Post.«

»Noch einen?«, fragte Degan.

»An meinen Verlobten«, log Tiffany.

»Klar«, murmelte Hunter und schwenkte sein Pferd in die andere Richtung.

Seufzend schaute Degan ihm nach. »Sie hätten lügen können.«

Das hatte sie ja getan! Und sie log erneut: »Nein, er *musste* an meinen Verlobten erinnert werden.«

»Ah, ich verstehe …«

Sie gab den Brief an ihre Mutter auf und eilte zu ihrem Pferd. Genauso schnell wich sie zurück, als sie ihren Bruder Roy auf der anderen Straßenseite entdeckte. Hatte er sie gesehen? *O Gott, hoffentlich nicht* … Hinter dem Tier verborgen, zog sie den Kopf ein und führte es am Zügel in eine Nebengasse, um Mrs. Martins Haus auf einem kleinen Umweg zu erreichen.

»Was machen Sie denn, Miss?«, fragte Degan und ritt ihr nach.

»Ich habe einen Krampf im Fuß und möchte mir die Beine vertreten.«

»So, wie's aussieht, haben Sie eher einen Krampf im Hals. Verstecken Sie sich vor jemandem?«

»Natürlich nicht. Ich will nur aufpassen, wohin ich trete.«

Nach der gelungenen Flucht schwang sie sich wieder in den Sattel und ritt hinter den Gebäuden an der Main Street zu Mrs. Martins Haus. Ihr Herz raste immer noch. Von jetzt an würde sie sich nicht mehr in die Stadt wagen. Viel zu gefährlich.

Degan wartete mit den Pferden vor der Haustür. Zum Glück hatte Agnes die bestellten Kleider bereits eingepackt und musste sie nur noch aus der Werkstatt holen. Unterdessen wanderte Tiffany nervös im Flur umher. Roy hatte sie offenbar nicht gesehen. Aber es war knapp gewesen …

Und dann erstarrte sie. Es war nicht die Schneiderin, die durch den Flur zu ihr kam. Also hatte Roy sie *doch* erkannt. Und er sah ziemlich rabiat aus. Wie groß er geworden war …

»Ich kann's erklären!«

Dafür interessierte er sich nicht. Wortlos umklammerte er ihren Arm und zerrte sie durch die Hintertür aus dem Haus. Nur zehneinhalb Monate jünger als sie, war er schon jetzt so groß wie sein ältere Bruder Sam, fast einsfünfundachtzig. Und sehr stark. Ein Wunder, dass er den Kampf gegen Cole nicht gewonnen hatte. Oder vielleicht doch, und er war mit einem blauen Auge davongekommen. Für Tiffany war er zu stark, und sie konnte sich nicht losreißen.

»Du tust mir weh!«, jammerte sie im Hinterhof, und das wirkte.

Sofort ließ er sie los und fuhr zu ihr herum. »Was hast du mit diesem Revolverschwinger zu schaffen? Der arbeitet für die Callahans!«

Weil er sie unbeherrscht anschrie, zuckte sie zusammen, bevor sie flüsterte: »Das weiß ich. Für die arbeite ich auch.«

»Den Teufel tust du!«

»Es ist kompliziert, Roy. Jetzt habe ich keine Zeit, um dir das alles zu erklären. Frag Sam, er weiß, was ich tue und warum. Erzähl sonst niemandem, dass du mich gesehen hast.«

»Soll das ein Witz sein?«, stieß er hervor und packte wieder ihren Arm. »Du kommst mit mir nach Hause!«

Entschlossen stemmte sie die Fersen in den Boden. »Nein!«

»Das macht sie wirklich nicht«, erklang eine ruhige, aber bedrohliche Stimme.

Beide schauten zu Seite und sahen Degan gemächlich um die Hausecke biegen, seine Waffe in der Hand.

Blass vor Entsetzen, sprang Tiffany vor ihren Bruder und kehrte Degan den Rücken zu. »Wer ich bin, weiß er nicht«, flüsterte sie verzweifelt. »Aber er wird mich schützen. Verdirb's mir nicht! Geh! Such Sam! Und sprich mit niemandem über das alles – oder ich werde dir nie verzeihen!«

Nur sekundenlang blinzelte er gekränkt, warf Degan einen vernichtenden Blick zu und stapfte wutentbrannt davon. Inständig hoffte sie, er würde sofort mit Sam reden. Aber jetzt lastete noch eine weitere Schuld auf ihrer Seele, weil Roy ihr zürnte und sie ihm nichts hatte erklären können …

Und dann wurde sie von neuer Angst erfasst, denn sie hörte Degan rufen: »Warren!«

Langsam drehte sich Roy um und reckte herausfordernd das Kinn. Am liebsten hätte Tiffany ihn erwürgt, als er höhnisch fragte: »Wollen Sie mich mit einer Kugel zum Schweigen bringen?«

Ehe sie sich noch einmal schützend vor ihren Bruder stellen konnte, erwiderte Degan gedehnt: »Keine üble Idee … Oder ich sage Pearl einfach, sie soll sich nicht mehr mit Ihnen treffen. Was ziehen Sie vor?«

Roys Gesicht spiegelte einen qualvollen Gefühlskonflikt wider – hellen Zorn, Verwirrung, Frust. »Was bedeutet das für Sie?«

»Simple Loyalität gegenüber meinem Arbeitgeber. Zachary will Ihrem Vater mitteilen, dass Miss Fleming für ihn arbeitet. Das soll er tun, wann er es für richtig hält. Von diesem Zwischenfall müssen weder mein Boss noch Franklin Warren erfahren, denn das wäre Miss Fleming nur peinlich.« Roy wandte sich zu Tiffany, und sie schaute ihm flehend in die Augen. Noch immer könnte er verraten, wer sie wirklich war. Das schien er zu beabsichtigen, denn er starrte sie viel zu lange an. Bevor sie Montana verließ, *musste* sie mit ihrem Vater reden, ob sie es wünschte oder nicht. Aber nicht so, verdammt – nicht wenn sie von ihrem wütenden Bruder nach Hause geschleppt wurde.

Schließlich änderte er seine aggressive Haltung. »Sie hat mich bereits gebeten, Stillschweigen zu bewahren«, erklärte er Degan. »Diesen Gefallen werde ich ihr tun. Aber nicht wegen Ihrer Drohungen!«

»Gut«, entgegnete Degan, »ich vertraue Ihnen. Zwingen Sie mich nicht, das zu bereuen.«

Verächtlich schnaufte Roy, bevor er davonging, und Degan

steckte seinen Revolver ins Halfter. Nachdem die Gefahr vorbei war, musterte Tiffany ihn frostig. »Hätten Sie ihn wirklich erschossen?«

»Weil ein alberner Streich ans Licht kam? Gewiss nicht.«

»Und Sie werden Mr. Callahan nichts erzählen?«

»Erst wenn er zur Warren-Ranch reitet, um seine Schadenfreude zu genießen. Bei dieser Begegnung soll er nicht dumm dastehen. Bis dahin sehe ich keinen Grund, den Zwischenfall zu erwähnen.«

»Sie sind wirklich sehr loyal, nicht wahr?«

Statt zu antworten, ersuchte er sie, ihre Kleider aus dem Haus der Schneiderin zu holen, und wartete bei den Pferden.

*

Langsam verstrich die restliche Woche, während sie auf einen Brief ihrer Mutter wartete. Pearl kehrte zurück – gerade rechtzeitig, denn Tiffany begann wegen des angesammelten Staubs wieder zu niesen. Aber die erste Begegnung verlief ziemlich unangenehm.

Pearl schlenderte in die Küche, warf einen kurzen Blick auf Tiffanys hässliche neue Arbeitskleidung und fragte anklagend: »Haben Sie meine Sachen gestohlen?«

Da sie Röcke und Blusen in ähnlichem Stil trugen, verstand Tiffany den Verdacht der Frau. Aber im Gegensatz zu ihr füllte das vollbusige Dienstmädchen den tiefen Blusenausschnitt provozierend aus. Wahrscheinlich zog Pearl sich so an, um verführerisch zu wirken. Mit schwarzen Haaren, die offen auf die Schultern fielen, und den grauen Augen sah sie auf bodenständige Weise hübsch aus.

Jetzt, wo Tiffany sie aus der Nähe betrachtete, erkannte sie, warum Hunter angesichts dieser Reize in Versuchung geriet.

»Diese Kleidung habe ich bei Mrs. Martin bestellt, ohne einen speziellen Stil zu verlangen«, erwiderte sie. »Offenbar hat sie sich an *Ihren* Sachen orientiert. Glauben Sie mir, ich hätte niemals eine so freizügige Bluse gewählt.«

Um das lächerlich tiefe Dekolleté zu verhüllen, hatte sie mehrere Stunden in Marys Nähzimmer verbracht und einen Einsatz hergestellt, den sie in den Ausschnitt stecken und im Nacken mit Bändern befestigen konnte. Unter der Bluse durfte sie kein Hemd tragen, weil die kurzen Ärmel über die Schultern rutschten und die Träger zeigen würden.

Mochte die Beleidigung beabsichtigt gewesen sein oder nicht – Pearl reagierte prompt darauf. »Halten Sie sich bloß von Hunter fern!«, zischte sie. »Er gehört mir!«

»Ihnen?«, fragte Tiffany verwirrt.

»In mein Bett gehört er!«

Wie beschämend, eine Diskussion über so intime Dinge mit einer fremden Frau … »Ich habe einen Verlobten«, verkündete Tiffany kühl.

»Gut. Dann passen Sie auf, dass es dabei bleibt.«

Tiffanys grüne Augen verengten sich. »Ich bin die neue Köchin. Und ich koche auch *Ihr* Essen. Vielleicht sollten Sie daran denken.«

Welch eine alberne Drohung … Sie war wütend auf sich selbst, weil ihr nichts Besseres einfiel. *Immerhin der einzige Ärger an diesem Tag,* redete sie sich ein. Aber falls Hunter auftauchen sollte, bevor sie sich beruhigte, würde er einiges über seine Geliebte zu hören bekommen.

An seiner Stelle erschien Degan. Immer noch erbost, bedachte Tiffany nicht, dass solche Dinge besser verschwiegen wurden. Doch dann warf er ein interessantes Licht auf die Frage, die sie beschäftigte.

»Im Grunde macht sie sich nichts aus Hunter. Sie will nur

die Herrin eines solchen Hauses werden. Solange Mary Callahan lebt, wird das nicht passieren. Lieber würde Pearl einen Warren heiraten. Hätte man sie auf der Ranch da drüben eingestellt, würde sie nicht hier arbeiten. Neuerdings hat sie's auf Roy abgesehen.«

Das befürchtete Tiffany, seit Degan das Mädchen bei der Auseinandersetzung mit ihrem Bruder erwähnt hatte, um ihn einzuschüchtern. Wenn dieses ganze Durcheinander überstanden war, musste sie Roy vor dieser tückischen, vulgären Person warnen. Würde er darauf hören, obwohl sie ihn so sehr verärgert hatte? Oder war es schon zu spät? Als sie ihn damals in der Stadt gesehen hatte, war auch Pearl dort gewesen.

*

Am nächsten Tag tauchte das Schweinchen wieder auf der Veranda auf, diesmal unter dem Arm eines erzürnten Jakes. »Hätten Sie sich bloß nicht mit dem Kleinen angefreundet, Miss! Seit er nicht mehr raus und zu Ihnen laufen kann, jault er dauernd.«

»Also haben Sie den Schweinestall besser eingezäunt?«

»Was blieb mir denn anderes übrig?«, murrte Jakes. »Nie hatte ich ein verdammtes Problem mit den Ferkeln, bevor der Kleine *Sie* gewittert hat. Da, jetzt gehört er Ihnen.«

Ohne ein weiteres Wort drückte er das Tierchen in Tiffanys Arme und stapfte davon. Sie war verblüfft, aber nicht irritiert. Noch nie hatte sie ein Haustier besessen, und dieses schien sie irgendwie zu beruhigen. Natürlich musste das Schweinchen einen Namen bekommen, und sie entschied sich für Maximilian, einen edlen Namen, der seiner Neigung zum Schmutz vielleicht entgegenwirken würde. Wie sich herausstellte, verschaffte ihr das unerwartete Geschenk einen zusätzlichen Vorteil. Seit sich das Ferkel in der Küche tummelte, glänzte Pearl durch Abwesenheit. Offenbar verabscheute das Dienstmädchen diese Tiere.

Im Lauf der Woche verbesserten sich Tiffanys Kochkünste auch weiterhin, wenn es auch schwierig war, den köstlichen Braten zu übertreffen, für den ihr die Familie sogar noch am nächsten Tag gedankt hatte. Erstaunlicherweise machte ihr das Kochen Spaß – nun ja, nicht immer, denn das Wetter wurde zusehends wärmer und die Luft in der Küche heißer. Da Tiffany nie zuvor geschwitzt hatte, war das eine eher unangenehme neue Erfahrung. Aber sie experimentierte gern mit den Gewürzen.

Die Resultate dieser Versuche servierte sie nur zum Lunch, denn mittags ritten die Haushaltsmitglieder nur selten von der Weide nach Hause. Und sie notierte die Zutaten und Maße dieser neuen Gerichte! Sogar das bereitete ihr Freude – eine Sammlung ihrer eigenen Rezepte! Was gut schmeckte, wurde in die Speisepläne fürs Dinner aufgenommen.

*

Am nächsten Samstagabend ritt Hunter nicht mit den Männern in die Stadt, sondern blieb daheim, um ihr das Pokern beizubringen. Das hätte er auch an anderen Abenden tun können, aber er benutzte die Ausrede, er würde nur samstags pokern – also an *diesem* Abend oder nie.

Das wollte sie nicht, weil sie es für eine schlechte Idee hielt, den Abend mit ihm zu verbringen. Tagsüber sah sie ihn ohnehin schon viel zu oft. Manchmal setzte er sich sogar abends zu Tiffany und Maximilian auf die Verandaschaukel, um den Sonnenuntergang zu beobachten. Dabei redete er nicht immer, und wenn doch, brachte er sie zum Lachen.

Sie benutzten den Spieltisch im Wohnzimmer. Nur zu zweit saßen sie in dem Raum mit der hohen Decke, und ihr Gelächter hallte so laut von den Wänden wider, dass Zachary oben am Treppenabsatz erschien und schrie, sie sollten gefälligst still sein.

Trotz aller Mühe gewann Tiffany kein einziges Spiel und verdächtigte Hunter des Betrugs. Sogar das fanden sie komisch!

Aber sie musste aufhören, sich mit diesem Mann zu amüsieren, durfte sich nicht so wohl in seiner Gesellschaft fühlen, gefangen von seinem Humor …

Gefangen! Noch eine lustige Erinnerung, denn sie hatte tatsächlich eine Kuh eingefangen. Eines Tages hatte er Tiffany zu einem Ausritt eingeladen und ihr die Wahl des Ziels überlassen. Sie wollte den Schaden sehen, den die Kupfermine auf der Weide anrichtete. Und so ritten sie nach Osten. Die Callahans hatten nicht übertrieben. Das Gras oberhalb der Schlucht, in der das Minencamp lag, war vom Ruß geschwärzt, eine große Aushöhlung klaffte im Boden.

Noch bevor sie sich der Grube näherten, hörten sie eine Kuh schreien. Eine andere saß darin fest. Glücklicherweise war sie auf einen Felsvorsprung gefallen, nur einen Meter tiefer unten. Sie sah unverletzt aus, konnte aber nicht aus eigener Kraft nach oben gelangen. Hunter stieg ab und nahm ein zusammengerolltes Seil vom Sattelknauf.

Da erinnerte sich Tiffany, wie Mary ihr erzählt hatte, sie würde gern verirrte Kälber mit dem Lasso einfangen. Nun fragte sie Hunter, ob sie es versuchen dürfe. Das überraschte ihn, aber er zeigte ihr, was sie tun musste. Bald gab sie seiner Mutter recht – es machte wirklich Spaß, nachdem sie verstanden hatte, worauf es ankam, und das Lasso nicht mehr um sich selbst, sondern lachend um den Kopf der Kuh wickelte.

Der Zwischenfall verzögerte die Rückkehr zur Ranch, die Sonne begann zu sinken. Wieder einmal fasziniert, beobachtete Tiffany das Farbenspiel und entfernte sich unwillkürlich von Hunter.

»Pass auf«, mahnte er, »sonst muss ich dein Pferd am Zügel führen.«

»Tut mir leid. Hier draußen ist es so schön. Deshalb war ich unvorsichtig.«

»Wie gut dir die Sonnenuntergänge gefallen, habe ich schon bemerkt. Wenn man hier aufgewachsen ist, achtet man kaum darauf.«

»Zwischen den hohen Häusern in der Großstadt sieht man den Horizont nicht. Vielleicht einen schwachen rosa Schimmer, wenn die Sonne sinkt ...«

Welch ein perfektes Ende dieses wunderbaren Tages ... Dieser Gedanke störte sie ein bisschen, weil sie die Stunden mit Hunter nicht genießen wollte. Und nachdem sie fast zwei Wochen auf der Ranch verbracht hatte, sah sie noch immer keine Möglichkeit, die Fehde zu beenden. Jedenfalls nicht ohne Heirat.

Sie brachten die Pferde in den Stall, dann schlenderten sie zum Haus, und Tiffany fragte beiläufig: »Hast du mal überlegt, wie du dauerhaften Frieden mit den Nachbarn schließen kannst, obwohl du Franklin Warrens Tochter nicht heiraten willst?«

»Das will ich wirklich nicht.«

»Und wenn sie hübsch ist? Also – ich habe gehört, ihre Mutter soll sehr schön sein.«

»Das spielt keine Rolle. Seit ich denken kann, lebe ich mit dem Hass gegen diese Familie, der lässt sich nicht leicht überwinden. Unter der Oberfläche würde er immer wirksam bleiben, wenn ich diese Frau heirate, und hervorbrechen, sobald sie was falsch macht …« Plötzlich unterbrach er sich verwundert. »Über diese Angst habe ich noch nie mit jemandem gesprochen.«

Tiffany wünschte, er hätte auch diesmal geschwiegen. Verstört lief sie ins Haus.

Kapitel 39

Nach einem weiteren erfolgreichen Dinner stieg Tiffany lächelnd die Treppe hinauf. Es war noch früh am Abend, und sie wollte ihren New Yorker Freundinnen schreiben. Diese Briefe würde jemand anderer zur Post bringen. Was sie hier tat, durfte sie den Mädchen natürlich nicht verraten. Aber sie würde einige positive Dinge über Montana erwähnen. Ihrer Mutter konnten sie nichts davon erzählen, denn Rose befand sich in Chicago und sollte weiterhin glauben, die Tochter würde diese Gegend hassen.

Inzwischen müsste sie den zweiten Brief erhalten haben. Halb und halb hatte Tiffany ein Telegramm erwartet, mit der Aufforderung: *Komm nach Hause.* Nun, wahrscheinlich wollte Mama ihre Meinung etwas ausführlicher in einem Brief äußern. Hoffentlich würde sie nicht ebenso wie Sam versuchen, ihr zu erklären, es sei nur Tiffanys Pech gewesen, dass sie Gewalttätigkeiten mit angesehen hatte.

Möglicherweise – doch das wird meinen Entschluss nicht ändern.

In ihrem Zimmer nahm sie das Band aus ihrem Haar und schüttelte es. Dann legte sie eines ihrer neuen Nachthemden bereit, um es sich bequem zu machen, bevor sie ihre Briefe schrieb. Mrs. Martin hatte zwei Nachthemden genäht, ein langärmeliges für den Winter und ein kurzärmeliges für den

Sommer. Im Winter würde Tiffany nicht mehr hier sein, deshalb wollte sie die langen Ärmel abschneiden.

Sie nahm den Einsatz aus der Bluse und trat vor den Spiegel an der Innenseite der Schranktür. Das hätte sie nicht tun sollen. Das lange Haar floss ihr um die Schultern, und in der albernen, tief ausgeschnitten Bluse erkannte sie sich nicht wieder. Sie errötete. Hastig warf sie die Schranktür zu.

Nie wäre dieses Missgeschick passiert, hätten die Männer sie an jenem Samstag vor der Bestellung der Kleider nicht zur Eile gedrängt. Sie hätte sich mehr Zeit nehmen müssen, um den Stil der neuen Sachen auszusuchen. Eigentlich müsste sie die Blusen der Schneiderin zurückbringen. Aber sie wagte sich nicht mehr in die Stadt.

Bevor sie sich auszuziehen begann, wurde an ihre Tür gehämmert. *O Gott, was jetzt? Wieder ein Feuer?*

Sie lief zur Tür, riss sie auf und starrte einen ungewöhnlich nervösen Hunter an. Wortlos packte er sie am Arm und zog sie zu den Stufen. Sie schnupperte, roch aber keinen Rauch. »Wohin bringst du mich?«, japste sie auf halber Höhe der Treppe.

»Gerade ist Caleb hergeritten«, keuchte er, ohne innezuhalten oder auch nur einen Blick über die Schulter zu werfen. »Mein Gott, er hat panische Angst! Er braucht sofort eine Frau! Und du bist die Nächstbeste!«

»Was?«

»Für Shela, seine Ehefrau. Heute Nacht kriegt sie ihr Baby, und unser Doktor kommt erst in ein paar Tagen nach Nashart zurück.«

»Kann sie nicht warten?«

Trotz seiner Sorge brachte er es irgendwie fertig, leise zu lachen. »Nein, wirklich nicht.«

»Aber ich verstehe nichts von Geburten.«

»Musst du auch nicht. Shela weiß Bescheid, das ist ihr zweites Kind. Habe ich's letzte Woche nicht erwähnt? Du sollst nur da sein und das Baby auffangen, wenn's rauskommt.«

»Caleb kennt seine Frau. Intim. Wieso kann *er* das nicht machen?«

»Beim ersten Mal hat er's versucht und ist in Ohnmacht gefallen, bevor das Baby da war. Nein, er ist völlig nutzlos.«

Warum glaubte Hunter, sie würde nicht auch umkippen? Nur weil sie eine Frau war? Gehörte das zu den Situationen, in denen die Männer auf weibliche Instinkte vertrauten? Vermutlich.

Noch bevor sie sich an ihre unzulängliche Kleidung erinnerte, erreichten sie den Stall. Prompt stieg ihr brennendes Blut in die Wangen. »Ich bin nicht richtig angezogen. Lass mich umkehren …«

»Jetzt haben wir keine Zeit für Schicklichkeitsprobleme, Rotschopf.«

»Wenigstens brauche ich eine Jacke – oder dein Hemd!«

Er warf ihr seine Jacke zu, dann hob er sie auf ein Pferd. Jemand hatte bereits zwei Tiere gesattelt. Wahrscheinlich hatte Caleb einen Cowboy geweckt, bevor er wieder nach Hause galoppiert war.

»Für den Fall, dass der Arzt früher zurückgekommen ist, habe ich Cole in die Stadt geschickt«, sagte Hunter. »Aber das ist nicht anzunehmen.«

Rasch schlüpfte sie in die Jacke, ehe sie immer noch widerstrebend die Zügel ergriff. »Warum hast du nicht Pearl oder Luella geholt? Sicher kennen sie sich besser aus …«

»Das konnte ich nicht«, unterbrach er sie und schwang sich in den Sattel. »Luella besucht heute Abend ihre Familie, das macht sie zweimal pro Woche. Und Caleb lässt Pearl nicht mehr in die Nähe seines Hauses, weil sie ihn verführen wollte, als Shela bei ihrer ersten Schwangerschaft im achten Monat war.«

So ein Flittchen! Mit wie vielen Männern schlief Pearl eigentlich? Bevor Roy ihren Reizen erlag, musste Tiffany ihn warnen.

Sie ritten aus dem Stall. Über dem wolkenlosen Horizont im Osten hing der Mond und spendete genug Licht, sodass sie den schmalen Weg sahen. Am nordwestlichen Nachthimmel, in weiter Ferne, zuckten Blitze. In dieser Gegend lösten sich Gewitterstürme sehr schnell auf. Also würde dieses Unwetter die Triple C wohl kaum bedrohen.

Immer wieder fragte sie Hunter, wann sie am Ziel sein würden. Weil sie so schnell ritten, schien er es nicht zu hören. Genauso schnell wuchs ihr Unbehagen. Dieser Aufgabe, die von ihr verlangt wurde, fühlte sie sich nicht gewachsen. Wenn sie wie Caleb in Ohnmacht fiel – wer würde sich um das Baby kümmern?

Als sie Calebs Cottage erreichten, war sie halb erstarrt vor Furcht. Hunter musste sie aus dem Sattel heben, in das kleine Haus und in ein Wohnzimmer zerren. Das Erste, was sie hörten, war der Schrei eines Babys. Maßlos erleichtert seufzte Tiffany auf.

»So, wie's aussieht, wird dir einiges erspart, Rotschopf.« Hunter klopfte an eine der beiden Türen, die von Caleb geöffnet wurde.

Nicht viel älter als Hunter, sah er sehr gut aus, was Pearl schätzungsweise zu ihren Avancen verleitet hatte. Ein winziges Bündel in einer Armbeuge, schloss er die Tür hinter sich.

»Diesmal ist es ein Junge«, verkündete er und strahlte vor Stolz. »Dass es so schnell losgehen würde, wusste ich nicht. Letzte Woche gab's falschen Alarm. Da glaubte Shela, das Baby würde kommen. Aber die Wehen waren verschwunden, bevor ich daheim war, und sie hat's nicht erwähnt, die dumme Frau. Heute hatte sie Schmerzen und dachte wieder, es wäre noch nicht so weit. Deshalb sagte sie nichts, als ich zum Lunch hier war. Und abends wurde ich fast verrückt vor Angst. Natürlich musste ich befürchten, es würde losgehen, während ich Hilfe holte.«

»Ma hat mir mal erklärt, nur beim ersten Kind sei es schwierig«, erzählte Hunter. »Die nächsten flutschen ganz einfach raus. Zumindest war's bei ihr so.«

»Und das hast du mir nicht gesagt?«, warf Caleb ihm vor.

Hunter zuckte die Achseln. »Weil ich annahm, Shela würde es wissen.«

Schon wieder diese Vermutung, Frauen würden sich instinktiv mit häuslichen und familiären Dingen auskennen … Tiffany verdrehte die Augen. Nachdem Hunter sie mit Caleb bekannt gemacht hatte, fragte sie: »Also musste das Baby nicht aufgefangen werden?«

Caleb grinste verlegen. »Diesmal wurde ich nicht bewusstlos. Dafür war ich zu entsetzt, als Sandra schrie: ›Beweg deinen Arsch zu mir …‹« Er stimmte in Hunters Gelächter ein, dann legte er das Bündel in Tiffanys Arme. »Wenn's Ihnen nichts ausmacht, Ma'am … Ich hab ihn schon sauber gemacht. Jetzt will ich noch mal nach Shela sehen, das arme Ding ist völlig erschöpft.«

Als er im Schlafzimmer verschwand, ging Hunter zur Haustür. »Wahrscheinlich bleiben wir noch eine Weile hier. Ich bringe die Pferde in den Stall, gleich bin ich wieder da.«

Plötzlich war sie mit einem Baby allein, doch das störte sie seltsamerweise nicht. Langsam wanderte sie im etwas beengten Wohnzimmer umher. In einer Ecke stand eine Sitzgarnitur, in einer anderen ein Esstisch mit Stühlen, eine dritte enthielt eine Kochnische. Die zwei Türen führten in Schlafräume. Weil ein Feuer im Herd brannte, war es unangenehm warm.

Für eine kleine Familie ist das Haus sicher groß genug, dachte Tiffany. Und sie fand das Wohnzimmer sehr gemütlich, mit gehäkelten Deckchen und Nippes dekoriert. Schließlich setzte sie sich auf das Sofa und zog die Decke ein bisschen von dem Baby weg, als es gluckste. So winzig! Und irgendwie komisch, ohne Haare, mit gerötetem Gesichtchen. Der Kleine bewegte ein Händchen, das aus der Decke geschlüpft war, doch die Augen blieben geschlossen. Wie süß er aussah … Sie flüsterte ihm alberne Koseworte zu, und in diesem Moment kam Hunter zurück.

»Sicher wirst du mal eine gute Mutter«, sagte er leise, um das Baby nicht zu wecken, und sie lächelte errötend.

Vielleicht stimmte es, und die Frauen wussten in gewissen Situationen tatsächlich intuitiv, wie sie sich verhalten mussten. »Ich glaube, er ist wach. Aber weil er die Augen nicht öffnet, bin ich mir nicht sicher.«

Hunter setzte sich zu ihr, um das kleine rote Gesicht genauer zu betrachten, und seine Schulter berührte ihre. Auch er lächelte. Mochte er Babys?

Nach einer Weile stand er auf. »Ich will mal nach seiner kleinen Schwester sehen, die ist höchstens vier Jahre alt. Womöglich ist sie von all dem Geschrei aufgewacht. Damit meine ich nicht nur das Baby. Wenn die Frauen Kinder kriegen, können sie sehr laut sein.« Er schlich in das zweite Schlafzimmer und verließ es wenig später. »Offenbar hat sie nichts gehört, sie schlummert tief und fest.«

»Gut.« Tiffany stand auf. »Würdest du ihn kurz halten? Hier ist es so heiß, ich muss die Jacke ausziehen.«

»Ja, natürlich.« Ohne Zögern nahm er den Säugling entgegen.

Hastig schlüpfte sie aus der Jacke und hängte sie über die Lehne des Sofas. Dann streckte sie die Hände nach dem Baby aus. Statt es ihr zu überreichen, starrte er ihre halb entblößten Brüste an.

Weil sie die Jacke zugeknöpft hatte, sah er erst jetzt, was sie darunter trug. Tiffany hatte gedacht, sie könnte sich in der tief ausgeschnittenen Bluse präsentieren, ohne zu erröten – ein Irrtum.

»Habe ich nicht gesagt, ich müsste mich umziehen, bevor wir hierhergeritten sind?« Sie nahm ihm das Baby aus den Armen, verhüllte ihre Brust mit dem Bündel und setzte sich wieder.

»Tut mir leid, es war nur – unerwartet.« Er ging zum Herdfeuer, und als er sich wieder zu ihr umwandte, merkte sie, dass ihm das Atmen schwerfiel. »In diesem flackernden Licht sehen deine Haare wie Flammen aus.«

»Das … bildest du dir ein.«

»Wirklich?«, fragte er heiser. »Und wie deine Augen leuchten, wenn du mich anschaust, Jenny – das bilde ich mir nicht ein.«

»Nur eine Spiegelung …«

Dann versagte ihre Stimme. Seine Augen reflektierten das Feuer – obwohl es hinter ihm brannte.

Kapitel 40

Was geschehen wäre, hätte es nicht plötzlich zu regnen begonnen, wusste sie nicht. Die Wasserflut, die auf das Dach des Cottage prasselte, klang wie eine Rinderstampede, und das Baby begann zu schreien. Aber Tiffany konnte es schon bald beruhigen – sich selbst allerdings nicht.

Ihre Angst hing nicht mit dem Sommergewitter zusammen. Sie fing an, diesen Mann zu *mögen*. Viel zu sehr. Und was für seltsame Gefühle waren in ihr aufgekeimt, als Hunter sie so sonderbar angestarrt hatte? Noch immer stockte ihr davon der Atem.

Bevor sich diese Empfindungen verstärkten, musste sie aus Montana fliehen – am Ende würde sie noch denken, es wäre gar nicht so schlimm, ihn zu heiraten. Aber Mama hatte noch immer nicht auf den ersten Brief geantwortet. Und bis sie eine Antwort auf den zweiten erhielt, würde es noch länger dauern. Hoffentlich nur noch ein paar Tage. Dann würde sie endlich in den nächsten Zug steigen und das alles vergessen können.

»Heute Nacht müssen wir hier schlafen«, murmelte Hunter und klang fast verzweifelt.

Wo? Für Übernachtungsgäste war das Cottage zu klein, das Wohnzimmer zu heiß. Lieber würde sie durch den strömenden Regen nach Hause reiten … Oder nein, besser nicht.

Wenn die Pferde auf dem schlammigen Weg straucheln und stürzen würden …

Nun kam Caleb zu ihnen. »Schon den ganzen Tag habe ich gespürt, dass dieses Unwetter kommen wird. Wenigstens hat's euch nicht erwischt.«

Hunter zuckte die Achseln. »Um diese Jahreszeit muss man damit rechnen.«

»Ist das die Regensaison?«, fragte Tiffany.

»Die dauert von der Frühlings- bis zur Sommermitte.«

»Natürlich schlaft ihr hier.« Er nahm Tiffany das Baby ab, und sie verschränkte sofort die Arme vor der Brust.

»Hier drin ist es zu warm«, meinte Hunter. »In der Scheune wäre es besser.«

Caleb nickte. »Dann bringe ich euch ein paar Decken.«

Als er das Zimmer verließ, wandte sich Tiffany zur Sicherheit von Hunter ab. Weil sie ins Freie gehen würden, musste sie die Jacke anziehen. Die hätte sie beinahe wieder ausgezogen, denn der Stoff roch nach ihm, nach Leder und Kiefern.

Das roch Tiffany immer in seiner Nähe. Und bei dem Gedanken, die ganze Nacht so nahe bei ihm zu verbringen, erschauerte sie …

Caleb kehrte mit den Decken und einem Kissen zurück, dankte seinen teilnahmsvollen Besuchern für ihre Hilfe und versprach ihnen ein Frühstück für den nächsten Morgen.

Das Kissen und zwei Decken legte Hunter in Tiffanys Arm. Eine behielt er und breitete sie über ihren Köpfen aus. »Bleib neben mir, sonst wirst du klatschnass.«

Überall im Hof hatten sich Pfützen gebildet. Prompt trat sie in eine hinein, und ihre Schuhe wurden durchnässt. Immerhin war sie so vorsichtig, ihren Rock bis zu den Knien hochzuraffen und vor dem Wasser zu schützen. Aber als sie den Stall erreichten, lachten sie beide wie Kinder. Hunter warf die nasse Decke beiseite und entzündete eine Laterne. Wie Tiffany im Lichtschein feststellte, diente die Scheune auch als Stall mit vier Boxen. Alle waren besetzt. In einer lag eine Milchkuh.

»Steigen wir zum Heuboden hinauf. Weg vom Geruch der Tiere.« Hunter spähte nach oben. »Da gibt's einige Heuballen. Ich werde einen ausbreiten und uns ein weiches Bett machen.«

»Zwei Betten.«

»Wir haben nur zwei trockene Decken. Auf einer liegen wir, mit der anderen decken wir uns zu. Sei heute Nacht bloß nicht prüde, Rotschopf! Wegen deiner Schicklichkeit will ich mich nicht erkälten.«

Im Stall kam es ihr warm genug vor. Aber weil sie Hunters Jacke trug, widersprach sie nicht. Vermutlich würde die Temperatur während der Nacht sinken. In ihrem Schlafzimmer im Ranchhaus ließ sie stets ein Fenster offen und erwachte in kühler Luft, unter den Decken vergraben.

Er hängte die Wolldecken um seine Schultern und stieg die Leiter hinauf. Dann wollte er sich das Kissen zuwerfen lassen, damit Tiffany ihm folgen konnte. Fünfmal verfehlte sie das Ziel, bevor das Kissen endlich in Hunters Händen landete, und sie mussten wieder lachen.

Gedämpft drang das Laternenlicht zum Heuboden herauf und erhellte nur die Dachbalken. Der Raum lag größtenteils im Schatten. Aber Hunter sah genug, um das Heu eines Ballens am Boden auszubreiten, und sie half ihm, die Decken darauf glatt zu streichen. Die restlichen Ballen arrangierte er wie einen Schutzwall rings um das Lager.

Zuerst legte er die Pistolenhalfter ab, dann seinen Gürtel, bevor er sich auf die Decken setzte, Stiefel und Socken auszog und beiseitewarf. Tiffany beobachtete ihn nervös.

Als er seine Hose aufknöpfte, schnappte sie nach Luft. »Was tust du?«

»Nicht das, was du glaubst«, erwiderte er grinsend. »Ich mach's mir nur ein bisschen bequem. Normalerweise schlafe ich nicht in meinen Kleidern. Aber keine Bange, jetzt behalte ich sie an.«

Um ihre Verlegenheit zu verbergen, kehrte sie ihm den Rücken zu. Hatte er absichtlich das Fantasiebild heraufbeschworen, er würde immer nackt in seinem Bett liegen? Plötzlich wurde ihr wieder viel zu warm. Sie schlüpfte aus der Jacke. Aber das nützte nichts. Schließlich setzte sie sich und zog ihre nassen Schuhe aus. Weil ihr so heiß war, würde sie vorerst nicht unter die Decke kriechen.

»Das Kissen können wir uns teilen«, schlug er hinter ihr beiläufig vor. »Oder du legst deinen Kopf auf meinen Arm. Angeblich ist der weich genug.«

»Nein.«

»Meine Brust ist sogar noch bequemer.«

»Nein!«

Obwohl sie es nicht sah, hatte sie das Grinsen aus seiner Stimme herausgehört. Sie warf ihm seine Jacke zu.

»Nimm das als Kissen.« Vorsichtig streckte sie sich am Rand des provisorischen Betts aus, möglichst weit von ihm entfernt. Mindestens ein halber Meter trennte sie von Hunter. Warum hatte sie trotzdem das Gefühl, sie würden einander berühren?

»Wenn du frierst, drück dich an mich, Jenny, das macht mir nichts aus.«

Wieder schwang unverkennbare Belustigung in seinem Ton mit. Doch er drehte sich von ihr weg. Deshalb ersparte sie sich eine Antwort und versuchte einzuschlafen, aber sie fand einfach keine bequeme Position. Ihre Nerven flatterten. Nicht einmal ihre Atemzüge beruhigten sich. Das war ihr peinlich, denn Hunter würde es sicher bemerken.

Etwa eine Stunde später riet er ihr: »Schlaf endlich, Rotschopf, der Morgen kommt früher, als du denkst. Hoffentlich mit Sonnenschein.«

»Noch nie im Leben musste ich ein Bett mit jemandem teilen«, flüsterte sie. »Tut mir leid, ich kann nicht schlafen.«

»Kuschel dich an mich, wenn dir kalt ist. Falls dir zu heiß wird, rück wieder von mir weg. Tritt mich, wenn ich schnarche. Solltest *du* schnarchen, werde ich versuchen, *nicht* nach dir zu treten.«

Beinahe lachte sie und entspannte sich ein bisschen. Das hatte er sicher beabsichtigt, und sie dankte ihm stumm. Zehn Minuten später drehte sie sich wieder rastlos hin und her, diesmal vorsichtiger, weil sie Hunter nicht um seinen Schlaf bringen wollte.

Eine schlechte Idee. Wenn sie wüsste, wie man ein Pferd sattelte, würde sie trotz des Regens zur Ranch reiten. Also musste sie sich mit einer schlaflosen Nacht abfinden, an der Seite dieses Mannes.

Dann hörte sie ihn leise schnarchen, öffnete die Augen und schaute ihn an. Ein schwerer Fehler. Jetzt erschien ihr das schwache Laternenlicht viel zu hell – viel zu deutlich sah sie Hunter. Zum ersten Mal konnte sie ihn ausgiebig betrachten, ohne dass er es merkte und ohne dass sie sich verlegen fühlen musste. Das nutzte sie aus.

Einen Arm hinter dem Kopf, das Hemd fast aufgeknöpft, lag er auf dem Rücken. So groß, so muskulös … Er hatte ihr erlaubt, sich an ihn zu schmiegen …

Nein, nein! Das wagte sie nicht. Nur zu gut entsann sie sich, was geschehen war, als sie in jener Nacht in der Küche auf seinem Schoß gesessen hatte. Wenn sie jetzt zu ihm rückte und ihn berührte, musste sie befürchten, sie würde nicht aufhören können. Er würde erwachen und … Vor diesem Gedanken schreckte sie zurück, aber gegen die Hitze in ihrem Blut war sie machtlos.

Noch immer gelang es ihr nicht, den Blick von Hunter abzuwenden. Sie schaute sogar eine Körperstelle an, die sie noch nie gemustert hatte – die Wölbung zwischen seinen Schenkeln. Was das war, wusste sie. Mama hatte ihr die Intimitäten im Ehebett ausführlich erklärt, sogar gewisse Veränderungen der männlichen Anatomie. Bei Hunter wirkte es etwas zu groß, das musste ihm unangenehm sein. Plötzlich riss sie die Augen auf. Hatte es sich soeben bewegt?

Kurz danach hörte sie ihn nicht mehr schnarchen, ihr Blick kehrte zu Hunters Gesicht zurück und begegnete seinen offenen Augen. »Hast du nicht geschlafen?«, flüsterte sie.

Bevor er antwortete, stöhnte er. »Nein, ich tat nur so, damit du dich entspannst. Warum schläfst du nicht?«

Weil ihr keine Antwort einfiel, schwieg sie. Die Gefühle, die er in ihr weckte, nahmen ihr die Atemluft. Und er hatte nicht einmal versucht, irgendwas in ihr zu erregen. Ganz im Gegenteil. Aber diese Hitze warf einfach da, auch der beschleunigte Puls, die Anspannung, als drohte etwas in ihr zu explodieren, wenn es nicht freigelassen wurde.

Offenbar las er die Sehnsucht in ihrer Miene, denn er stöhnte wieder. »Und wenn's mich umbringt – ich habe geschworen, diese Nacht nicht auszunutzen.«

»Wem hast du's geschworen?«

»Mir selbst.«

»Dann nimm den Eid zurück.«

Hatte sie das wirklich gerade gesagt? Ja, offensichtlich, denn sie warf sich auf ihn, wehrte sich nicht mehr gegen die Explosion, verlor alle Hemmungen. Hungrig und leidenschaftlich küsste sie ihn. In vollen Zügen genoss sie die Glut, mit der er den Kuss erwiderte. Das genügte nicht. O Gott, sie konnte gar nicht nahe genug an ihn herankommen.

Er zog sein Hemd aus, riss ihre Bluse auseinander, so schnell, dass sie es kaum bemerkte. So brennend heiß fühlte sich seine Haut an, und Tiffany wagte nicht, ihn zu berühren. Trotzdem tat sie es und glaubte, sie müsste schreien. Aber aus ihrer Kehle drang kein Laut. Noch immer schwoll dieses Etwas in ihr an und verlangte viel mehr als die Küsse, so himmlisch sie ihr auch erschienen.

»Was machst du mit mir? Warum glaube ich zu sterben, wenn ich nicht *alles* von dir schmecke?«

Genau das tat er, noch ehe seine Frage verhallte. Um nichts auf der Welt hätte Tiffany ihn daran gehindert. Seine Lippen glitten über ihren Hals, die Schultern, die Brüste, tiefer hinab, jeden Quadratzentimeter kostete er, und sogar die Handflächen leckte er ab, saugte an jedem Finger. Und überall prickelte ihre Haut, versengt vom Feuer seines Mundes.

»Hilf mir …«, würgte sie hervor, als die Stimme ihr kurzfristig gehorchte.

»Alles. Sag mir nur, was …«

»Jetzt!«

Worum sie flehte, wusste sie nicht genau. Jedenfalls um ein Ende. Zu viel Entzücken auf einmal, und doch zu wenig. In ihrem wirren Gehirn ergab das keinen Sinn. Aber *er* wusste Bescheid. Und als er ihr gab, was sie brauchte, im tiefsten Teil ihres Innern, stieß sie einen ekstatischen Schrei aus. Sie klammerte sich an ihn, umschlang seinen Hals, während die pochenden Wellen durch ihr Blut flossen, bis zu den gekrümmten Zehen hinab. Niemals hätte sie erwartet, etwas so Beglückendes, Erlösendes könnte einer so wilden, verzweifelten Sehnsucht folgen.

Darüber staunte sie immer noch, während auch Hunter seine Erfüllung fand, und danach lag er neben ihr und hielt sie in seinen Armen. Auf ihrer Stirn spürte sie seine sanften Lippen, dann einen letzten Kuss, so zärtlich, so – liebevoll. Wahrscheinlich hätte sie vor Rührung geweint, wäre sie nicht so wohlig ermattet gewesen. Sie konnte sich weder bewegen noch sprechen.

Am nächsten Morgen würde sie über alles nachdenken. Aber jetzt war es einfach zu wunderbar, sich endlich an Hunters Brust zu schmiegen und einzuschlummern.

Kapitel 41

Tiffany erwachte zuerst, aber sie rührte sich nicht. Von Hunter abgewandt, spürte sie ihn an ihrem Rücken und an den Beinen. Ihr Kopf lag auf seinem ausgestreckten Arm, seine Hand auf dem Kissen neben den Decken. Das hatten sie gar nicht benutzt. Fast hätte sie gelacht – hätten keine Tränen in ihren Augen gebrannt.

So viele Lügen musste sie ihm erzählen. Was geschehen war – ein schwerer Fehler –, dürfe nicht noch einmal passieren. Ihr Verlobter, das Versprechen, das sie ihm gegeben habe, ihre Ehre … All diese Argumente würde sie anführen, und sogar die Wahrheit, wenn es sein musste.

»Gehen wir zu einem Priester? Bist du bereit?«

Tiffany blinzelte. Unfassbar – die Frage eines *Schürzenjägers?* Nein, wahrscheinlich hänselte er sie nur. Ganz sicher, denn *das* war ja seine große Stärke. Am Wochenende musste sie mit der Erlaubnis ihrer Mutter fliehen. Hunter würde nie herausfinden, wer sie wirklich war, und sie bald vergessen. Doch warum kämpfte sie mit den Tränen?

Plötzlich richtete er sich auf und küsste ihre nackte Schulter, dann ihre Wange. »Du wirst die schönste Braut sein, die Montana je gesehen hat.«

O Gott, meinte er das ernst? Jetzt begannen die Tränen zu fließen. So glücklich klang seine Stimme! Was hatte sie getan?

Warum hatte sie sich diesem wunderbaren Mann hingegeben, mit dem sie nicht zusammen sein konnte?

Abrupt stand sie auf und begann sich anzuziehen. »Darüber will ich jetzt nicht reden. Ich – ich habe nicht erwartet, dass – so etwas geschehen würde.«

»Das verstehe ich. Dein Gewissen meldet sich – wegen des Mannes, den du heiraten sollst. Aber glaub mir, du bist ihm nicht mehr verpflichtet. Niemals hätte dieser Narr dir gestatten dürfen, allein hierher zu reisen. Er ist nicht der Richtige für dich. Inzwischen müsstest du's gemerkt haben.«

Mit jedem seiner Worte fühlte sie sich noch elender. Er wollte eine Frau heiraten, die nicht existierte … Hastig wischte sie ihre feuchten Wangen ab. »Bevor jemand rausfindet, wo wir die ganze Nacht waren, will ich im Ranchhaus sein.«

»Selbstverständlich muss ich meinem Pa einiges erklären. Aber das ist mir egal. Noch heute sage ich ihm, ich werde *dich* heiraten. Nicht Tiffany Warren.«

Über ihr Gesicht rannen immer neue Tränen, die sie alle paar Sekunden wegwischte. Er merkte es nicht, weil sie sich gleichzeitig anzog.

»Willst du nicht zuerst bei Caleb frühstücken?«

»Ich bin nicht hungrig«, log sie und hoffte, ihr knurrender Magen würde sie nicht verraten. »Wenn du mein Pferd satteln würdest … Sicher finde ich den Weg …«

»Glaubst du, ich lasse dich allein reiten? Auf keinen Fall! Brechen wir sofort auf, denn es ist mir ohnehin lieber, wenn *du* das Frühstück machst.« Sie bekam keine Chance, ihm für das Kompliment zu danken, denn er riss sie in seine Arme und küsste sie ausgiebig. »Guten Morgen, Rotschopf!« Grinsend schaute er in ihre Augen. »Ist das nicht der beste Morgen, den man sich nur denken kann?«

Nach einem sanften Klaps auf ihre Kehrseite ließ er sie

los, schlüpfte in sein Hemd, das er vorerst noch nicht zuknöpfte, und stieg die Leiter hinab. Sobald er aus Tiffanys Blickfeld verschwunden war, sank sie auf die Knie und weinte hemmungslos. Warum musste er ein Cowboy sein? Wieso hatte sie ihn nicht in New York kennengelernt? Natürlich wäre er dann nicht der Mann, den sie mochte – nicht der charmante, humorvolle, sorglose, mutige und galante Hunter.

Der Ritt zur Ranch dauerte nicht so lange wie letzte Nacht, weil es nicht mehr regnete und die Sicht besser war. Vor der Veranda stieg Tiffany aus dem Sattel, bevor Hunter ihr helfen konnte.

Doch er ließ sie nicht ins Haus flüchten, ehe er die Pferde in den Stall brachte. »Wollen wir diese Woche irgendwann mal am See picknicken?«

Sie unterdrückte ein Stöhnen. Was erwartete er zu hören? Was sollte sie antworten? Wieso sie ihn nicht heiraten würde? Dann würde sie sofort wieder anfangen zu weinen. So wunderbar war die letzte Nacht gewesen … *Warum* hatte sie das herausfinden müssen?

»Wenn du fürs Dinner angeln willst …« *Das* würde Jennifer sicher nicht sagen, und so fügte sie hinzu: »Ich soll wohl einen Picknickkorb vorbereiten?«

»Nein, natürlich nicht«, log er. Genau das wünschte er sich. »Ich kann den Proviant aus der Stadt holen.«

Welch ein Spaß wäre das ohne ihr Dilemma … Aber vielleicht würde ihr ein Picknick die letzte Gelegenheit bieten, mit Hunter über ein gewaltfreies Ende der Fehde zu reden. Nach dieser Nacht würde er eher auf sie hören. Und in ein paar Tagen würde sie ohne Abschied davonschleichen, ohne vorher ihren Vater zu sehen – der einzige Lichtblick in ihrer Verzweiflung.

Sie nickte, und als sie die Veranda überquerte, rief er ihr nach: »Schick Pa heraus, Jenny! Offenbar gibt's Ärger!«

Erschrocken drehte sie sich um und sah in einiger Entfernung eine große Reitergruppe, die herangaloppierte. In wenigen Minuten würden die Männer hier eintreffen. Sie stürmte ins Haus, die Treppe hinauf und hämmerte gegen Marys Tür. Um diese frühe Stunde würde Zachary noch bei seiner Frau sein.

»Herein!«, erklang Marys Stimme.

Tiffany öffnete die Tür. »Ist Ihr Mann hier, Ma'am?«

»Nein, in der Küche. Er bereitet mein Frühstück vor. Ist was passiert?«

»Mehrere Männer reiten hierher, und Hunter rechnet mit Schwierigkeiten.«

Sofort schlug Mary ihre Bettdecke zurück. »Geben Sie mir meine Krücke.«

Verblüfft gehorchte Tiffany. »Können Sie schon aufstehen?«

»Inzwischen bin ich fast genesen, brauche aber noch eine Stütze. Auf die Treppe wage ich mich noch nicht. Geben Sie Zach Bescheid, Mädchen, und bleiben Sie im Haus. Wenn's unangenehm wird, soll Ihnen nichts zustoßen.«

Tiffany rannte die Stufen hinab. Wenn's zu Gewaltakten kommt, hatte Mary gemeint. Wer mochten die Reiter sein? Die Bergleute? Näherten sie sich in geballter Formation, um die Callahans zu ermorden? Ein totales Massaker, ohne Spuren, die auf sie hinweisen würden? Und wahrscheinlich würde man das Verbrechen den Warrens anlasten. Durch die Wohnzimmertür sah sie die Gewehre an der Wand hängen. Hätte sie Hunter bloß um Schießunterricht gebeten … Jedenfalls würde sie sich eine Waffe holen und auch benutzen, wenn es sein musste.

Zuerst teilte sie Zachary mit, was sein Sohn befürchtete, und folgte ihm etwas langsamer zur Verandatür, blieb aber im Flur. Das Geschrei hatte schon begonnen.

»He, Zachary! Einem Gerücht zufolge wohnt unter deinem Dach eine Frau aus dem Osten, die unter *meinem* sein müsste! Komm heraus und beweise mir das Gegenteil!«

Tiffany erstarrte. *Unter seinem Dach? O Gott, mein Vater?*

Aber wer auch immer der Mann sein mochte, er amüsierte den Hausherrn, der lachend auf die Veranda trat. »Hast du's rausgefunden?«

»Dann stimmt es?«

»Wir haben ihr mehr Geld geboten als du. Jetzt arbeitet sie hier, und da bleibt sie auch. Also denk gar nicht dran, mein Lohnangebot zu übertrumpfen. Bei uns wird sie gebraucht, bei dir nicht.«

»Das soll ich dir glauben? Du hältst sie gefangen!«

»Unsinn!«, protestierte Zachary verächtlich.

»Beweise es!«

»Nennst du mich einen Lügner, Frank?« In der Frage schwang ein drohender Unterton mit.

Jetzt stand Zachary auf den Verandastufen, und Tiffany beobachtete entsetzt, wie er seine Waffe zog. Von den Männern, die sich vor dem Haus postiert hatten, sah sie nicht viel. Jedenfalls mussten sie zahlreich erschienen sein – zum Kampf bereit. Frank hatte seine Söhne und seine Cowboys mitgebracht. Und er war wütend. Auch Zacharys Zorn wuchs.

Wie festgewurzelt stand Tiffany da. Draußen war ihr Vater – und seine Nähe schien sie zu lähmen.

»Du *bist* ein Lügner, Zach! Bei unserem letzten Gespräch hattest du Gelegenheit, mir zu erzählen, die Frau sei bei dir. Das hast du nicht getan, weil …«

»Verschwindet von meinem Grund und Boden! Alle! Sofort, bevor sich Frank die erste Kugel einfängt!«

»Ehe du feuerst, bist du tot!«, konterte Frank.

Nun mischte sich eine neue Stimme ein, und der Mann erklärte nicht ganz so erbost wie die beiden Älteren: »Wir wollen nur von ihr hören, ob sie freiwillig hier ist.«

Ihr Bruder Roy! Verdammt, sie würde ihn erwürgen! Wo er doch wusste, was geschehen mochte, wenn sie sich blicken ließ … Oder? Frank hatte keine Ahnung, wie seine Tochter aussah. Wollte Roy sie auf diese Weise dazu bringen, mit ihnen nach Hause zu kommen? Ein Vertrauensbruch. Doch das würde er anders sehen.

Und dann hörte sie Hunter erwidern: »Er hat recht, ich hole sie.«

Lauf! Zur Hintertür hinaus! Nimm dir ein Pferd! Reit in die Stadt! Schnell!

Aber sie konnte sich noch immer nicht bewegen. Hunter ergriff ihren Arm, um sie hinauszuführen, und bat leise: »Sag einfach nur, du bist hier, weil du's willst, Jenny. Dann werden sie abhauen.«

Verzweifelt schaute sie zu ihm auf. »Zwing mich nicht, da hinauszugehen, ich flehe dich an!«

»Es kommt alles in Ordnung, das verspreche ich dir.«

Trotz ihrer heftigen Gegenwehr zog er sie auf die Veranda. Die Zusammenhänge verstand er nicht, und er glaubte, er könnte sie schützen. Gleich würde er sie den Wölfen vorwerfen, und die Fehde könnte eskalieren, wenn sie einander nicht sofort töteten – eine Wiederholung der alten Geschichte …

»Tiffany?!«

Weder Sam noch Roy stießen ihren Namen erstaunt hervor – es war ihr Bruder Carl. Alle Blicke richteten sich auf sie.

So leicht fiel es ihr, Franklin zu entdecken, inmitten der vordersten Reihe, der älteste Reiter, eine Kombination seiner Söhne … Blond und breitschultrig. Ein attraktiver Mann. Ein sehr zorniger Mann. Kein Wunder, dass ihre Mutter ihn verlassen hatte. So, wie er jetzt aussah, könnte er jemanden umbringen. *Womöglich mich …*

Aber es war Zachary, den er mit funkelnden grünen Augen anstarrte. »Das hast du die ganze Zeit gewusst, du Hurensohn, nicht wahr?«

»Wovon zum Henker redest du?« Zachary wandte sich verwirrt Tiffany zu. »Was geht hier vor, Miss Fleming?«

Selbst wenn sie es versucht hätte – sie konnte nicht antworten. Sie war einfach zu entsetzt über die wilde Wut und die Anklagen. Hinter sich hörte sie Hunters Stimme. »Sag ihnen, dass es ein Irrtum ist, Jenny.«

Großer Gott …

»Das ist meine Tochter!«, fauchte Frank. »Tu nicht so, als hättest du's nicht gewusst, Zach! Dafür ist sie Rose viel zu ähnlich!«

»Fahr zur Hölle!«, schnaubte Zachary. »Deine Frau hab ich zu selten gesehen, um mich an sie zu erinnern. Mieser Bastard! Hast du deine Tochter hergeschickt, damit sie uns ausspioniert? Klar, das ist offensichtlich! Die Hochzeit wird abgeblasen! Und der blöde Waffenstillstand auch!«

»O ja, verdammt noch mal. Ich hätte es besser wissen müssen, als einem Callahan zu vertrauen …«

Plötzlich krachte ein Schuss. Ein halbes Dutzend Hände zuckte zu den Waffen, aber nur vor Verblüffung. Der Knall war hoch oben ertönt, und alle spähten zu einem Fenster hinauf. Zachary stieg sogar die Stufen hinab und stellte sich neben Franks Pferd, um über das Verandadach hinwegzuschauen.

»Moment mal, Mary …«, begann er in versöhnlichen Ton.

»Jetzt bin ich dran, Zach, also halt den Mund!«, befahl seine Frau. »Die Männer in unseren zwei Familien hatten nie auch nur einen Funken Verstand, wenn es die Fehde betraf. Nur wir Frauen wussten es besser. Die Hochzeit *wird* stattfinden. So wie es Rose vor Jahren arrangiert hat. Und, Frank – weil du uns die beste Köchin von Montana wegnimmst, lädst du uns für morgen Abend zum Dinner ein. Da werden wir alles besprechen. In Frieden, verstanden?«

Frank sagte weder Ja noch Nein. Immerhin senkte er die Schrotflinte und wandte sich zu seinen Söhnen um. »Holt eure Schwester.«

Alle drei wollten sich aus den Sätteln schwingen. Aber keiner musste Tiffany holen. Wie betäubt ging sie zu Sams Pferd. Er reichte ihr eine Hand und half ihr, hinter ihm aufzusteigen. Ihren Vater schaute sie nicht an. Was er dachte oder ob er ihr grollte, kümmerte sie nicht.

Sobald sie den Schreck ihrer Entlarvung überwunden hatte, würde sie ihm erklären, warum sie sich zu diesem drastischen Versteckspiel entschlossen hatte. *Seinetwegen!*

Die Anführer der beiden feindlichen Parteien sprachen nicht mehr miteinander. Ein Gewehr in der Armbeuge, neigte sich Mary immer noch aus einem Fenster im oberen Stockwerk. Mit der anderen Hand winkte sie Tiffany zu, als die Warren-Truppe davonritt.

Unwillkürlich drehte sich Tiffany zu Hunter um, der reglos auf der Veranda stand. In seinem Blick las sie tiefen Schmerz – und heißen Zorn.

Kapitel 42

Die Warren-Ranch glich der Triple C. Doch das Haus bestand nicht aus Holz, sondern aus Stein. So musste es schon ausgesehen haben, als Rose vor zwanzig Jahren eingezogen war. Sie hatte behauptet, ihrer Tochter würde es hier gefallen. Frank musste ein größeres, komfortableres Haus gebaut haben, um seiner Braut ein Heim in dem Stil zu bieten, an den sie gewöhnt war. Aber Tiffany bezweifelte, dass ihre kultivierte, im New Yorker Luxus aufgewachsene Mutter sich hier wohlgefühlt hatte. Bei der Übersiedlung in den Osten war sie ein Kleinkind gewesen, und so hatte sie keine Erinnerungen – und keinesfalls das Gefühl, sie würde nach Hause kommen.

Während des Ritts hatte Sam ihr zu erklären versucht, was geschehen war. »Von mir wurdest du nicht verraten.«

Darauf hatte sie nicht geantwortet. Wie eine eiserne Faust umklammerte der Kummer ihr Herz. Was hatte sie erwartet? Dass Frank sie vor den Callahans, seinen Söhnen und seinen versammelten Cowboys umarmen und beteuern würde, wie sehr er sie liebte? Wie schmerzlich er sie vermisst und stets gewünscht habe, Rose wäre nie mit ihr fortgegangen? Er war ihr Vater! Warum hatte er kein Wort gesagt?

Bei der Ankunft lief sie ins Haus, voller Angst, Frank würde sie sofort zur Rede stellen und all die Wut und die Seelenqualen könnten aus ihr hervorbrechen. Sam folgte ihr auf den

Fersen. Hektisch flehte sie ihn an: »Zeig mir mein Zimmer! Schnell! Bitte!«

Die Panik in ihrer Stimme musste ihn bewogen haben, mit Tiffany die Treppe hinaufzusteigen. In ihrem Zimmer würde sie sich verbarrikadieren, bis sie von Rose hörte, und dann davonschleichen. So wie damals ihre Mutter. Alle nötigen Erklärungen wollte sie ihrem ältesten Bruder überlassen. An dem Dinner mit den Callahans würde sie nicht teilnehmen und eine Konfrontation mit ihrem herzlosen Erzeuger vermeiden.

Und selbst wenn Hunter ihr verzeihen sollte – sie würde ihn ganz sicher nicht heiraten. Sie hoffte sogar, er würde ihr unversöhnlich zürnen. Denn ihre Abreise wäre viel einfacher, wenn sie ihn nicht mehr sehen musste.

Sam hielt ihr die Tür auf und folgte ihr ins Zimmer. »Weder Roy noch ich haben Pa was über dich gesagt. Das hatte Roy zwar vor, und er schrie mich wie wahnsinnig an, als ich's ihm verbot. Schließlich konnte ich's ihm ausreden, obwohl ich ihn fast verprügeln musste. Aber wahrscheinlich hätte ich Pa selber bald informiert. Dass ich's ihm verschwieg, lastete zu schwer auf meinem Gewissen. Was du getan hast, war nicht richtig, Tiff. Du gehörst hierher. Zu uns.«

»Und jetzt sind mir alle böse«, erwiderte sie tonlos.»Heute Morgen war Pa natürlich wütend. Wir ritten auf die Weide, und da erzählte ihm Herb, einer der Cowboys, was er am Wochenende in der Stadt gehört hatte. Offenbar wurdest du mehrmals mit den Callahans gesehen, und die Leute begannen über die neue Haushälterin zu tratschen, die vermutlich auf die falsche Ranch gelockt worden wäre. Dass du's bist, wusste niemand. Pa war nur sauer, weil Zachary ihm damals bei seinem Besuch in unserem Haus den dummen Streich nicht verraten hatte. Übrigens, auch Hunter kam mir ziemlich wütend und gekränkt vor. Nur zu verständlich, nachdem du seine Familie so lange beobachtet und belauscht hast. War es das wert?«

Mühsam schluckte sie. Wie sollte sie ihre Schuldgefühle ertragen? Alles hatte sie noch schlimmer gemacht. Die Callahans hatten nicht viel von Tiffany Warren gehalten. Jetzt mussten sie Hunters Verlobte erst recht verachten.

»O ja«, beantwortete sie die Frage, das sind nette, liebenswerte, anständige Leute, so wie ihr. Aber wegen der alten Fehde habt ihr euch nie näher kennengelernt. Die Callahans finden euch genauso schrecklich wie ihr sie. Und Hunter vertraute mir sogar an, dass er fürchtet – er würde mich hassen, wenn wir verheiratet wären.«

»Eine Frau, die er nie gesehen hat?«

»Ja. Und er sagte, ganz egal, was er für seine Braut empfinden könnte – er habe die Warrens sein Leben lang gehasst, und das würde sich nicht so leicht überwinden lassen.«

Nachdenklich starrte Sam vor sich hin. »Weil er Callahan heißt, mochte ich ihn nie, aber ich respektierte ihn. Kein einziges Mal hat er auf meinen Brüdern und mir rumgehackt, obwohl er älter und größer ist. Aber John scheint sich über die ganze Welt zu ärgern. So war er schon als kleiner Junge. Dauernd forderte er uns heraus und hoffte auf eine Keilerei. Einer seiner Brüder hielt ihn immer zurück. Meistens Hunter. Ich glaube, ihre Eltern hatten ihnen eingeschärft, uns in Ruhe zu lassen. Wegen des Waffenstillstands.«

»Großartiger Waffenstillstand«, murmelte sie. »Wenn beide Seiten einander immer noch verunglimpfen.«

»Weil's uns eben schwerfällt, auf so was Amüsantes zu verzichten«, bemerkte er grinsend.

Ihre Augen verengten sich. »*Was* hast du gerade gesagt?«

»Über die Eltern weiß ich zu wenig. Aber wir Jungs haben uns immer Streiche gespielt.«

»Offenbar vergisst du die Schießereien. Sonst würdest du nicht so reden.«

»Mit diesem Waffenstillstand bin ich aufgewachsen, Tiff«, entgegnete er achselzuckend. »Wie Hunter und seine Brüder. Aber wir sahen niemals jemanden wegen der Fehde sterben. So was geschah, *bevor* wir geboren wurden. Jetzt schicke ich einen Cowboy zur Triple C zurück, der soll deine Sachen holen. Das wird Mrs. Callaham ihm sicher erlauben. Wenn wir sie in der Stadt trafen, war sie immer freundlich, nicht so abweisend wie die Männer in ihrer Familie.«

»Sam – ich will niemanden sehen.«

»Meinst du Pa?«

»Ja, deinen Vater.«

»Deiner ist er auch.«

»Nein!«, stöhnte sie. »Wann war er *jemals* mein Vater?«

»Als ich dich nach deiner Geburt in den Armen hielt«, sagte Frank leise von der Tür her und bedeutete Sam, das Zimmer zu verlassen. »Als ich dich fütterte, bevor du einen Löffel halten konntest. Als ich dich abends in den Schlaf wiegte. Als ich bei deiner ersten Erkältung die ganze Nacht an deinem Bett saß, weil deine Mutter fürchtete, du würdest im Schlaf ersticken. Als ich dich während deiner ersten wackeligen Schritte vor Stürzen bewahrte. Als …«

»Hör auf!«, würgte sie hervor, die Kehle fast zugeschnürt vor Kummer. »Soll ich etwas glauben, woran ich mich nicht erinnere? An dich habe ich keine Erinnerungen. Keine einzige! Wo warst du, wenn ich dich gebraucht hätte? Jetzt ist es zu spät. Willst du wissen, warum ich mich für jemand anderen ausgab? Weil ich lieber bei deinen Feinden wohnte als bei einem Vater, den ich so wenig interessiere, dass er mich nie besucht hat!«

Um die Tränen zu verbergen, die sie nicht länger zurückhalten konnte, wandte sie sich ab, und sie strömten über ihre Wangen, entfesselt vom Leid so vieler Jahre.

»Schon früher war das dein Zimmer«, erklärte er sanft. »Anfang des Jahres ließ ich es für deine Heimkehr renovieren. Bis dahin wurden alle deine Babysachen hier verwahrt. In Gedanken kam ich jede Nacht herein, um dich ins Bett zu bringen, und malte mir aus, du wärst noch da. So sehr hast du mir gefehlt. Als deine Mutter mich verließ und dich mitnahm, war es ein doppelter Schicksalsschlag.«

Obwohl das aufrichtig klang, misstraute sie ihm. *O Gott, bildet er sich wirklich ein, ich würde ihm diese Lügen abkaufen? Warum gesteht er nicht einfach die Wahrheit?* Mochte er seine Baby-Tochter auch verhätschelt haben – nach ihrer Abreise hatte er sie vergessen und das fünfzehn Jahre lang bewiesen.

Das alles ertrug sie nicht mehr. *Ihn* ertrug sie nicht. »Bitte, geh jetzt«, brachte sie mühsam über die Lippen. »In der nächsten Zeit bleibe ich hier, ziehe es aber vor, wenn wir keinen Schein wahren würden. Wenn du meinen Wunsch nicht respektieren kannst, werde ich in der Stadt warten, bis ich von Mama höre.«

»Tiffany …«

»Bitte! Kein Wort mehr!«

Die Tür wurde geschlossen. Um festzustellen, ob er wirklich hinausgegangen war, drehte sie sich um. Dann sank sie auf die Knie und presste eine Hand auf den Mund, um ihr Schluchzen zu ersticken. Warum tat es nach der langen Zeit immer noch so weh? Das verstand sie nicht. Müsste sie sich nicht freuen, weil sie ihm endlich gezeigt hatte, dass er ihr genauso wenig bedeutete wie sie ihm?

Kapitel 43

Zachary wollte reden, Hunter nicht. Am Pfosten vor der Veranda stand sein Pinto immer noch festgebunden. Sobald die Warrens verschwunden waren, stieg er auf und ritt davon.

»Bleib da!«, schrie sein Vater mehrmals.

Das hörte Hunter nach ein paar Sekunden nicht mehr. Er folgte einem geraden Weg zur Stadt, abseits von der Straße, wo er die Warrens vorhin gesehen hatte. Im Blue Ribbon Saloon angekommen, bestellte er eine Flasche Whiskey. Ein lachender Betrunkener sprach ihn an der Theke an. Sofort schwang Hunter seine Faust. Wen er niedergeschlagen hatte, kümmerte ihn nicht. Und es war ihm auch egal, bei wem er sich später würde entschuldigen müssen. Er griff einfach nur nach der Flasche, ging hinaus und hoffte, ein paar Minenleute auf der Straße zu treffen. Wie gern würde er seine Wut an ihnen abreagieren … Aber er hatte Pech und sah keinen einzigen.

Er verließ Nashart und ritt umher. An die Richtungen, die er einschlug, erinnerte er sich später nicht. Zu Mittag war die Flasche halb leer. Der Whiskey nützte ihm nichts.

Gnadenlos verfolgte ihn das Bild, wie sie mit ihrer Familie weggeritten war, das Gesicht ausdrucklos, ohne Schuldgefühle oder Reue. Er trank die Flasche leer, ritt wieder ziellos dahin. Jetzt half ihm der Alkohol. Nicht lange genug. Andere

Erinnerungen stürmten auf ihn ein. Jenny, die eine Kuh mit dem Lasso einfing und fröhlich lachte, weil sie so lange dazu brauchte. Jenny machte die Betten, spülte das Geschirr, kochte für die Familie … Welch ein Wunder, dass sie die Callahans nicht vergiftet hatte! Dann Jenny, die ein Feuer löschen wollte und nicht wusste, wie. Oder würde die Wahrheit nun ans Licht kommen? Hatte sie versucht, das Haus niederzubrennen?

Fand sie es amüsant, seine Familie auszuspionieren? Hatte sie sich die ganze Zeit über die Callahans lustig gemacht, weil die so dumm gewesen waren und sie für eine Haushälterin gehalten hatten? Und in seiner Blödheit hatte er ihr auch noch gestanden, was er für seine Verlobte empfand. Für sie!

Und letzte Nacht? War er da auf irgendwelche Tricks hereingefallen? Jetzt traute er dieser Frau alles zu … Aber er machte sich nichts daraus, weil es sinnlos wäre, sie zu hassen. Ihr Täuschungsmanöver brachte ihn fast um, denn er liebte sie.

So schnell war es dazu gekommen! Er hatte es vorausgesehen und bekämpft. Doch der Anblick von Calebs Baby in ihren Armen – da war es um ihn geschehen gewesen. Und nun liebte er eine Frau, die nicht existierte!

Bevor er Patches den Heimweg suchen ließ, war er wieder nüchtern. Die Sonne sank. *Mein Gott, nie mehr werde ich einen Sonnenuntergang beobachten, ohne an sie zu denken, an ihr Entzücken …*

Er betrat das Haus durch die Küche. Ein Fehler. In Zukunft musste er diesen Raum meiden wie die Pest. Hier glaubte er, sie überall zu sehen. Aber nur Andrew war da, las irgendwas in Jennys Kochbuch und rührte in einem Topf auf dem Herd.

Als die Tür geöffnet wurde, rannte Maximilian in die Küche. Dann kehrte er in den Flur zurück, nachdem er festgestellt hatte, dass seine Herrin nicht erschien. Immer wieder hatte Hunter lachend mit angesehen, wie das Ferkel hinter ihr hergetrottet war. Natürlich hatte sie es nicht zur Warren-Ranch mitgenommen. Alles Schauspielerei, insbesondere diese Zuneigung zu einem Schwein.

Unbehaglich musterte Andrew die Miene, die Hunter zur Schau trug, und begann vorsichtig: »Ich wusste nicht …«

»Halt den Mund, Kleiner«, fiel Hunter ihm ins Wort und durchquerte die Küche. Er hoffte, unbemerkt nach oben in sein Zimmer zu schleichen und die Tür versperren zu können. Aber seine Eltern saßen im Wohnzimmer und starrten ihn an, sobald er bei der Treppe auftauchte. Vor lauter Verblüffung blieb er stehen. »Wieso bist du hier unten, Ma?«

»Weil ich sie heruntertrug«, grummelte Zachary. »Den ganzen Tag haben wir auf dich gewartet! Sie wollte nicht rauf, denn sie fürchtete, du würdest unbemerkt an uns vorbeischleichen.«

»Das habe ich versucht«, gab Hunter achselzuckend zu. »Ich will nicht reden.«

»Setz dich«, sagte Mary sanft.

Gegen seinen Vater begehrte er sehr oft auf. Zwei herrisch veranlagte Männer schlugen einander symbolisch die Köpfe ein. Aber einen Befehl der Mutter zu missachten – das stand auf einem anderem Blatt. Er nahm Platz, sprang sofort wieder auf und setzte sich neben Mary, damit er den Spieltisch nicht im Blickfeld hatte. Bei der Erinnerung an gewisse Pokerpartien schien Jennys Gelächter in seinen Ohren zu gellen, und sein Zorn wuchs erneut. Alles nur Theater? Damals hatte er sogar geplant, nie mehr an einem Samstagabend nach Nashart zu reiten und lieber bei ihr zu bleiben. Welch ein Narr war er gewesen!

»Tu nicht so, als wärst du kein glücklicher Bräutigam!«, mahnte Zach. »Von Anfang an warst du ganz verrückt nach dem Mädchen.«

»Nach *Jenny*«, verbesserte Hunter ihn kühl. »Heute ist eine andere von hier weggeritten.«

»Gewiss, sie hat uns hintergangen. Und wenn schon? Wir konnten sehen, wie sie wirklich ist, und ich bin verdammt froh, weil sie nicht die hochnäsige großstädtische Lady ist, die ich erwartet habe.«

»Ist sie das etwa nicht?«, fragte Hunter erbost. »Begreifst du nicht, dass sie uns was vorgespielt hat?«

In der Eingangshalle erklang das Getrippel von Schweinepfoten. Offenbar suchte Maximilian noch immer seine Herrin. Am Fuß der Treppe blieb er stehen, starrte anklagend ins Wohnzimmer und schien der Familie die Schuld an Jennys Abwesenheit zugeben. Zachary warf eins von Marys kleinen bestickten Kissen nach ihm. Quiekend rannte Maximilian die Stufen hinauf.

»Verflixtes Ferkel!«, schimpfte Zachary. »Morgen bringst du's zu ihr, Hunter.«

»Warum? Da würde sie es fürs nächste Dinner in die Warren-Küche schicken. Dachtest du wirklich, sie hätte sich ausgerechnet mit einem Schwein angefreundet? Das gehörte zu ihrem Täuschungsmanöver. Vermutlich tat sie immer genau das Gegenteil von allem, was zu ihrem wahren Wesen passt, damit wir keine Verbindung zwischen Jennifer Fleming und Tiffany Warren erkennen.«

»Welche Verbindung?«, rief Zach ärgerlich. »Dass beide gleichzeitig aus dem Osten hierherkamen und hübsche rote Haare haben? Das hätten wir für einen Zufall gehalten.«

»Ja – es sei denn, sie hätte sich wie die *echte* Tiffany benommen. Verstehst du's noch immer nicht, Pa? Sie ist *genau* die arrogante, kaltschnäuzige, verwöhnte junge Dame aus dem Osten, die du erwartet hast.«

»Keineswegs«, widersprach Mary. »Bedenk doch, deine

Brüder sind an sie herangetreten. Nicht umgekehrt. Und welcher Grund sie auch zu uns geführt haben mag – sie glaubte, sie würde die geruhsame Stellung einer Haushälterin annehmen. Stattdessen haben wir ihr harte Arbeit aufgehalst. Wäre sie das verwöhnte Luxusgeschöpf, für das du sie hältst, hätte sie sofort die Flucht ergriffen. Im Osten machen sich feine junge Damen nie die Hände schmutzig. Dafür haben sie ihre Zofen.«

»Da fällt mir ein …« Hunter beugte sich vor. »In Nashart ging sie ins Hotel, um eine Frau zu besuchen, die sie angeblich auf der Bahnfahrt kennengelernt hat. Das muss ihre Zofe sein. Die richtige Tiffany wird nicht allein reisen, oder?«

»Nein«, bestätigte Mary. »Warum sie das alles tat, wissen wir noch immer nicht.«

»Um für ihren Pa zu spionieren«, äußerte Zachary seine erste Vermutung.

»Zu welchem Zweck? Mir kommt's eher wie ein raffinierter Streich vor, der die Possen ihrer Brüder übertreffen sollte. Vielleicht haben die Warren-Jungs sie sogar dazu veranlasst. Ihr Vater wusste sicher nichts davon.«

»Spielt es denn eine Rolle, warum sie es tat?«, fragte Hunter. »Jedenfalls ist sie eine Lügnerin, und eine verdammt gute dazu. Nie wieder werden wir ihr auch nur ein Wort glauben.«

Mary tätschelte seine Hand. »Ja, ich verstehe deinen Zorn, der ist berechtigt. Du kannst sogar *mir* grollen, weil ich Rose in ihr gesehen und euch das verschwiegen habe.«

»Wieso, zum Teufel?«, rief Zachary.

»Weil ihr bornierten Idioten sofort die Schießeisen gezückt hättet.« Durchdringend starrte Mary ihren Mann an. »Und weil ich dachte, sie würde ihre Gründe haben. Außerdem spürte ich ihr gutes Herz. Um das vorzutäuschen, müsste sie die beste Schauspielerin der Welt sein.«

Hunter stand auf. Nach dieser Diskussion, die ihn vor neue Rätsel stellte, schwirrte ihm schmerzhaft der Kopf. »Ich gehe ins Bett.«

»Willst du nichts essen? Dein Pa hat diesen Jungen überredet, Jennys – das heißt, Tiffanys Pflichten zu übernehmen.«

»Da ich eine Flasche Fusel-Whiskey im Magen habe, würde keine Mahlzeit drin bleiben.«

»Wenn du morgen aufwachst, wird es dir besser gehen«, versprach Mary. »Und morgen Abend …«

»Das Dinner bei den Warrens? Ohne mich.«

»Natürlich kommst du mit. Du wirst sogar schon früher hinreiten, weil du Tiffanys Beweggründe nicht kennst. Das erträgst du nicht.«

Seiner Mutter zuliebe verzichtete er auf einen weiteren Protest und ging nach oben. Immer noch erwartungsvoll, kauerte das Schweinchen vor Jennys Tür. Wahrscheinlich fühlte es sich genauso allein wie er selbst. Ohne zu überlegen, warum er das tat, hob er Max hoch und nahm ihn mit in sein Zimmer.

Kapitel 44

Wenigstens genoss Tiffany die Wiedervereinigung mit ihren Brüdern. Im Lauf des Tages ließ der drückende Schmerz in ihrer Brust etwas nach. Ein Bruder nach dem anderen besuchte sie in ihrem Zimmer und beteuerte, wie sehr er sich über ihre Heimkehr freue. Inzwischen musste Sam den beiden anderen erklärt haben, warum sie zu den Callahans gezogen sei – zumindest soweit er das wusste, denn sie schnitten das Thema nicht an.

In seiner Verlegenheit kam Carl ihr so zauberhaft und rührend vor, obwohl er sein Bestes tat, um ihr zu zeigen, dass er mit seinen sechzehn Jahren bereits ein Mann war. Schon immer war er eher scheu gewesen, und es würde eine Weile dauern, bis er sich in ihrer Nähe entspannen konnte.

Wahrscheinlich verstand Roy, im Grunde ein romantischer Träumer, am besten, warum sie etwas so Drastisches getan hatte. Bevor er sich verabschiedete, überreichte er ihr ein selbst verfasstes Gedicht, um sich zu entschuldigen, weil er an jenem Tag in der Stadt so wütend auf sie gewesen war.

Am frühen Nachmittag trug ein Cowboy Tiffanys Truhe in ihr Zimmer. Auf ihre Bitte hin fuhr Sam in die Stadt und brachte Anna zur Warren-Ranch.

»Wurde ja auch höchste Zeit …«, begann Anna ihre *Ich-*

hab's-ja-gleich-gesagt-Tirade. Dann sah sie Tiffanys gerötete Augen und unterbrach sich. »Also sind Sie nicht freiwillig hier?«

Tiffany schüttelte den Kopf. »Und die Begegnung mit meinem Vater war so schrecklich, wie ich es vorausgesehen hatte. Aber das muss ich nur mehr ein paar Tage ertragen.«

»Was wird in ein paar Tagen passieren?«

»Ich reise nach Hause. Begleiten Sie mich? Oder ziehen Sie es vor, in Nashart mit Hammer und Säge zu arbeiten?«

»Anfangs hat es Spaß gemacht, dann bekam die Schreinerei keine Aufträge mehr, und ich langweilte mich. Die Stadt ist noch zu klein für eine ständige Nachfrage nach neuen Möbeln. Aber ich könnte Gelegenheitsarbeiten übernehmen, wenn *Sie* hierbleiben würden. Eigentlich braucht Mr. Martin keine Hilfe, er war nur einsam, den ganzen Tag allein in seiner Werkstatt.«

In der Stadt hatte Sam den Postmeister getroffen und eine Überraschung für seine Schwester erhalten – ein Päckchen von Mama, an diesem Morgen mit dem Zug eingetroffen und adressiert an die Warren-Ranch. Natürlich – offiziell wusste Rose nichts von der Farce ihrer Tochter.

Erfreut packte Tiffany drei Kochbücher aus, um die sie ihre Mutter gebeten hatte – ein französisches, ein italienisches und eines mit den aktuellen New Yorker Lieblingsrezepten. Einen Brief gab es nicht. Der war vermutlich an Jennifer Fleming auf der Triple C Ranch adressiert. Wie raffiniert von ihrer Mutter … Sicher wollte sie Tiffany veranlassen, wenigstens einen ihrer Brüder zu kontaktieren, um die Kochbücher zu bekommen. Und sie hoffte sicher, dadurch würde die Tochter ihre eigene Dummheit erkennen.

Aber Tiffanys Neugier auf den ersten Brief hielt sich in Grenzen. Auch auf Papier war ihre Mutter imstande, ihren

Zorn ausdrucksvoll zu bekunden. Nur der zweite Brief interessierte sie – die ersehnte Rettung.

Nun fieberte sie dem Dinner mit ihren Brüdern entgegen und drängte Anna zu Eile bei der Toilette, dann lachte sie über sich selbst. Hatte sie sich nicht daran gewöhnt, wie schnell das ging, wenn sie nicht von einer Zofe angekleidet und frisiert wurde? Aber sie holte tief Luft und schwieg, denn das Resultat würde sie für die Geduld belohnen. Und tatsächlich … Bevor sie ihr Zimmer verließ, blickte sie in den Spiegel. Jetzt sah sie wieder wie die *richtige* Tiffany aus.

*

Als Franklin den Speiseraum betrat, lachte sie mit ihren Brüdern, die ihr komische Geschichten erzählten und schilderten, was sie in den Jahren seit der letzten Begegnung mit ihr erlebt hatten. Dass sie nicht mehr an der Konversation teilnahm, merkte niemand. Sie hätte nicht zum Dinner herunterkommen dürfen, das war ein Fehler gewesen. Doch sie hatte nicht auf die Gesellschaft ihrer Brüder verzichten wollen.

»Was meinst du, Tiff?«, fragte Roy. »Tiff?«

Endlich lenkte er ihre Aufmerksamkeit auf sich. »Pardon? Was hast du gesagt?«

»Wollen wir diese Woche mal im See schwimmen?«

Oh, der gottverdammte See! Wegen dieses Kampfs um die Wasserrechte war sie hier. Unfähig, ihre Verbitterung zu kontrollieren, fragte sie: »Und wenn wir erschossen werden?«

Damit dämpfte sie sofort die heitere Atmosphäre am Esstisch. Zerknirscht senkten alle drei Jungs die Köpfe, obwohl sie völlig schuldlos waren. Im Gegensatz zu Franklin, der jedoch nicht die geringste Bereitschaft zeigte, seinen Anteil an der Fehde einzugestehen. Stattdessen ärgerte er sich sichtlich über Tiffanys Kommentar. »Kannst du uns nicht für einen einzigen Abend die Freude an deiner Anwesenheit gönnen, ohne die Vergangenheit auszugraben?«

Sie wünschte, das wäre möglich. Aber nicht, solange *er* am Tisch saß. Natürlich durfte sie den Hausherrn nicht auffordern, das Zimmer zu verlassen. Und so erinnerte sie ihn: »Nur wegen der Vergangenheit bin ich hier. Wegen einer Fehde, die keiner der unvernünftigen zerstrittenen Parteien beenden wollte. Die Version der Callahans kenne ich. Nun möchte ich *deine* hören.«

»Darüber werden wir diskutieren, wenn es sein muss.« Frank schenkte ihr sogar ein Lächeln. »Aber es würde der Verdauung schaden. Kann es bis nach der Mahlzeit warten?«

Lässiger Humor, während ihr Zorn wuchs? Aber in diesem Moment erschien ein Dienstmädchen mit einer großen Schüssel Salat, den ein anderes als ersten Gang servierte. Wenigstens beschäftigte Frank eine gute Köchin und zahlreiche Dienstboten, die meisten von indianischer Abstammung.

Danach hatte sie Sam an diesem Vormittag gefragt, nachdem ihre Badewanne – ihre *eigene* – von zwei dunkelhäutigen Mädchen gefüllt worden war. Vor zwanzig Jahren, hatte er erklärt, sei es bei den Indianern üblich gewesen, ihre Frauen den Trappern zu verkaufen. Danach hätten diese Indianerinnern nicht zu ihren Stämmen zurückkehren können. Sie hatten bereits neue Familien, als die Indianerkriege begannen, und nichts mit den Kämpfen zu tun. In diesen Kriegen starben viele Weiße. Dadurch verstärkte sich das Vorteil gegen die »Rothäute«, obwohl sie in die Reservate getrieben wurden. Und so war es den Abkömmlingen der Mischlingsfamilien schwergefallen, nach dem Ende der Kriege Arbeit zu finden.

Offenbar hielt Franklin Warren nichts von diesem Vorurteil. Aber er hatte schon vor dem Beginn der Feindseligkeiten Geschäfte mit den Indianerstämmen gemacht.

Während des Dinners schaffte es Tiffany, den Mund zu halten. Der Hauptgang, ein Hühnereintopf mit Frischkäse, sah appetitlich aus und schmeckte ausgezeichnet. Was mochte Hunter an diesem Abend essen? Hoffentlich nichts, was Jakes gekocht hatte …

Nun lachten und schwatzten die Jungs wieder durcheinander. Wenn sie Tiffany am Gespräch beteiligen wollten, lächelte sie gezwungen, ging aber nicht darauf sein. Frank beobachtete sie diskret, und wann immer sie ihn dabei ertappte, verstärkte sich der krampfhafte Schmerz in ihrer Brust. Ein Wunder, dass sie überhaupt etwas essen konnte … Sogar die köstliche Kirschpastete, die zum Nachtisch serviert wurde, brachte sie nur mühsam hinunter. Für die Callahans hatte sie kein einziges Dessert zubereitet. Auch nicht den Kuchen, den sie den Cowboys zum Dank für die Hausarbeit an jenem ersten Tag versprochen hatte …

Endlich wurde der Tisch abgeräumt, und sie hatte lange genug gewartet. Das verstand Sam und nickte seinen Brüdern zu. Alle drei gingen hinaus und ließen Tiffany mit ihrem Vater allein. Aus einem ersten Impuls heraus wollte sie ihn erneut anklagen, sagte sich aber, es sei sinnlos. An diesem Morgen hatte er die Chance verpasst, die Beziehung zwischen ihnen zu verbessern, deshalb kam sie ohne Umschweife zur Sache. »Ich möchte eure Fehde ohne Heirat beenden, weil ich hier nicht leben kann. Nie zuvor wurde ich mit Gewaltakten konfrontiert. Niemand hatte Waffen auf mich gerichtet, niemals sah ich Straßenkämpfe oder sterbende Menschen. Sobald Mama einsieht, welch ein schwerer Fehler es war, mich hierherzuschicken, fahre ich nach Hause. Bevor die Callahans morgen

Abend zu dir kommen, will ich wissen, warum ich in die Fehde hineingezogen wurde.«

»Es tut mir leid, was du mit ansehen musstest …«

»Bitte!«, unterbrach sie ihn kühl. »Sam hat bereits erwähnt, das sei nur mein Pech gewesen. Ob das stimmt oder nicht – die Tatsache bleibt bestehen, dass eine Heirat nicht beenden wird, was die beiden Familien seit drei Generationen entzweit. Zudem kann eine Ehe wohl kaum glücklich sein, wenn sie nur geschlossen wird, um Feinde zu versöhnen.«

»Das halte ich nicht für den einzigen Grund«, erwiderte Frank. »Ich war mir sicher, du würdest Hunter mögen. Habe ich mich geirrt?«

Beinahe hätte sie aufgestöhnt. »Nein, ich – ich finde ihn recht nett. Aber er hat sein ganzes bisheriges Leben mit dem Hass gegen die Warrens verbracht. Der würde eine Ehe mit deiner Tochter stets überschatten, das hat Hunter mir erklärt. Warum musste er damit aufwachsen, dich zu hassen?«

»Wie ich annehme, geben die Callahans unserer Familie die Schuld an der Fehde? Wurde darüber gesprochen?«

»Ich weiß nur, wie der Zwist begann, mit einem albernen Streich, der Elijah Callahan gespielt hat und der zu bitterem Ernst ausgeartet ist. Als deine Mutter Mariah ihn heiraten sollte, schoss sie auf ihn …« In knappen Worten wiederholte sie, was sie von Mary erfahren hatte.

Seufzend nickte er. »Er hat sie *wirklich* betrogen. Schlicht und einfach. Vor lauter Wut heiratete sie kurz darauf einen anderen, nämlich meinen Vater. Obwohl Richard Warren fürchtete, sie würde Elijah immer noch lieben, wollte er sie für sich gewinnen. Aber er begann, die Callahans wegen der unseligen Geschichte zu verachten. Mein Gott, der Hass meiner Mutter war so übermächtig.«

»Und damit steckte sie euch alle an?«

»Ja. Ich glaube, einen Teil des Hasses richtete sie gegen sich selbst, weil sie unfähig war, dem geliebten Mann zu verzeihen. Von ganzem Herzen liebte sie ihn. Deshalb konnte sie diese intensiven Gefühle nie bezähmen.«

Also war Tiffanys Familie nicht allein für die Qualen verantwortlich? Hatte Mary die Wahrheit über Elijahs Untreue verschwiegen und den dummen Streich seines Freundes erfunden? Oder war Elijah zu beschämt gewesen, um seinen Verwandten den Seitensprung zu gestehen? Aber wieso war die Fehde von Florida bis nach Montana gelangt?

»Weil Elijah ihr entrinnen wollte, floh er mit seiner Familie über den ganzen Kontinent«, betonte Tiffany. »Warum folgte Mariah ihm bis hierher?«

»Meine Mutter war eine tapfere, leidenschaftliche Frau, die in kurzer Zeit schweres Leid und viele Verluste verkraften musste. Innerhalb von fünf Jahren starben mein Vater und meine zwei Brüder. Während meiner Kindheit lastete die ganze Verantwortung für unsere Ranch auf ihren Schultern. Die Todesfälle verstärkten ihre Besessenheit von Elijah. Als sie erfuhr, er wäre von Florida weggezogen, war sie wütend und engagierte jemanden, der seinen neuen Wohnort herausfand. Damals wusste ich das nicht. Sie begann sich über Florida zu beklagen und schlug mir eine Übersiedlung in den Westen vor, nach Montana. Mit meinen knapp achtzehn Jahren ahnte ich nichts von ihren echten Motiven, Ich stimmte zu, und wir kamen hierher. Im Grunde war's ja auch keine schlechte Idee. In Florida kämpften zu viele Rancher um zu wenig Land, der Viehdiebstahl nahm überhand. Mit diesen Argumenten überzeugte mich meine Mutter. Hätte sie mir die Wahrheit gestanden, wäre ich niemals auf ihren Plan eingegangen. Ich war genauso verblüfft wie die Callahans, als wir uns auf einem Stück Land neben ihrem niederließen.«

»Hast du deine Mutter später zur Rede gestellt?«

»Natürlich. Sie sagte nur, sie müsse ihren Frieden finden. Darunter verstand sie nicht dasselbe wie ich – mit ihrem Frieden meinte sie Elijahs Tod. Oft genug hatte sie gesagt, sie hätte ihn in der Nacht vor der geplanten Hochzeit töten sollen.«

»Wann haben die beiden einander erschossen?«

»Fast ein Jahr nach unserer Ankunft in Montana. Eines Morgens kam Zachary zu mir und fragte, wo sein Vater sei. Ich hatte das Verschwinden meiner Mutter noch gar nicht bemerkt. Erst nach vielen Stunden fanden wir die Spur der beiden, die zu einer alten Trapperhütte führte. Da lagen sie eng umschlungen, neben ihren abgefeuerten Waffen. Was genau passiert ist, wissen wir nicht. Vielleicht hofften sie, im nächsten Leben das gemeinsame Glück zu genießen, das ihnen in diesem nicht vergönnt war. Ich wünschte, sie konnten einander letzten Endes verzeihen.«

»Und jetzt streitet ihr nur mehr um das Wasser.«

»O nein. Die Callahans verübelten meiner Mutter, dass sie Elijah erst angeschossen und Jahre später getötet hat. Und ich nahm den Hass gegen diese Familie gleichsam mit der Muttermilch in mich auf. Als wir hierherkamen, war ich achtzehn und Zach ein paar Jahre älter. Kein einziges Mal konnten wir uns begegnen, ohne einander zu beschuldigen. Dabei blieb es auch nach dem Tod unserer Eltern.«

»Hasst du die Callahans immer noch?«

»Mehr denn je.«

»Aber *warum*?«

»Weil sie deine Mutter vertrieben haben.«

Kapitel 45

In Tiffanys Gehirn drehte sich alles. Soeben hatte der Vater *ihr* einen Grund gegeben, die Callahans zu hassen. Nachdem sie *das* erfahren hatte – wie konnte sie eine Versöhnung zwischen den beiden Familien bewirken?

Doch dann runzelte sie die Stirn. Irgendwas stimmte da nicht … »Hat sie dir das gesagt?«

»Nein, sie führte verschiedene Argumente an, die ich alle entkräftete. Sie behauptete, sie würde die Ranch hassen, obwohl sie nie so glücklich gewesen war wie in den Wochen, während sie dieses Haus entworfen und eingerichtet hat. Dann beklagte sie sich, weil sie ihre Mutter vermissen würde. Aber wir besuchten die alte Dame jedes Jahr. Einmal kam sie sogar hierher, und Montana schien ihr zu gefallen. Trotzdem teilte Rose mir mit, nach der Meinung ihrer Mama habe sie mit dieser Heirat einen Fehler gemacht. Schließlich erzählte sie mir von der Warnung eines Arztes. Weil sie so viele Kinder hintereinander bekommen habe, würde sie bei einer weiteren Geburt sterben. Unter diesem Vorwand zog sie aus meinem Schlafzimmer aus. Doch sie konnte ihre Finger nicht von mir lassen. *Diese* Ausrede benutzte sie, um ihre Abreise zu begründen – die einzige, die ich ihr eine Zeit lang glaubte. So viele Ausreden, so großer Zorn, wann immer ich sie zur Rückkehr bewegen wollte …«

Skeptisch schüttelte Tiffany den Kopf. »Und jetzt schiebst du den Callahans die Schuld in die Schuhe, obwohl du dir da gar nicht sicher bist?«

»Nichts anderes ergibt einen Sinn. Vor fünfzehn Jahren brachten sie mich fast um. Kurz nachdem sie mir eine Kugel verpasst hatten, schlich Rose mit dir davon. Vermutlich ertrug sie es einfach nicht mehr, so was noch einmal durchzumachen.«

»Oder sie war so gutmütig, dir zu verschweigen, sie würde dich nicht mehr lieben.«

»Sag das nicht, Tiffany. Bitte – nicht.«

Ihr stockte der Atem. Jetzt erweckte Frank den Eindruck, sie hätte ihn in tiefste Verzweiflung gestürzt. Darüber sollte sie sich freuen – und nicht diese verengte Kehle spüren, weil sie ihn gekränkt hatte. Sie sprang auf und eilte zur Tür, damit er ihre Tränen nicht sah. Abrupt blieb sie stehen, drehte sich aber nicht um. »*Warum* sie dich damals verlassen hat, weiß ich ebenso wenig wie du. Aber ich weiß, dass *ich* abreisen will. Morgen Abend werde ich vorschlagen, der Waffenstillstand müsse fortgesetzt und beide Familien der ungestörte Zugang zum Wasser garantiert werden. Bist du damit einverstanden?«

»Nicht ohne die Blutsbande zwischen unseren Familien. Nur sie würden den Frieden für künftige Generationen sichern. Damals hatte deine Mutter die richtige Idee. Auf diesem Land, das wir lieben, sollen meine Söhne und Enkel ungefährdet ihre Rinder züchten.«

Jetzt strömten Tränen schmerzlicher Verbitterung über Tiffanys Wangen, und sie rannte aus dem Speisezimmer. Irgendwo musste sie allein sein, bevor sie sich wieder zu ihren Brüdern gesellte, und ihre innere Ruhe zurückgewinnen. Und so floh sie in einen leeren Raum. O Gott, warum erwartete ihr Vater *immer noch*, sie würde Hunter heiraten? *Wie* sollte das den Hass besiegen? Es würde alles noch schlimmer machen.

Nachdem sie ihre Tränen getrocknet hatte, erklang Franks Stimme hinter ihr. »Morgen Abend kommen die Callahans zum Dinner hierher.« Energisch fügte er hinzu: »Vorher muss ich wissen, warum du ihre Haushälterin gespielt hast.«

»Ich werde ihnen meine Gründe nennen.«

»Es fällt mir schon schwer genug, die Callahans in meinem Haus zu empfangen, Tiffany. Noch mehr Überraschungen werde ich nicht akzeptieren. Warum?«

»Weil ich feststellen wollte, wie sie *wirklich* sind. Denn ich dachte, wegen der Fehde würden sie sich mir gegenüber nicht normal benehmen.«

»Ist das alles?«

Sollte sie es dabei bewenden lassen? Impulsiv entschied sie sich dagegen. »Nein, ich wollte *dir* nicht begegnen. Und ich dachte, es würde dich nicht stören, da du mich nie besucht hast.«

»Müsste ich nicht befürchten, du würdest es Rose erzählen, könnte ich dir alles erklären«, seufzte er. »Das weiß sie nicht …«

»Was?«

Er schwieg. Damit hatte sie gerechnet. Die Wahrheit würde er nicht aussprechen: dass sie ihm nichts bedeutete.

»Soeben habe ich deine Frage beantwortet«, flüsterte sie. »Lass mich jetzt allein.«

Sie hörte ihn nicht hinausgehen und ignorierte ihn, indem sie sich im Zimmer umsah. Ein Arbeitsraum, eingerichtet mit hellen Eichenmöbeln. Auf dem Schreibtisch, zwischen gerahmten Bildern, brannte eine kleine Lampe. Was für Bilder mochten das sein? Neugierig trat sie näher, hob eines hoch und hielt die Luft an. Ein gerahmter Brief mit kindlicher Handschrift. Ein Brief von *ihr*. Verwirrt ergriff sie einen anderen ihrer Briefe an den Vater, den sie geliebt und vermisst hatte. Alle gerahmt. Waren sie seit Jahren in seinem Arbeitszimmer verwahrt? Nein, er musste sie erst neulich aus einer staubigen alten Schachtel geholt haben, um sie zu beeindrucken. Womit? Mit einem Hinweis auf seine Liebe zu ihr, und das, obwohl das Gegenteil offensichtlich war?

Schon wieder flossen die Tränen. Um Himmels willen, sie durfte nicht weinen. Nicht jetzt, wo sie bezweifeln musste, dass er hinausgegangen war, und befürchten musste, er würde sie beobachten! Um ihre Gefühle niederzukämpfen, konzentrierte sie sich krampfhaft auf das Dekor des Zimmers. Samtvorhänge in Burgunderrot, der Lieblingsfarbe ihrer Mutter. Hatte Rose sie ausgesucht? Waren sie schon so alt? Ein paar Bücherregale, ein Barschrank, Gemälde mit Western-Landschaften an den Wänden. Davon unterschied sich nur ein einziges Bild. Als sie es genauer betrachtete, begann ihr Herz schneller zu pochen. Eine winterliche Szene – ein kleines Mädchen, das im Park auf einem gefrorenen See Schlittschuh lief. Ein Bild von *ihr* … Nie hatte Mama erwähnt, sie habe dieses Gemälde in Auftrag gegeben. Aber wie konnte Frank es besitzen, wenn sie es ihm nicht geschickt hatte?

»Damals war er der beste Maler von New York«, erklärte er leise. Offenbar war er ihrem Blick gefolgt. »Bei meiner letzten Reise in die City lernte ich ihn kennen. Den ganzen Winter brauchte er, um das Bild zu vollenden. In jenem Jahr bist du nur selten eisgelaufen.«

»Also – warst du in New York?«, stammelte sie. »Warum – hast du das nicht früher gesagt? Als ich dir vorwarf, du hättest mich nie besucht?«

»Auch jetzt sollte ich es nicht erwähnen. Aber dieses Missverständnis muss beseitigt werden. Deine Mutter nahm mir das Versprechen ab, nie mehr nach New York zu kommen. Dieses Versprechen brach ich, doch das wusste sie nicht. Sonst hätte sie aufgehört, mir zu schreiben. Nicht einmal an dich durfte ich herantreten, nicht riskieren, du würdest es ausplaudern, wenn auch unabsichtlich. Für mich waren Roses Briefe lebenswichtig, Tiffany – alles, was mir von ihr blieb. Würdest du dieses Geheimnis hüten?«

»Liebst du sie immer noch?«

»Natürlich. Und ich werde sie immer lieben. So wie dich. Aber ich wagte dich nicht zu umarmen, als du hier ankamst, weil du so wütend warst. In all den Jahren dachte ich niemals, du würdest an meiner Liebe zu dir zweifeln. Habe ich in meinen Briefen nicht deutlich genug bekundet, was ich empfinde? Hast du mir nicht geglaubt?«

»Später las ich deine Briefe nicht mehr. Es tat mir zu weh, dass du nie zusammen mit meinen Brüdern zu uns kamst.«

»Jedes Mal habe ich die Jungs nach New York begleitet. Doch ich durfte mich eurem Haus nicht nähern, weil es bewacht wurde. Anscheinend hat deine Mutter einen Wachtposten engagiert, der mich fernhalten sollte. Das war so verdammt unfair von ihr! Aber ich sehnte mich so sehr danach, euch beide zu sehen. Deshalb verkleidete ich mich, und so konnte ich sogar unerkannt mit dir reden. Erinnerst du dich an Charlie?«

Tiffany musste sich setzen, überwältigt von Erinnerungen an einen freundlichen alten Gentleman, dem sie zusammen mit ihrer Freundin Margery so oft im Park begegnet war. Niemals im Sommer, immer nur im Winter, wenn ihre Brüder zu Besuch gekommen waren.

Hätte er sich jemals vorgestellt, wäre er an jenem Tag in

ihrer Kindheit nicht zur Stelle gewesen, um sie zu retten. Im ersten Jahr, als sie versucht hatte, auf dem Teich eiszulaufen …

Ihre Mutter hätte ihr das Eislaufen beibringen sollen. Sie bat ihre Tochter zu warten, bis sie Zeit finden würde, doch das wollte Margery nicht. Und Tiffany auch nicht. Ungeschickt rutschte sie auf dem zugefrorenen Teich aus und verstauchte sich einen Fußknöchel. Sofort rannte Charlie aufs Eis, trug sie zu ihren Dienstboten und schien sich über ihre Verletzung mehr aufzuregen als sie selbst. Als sie das nächste Mal mit Margery durch den Park spazierte, traf sie ihn wieder, und er erkundigte sich nach ihrem Knöchel. Dann erzählte er ihnen eine amüsante Geschichte über eine eigene Verletzung.

Im Lauf der Jahre erzählte er viele komische Geschichten. Als Tiffany älter wurde, überlegte sie, ob sie alle stimmten. Charlie brachte die Leute einfach gern zum Lachen. So war er gewesen, ein freundlicher, aufmerksamer Mann, stets bereit, Menschen in Not zu helfen. Einen solchen Vater hatte sie sich gewünscht …

Jetzt wandte sie sich ihm zu, sah Tränen in seinen Augen und warf sich schluchzend in seine ausgebreiteten Arme. »O Papa, hättest du's mir bloß verraten! Ich war so unglücklich, weil ich glaubte, ich würde dir nichts bedeuten!«

»Es tut mir so leid.« Ganz fest drückte er sie an sich. »Wäre mir bewusst gewesen, was du dachtest, hätte ich es dir gesagt. Meinst du, es hat Spaß gemacht, meine Haare vor jeder Reise nach New York grau zu färben und die Witze meiner Cowboys zu hören? *Grayhorn* nannten sie mich! Eine Beleidigung!«

Das verstand sie, denn ihre Brüder hatten ihr erklärt, was ein *Greenhorn* war. Nun versuchte er sie aufzuheitern und ihre

Reue zu mildern, nachdem sie ihn den ganzen Tag so grässlich behandelt hatte. Das gelang ihm. Noch immer brachte er sie zum Lachen.

Kapitel 46

Tiffany besaß nur ein einziges Abendkleid, in das sie mit Annas Hilfe schlüpfte, um ein zweifellos unangenehmes Dinner hinter sich zu bringen. Im Haus der Callahans hatte sie es nicht anziehen können und gar nicht erst ausgepackt. Selbst wenn eine Party gegeben worden wäre, ein so teures Kleid hätte sich Jenny nie geleistet – aus hellblauer Seide mit Perlenstickerei und passenden Schuhen.

Endlich durfte Tiffany auch ihre Juwelen wieder tragen. An ihren Fingern, Handgelenken und Ohren, am Hals und sogar an den Haarnadeln in ihrer eleganten Frisur funkelten Saphire. Falls die Callahans glaubten, sie bereits zu kennen – das stimmte nicht. An diesem Abend würden sie keine einzige Spur von Jennifer Fleming mehr entdecken.

Vor der Ankunft der Gäste ging sie zu ihren Brüdern ins Wohnzimmer. Angesichts ihrer glanzvollen Erscheinung lachte Roy. »Hast du uns mit einem Zaubertrick nach New York befördert? Hier musst du dich nicht so herausputzen.«

»Das weiß ich. Meine Zofe nennt es ›bewaffneten Angriff‹.«

»Nun, wenigstens ist Ma nicht da, sonst würde sie uns in diese piekfeinen Klamotten stecken«, seufzte Sam. »In der City mussten wir uns vor *jedem* Dinner verkleiden.«

»Erwartest du einen Kampf, Tiff?«, fragte Carl.

»Wenn die Callahans meinen Vorschlag hören – ja.«

Was Tiffany vorhatte, wussten die Jungs schon – ebenso, dass sie sich am letzten Abend mit dem Vater versöhnt hatte. Eine Teilschuld an dem Missverständnis nahmen sie auf sich, denn sie hatten ihr bei den Besuchen in New York die Anwesenheit des Vaters verschwiegen. Beim Frühstück an diesem Morgen war alles ans Licht bekommen. Das wundervolle familiäre Erlebnis wäre perfekt gewesen, hätte auch Rose am Tisch gesessen. Natürlich würde es nie dazu kommen.

Nun betrat Frank das Wohnzimmer. Bei Tiffanys Anblick blieb er wie erstarrt stehen. »Mein Gott, in dieser Aufmachung siehst du aus wie *sie*.«

Lachend hob sie die Brauen. »Hat Mama dir jeden Abend ein formelles Dinner aufgezwungen?«

»Nein, nur ein paarmal pro Woche. Hier gefiel ihr eine etwas lässigere, entspannte Atmosphäre. Aber du hättest uns vor deinen förmlichen Absichten für heute Abend warnen sollen.«

»O nein, wenn wir alle so elegant wären, würden wir die Callahans in Verlegenheit bringen. Damit …«, sie wies auf ihr Kleid, »will ich ihnen nur zeigen, dass ich nicht das Mädchen bin, das bei ihnen gewohnt hat. Falls sie immer noch eine falsche Vorstellung von mir haben.«

In diesem Moment polterten Hufschläge vor dem Haus, und Tiffanys Nervosität wuchs. Würde Hunter herkommen? Wahrscheinlich nicht, nachdem er sie am Vortag so wütend angestarrt hatte. Aber sie musste nur mit Zachary reden. Und ihre Familie würde sie unterstützen. Kein Grund zur Sorge. Während ihr Vater hinausging, um die Feinde hereinzulassen, stand sie zwischen Sam und Roy.

»Jesus, Frank, was ist das für ein glänzendes Zeug auf deinem Boden?«, hörte sie Zachary rufen.

»Marmor.«

»Sicher das Werk deiner Gemahlin, was? Wenn wir drüber gehen, wird's doch nicht zerbrechen?«

Seit zwanzig Jahren Nachbarn, und die Callahans hatten keinen einzigen Fuß in dieses Haus gesetzt? Und vermutlich war Frank nie in ihrem gewesen. So eine *dumme* Fehde!

Zachary trug seine Frau ins Wohnzimmer. Sobald Mary das elegante blaue Seidenkleid sah, fragte sie: »Ich nehme an, du hast das Dinner nicht gekocht, Tiffany?«

Die Krücken seiner Mutter in der Hand, kam Cole herein. Bei Tiffanys Anblick hielt er plötzlich inne. John stieß ihn aus dem Weg. Dann rührte er sich auch nicht mehr.

Als Tiffany die zwei Brüder sah, ließ ihre Anspannung etwas nach – weil Hunter nicht erschien. Aber vielleicht hätte sie ein anderes Kleid wählen sollen. So sehr hatte sie die beiden nicht verwirren und nur unterstreichen wollen, sie würde nicht auf eine Montana-Ranch passen.

Höflich wandte sie sich zu Mary. »Willkommen auf der Warren-Ranch. Mein Vater beschäftigt bereits eine exzellente Köchin.«

»Jetzt wird dieser Buffalo-Junge für uns kochen«, murmelte Zachary und setzte Mary in den nächstbesten Sessel.

»Meine Mutter hat mir ein paar Kochbücher geschickt. Vielleicht kann Andrew was damit anfangen.«

»Wie nett von dir«, sagte Mary.

»Keineswegs. Und erlauben Sie mir, Sie alle um Verzeihung zu bitten …«

Als Tiffany ein Quieken vor dem Haus hörte, verstummte sie. Hatten sie etwa das Schweinchen mitgebracht? Welch eine großzügige Geste, nach allem, was sie ihnen zugemutet hatte! Mit einem strahlenden Lächeln entschuldigte sie sich und rannte hinaus. Maximilian war am Verandageländer festgebunden. Ohne ihr kostbares Kleid zu beachten, hob sie ihn hoch und presste ihn an sich.

»Also ist der Rotschopf immer noch da? Nicht völlig verschwunden?«

Diese tiefe Stimme … Verstört fuhr Tiffany herum, und Hunters Kuss nahm ihr den Atem. Eine Hand in ihrem Nacken, zog er ihren Kopf zu sich heran. Sie verhinderte es nicht, denn sie würde seine Lippen sicher zum letzten Mal schmecken. Und deshalb war es ein bittersüßer Kuss.

Dann begann Max sich herumzuwinden, weil er zwischen ihnen eingezwängt wurde, und sie wich verlegen zurück. Das hätte nicht passieren dürfen – sie hätte es nicht *gestatten* sollen. An diesem Abend musste sie ihm klarmachen, dass Jenny – oder der Rotschopf, oder wie immer er sie nannte – nicht mehr existierte. Falls er jenes Mädchen hier anzutreffen erwartete, irrte er sich. »Danke, dass du Max zu mir gebracht hast«, sagte sie höflich.

»Das musste ich. Nachdem du weg warst, schien er zu glauben, er könnte sich in meinem Zimmer breitmachen.«

»Wirklich?«

»Gestern Abend nahm ich ihn mit hinein. Aber eine Nacht genügt mir. Aus irgendeinem Grund bildete er sich ein, er dürfte in meinem Bett schlafen. Hast du das geduldet?«

»Mir hat's nichts ausgemacht.« Sie kraulte das Ferkel hinter einem Ohr. »Früher hatte ich nie ein Haustier … Nun, das Kätzchen, das ich mal nach Hause holte, zählt nicht, weil es davonlief, ehe ich mich dran gewöhnt hatte. Würdest du Max bitte losbinden, damit ich ihn hineintragen kann?« Vorerst wollte sie das Tier nicht auf den Boden stellen, denn sie fürchtete, dann würde Hunter ihr wieder zu nahe kommen.

»Wird er deinen Pa nicht stören?«, fragte er und befreite Max.

»Nein, er ist nicht der herzlose Mann, dem ich ausweichen wollte.«

Hunter warf ihr einen prüfenden Blick zu. »*Deshalb* bist du zu uns gekommen?«

»Ja – nein – teilweise. Das werde ich deinen Eltern und dir beim Dinner erklären. Du – du gehst doch mit mir hinein?«

Als er nicht sofort antwortete, blieb ihr fast das Herz stehen. Sie wünschte so sehr, er würde hierbleiben, und gestand sich sogar ein, wie glücklich sie war, ihn wiederzusehen. So attraktiv fand sie ihn in seinem gebügelten Hemd, der dunklen Hose, den sauberen schwarzen Stiefeln. Er lehnte sich an die Wand neben der Tür, ein Knie angezogen, eine Sohle gegen die Mauer gestemmt. In einer ähnlichen Pose hatte sie ihn oft auf der Triple C-Veranda beobachtet. Und so sah sie ihn in ihrer Fantasie. Wenn sie sich Hunter nicht mit einem Handtuch um die Hüften vorstellte. Oder nackt wie in der Liebesnacht … Sekundenlang schloss sie die Augen und verbannte die Visionen.

»Das überlege ich mir noch«, erwiderte er. »Ich dachte, dafür hätte ich vor dem Dinner genug Zeit. Weil du hinter dem Haus den Sonnenuntergang beobachten würdest. Zu schade, dass die Fassade hier an der Ostseite liegt! Das wird dir fehlen – auf der Veranda zu sitzen, wenn die Sonne sinkt.«

Beinahe hätte sie gelächelt. Gerade noch rechtzeitig hielt sie sich zurück. Wie einfach wäre es, zu den vertrauten, entspannten Gesprächen mit Hunter zurückzukehren … Aber das war nicht *sie* gewesen, sondern Jennifer. Und *Jennifer* hätte sich sittsam benehmen und den ältesten Sohn ihres Arbeitgebers abwehren müssen. Stattdessen hatte sie ihm erlaubt, mir ihr zu flirten, ihr einen Spitznamen zu verpassen, sie zu küssen und …

Sie zwang sich zu einer förmlichen Antwort. »Glücklicherweise gibt es hinter dem Haus eine kleine Veranda. Also werde ich die Sonnenuntergänge nicht vermissen. Papa hat mir erzählt, es sei die Idee meiner Mutter gewesen, diese Veranda bauen zu lassen. Dort saßen sie jeden Abend vor dem Dinner. Auch Mama liebt die Sonnenuntergänge.«

»Einem Gerücht zufolge hat er sie geschlagen. Deshalb ist sie ihm weggelaufen. Stimmt das?«

»Natürlich nicht!«, verteidigte Tiffany ihren Vater in scharfem Ton.

»Und warum hat sie ihn dann verlassen?«

»Ich hoffte, das würde er mir erklären. Übrigens macht er deine Familie dafür verantwortlich – nun ja, die Fehde. Für ihn ein Grund mehr, die Callahans zu hassen.«

»Würde das zutreffen, wäre es sehr bedauerlich.« Hunters hellblaue Augen schienen sie zu durchbohren.

»Warum?«

»Weil es für eine Frau ein idiotischer Grund ist, ihren Mann und ihre Söhne im Stich zu lassen. Hätte sie's nicht getan, wären wir beide zusammen aufgewachsen und wahrscheinlich schon verheiratet.«

Wie konnte er eine solche Vermutung wagen! »Glaub das bloß nicht!«, zischte sie entrüstet. »Wäre ich hier aufgewachsen, hätte ich mich sicher in deinen Bruder Cole verliebt, weil er ungefähr in meinem Alter ist.«

Bevor er *darauf* reagieren konnte, stolzierte sie ins Haus zurück.

Kapitel 47

Tiffany nahm an, Hunter wäre zur Triple C zurückgeritten. Aber kurz nachdem sie alle das Speisezimmer betreten und sich an den Esstisch gesetzt hatten, hörte sie Stiefelschritte auf dem polierten Holzboden. Beklommen spähte sie über die Schulter und sah ihn in der Tür stehen. Gerade noch rechtzeitig, um ihre Entschuldigung zu hören …

»Seien Sie versichert, ich wollte keine Haushälterin spielen«, wandte sie sich an Mary und Zachary, die nebeneinander saßen. »Das hatte ich wirklich nicht vor. Erst als Ihre Söhne mich für Miss Fleming hielten und mir die Stellung anboten, dachte ich, es wäre eine Gelegenheit, Ihre Familie kennenzulernen, ohne dass die Fehde Ihr Verhalten mir gegenüber beeinflussen würde.«

»Nicht einmal dein Pa wusste es.« Zachary starrte Frank an. »Oder?«

»Nein, Tiffany war noch nicht bereit, mich zu sehen. Doch das ist eine Privatsache …«

»Schon gut, Papa, die Callahans haben ein Recht auf die Wahrheit. Ich kannte meinen Vater nicht, hatte keine Erinnerung an ihn. Nur meine Brüder besuchen mich im New York – ohne ihn.«

»Also, das stimmt nicht«, widersprach Zachary. »Jedes Mal hat er seine Jungs nach New York begleitet. Das wissen wir.

Und er kam immer mit grauen Haaren zurück. Da glaubten wir, Rose hätte ihn zu Tode erschreckt«, fügte er grinsend hinzu.

»Eine verdammte Tarnung«, murrte Frank.

»Hast du sie tatsächlich verhauen, während sie hier war? Und hat sie gedroht, sie würde dich erschießen, wenn sie dich jemals wiedersieht?«

»Sei nicht so ein Arschloch!«, stieß Frank hervor.

Kein bisschen beleidigt lachte Zach, sichtlich erfreut, weil er ihn auf die Palme gebracht hatte.

Tiffany warf beiden scharfe Blicke zu, um ihre Entschuldigung fortzusetzen, und sprach wieder die Callahans an. »Mama nahm mir das Versprechen ab, hierherzufahren. Aber ich musste nicht bei meinem Vater wohnen, dazu hatte ich mich nicht verpflichtet. Dann boten Sie mir die Möglichkeit, das zu vermeiden, und ich war Ihnen sehr dankbar. Ich dachte, ich würde ihm nichts bedeuten, und redete mir ein, er wäre mir genauso egal. In beiden Fällen habe ich mich geirrt.«

»Und jetzt ist alles gut?«, fragte Mary lächelnd.

»O ja«, bestätigte Tiffany und erwiderte das Lächeln.

»Natürlich nehmen wir deine Entschuldigung an, Mädchen«, brummelte Zachary. »Da du keinen Schaden angerichtet hast …«

»Kommt drauf an, was man unter Schaden versteht«, wurde er von Hunter unterbrochen.

Auf diese Bemerkung wollte niemand eingehen, am allerwenigsten Tiffany. Während die anderen vermuteten, er würde seinen Zorn über ihr Täuschungsmanöver meinen, fürchtete sie sein Geständnis, er habe sie kompromittiert. Wenn er jetzt als Ehrenmann auftrat und Papa informierte …

Stattdessen trat er hinter ihren Stuhl, legte einen Brief von

Rose auf ihren Teller und nahm ihr gegenüber Platz. Weil sie ahnte, was Mama ihr geschrieben hatte, zögerte sie, das Kuvert zu öffnen. Doch dann siegte ihre Neugier, und sie riss es auf.

Hast du völlig den Verstand verloren?, lauteten die ersten Worte von mehreren Seiten. *Begreifst du nicht, wie schmerzlich es deinen Vater kränken wird, wenn er herausfindet, dass du nicht bei ihn wohnst, sondern bei seinen Feinden?*

Mehr wollte sie vorerst nicht lesen. Hastig stopfte sie die Blätter ins Kuvert zurück.

»Schlechte Neuigkeiten?«, fragte Hunter, der sie aufmerksam beobachtete.

Sie schaute ihn kurz an. »Nein – meine Mutter ist nur ein bisschen temperamentvoll. «

»Ein *bisschen*?« Frank lächelte schwach,.

»Eher ein Vulkan in Breeches.« Ausnahmsweise stimmte Zachary mit Frank überein.

»Was?« Tiffany blinzelte entgeistert. »Hat Mama hier *Breeches* getragen?«

»Nur wenn sie es eilig hatte, irgendwohin zu reiten«, antwortete ihr Vater.

»Die hatte sie an, als sie zu mir kam und verlangte, ich müsste meinen Jungen mit dir verheiraten, Tiffany«, erzählte Zachary. »Und sie sagte, sie würde mich erschießen, wenn ich den Waffenstillstand nicht einhalte.«

»Von einer solchen Drohung weiß ich nichts, Zach«, seufzte Frank.

»Er übertreibt wieder mal«, mischte sich Mary ein. »Nun ja – sie hat's gesagt. Aber erst, *nachdem* er der Verlobung zugestimmt hat.«

»Dazu hast *du* mich gezwungen«, warf Zachary ihr vor.

»Weil es eine gute Idee war«, konstatierte sie.

»Aber sie muss befürchtet haben, ihr würdet euer Versprechen brechen«, bemerkte Franklin kühl. »Sonst wäre sie nicht abgereist.«

»Moment mal!«, schrie Zachary. »*Das* wirst du uns *nicht* anlasten!«

»*Bitte!*« Missbilligend klopfte Tiffany mit einer Gabel an ihr leeres Weinglas. »Ich lege an jeder Dinnertafel sehr großen Wert auf einen zivilisierten Umgangston. Und mein Vater irrt sich. So peinlich es auch ist, das einzugestehen – wir wissen nicht, warum meine Mutter Montana verlassen hat.« Dann wechselte sie abrupt das Thema und wandte sich zu Hunter. »In den nächsten Tagen wird noch ein Brief von meiner Mutter auf eurer Ranch ankommen. Papa hat ihr schon telegrafiert, dass ich jetzt bei ihm bin. Aber den zweiten Brief wird sie früher abgeschickt haben.«

Auf diesen zweiten Brief, in dem Rose ihr die Abreise erlauben würde, wartete sie voller Ungeduld. So gern sie auch etwas mehr Zeit mit ihrem Vater und den Brüdern verbringen wollte – sie empfand viel zu viel für Hunter. Je früher sie vor ihm flüchtete, desto besser. Und desto eher würde sie ihn vergessen. Sie konnte ihn nicht heiraten. An diesem Entschluss hatte sich nichts geändert. Ihre eigenen Hinderungsgründe verblassten neben seinen. Denn selbst wenn er sie zu lieben glaubte – der Hass, der seine Seele schon so lange erfüllte, würde immer zwischen ihnen stehen.

Ironischerweise hätte sie das nie herausgefunden, wäre sie nicht als Jennifer in sein Leben getreten. Zu *dieser* Frau hatte er sich hingezogen gefühlt. Zu der Rolle, die sie gespielt und in der sie sich ein Verhalten erlaubt hatte, das der echten Tiffany verwerflich erschienen wäre.

Bei diesem Gedanken hoffte sie, nicht zu erröten. Trotzdem brannten ihre Wangen. Die echte Tiffany, ihre kultivierte Eleganz und ihren Hang zur Schicklichkeit würde er nicht mögen. Inständig wünschte sie, das würde er im Lauf des Abends erkennen.

Um die Mahlzeit nicht zu verderben, zögerte sie, das heikle Thema zu erörtern. Doch die Fehde war bereits erwähnt worden, und das hatte eine bedrückende Atmosphäre erzeugt. Tiffany bemühte sich mehrmals um einen neutralen Gesprächsstoff. Darauf gingen nur Hunter und gelegentlich seine Mutter sein. Seine Brüder starrten sie immer noch an, als trauten sie ihren Augen nicht, und schwiegen ebenso beharrlich wie Zachary, Frank und seine Söhne.

Wenigstens aßen sie alle. Frank musste seine Köchin beauftragt haben, sich selbst zu übertreffen. Wollte er seine Feinde beeindrucken? Ein in der politischen Welt allgemein übliches Bedürfnis … Die Vorspeise war französisch, eine Zwiebelsuppe mit Käsekruste, der Hauptgang englisch, ein perfekt gebratenes rosa Roastbeef mit Yorkshirepudding-Pastetchen.

Trotz des köstlichen Dinners brachte Tiffany kaum einen Bissen hinunter. Was sie an diesem Abend sagte, würde die Fehde beenden oder verschlimmern. Da die meisten ihrer Tischgefährten das Roastbeef gegessen hatten, wollte sie nicht länger warten. »Nun möchte ich über die Vergangenheit diskutieren.« Ihr Blick schweifte zwischen Frank und Zachary hin und her. »Und über die Zukunft. Vielleicht gibt es einige Dinge, die unseren Familien gar nicht bewusst sind. Ich habe die Geschichte der Fehde von *beiden* Seiten gehört. Kann das hier noch jemand behaupten?«

»Wir haben's erlebt, Mädchen!«, schnaubte Zachary. »Was sollen wir denn sonst noch wissen?«

»Mit der Zeit könnten gewisse Fakten in Vergessenheit geraten sein. Oder sie wurden nie enthüllt. Wussten Sie zum Beispiel, dass Elijah seiner Braut in jener Nacht tatsächlich untreu war? Deshalb hat Mariah am nächsten Morgen auf ihn geschossen.«

Damit schien sie Zachary zu überraschen, aber er schwieg.

»So viele Menschen mussten leiden, weil diese beiden ihre Probleme nicht lösen konnten«, fuhr sie fort. »Jetzt sind sie tot, und ihr einziges Erbe stürzt ihre Nachfahren noch immer ins Unglück?«

Erst nach einer langen Pause begann Zachary zu sprechen. »Sie hätte uns nicht hierher folgen dürfen. Nie zuvor war mein Pa so wütend. Nur um ihr zu entrinnen, hatte er die beschwerliche Übersiedlung nach Montana auf sich genommen. Und dann kam sie *hierher*! Reiner *Wahnsinn*!«

»Als wir wieder Nachbarn waren, hat es mich genauso verblüfft wie dich«, warf Frank ein.

»Und warum bist du nicht abgehauen?«

»Weil meine Mutter mir erklärt hat, sie würde keinen Frieden finden, wenn die Probleme nicht gelöst würden.«

»Ist das eine spezielle Umschreibung für den Mord an meinem Pa?« Beinahe fing Zachary wieder an zu schreien.

Franks Augen verengten sich. »Bevor sie einander erschossen, waren sie intim. Das haben wir beide gesehen. Wer sagt denn, meine Ma hätte nicht geplant, die Feindschaft zu beenden?«

»Und dann hat sie sich anders besonnen?«

»Dass sie Liebe machten, hast du mir nie erzählt, Zach«, klagte Mary.

»Weil ich's nicht glaube«, murmelte ihr Mann.

»Sie waren kaum bekleidet, Zach«, betonte Frank.

»So was spielt keine Rolle. Zweifellos hat sie zuerst geschossen.«

»Ja, das glaube ich auch.«

»Hör bloß auf, mir zuzustimmen, verdammt! Unsere Zäune hast du niedergerissen!«

»Nicht direkt. Das hat meine Herde ohne meine Hilfe getan. Wenn eine Kuh Wasser braucht, holt sie sich's. Das weißt du.«

»Von welchem Überfall reden wir jetzt?«, murrte Zach. »Vom ersten oder vom fünften?«

»Kommt es denn darauf an?«, fragte Mary ihren Mann. »Der erste Zaun wurde niedergerissen, weil Elijah allen klarmachen wollte, die Warrens hätten uns nicht hierher folgen dürfen. Dann ging es aus reinere Sturheit weiter. Wie ich mich entsinne, hast du es mit Frank geregelt. Ein hässlicher Kampf. Aber wenigstens legt ihr jetzt keine Waffen mehr auf den Tisch.« An Tiffany gewandt, erklärte sie: »Die Warrens rissen den Zaun nieder, die Callahans bauten ihn wieder auf – etwa sechs Monate lang. Schließlich behielten beide Seiten die Rinder, die den Bach überquerten. So wurden die Herden der zwei Familien nicht dezimiert, und die Cowboys hatten etwas, mit dem sie prahlen konnten.«

»Alles in bester Ordnung – bis zu jener Nacht, in der Zach auf mich feuern ließ und meine Frau einen Monat später verschwand«, ergänzte Frank bitter.

»O nein, ich habe niemandem gesagt, er soll auf dich feuern!«, protestierte Zachary hitzig. »Falls Rose deshalb sauer war, hätte sie's erwähnt, als sie zu uns kam. Damals interessierte sie sich *nur* für den Waffenstillstand. Wahrscheinlich hatte sie ihre Abreise schon geplant und wollte was zum Schutz ihrer Jungs unternehmen.«

Dieser Spekulation folgte ein längeres Schweigen.

Tiffany teilte Zacharys Meinung. Aber da Rose nicht hier war, konnte die Vermutung weder bestätigt noch bestritten werden.

Für die Diskussion an diesem Abend spielte das ohnehin

keine Rolle, und Tiffany wollte wieder zur Sache kommen. »Ich schlage vor, die sinnlose Fehde für immer zu beenden«, begann sie vorsichtig.

»Das hatten wir schon beschlossen«, wurde sie von Zachary erinnert.

»Trotzdem brachen immer neue Kämpfe aus. Eine Frage, Mr. Callahan. Hat Ihr Vater wirklich einen ganzen See für sich allein beansprucht? Wäre es so, hätten Sie Ihr Haus dann nicht näher am Ufer gebaut? Oder beanspruchte er den See erst, als meine Großmutter hier eintraf, um Ihre Familie zu ärgern?«

»Wir waren *zuerst* hier!«, betonte Zach.

»Ja, und aus Loyalität zu Ihrem Vater wollten Sie eine natürliche Wasserquelle mit niemandem teilen. Seit fünfzehn Jahren respektieren Sie den Waffenstilstand und möchten ihn jetzt durch eine Heirat festigen. Am besten beenden Sie die Fehde einfach sofort. Denn wenn beide Seiten nicht zugeben, wie unvernünftig es war, über zwei Generationen hinweg an der Feindschaft festzuhalten, wird eine Ehe auch nichts nützen.«

Zachary runzelte die Stirn. »Also willst du die Verlobung lösen, Mädchen?«

Mühsam bezwang sie ein Stöhnen. Hatte er denn gar nichts begriffen? Und warum stand Hunter ihr nicht bei? Seit Jahren hasste er die Bürde dieser Heirat, die keine Voraussetzung für den Frieden sein dürfte. Gewiss, im Lauf der Geschichte war oft geheiratet worden, um einen Frieden zu sichern. Waren das lauter glückliche Ehen gewesen?

»Ich bitte Sie nur, über meine Worte nachzudenken, Mr. Callahan«, entgegnete sie.

»Weißt du, was ich denke, Mädchen?« Zach stand auf. »Offenbar sind wir hier nicht mehr willkommen.«

Niemand widersprach ihm, und die Callahans flüchteten

sehr schnell. Nur Mary rang sich ein paar höfliche Abschiedsworte ab und war sichtlich verlegen.

Hatte sie gehofft, sie würden an diesem Abend die Hochzeitsvorbereitungen besprechen?

Kapitel 48

Nur Hunter verließ das Speisezimmer nicht sofort. Tiffany musterte ihn und versuchte zu ergründen, was er von Ihrem Vorschlag hielt. Aber seine Miene – nachdenklich, ein bisschen neugierig und vollkommen humorlos – verriet ihr nichts.

Trotzdem wollte er ihr seine Gedanken anscheinend mitteilen, denn er nickte ihr zu. »Gehen wir auf die Veranda hinaus. Dort werde ich dir eine gute Nacht wünschen.«

»Nur wenn du mich nicht mehr küsst.«

»Ziemlich schwierig, mit dir zu verhandeln, Rotschopf …«

»Das habe ich besser nicht gehört«, bemerkte Frank. Seine Stimme klang sogar amüsiert, bevor er die Gäste nach draußen begleitete.

Als Hunter zu Tiffany ging und ihr seine Hand hinhielt, zögerte sie nur sekundenlang, bevor sie danach griff. Natürlich musste sie mit ihm reden und ihm klarmachen, dass sie nicht Jennifer war – falls er das noch nicht begriffen hatte. Außerdem brauchte sie seine Hilfe, um die Fehde zu beenden. Sie wollte ihn hinter ihrem Vater zur vorderen Veranda führen, aber er zog sie in die andere Richtung. »Da ist zu viel los. Zeig mir, wo du die Sonnenuntergänge genießen wirst.«

Schweigend führte sie ihn durch einen Flur zwischen zwei Lagerräumen. Hier lagen die Nebengebäude nicht hinter dem Haus, sondern an der Seite. Und so bot die kleine Veranda am Ende der Passage eine völlig private Atmosphäre, nicht einmal durch Fenster zu überblicken. Die Sonne war gesunken, spendete aber immer noch schwaches Licht. Hell und klar ging der Mond auf und kündigte eine schöne Nacht an.

Tiffany ignorierte die beiden komfortablen neuen Chaiselongues, die nebeneinander standen. Wie ihr Vater erklärt hatte, musste er sie wegen des Wetters jedes Jahr ersetzen, und er wählte jedes Mal das Design, das Rose damals ausgesucht hatte.

Langsam ging Tiffany zu einem der Eckpfosten, lehnte sich dagegen und betrachtete den Mond.

»Deine Mutter hatte gute Ideen«, sagte Hunter und folgte ihr. »So eine Veranda willst du auch haben, nicht wahr, Rotschopf?«

Ja, wenn ihr künftiges Heim in einer Gegend mit spektakulären Sonnenuntergängen liegen würde, womit sie nicht rechnete. »Hör auf, mich so zu nennen! Ich heiße Tiffany.«

»Ist das ein Problem? Für mich nicht. Und für dich vielleicht auch nicht. Würde die Frau, von deren Identität du mich so eifrig überzeugen willst, meine Küsse vor ihrer Familie erwähnen?«

»Was bezweckst du mit dieser Logik? Vor meiner Familie muss ich nicht so genau auf meine Worte achten …«

»Vor anderen Leuten schon?«

»Allerdings, wie es die Schicklichkeit verlangt.«

»Gefällt es dir, so zu leben?«

»Nun, das ist in mir verwurzelt und für mich so natürlich wie für dich eine unverblümte Ausdrucksweise. Für mich war es *unnatürlich*, die Haushälterin Jennifer zu spielen. Schwierig – und falsch. Ich habe mich bei deiner Familie entschuldigt, Hunter, aber noch nicht versichert, wie leid es mir tut, dass ich *dich* getäuscht habe. Jetzt bist du wütend. Mit Recht.«

»Das war ich.« Behutsam legte er seine Hände auf ihre Schultern. »Komme ich dir jetzt auch wütend vor?«

Rasch trat sie zur Seite und befreite sich. »Du scheinst zu glauben, ich wäre immer noch Jennifer Fleming. Aber ich gleiche ihr kein bisschen. Du kennst mich nicht. Wie ich wirklich bin, weißt du nicht. Möglicherweise ließ ich mich von der Farce hinreißen. Nun ist sie vorbei, du siehst die *echte* Tiffany Warren, die du nicht willst. Das hast du mir gesagt und …«

Erschrocken verstummte sie, als er sie umfing, hochhob und auf das Verandageländer setzte – weit genug vom Pfosten entfernt, dass sie sich nicht daran festhalten konnte. Um das Gleichgewicht nicht zu verlieren, musste sie sich an Hunters Schultern klammern. Zu allem Überfluss zerrte er auch noch ihre Röcke nach oben, schob er ein Bein zwischen ihre Schenkel, und sie war rettungslos gefangen.

»Hör auf!«, japste sie.

»Nein, verdammt! Finden wir heraus, wen du wovon überzeugen willst. Denn im Gegensatz zu *dir* muss ich von gar nichts überzeugt werden.«

Zu einer Antwort bekam sie keine Chance. Er hielt ihr Gesicht fest, seine Lippen berührten ihre. Viel zu schnell erinnerte er sie an die Nacht im Stall, wo sie alles aufgegeben hatte, um nur noch ihren Gefühlen zu gehorchen. Da war sie wieder, diese blinde Leidenschaft, die den Verstand besiegte und alles, was sie Hunter erklären wollte. Und sie kümmerte sich nicht mehr darum! Denn dies war das einzig Vollkommene zwischen ihnen, ein Bereich, in dem die zwei Familien keine Rolle spielten, nichts außer *ihr* und *ihm*.

Aus eigenem Antrieb intensivierte sie den Kuss, genoss die Ekstase der Umarmung und Hunters Geschmack. Wie war es möglich, jemanden so sehr zu begehren?

Das fragte sie sich immer noch, als er ein wenig zurückwich und sie an seinem kraftvollen Körper vom Geländer hinabgleiten ließ. Ihre Knie waren weich, und sie wäre umgefallen, hätte er sie nicht zärtlich gestützt.

»Alles tue ich für dich, nur eins nicht. Auf der Veranda deines Vaters werde ich dich *nicht* lieben.«

Seine Stimme klang so unsicher, wie sie sich fühlte. Wollte sie wirklich auf *das* verzichten? Ihn verlassen? Aber es musste sein. O Gott, was hatte sie soeben getan? Und sie durfte ihm nicht einmal Vorwürfe machen, nachdem sie bewiesen hatte, wie dringend sie ihn brauchte …

Zaudernd fragte sie: »Wirst du deinen Vater überreden, meinem Vorschlag zuzustimmen?«

»Nein.«

»Aber – warum nicht?«

»Wer sagt denn, dass ich alles auf *deine* Art beenden will? Vielleicht gefällt's mir inzwischen, den Frieden mit einer Ehe zu sichern.« Abrupt ließ er sie los, schwang sich über das Geländer und schlenderte davon.

»Nein, das gefällt dir *nicht*!«, schrie sie ihm nach.

Bevor er um die Ecke des Hauses bog und zu seinem Pferd ging, hörte sie ihn lachen. »Endlich redest du wieder wie mein Rotschopf.«

Kapitel 49

Außer Atem vom Lachen, blinzelte Tiffany ihre Brüder an, die im See um sie herumstanden und ihren Kopf immer wieder unter Wasser drückten. Nicht dass sie sich hätte wehren können, denn die drei waren viel stärker als sie. Schließlich kroch sie ans Ufer, um nach Luft zu schnappen, und die Jungs tauchten einander unter. Sam hatte ihr eines seiner Hemden für das Bad geliehen. Langärmelig, bis zum Hals zugeknöpft, reichte es bis zu ihren Knien. Darunter trug sie eine ihrer längsten Unterhosen. Kein schicklicher Schwimmanzug. Aber niemand außer ihren Brüdern würde sie sehen.

An einen Baumstamm gelehnt, saß sie im Gras und beobachtete die Possen der drei Jungs. Dabei spürte sie wieder die Wehmut, die letzte Nacht zum ersten Mal ihr Herz beschwert hatte. Wenn sie Montana verließ, würde sie einiges vermissen – die schöne Landschaft, den Sommerregen, der sie in den Schlaf lullte, die kristallklaren Tage. Vor allem aber Hunter. So wie er war ihr noch keiner begegnet. Und niemand würde es jemals tun. Die Hänseleien und das Gelächter, das ihre Verteidigungsbastionen so leicht überwand, die freimütige Art, wie er ihr seine Meinung sagte … Seine Freude sogar an den kleinen Dingen des Lebens, sein ansteckender Humor … Und diese wundervolle, unvergessliche Liebesnacht …

Sie sollte ihn nach New York mitnehmen. Aber dort wäre er nicht mehr Hunter. Ein solches Opfer durfte sie nicht vom ihm verlangen. Und trotz des Verlobungsarrangements waren sie einfach nicht füreinander bestimmt. Das hatten sie stets gewusst. Die Gefühle, die sie teilten, würden die unterschiedlichen Lebensweisen und die langjährige Feindschaft zwischen ihren Familien nicht überstehen. Das wusste Tiffany seit dem Vorabend endgültig, als weder die Warrens noch die Callahans ein Dinner ohne Streitigkeiten hatten genießen können und die Gäste erbost geflüchtet waren.

Nun streifte Tiffanys Blick das unfertige Haus auf der Böschung oberhalb des Sees und vertiefte ihre Trauer. Sie betrachtete einen zerbrochenen Eckpfosten, herabhängende Balken. Dieses Gerüst würde Hunter niederreißen. Zumindest hatte er das angekündigt.

So viel einfacher wäre es, könnte er ihr unversöhnlich zürnen, weil sie seine Familie und vor allem *ihn* hintergangen hatte. Leider dachte er nicht so, das hatte der letzte Abend bewiesen, und sie würde ihm unverblümt erklären müssen …

»Deine Logik verstehe ich nicht, Rotschopf«, erklang seine Stimme hinter ihr. »Gestern Abend wolltest du mir klarmachen, du wärst ganz anders als Jenny. Und soeben sah ich dich wie einen fröhlichen Wildfang mit deinen Brüdern herumtollen.«

Verwirrt sprang sie auf, spähte zur anderen Seite des Baums und sah Hunter am Stamm lehnen. »Wie lange bist du schon hier?«

»Lange genug, um zu merken, dass du beim Kampf gegen deine Brüder meine Hilfe gebraucht hättest.«

»Wird eine Pistole nicht zu nass, wenn man sie im Wasser abfeuert?«, spottete sie.

»Diese Art von Hilfe meine ich nicht«, erwiderte er grinsend.

Es war ihr peinlich, mit nassen Haar vor ihm zu stehen, in einem Hemd, das an ihrem Körper klebte. »Geh weg, das ist ein Familienausflug.«

»Bald sind wir alle eine Familie.«

O Gott, wie nett sich das anhörte ... Aber nun war *er* unlogisch. »Das willst du nicht *wirklich*. Diese Verlobung hast du genauso gehasst wie ich. Sei jetzt nicht stur, nur weil du glaubst, ich wäre eine Frau, die ich nicht bin. Ich – ich werde dich nicht heiraten, und ich möchte nach New York zurückkehren, wo ich hingehöre. Sei froh, dass ich dich laufen lasse.«

Sie hatte nicht erwartet, dass ihre eigenen Worte ihr so wehtun würden. Und Hunter? Zu ihrer Verblüffung lächelte er.

»Dein Pa ist deiner Ma in den Osten gefolgt.« Plötzlich trat er vor und manövrierte sie irgendwie zwischen seinen Körper und den Baumstamm. »Dort hat er sie umworben. Zwingst du mich auch dazu?«

»Sei versichert, es wäre sinnlos.«

»Warum bekämpfst du mich, Rotschopf? Allzu lang hat sich deine Ma nicht gegen Frank gewehrt.«

Herausfordernd reckte sie das Kinn. »Weil sie noch nicht wusste, wie es im Westen ist.«

»Glaubst du wirklich, das hätte sie interessiert? Sie liebte ihn und wollte bei ihm sein.«

»*Trotzdem* verließ sie ihn.« Das hielt Tiffany für ein überzeugendes Argument, aber es wurde von Hunter entkräftet.

»Benutz das nicht als Ausrede, nachdem du zugegeben hast, du wüsstest nicht, warum sie fortgegangen ist. Und *du* willst gar nicht abreisen.«

»Doch …«

»Beweise es«, verlangte er und neigte sich näher zu ihr hinüber.

Sie hätte ihm ausweichen können. Stattdessen schlang sie die Arme um seinen Hals und ließ sich für einen kurzen Moment in das Paradies locken. Hunters Kuss war reine Magie. Wie konnte sie auf dieses Glück verzichten? Durfte sie selbstsüchtig sein und ihn heiraten, obwohl sie wusste, sie würden es beide bereuen?

»So wundervoll …«, flüsterte er an ihren Lippen. »Ein Mann und eine Frau, füreinander bestimmt.« Widerstrebend trat er zurück, aber er berührte ihre Wange. »Geh zu deiner Ma und sag ihr, was du empfindest – was du *wirklich* empfindest. Dann wird sie dir erklären, du würdest hierher gehören.«

»Unmöglich, sie ist nicht …«

»Sie ist in der Stadt. Gerade war einer unserer Cowboys dort. Als er zurückkam, hat er's erwähnt. Halb Nashart erinnert sich an Rose Warren und redet nur noch von ihr. Um dich zu warnen, bin ich herübergeritten. Falls du es noch nicht wusstest. Dann hat mich das Gelächter im See abgelenkt.«

»Aber – sie wollte nie wieder einen Fuß in diese Gegend setzen.«

Hunter zuckte die Achseln. »Vielleicht dachte deine Ma, sie müsste dir den richtigen Weg zeigen. Zum Traualtar.«

Verstört zuckte Tiffany zusammen. »Nein, vermutlich ist sie hergekommen, um mich zu retten. Sie muss schon in den Zug gestiegen sein, bevor sie das Telegramm meines Vaters erhalten hat. Und sie wird sich gewaltig ärgern, wenn sie erkennt, dass sie die Reise umsonst auf sich genommen hat, weil ich mich großartig mit ihm verstehe.«

»Soll ich dich beschützen? Meinen Pa hat sie eingeschüchtert. Aber für mich steht mehr auf dem Spiel, also werde ich den Drachen bekämpfen.«

Lachend schüttelte Tiffany den Kopf. »Ein *Drache* ist sie nicht – sie nimmt nur kein Blatt vor den Mund, wenn sie in Wut gerät.«

Kapitel 50

Rose stand am Fenster ihres Zimmers im Nashart-Hotel. Hier hatte sie sich einquartiert, um ihre Vorbereitungen zu treffen, denn an diesem Tag musste sie so gut wie nur möglich aussehen. Draußen entdeckte sie niemanden, der auf sie wartete. Immer waren sie da gewesen, die Bewacher, nie versteckt, immer deutlich sichtbar. Sie sollte Bescheid wissen. Darauf hatte Parker Wert gelegt. Einige Leute, die sie seit Jahren beobachteten, hatten ihr respektvoll zugenickt, wenn sie ausgegangen war. Doch die meisten wurden schon nach wenigen Monaten ersetzt, oder sie kündigten. Es war ja auch ein sehr langweiliger Dienst gewesen.

Jetzt fand sie es seltsam, nicht mehr verfolgt zu werden, und es mochte lange dauern, bis sie nicht mehr über ihre Schulter spähen würde. Aber sie waren tatsächlich verschwunden, und sie gewann ihr Leben zurück – vielleicht sogar ihren Mann. Wenn er ihr verzeihen konnte.

Unglaublich … Beinahe hätte sie nicht gemerkt, dass der Albtraum vorbei war. Sie hatte in der Chicagoer Hotelsuite ihre Sachen für die Reise nach Montana gepackt, um herauszufinden, warum ihre Tochter in Panik geraten war und nach New York zurückkehren wollte. Nachdem sie Tiffanys zweiten Brief erhalten hatte, fehlte ihr eigentlich die Zeit für einen weiteren Besuch in Parkers Haus. In wenigen Stunden würde der Zug abfahren. Seit ihrer Ankunft in Chicago hatte sie fünfmal vor diesem Haus gestanden und war stets abgewiesen worden. Obwohl ihr ein letzter Versuch sinnlos erschien, entschloss sie sich dazu. Diesmal gelangte sie wenigstens in die Halle. Und da hörte sie, was sie nie erwartet hätte – Parker lebte nicht mehr.

Vor zwei Tagen war er gestorben. Rose hatte sich elend gefühlt und das Hotel nicht einmal verlassen, um eine Zeitung zu kaufen. Nun befand sich Parkers Haushalt in Trauer. Zumindest entstand dieser Anschein. Er hatte ihr erklärt, sein Tod würde die Vendetta nicht beenden, jedoch nicht mit dem Widerstreben seiner Frau Ruth gerechnet, seinen Wunsch zu erfüllen.

»Die verlorenen Jahre kann ich Ihnen nicht zurückgeben.« An jenem letzten Tag in Chicago hatte sie Rose in ihrem Salon empfangen. »Aber ich versichere Ihnen – ich werde mein Geld nicht für ein so großes Unrecht verschleudern. Mein Mann hat sehr vielen Menschen übel mitgespielt. Doch ich glaube, was er Ihnen zugemutet hat, war seine schlimmste Missetat. Die Schwäche unseres Sohns wollte er nicht akzeptieren, und so musste er die Schuld an Marks Tod anderen anlasten. Obwohl Parker selbst verantwortlich war, denn er hatte den Jungen stets verhätschelt. Um ehrlich zu sein, Rose – nicht nur für Sie ist der Tod meines Gemahls eine Erlösung.«

Sie sagte noch viel mehr, beteuerte immer wieder, wie sehr sie Roses Leid bedaure, und sprach sogar von einer beträchtlichen Entschädigungssumme. Parker sei ein brillanter Geschäftsmann gewesen, erwähnte sie, aber ein miserabler Ehemann.

»Schon kurz nach der Hochzeit hörte ich auf, ihn zu lieben. Davon merkte er nichts, was mir seine mangelnde Einfühlungsgabe bewies.«

Halb benommen vor Entsetzen hatte Rose zugehört. Auf der langen Zugfahrt nach Montana wurde sie von unterschiedlichen Empfindungen begleitet – Hoffnung, Sorge um Tiffany, sogar Zorn, weil Parker nicht früher gestorben war. Aber bei der Ankunft in Nashart hatte sie nur mehr freudige Aufregung verspürt.

Wie ein ungeduldiges Schulmädchen eilte sie zur Hotelhalle hinab. Draußen wartete ein einfacher Buckboard-Wagen, der sie zur Callahan-Ranch bringen sollte. Dort wollte sie Tiffany holen und sofort mit ihr zu Frank fahren. Und dann? Das wusste sie nicht. Sie hatte ihr Leben zurückgewonnen. Ob es lebenswert war, würde sich an diesem Tag entscheiden.

»Ah, Sie verschwenden keine Zeit, nicht wahr, Mrs. Warren?«

Nur zu gut kannte sie die Stimme, diese schreckliche Stimme. Rose spürte, wie alle Farbe aus ihrem Gesicht wich. Langsam drehte sie sich zu dem Mann um, der sie in all den Jahren verfolgt, der auf Frank geschossen und gedroht hatte, ihn zu töten, wenn sie seine Befehle missachten würde. Wer er war, wusste sie. Um das herauszufinden, hatte sie eine Menge Geld geopfert. Sie hatte ihn ins Gefängnis bringen wollen, damit er nie wieder das Tageslicht sehen würde. Ohne Erfolg, denn sein allmächtiger Boss hatte zu viele Gesetzeshüter bestochen. William Harris war Parker Hardings rechte Hand gewesen.

Rose griff in ihre Handtasche und umfasste die Deringer. »Vor ein paar Tagen sprach ich mit Ruth Harding, Parkers Frau. Sein Rachefeldzug ist beendet.«

»Das weiß ich.«

»Sie ließ alle betreffenden Hinweise aus seinem Testament streichen. Zum Glück war der Anwalt des Ehepaars *ihr* Freund, nicht seiner.«

»Auch das weiß ich.«

Roses Augen verengten sich. »Was machen Sie dann hier, Mr. Harding? Sie sollten sich Ihre Antwort sehr gut überlegen. Falls sie mich aus irgendwelchen Gründen wieder erpressen wollen, werde ich Sie töten.«

Verächtlich seufzte er. »Möchten Sie wirklich Ihre Heimkehr verderben und hinter Gittern landen, weil Sie einen Unbewaffneten erschossen haben? Vielleicht sollten Sie wissen, dass ich mich nie für den Gebrauch meiner Pistolen bezahlen ließ. Für das, was ich tue, kann ich gar nicht angemessen entlohnt werden. Das wusste Parker. Ich verdiente einen Prozentsatz bei allen Geschäften, die ich für ihn aushandelte. Nun werde ich auch die Interessen seiner Witwe wahren. Sie kennt meinen Wert und hat mich bereits beauftragt, den Deal, den ich mit ihrem Mann vereinbart hatte, zu den gleichen Bedingungen fortzusetzen.«

»Nicht den Deal, der mich betraf. Also warum erzählen Sie mir das alles? Parkers Vendetta ist vorbei.«

»Nun, da gibt es eine gewisse Ironie«, erwiderte Harris in arrogantem Ton. »Jahrelang haben wir die Warrens beobachtet, und jetzt machen uns ihre Feinde Ärger. Davon wusste Parker nichts. Er erfuhr nur von Schwierigkeiten mit seiner neuen Kupfermine und überließ es mir, auf meine übliche effiziente Weise für Ordnung zu sorgen. Nur aus geschäftlichen Gründen bin ich hier. Und da Sie auch hier sind, Ma'am, sehe ich noch mehr Möglichkeiten für die Lösung einiger geschäftlichen Probleme.«

Lachend schlenderte er davon. Roses Hände zitterten, Hätte sie ihn doch bloß erschossen … Fünfzehn Jahre lang war ihr Leben ruiniert worden, und daran trug er die gleiche Schuld wie Parker Harding.

Kapitel 51

Als sie ihre Eltern unten in der Halle sah, blieb Tiffany abrupt am Treppenabsatz stehen. Viel zu lange hatte sie für ihre Vorbereitungen gebraucht! Aber sie war sicher gewesen, Rose würde zuerst zur Triple C fahren.

Ehe sie nach ihrer Mutter rufen konnte, flüsterte Sam: »Pst.«

Sie wandte sich nach links und sah ihn hinter einem Schrank hervorspähen. Nun schlich er an ihr vorbei, setzte sich auf eine Stufe und beobachtete das Drama in der Eingangshalle.

»Kein Geschrei?«, wisperte sie und kauerte sich neben ihn.

»Bis jetzt kein Wort.«

»Wie lange starren sie sich schon an, ohne was zu sagen?«

»Seit etwa fünf Minuten.« Sam grinste. »Wahrscheinlich glaubt Pa, sie ist ein Geist und wird verschwinden, wenn er mit ihr redet.«

Tiffany stieß ihn mit dem Ellbogen an. »Warum hast du ihn nicht vor ihrer Ankunft in der Stadt gewarnt? Du wusstest es doch.«

»Wie sollte ich denn ahnen, dass sie einfach hier reinspazieren würde?«

Das hatte niemand geahnt, am allerwenigsten Franklin, der völlig verblüfft wirkte. Und Rose … Noch nie hatte Tiffany diesen strahlenden Glanz im Blick ihrer Mutter gesehen. »Oh, mein Gott«, platzte sie heraus, »ihr liebt euch immer noch!«

Sofort schauten die Eltern nach oben, und Rose ging zum Fuß der Treppe. »Komm herunter, Tiff …«

Aber Franklin unterbrach sie, schwenkte sie einfach zu sich herum und küsste sie. Ohne Zögern schlang sie die Arme um seinen Hals, so fest, als wollte sie ihn nie mehr loslassen.

»Wer hätte das gedacht?« Sam lachte leise und stieß Tiffany seinerseits mit dem Ellbogen an. »Gehen wir wieder schwimmen?«

»Meinst du, wir müssten sie allein lassen?«

»Erst mal würden sie ohnehin niemanden bemerken.«

Sie gingen nicht schwimmen, denn Tiffany war viel zu verlegen gewesen, weil Hunter sie dabei ertappt hatte. Außerdem wollte sie im Haus bleiben, jederzeit für ein Gespräch mit ihrer Mutter bereit. Allerdings hatte sie nicht erwartet, dass sie sich bis zum Dinner gedulden musste.

*

Arm in Arm betraten Rose und Frank das Speisezimmer und lachten fröhlich, als wären sie niemals für fünfzehn Jahre getrennt gewesen. Ihre Kinder starrten sie sprachlos an, aber nur wenige Sekunden lang, bevor sie alle gleichzeitig redeten und die Eltern mit Fragen bestürmten.

Gebieterisch wie eh und je hob Rose die Hände. »Seid still, Kinder. Natürlich werde ich eure Fragen beantworten, falls das nach meiner Erklärung noch nötig ist. Ich wurde mit dem Tod eures Vaters bedroht. Jetzt liegt diese Drohung unter der Erde. Das habe ich eurem Pa bereits erzählt. Und nun sollt auch ihr erfahren, warum ich ihn vor so vielen Jahren verlassen musste.«

Die Schilderung der Ereignisse dauerte fast die ganze Mahlzeit. Mit wachsendem Entsetzen hörte Tiffany zu und rührte ihr Essen kaum an. Unfassbar, wie grausam der alte Mann ihre Eltern für etwa bestraft hatte, an dem sie keine Schuld trugen … Unter seiner Skrupellosigkeit hatten auch die Kinder gelitten. Die Familie war auseinandergerissen worden, und sie hatten nicht gewusst, warum.

Diesen Teil der Tragödie fand Tiffany am schlimmsten – dass Rose gezwungen worden war, das Geheimnis den Menschen zu verschweigen, die sie am meisten liebte.

»Hättest du mich bloß eingeweiht«, seufzte Frank, »und es mir überlassen, die Sache zu regeln!«

Rose zog die Brauen hoch. »Wie oft wirst du das denn *noch* sagen? Wozu du dich entschlossen hättest, wissen wir beide ganz genau. Du hättest Parker erschossen. Aber einen so reichen, mächtigen Mann kann man nicht töten, ohne dafür zu bezahlen. Beinahe hätte ich's selbst getan. Da erklärte er mir, sein Tod würde den Rachefeldzug nicht beenden. Was er nicht wusste – seine Frau verachtete ihn und weigerte sich, seinen Letzten Willen zu erfüllen.«

»Die ganze Zeit dachte ich, *du* hättest die Männer bezahlt, die dein Haus in New York bewachten.«

»Nein, das waren Parkers Männer. Um dein Leben zu retten, musste ich dich verlassen – und dir den Grund verschweigen. Das gehörte zu seiner verdammten Rache. Aber du hast nicht lockergelassen und mir alles nur noch schwerer gemacht.«

»Tut mir leid«, murmelte Frank und berührte ihre Hand.

»Deine Schuld war es nicht. Ich wünschte, ich hätte eine Möglichkeit gefunden, dich zu informieren. Bedauerlicherweise ging Parker sehr minutiös vor, um eine Begegnung zwischen uns zu verhindern. Nicht nur mich ließ er überwachen, sondern auch dich. Hast du das nie gemerkt?«

»Wie sollte ich denn? Ich hatte keinen Grund, Verdacht zu schöpfen. Und wenn mir etwas auffiel, nahm ich an, die Callahans würden wieder irgendwas im Schilde führen. Manchmal sah ich ein Funkeln in den Hügeln, als würde sich die Sonne in Ferngläsern spiegeln. Aber wenn ich die Stelle erreichte, war niemand da.«

»Nur gut, dass du dich verkleidet hast, wenn du mit uns nach New York gefahren bist, Pa«, warf Sam ein.

»Das hast du *nicht* getan!«, japste Rose und schleuderte ihre Serviette auf Franklin.

Lachend gab er ihr die Serviette zurück. »Glaubst du, ich hätte diese fünfzehn Jahre ertragen, ohne dich wenigstens zu sehen?«

»*Ich* musste viel *mehr* ertragen!«, klagte sie.

»Aber du wusstest, warum, und ich hatte keine Ahnung. Die Verkleidung half mir, Tiffany kennenzulernen, und ich konnte dir durch die City folgen, wenn du dein Haus verlassen hattest. Natürlich passte ich auf, damit deine Bewacher mich nicht bemerkten, denn ich nahm ja an, die hätten für dich gearbeitet.«

»Welch ein Glück, dass deine Verfolger dich nicht erkannten!«

»Das war eine sehr gute Tarnung, Mama«, sagte Tiffany. »Nicht einmal du hättest ihn erkannt.«

»Dadurch konnte ich ab und zu ein paar Worte mit meiner Tochter wechseln, ohne ihr meine Identität zu verraten«, erklärte Frank. »Du hattest mir ja ausdrücklich verboten, nach New York zu kommen.«

»Das *musste* ich!«, verteidigte sich Rose. »Du verstehst doch, warum?«

»Ja – jetzt. Leider glaubte Tiffany, sie würde mir nichts bedeuten, weil ich sie nie besuchte.«

»Ich fürchtete, Parker würde dich umbringen lassen, wenn du zu oft in New York aufgetaucht wärst. Anfangs wollte er das ohnehin. Auge um Auge … Dann überredete William Harris ihn zu einer endlosen Rache. Sein Boss dachte vielleicht sogar, es wäre eine nettere Version. Wenigstens hättest du eine andere Frau finden können. Auf Parkers Wunsch hin musste nur *ich* allein bleiben. Nicht dass ich jemals andere Absichten gehegt hätte … Solange ich keinen Mann in meine Nähe ließ, durftest du am Leben bleiben.«

Den Tränen nahe, hörte Tiffany zu. Wie ungerecht das alles war! Nie hatten ihre Eltern aufgehört, sich zu lieben. Und sie hätten nie mehr zueinandergefunden, wäre Rose nicht zufällig Ruth Harding begegnet. *Wer weiß, ob Ruth von sich aus an meine Mutter herangetreten wäre? Womöglich würde Mama ihr Leben lang glauben, sie dürfte Papa nie wiedersehen.*

»Niemand hat für das Leid gebüßt, das unserer Familie angetan wurde!«, rief Tiffany erbost.

»Harding ist tot«, erwiderte Frank in beschwichtigendem Ton, »er kann uns nichts mehr anhaben.«

»Aber er starb eines natürlichem Todes. Also bekam er nicht, was er verdient hätte. Und Mr. Harris läuft immer noch frei herum und macht anderen Leuten Ärger. Soll er ungeschoren davonkommen? Das wäre ungerecht!«

»Manche Dinge sind nun mal nicht gerecht, Baby«, entgegnete Rose. »Und ich kann seine Schuld nicht beweisen, mein Wort würde gegen seines stehen.«

»*Mir* genügt dieser Beweis«, betonte Frank. »Der Mann hätte mich fast getötet, vertrieb dich aus Montana und stahl mir fünfzehn Jahre mit meiner Frau und meiner Tochter.«

Eindringlich schaute Rose ihn an. »Er kennt keine Skrupel, das steht fest. Aber er war nur ein Lakai, der Parkers Befehle befolgt hat. Willst du wirklich alles wieder aufrühren, nachdem es überstanden ist – wenn wir endlich wieder zusammen sind?«

»Ich werde ihn nicht aufsuchen«, versprach er. »Aber er sollte meinen Weg besser nicht kreuzen.«

Zum Dank für dieses halbe Geständnis drückte Rose seine Hand. Trotzdem vermutete Tiffany, dabei würde ihre Mutter es nicht bewenden lassen und noch einiges zu diesem Thema sagen, sobald sie mit Frank allein war.

Warum sie ihren Mann an einer Vergeltung hindern wollte, verstand Tiffany. Ihre Mama hatte genug durchgemacht. Doch es war einfach nicht gerecht!

Nun wandte Rose sich erneut ihren Kindern zu. »Ruth Harding versucht, einiges wiedergutzumachen, und sie bot mir eine ganze Menge Schmerzensgeld an, das ich natürlich ablehnte. Was ich will und brauche, habe ich schon zurückbekommen – meinen Mann. Stattdessen möchte sie die Summe euch Kindern geben, weil auch ihr unter den niederträchtigen Aktivitäten ihres Ehemanns gelitten habt. Es ist nur ein geringer Ausgleich für die jahrelange Trennung einer Familie, aber ich ging auf das Angebot ein.«

»Dieses schmutzige Geld will ich nicht!«, stieß Tiffany bitter hervor.

»Dann würde es irgendwo auf einer Bank vermodern. Also überlegt es euch.« Rose stand auf. »Zeig mir dein Zimmer, Tiff. Wir haben noch gar nicht besprochen, was du seit deiner Ankunft in Montana gemacht hast.«

Etwas unbehaglich führte Tiffany ihre Mutter die Treppe hinauf und öffnete ihre Tür.

»Sehr hübsch«, meinte Rose, während sie durch das Zimmer wanderte. »Das wusste ich – Frank würde sein Bestes tun, damit es dir hier gefällt. Kommst du dir jetzt nicht albern vor, weil du ihm ausgewichen bist?«

»Diese feindseligen Gefühle hatte ich sehr lange, Mama. Und sie sind nicht einfach verschwunden, weil du verlangt hast, ich solle unvoreingenommen hierherfahren.«

Seufzend sank Rose aufs Bett, klopfte neben sich auf die Tagesdecke, und Tiffany setzte sich zu ihr. »All die Qualen nur, weil ich zu gutmütig war, um Mark Hardings Heiratsantrag sofort abzulehnen. Also ist es gewissermaßen auch meine Schuld, denn ich wollte seine Gefühle schonen und dachte, wir würden zusammenpassen, weil wir Freunde waren. Ich mochte ihn. Aber ich liebte ihn nicht. Was wahre Liebe ist, wusste ich gar nicht, bis ich deinen Vater traf … Und jetzt erzähl mir von deinen Erlebnissen bei den Callahans. Du hast *gekocht? Wirklich?*«

Tiffany lachte, als sie das übertriebene Entsetzen in der Miene ihrer Mutter sah. »Am Anfang war es purer Frust, aber dann fand ich es sogar amüsant, Verschiedenes auszuprobieren.«

»Beinahe hätte ich eine Köchin statt der Kochbücher zur Warren-Ranch geschickt. Doch da hätte ich eher den Callahans geholfen, als dir klarzumachen, dass du nicht da bist, wo du sein solltest.«

»*Du* wolltest doch, dass ich Hunter kennenlerne und ihm eine Chance gebe.«

Rose zuckte zusammen. »Eigentlich nicht …«

»Was?«

»Wärst du zu dieser Heirat bereit gewesen, hätte ich es dir nicht ausgeredet. Aber ich war zu selbstsüchtig, um mir zu wünschen, du würdest hier leben, während ich nie mehr herkommen dürfte. Die Verlobung benutzte ich als Vorwand, damit du einige Zeit mit deinem Vater verbringen würdest, nachdem ich dich jahrelang von ihm ferngehalten hatte. Ich *musste* dich endlich mit ihm teilen. Gewiss, das hätte ich dir sagen sollen … Stattdessen versuchte ich, eine unheilvolle Situation zu manipulieren – und wie ich heute erfuhr, hast du schon versucht, die Fehde zu beenden. Das war sehr lobenswert. Schon sehr lange hatte ich überlegt, wie ich es ohne die Heirat hinkriegen soll. Ich schrieb sogar einen Brief an Zachary, den ich ihm nach deiner Rückkehr in den Osten schicken wollte. Darin bat ich ihn, den Waffenstillstand trotz der gelösten Verlobung fortzusetzen. Jetzt bin ich hier, kann mit ihm reden, und du musst dich nicht mehr sorgen.«

Tiffany runzelte die Stirn. »Also ist es dir egal, ob ich Hunter heirate oder nicht?«

Erst nach einer langen Pause begann Rose wieder zu sprechen. »Dein zweiter Brief machte mir Angst. Ohne Rücksicht auf Parker Hardings Drohungen und ohne Franks Wissen wollte ich heimlich hierher reisen und dich nach Hause holen. Niemals hätte ich mir träumen lassen, der Westen würde dich mit seinen schlimmsten Gefahren konfrontieren.«

»Ich weiß, einfach nur eine Pechsträhne«, murmelte Tiffany und verdrehte die Augen.

»Möglich. Heutzutage kommt es nur mehr ganz selten zu Raubüberfällen auf Züge, so wie du es erlebt hast. Als ich hier lebte, war es viel gefährlicher. Inzwischen überwiegen die Vorteile von Montana die Nachteile bei Weitem. Wie auch immer, die Entscheidung liegt bei dir, Tiff. Dein Vater und ich wollen nur, dass du glücklich wirst. Wenn du es hier nicht sein kannst, bringen wir dich nach New York und bleiben bei dir, bis du den perfekten Ehemann findest.«

»Und nach meiner Hochzeit würdet ihr wieder hierherziehen?«

»Ja. Ich liebe Montana. Hier verbrachte ich die schönsten Jahre meines Lebens. Natürlich wäre ich mit deinem Vater auch woanders glücklich. Aber diese Gegend hat mich von

Anfang an fasziniert – die Landschaft, die Leute, die nie die Nase rümpfen, wenn man was Ungewöhnliches tut und nicht dauernd auf die Schicklichkeit achten.«

»Klar, hier geht es lässiger zu«, sagte Tiffany und erinnerte sich an Hunters Worte.

»Genau!«

»Wenn du willst, kannst du Breeches und breitrandige Hüte tragen.«

Rose kicherte. »Das haben sie dir erzählt?«

»Oder Kühe mit Lassos einfangen.«

»Nun ja …«

»Und Schweine als Haustiere halten.«

»Was? Nein!«

»Komm her, Maximilian!«, rief Tiffany.

Das Schweinchen spähte am Wandschirm vorbei, der die Badewanne und sein Körbchen verbarg. Dann trottete es zum Bett. Seine Herrin hob es hoch und rieb ihre Nase an seinem kleinen Rüssel.

Ungläubig starrte Rose die beiden an, bevor sie in Gelächter ausbrach. »Also hast du bereits festgestellt, was ich meine.«

»Ja, ich denke schon.«

Kapitel 52

Am Samstag ritten oder fuhren die Warrens zu einem Tanzfest nach Nashart, von sämtlichen Cowboys und Hausangestellten begleitet. Kein Haus oder Stall war groß genug für die Menschenmengen, die aus allen Teilen des Countys eintrafen. Gesellschaftliche Unterschiede gab es nicht – Rinderzüchter, Cowboys, Minenarbeiter, Holzfäller, jung und alt, jeder war gleichermaßen willkommen.

Über einer Wiese außerhalb der Stadt glitzerten Lichterketten, ein großer quadratischer Tanzboden war aufgebaut worden. Schon lange vor ihrer Ankunft hörten die Warrens die Musiker spielen, auf Instrumenten, die Tiffany nicht kannte – Banjos, einfachen Fiedeln und Ziehharmonikas. Einige Paare tanzten schon, obwohl das Fest offiziell erst nach Sonnenuntergang beginnen sollte, wenn die Hitze des Tags verebben würde. Allmählich brach die Dämmerung herein. Zahlreiche Tische waren bereits mit Speisen und Getränken beladen, der aromatische Rauch von einem halben Dutzend Schweinen am Spieß erfüllte die Luft.

Begeistert schaute sich Tiffany um. Die Atmosphäre erinnerte sie eher an einen Jahrmarkt als an einen Tanzabend. Kreischende Kinder spielten Fangen, drei Cowboys veranstalteten ein Pferderennen und mehrere Holzfäller einen Wettbewerb, bei dem es darum ging, wer am schnellsten auf Bäume kletterte. Das erschien ihr etwas albern, weil nur vier nicht besonders hohe Bäume auf der Wiese wuchsen. Sogar ein Trinkerwettkampf war geplant, was nichts Gutes für die späteren Tanzkünste der Teilnehmer verhieß.

Dieses Fest hatte sich Tiffany eindeutig anders vorgestellt. Kein Wunder, dass Rose so aufgeregt und erfreut gewesen war, als sie von dem gesellschaftlichen Ereignis gehört hatte. Offenbar liebte sie ländliche Lustbarkeiten. Oder sie war einfach nur glücklich, weil sie wieder in Montana war, mit ihrer ganzen Familie vereint. Vielleicht lag es auch an beidem. Erstaunt beobachte Tiffany ihre lachende, fast übermütige Mutter, deren reserviertes New Yorker Benehmen restlos verflogen war. Sie hatte geglaubt, in ihrer eleganten Kleidung würde sie neben Rose nicht hervorstechen. Ein Irrtum, denn ihre sonst so stilvolle Mama war in einer schlichten Bluse und einem Rock ohne Turnüre die Treppe herabgestiegen.

»Vor fünfzehn Jahren bin ich nur mit dir und einem Koffer abgereist«, hatte sie ihrer Tochter erzählt, »und der enthielt zum Großteil deine Sachen. Dein Vater verwahrte alles, was ich zurückließ, auf dem Dachboden, weil er nie die Hoffnung aufgab, ich würde zurückkommen und diese Kleider wieder tragen. Obwohl sie von meiner Zofe gelüftet wurden – ich glaube, das alles muss gewaschen werden.« Sie schnupperte an ihrer Schulter. »Hm – ich rieche ein bisschen muffig.«

»Du hast noch Zeit, um was anderes anzuziehen«, schlug Tiffany vor, »eines der Kleider, die du aus New York mitgebracht hast.«

»O nein, dann lieber bequem als modisch, selbst wenn es etwas müffelt.«

Tiffany hatte das schönstes Tageskleid ihrer spärlichen Garderobe gewählt, zu dem natürlich eine Turnüre gehörte, und ihr Haar von Anna hochstecken lassen. Ihre Küchenkleidung würde sie nie mehr anziehen, nicht einmal als Leiche. Außerdem wollte sie Hunter erneut vor Augen führen, dass Seide und Cowboystiefel nicht zueinanderpassten.

Sobald die Warrens auf der Festwiese eintrafen, wurde Rose von alten Freunden und Bekannten umringt. Tiffany wollte in der Nähe ihrer Mutter bleiben, aber das Gedränge der Leute, die ihre Mama begrüßten, war zu dicht.

Roy zog Tiffany beiseite und ernannt sich zu ihrem Beschützer für diesen Abend. Die ersten drei Männer, die sie um einen Tanz baten, wies er ab, ehe sie überhaupt zu Wort kam. Offenbar war er schlecht gelaunt, was jedoch nicht mit ihr zusammenhing. Das merkte sie, als sie ihn Pearl anstarren sah, die sich mit einem Partner auf dem Tanzboden drehte, und da erinnerte sie sich an etwas …

»Willst du drüber reden?«, fragte sie ihren Bruder zögernd.

»Eh?« Er wandte sich zu ihr. »Über *die*? O nein, sie hat mir schon gesagt, ich würde den falschen Baum anbellen.«

»Tut mir leid.« *Kein bisschen, verdammt.*

»Aber vielleicht kannst du mir erklären, was sie meinte, als sie sich über die vielen Frauen in unserem Haus beklagte. Die gab es schon immer, die meisten Dienstboten sind weiblich. Total unsinnig, so eine Bemerkung.«

Tiffany hängte sich bei ihm ein und stieß ihre Schulter gegen seine. »Sicher willst du noch keine Familie gründen, oder?«

»Eigentlich nicht«, bestätigte er grinsend.

»Dann mach dir deshalb keine Gedanken. Immer mehr Frauen ziehen in den Westen. Wenn du so weit bist, wirst du eine beträchtliche Auswahl haben.«

»Oder ich mach's wie Pa und hole mir ein Mädchen aus dem Osten. Und wie sieht's mit deiner Wahl aus? Sag's mir schnell, denn er kommt zu uns.«

Auch Tiffany hatte Hunter entdeckt, der sich durch das Getümmel einen Weg in ihre Richtung bahnte. Hastig zog sie Roy zu der hölzernen Plattform. »Tanz mit mir.«

Lachend schüttelte er den Kopf. »Nein, zum Teufel, ich tanze nicht.«

»Aber *ich*«, mischte sich ein Cowboy ein, »und sie ist mir was schuldig, weil ich ihre Böden geschrubbt habe.«

Roy blinzelte verständnislos. Bevor er protestieren konnte, führte der Callahan-Cowboy seine Schwester zum Tanzboden.

Mit breitem Grinsen entblößte der Mann alle Zähne. »He, Lady, ich bin der Erste, der Sie auf die Bretter kriegt. Damit werde ich bis nächstes Jahr angeben. Wenn der Boss mich deshalb nicht umbringt.«

Tiffany erinnerte sich an ihn, aber nicht an seinen Namen. Jedenfalls war er ein sehr temperamentvoller Tänzer, und sie musste nach Luft ringen, bevor er sie einem seiner Kameraden überließ. Von einem Partner wurde sie zum nächsten gereicht. Vielleicht tanzte sie sogar mit einem Minenarbeiter. Das war schwer festzustellen, weil alle Männer ihre Sonntagsanzüge trugen. Während sie herumgewirbelt wurde, geriet Hunter immer wieder in ihr Blickfeld. Die Arme verschränkt, den Hut tief in die Stirn gezogen, stand er am Rand der Tanzfläche und wartete geduldig. Worauf? Dass sie zu ihm gehen würde?

Warum sie ihm ausweichen wollte, wusste sie nicht. Vielleicht, weil sie sich verletzlich fühlte, drauf und dran, ihrem Herzen zu folgen. Denn trotz der Stimme ihrer Vernunft, die ihr sagte, er würde nicht zu ihr passen, hatte sie sich in Hunter Callahan verliebt.

Ihr nächster Partner war Degan Grant. Beinahe hätte sie ihn abgewiesen. Obwohl sie mehrere Gespräche geführt hatten, machte er sie immer noch nervös. Sie hätte gedacht, ein Revolverschwinger wäre nicht so vertraut mit Country-Tänzen. Aber er schwenke sie genauso geschickt herum wie die anderen Männer. »Bald gehe ich weg von hier«, teilte er ihr mit. »Falls wir uns nicht mehr sehen, möchte ich betonen, dass es mir ein Vergnügen war, Sie kennenzulernen, Miss Warren.«

»Also werden Sie nicht mehr für Zachary arbeiten? Heißt das, er stimmt einem dauerhaften Waffenstillstand zu?«

»Das ergibt sich aus der Hochzeit, nicht wahr? Aber wenn Sie das mit Zachary besprechen wollen – er ist hier.«

Ja, das müsste sie tun. Inzwischen hatte er Zeit gefunden, um über ihren Vorschlag nachzudenken. Und auf sie hörte er vielleicht eher als auf Rose, die ihn womöglich ärgern würde.

»Hier wären Sie genau der richtige Sheriff, Mr. Grant.«

»Diese Stadt kann sich mich nicht leisten. Außerdem – wenn die Bergleute verschwinden, wird es in Nashart genauso friedlich zugehen wie früher.«

Doch die würden vorerst hierbleiben. Und war Nashart jemals friedlich gewesen, während der ständigen Kämpfe zwischen den Warrens und Callahans? Um eine neue Katastrophe abzuwenden, beschloss sie, sofort mit Zachary zu reden. Zu spät. Als sie ihn entdeckte und von der Tanzfläche stieg, führte er Hunter gerade zu Rose. Seufzend drehte sie sich um und stieß mit jemandem zusammen. Sie wollte sich entschuldigen, aber der Mann umklammerte ihren Arm und zog sie davon.

Neben ihrem Ohr erklang eine eisige Stimme. »Jemand richtet ein Gewehr auf Ihren Vater und wird abdrücken, wenn Sie mir nicht freiwillig folgen.«

Kapitel 53

Nicht einmal eine Lampe wurde ihr gegönnt. Die Entführer stießen sie einfach in einen Lagerraum, in die Tiefen der Kupfermine, ließen sie liegen und nahmen die Laterne mit, als sie hinausgingen und die schwere Eisentür schlossen.

In der Ritze unter der Tür sah sie Licht und den Schatten von Füßen. Wahrscheinlich gehörten sie dem Mann, der sie bewachen sollte.

So viele Leute vergnügten sich auf der Festwiese, auch alle Warrens. Aber anscheinend hatte niemand bemerkt, wie Tiffany zu mehreren Pferden gezerrt worden war. Viel zu schnell …

Trotzdem wäre es Hunter, der sie die ganze Zeit beobachtet hatte, sicher aufgefallen, wäre er nicht von seinem Vater abgelenkt worden. Er hatte gewartet, bis sie den Tanzboden verlassen würde. Und warum zum Geier hatte er nur *gewartet*, statt sie zu einem Tanz aufzufordern? Hätte er es getan, wäre das nie passiert. Oder hätten die Entführer auch ihn verschleppt?

Sie war weder geknebelt noch gefesselt, was sie nicht überraschte. In der Schlucht hatte sie das Camp der Bergleute gesehen – Bunkhäuser, Büros, Schuppen. Falls jemand nach ihr suchte, würde er zuerst in diesen Hütten nachsehen. Niemand würde ihr Gefängnis tief unten in der Mine vermuten. Genauso wenig würde man sie schreien hören.

Bisher hatte sie kein einziges Mal geschrien, viel zu besorgt um die Sicherheit ihres Vaters und ihre eigene. Der Mann, der sie davongezerrt hatte, war ihr gnadenlos erschienen und hatte ihr kalte Angst eingejagt. Wer er sein mochte, wusste sie nicht. Und den Grund ihrer Entführung ahnte sie erst, seit er mit ihr das Minencamp durchquert hatte. Inzwischen müssten die Warrens nach ihr suchen, und sie wussten das Gesetz auf ihrer Seite. Auch Sheriff Ross amüsierte sich auf dem Fest, sie hatte ihn mit Mrs. Martin tanzen sehen.

Allmählich mischte sich Zorn in Tiffanys Angst. Verdammtes Kupfer! Worum sollte es denn sonst gehen? Waren diese Leute überhaupt echte Bergleute? Oder eher getarnte Verbrecher? Wahrscheinlich Letzteres, was zum Namen der Mine passen würde. »Harding.«

Die Tür schwang auf, und Tiffany schirmte ihre Augen gegen das plötzliche Licht ab. »Sehr gut«, ertönte eine tiefe Stimme, »ich wollte mich nur vergewissern, dass die richtige Frau geschnappt wurde, Miss Warren. Es wäre ärgerlich gewesen, hätten meine Männer Ihre Mutter festgenommen, weil ich ihr nämlich eine Nachricht schicken werde.«

»Warten Sie!«, rief sie, als die Tür wieder ins Schloss zu fallen drohte. »Was hat meine Mutter damit zu tun?«

»Sie muss mir versprechen, den Sheriff nicht zu informieren. Dann dürfen Sie zu ihr zurückkehren, und ich werde Ihren Vater am Leben lassen, um Mrs. Hardings Wunsch zu erfüllen. Rose Warren kann wieder tun und lassen, was sie will.«

»Das konnte sie bereits …«

»Nein, sie *dachte* es nur. All die Jahre habe ich für Harding gearbeitet. Glauben Sie, ich würde nicht in treuer Ergebenheit zu ihm stehen, seinen Letzten Willen nicht in Ehren halten? Nur ihm verdanke ich meinen Reichtum. Mit einem solchen Vermögen lässt sich unwandelbare Loyalität kaufen.«

»In *Ehren*? Ich fürchte, Sie ehren gar nichts Mr. Harris. Und ich vermute, Sie wollen sich nur das Kupfer aneignen. Um jeden Preis.«

»Wie scharfsinnig Sie sind, Miss ...« Er lachte leise. »Heutzutage hält man das Kupfer nicht mehr für das billige Ersatzmetall, das es einmal war, und diese Ader ist Millionen wert.«

»Die Callahans haben sich bereits geweigert, mit Ihnen Geschäfte zu machen. Das wissen der Sheriff und der County-Richter. Deshalb werden Sie nicht mit Ihren üblen Machenschaften davonkommen.«

»Doch«, konterte er lässig. »Immer wieder ändern die Menschen ihre Ansichten, vielleicht auch die Gesetzeshüter – mithilfe der richtigen Inspiration. Aber die Callahans sind Rinderzüchter, das Kupfer interessiert sie kein bisschen.«

»Umso mehr die Schäden, die Sie auf der Weide anrichten«, betonte Tiffany.

»Die werden sie verkraften.«

»*Sie* haben das Haus der Callahans niederzubrennen versucht, nicht wahr?«

Grinsend schüttelte er den Kopf. »Das war nicht *meine* Idee. Mein Vorarbeiter wollte seine Hilfsbereitschaft zeigen.«

»So was nennen Sie *Hilfe?*«

»Allerdings. Leider war's erfolglos.«

»Hat einer Ihrer Männer auf Cole Callahan geschossen?«

»Sie stellen zu viele Fragen, Miss Warren.«

»Also waren Sie es selbst?«

Harris zuckte die Achseln. »Nur eine Idee, die ihren Zweck verfehlte. Die Callahans und Ihre Familie sollten verfeindet sein. Aber sie benahmen sich nicht so, wie es meinen Plänen genützt hätte. Ich dachte, wenn man die Warrens in mörderische Wut bringt, würden sie die Callahans beseitigen und mein Problem lösen. Warum es nicht dazu kam, erscheint mir immer noch rätselhaft. Jetzt ist alles viel einfacher. Sobald mir die Minenrechte überschrieben werden, lasse ich Sie frei, Miss Warren. Jeden Moment müsste Zachary hier eintreffen und das Dokument unterzeichnen. Ihr Verlobter wird dafür sorgen, dass Sie die Gefangenschaft unversehrt überstehen, bis Ihre Mutter den Callahans irgendwelche Vergeltungsmaßnahmen ausgeredet hat. Beide Seiten gewinnen, und ich werde sogar mein ursprüngliches Geschäftsangebot aufrechterhalten. Alles freundschaftlich und legal.«

Diese Selbstgefälligkeit schürte Tiffanys Zorn. Würde er nicht in der Tür stehen und ihr die Sicht auf den Bereich hinter seiner Gestalt versperren, könnte sie versuchen, sich an ihm vorbeizudrängen. Doch sie wusste nicht, wie viele Wachen er da draußen postiert hatte. »Entführung und Erpressung sind nie legal, Mr. Harris, und Sie sind nur ein elegant gekleideter Verbrecher.«

»O nein«, protestierte er lächelnd, »ein gewiefter Geschäftsmann.«

»Nicht besser als ein ganz gewöhnlicher Outlaw! Ein Brandstifter und Mörder …«

»Moment mal, ich habe damals nur auf Ihren Vater geschossen. Worauf es ankommt – man darf sich nicht erwischen lassen, und ich darf mich voller Stolz rühmen …«

Abrupt verstummte er und erbleichte, als wäre ihm plötzlich übel geworden. Den Gewehrlauf, den er im Rücken spürte, sah Tiffany nicht.

Aber sie hörte Sheriff Ross' träge, gedehnte Stimme. »Diesen Stolz werde ich ein bisschen dämpfen, Mr. Harris. Wegen all der Ereignisse, die das Mädchen gerade erwähnt hat. Mit unserem Richter ist das komisch, der regt sich mächtig auf, wenn man seine Regeln nicht ernst nimmt. Und nach allem, was ich ihm jetzt erzählen kann, wird man Sie in eine Gefängniszelle stecken und den Schlüssel wegwerfen.«

»Tiffany?«

Hunter schob Harris beiseite und lief zu ihr, zog sie auf die Beine und riss sie in seine Arme. »Alles in Ordnung mit dir? Hat er dich verletzt?«

»Jetzt geht es mir gut.« Genauso fest, wie er sie an seine Brust drückte, klammerte sie sich an ihn. Nicht einmal bei der Ankunft des Sheriffs hatte sie sich so maßlos erleichtert gefühlt. »Wie lange habt ihr zugehört?«

»Ross hielt mich eine ganze Weile zurück, weil du dem Kerl so wunderbare Geständnisse entlockt hast. Und diese Liste musste lang genug für den Strick werden, mit dem Harris sich selbst erhängen soll.«

»Sicher sind meine Eltern außer sich vor Sorge.«

»Zusammen mit deinen Brüdern nehmen sie gerade das Camp auseinander und suchen dich.«

Nun verhallte die Stimme des Sheriffs, während er Harris und dessen Spießgesellen abführte.

»Komm, ich bringe dich zu deiner Familie«, fügte Hunter hinzu. Aber er rührte sich nicht und ließ auch die Arme nicht sinken.

»Wieso wusstet ihr, wo ich bin?«

»Andrews Vater führte uns in die Mine. Sonst hätten wir viel länger gebraucht, um dich zu finden. Hier unten gibt es zahllose Tunnels, zum Beispiel einen, der um die Aushebung auf unserem Land herumführt. Die hat Ross unterwegs gesehen, ein eindeutiger Verstoß gegen den Gerichtsbeschluss. Jetzt wird die Grube zugeschüttet.«

»Dann ist wenigstens was Gutes bei meiner Entführung rausgekommen, zusätzlich zu Harris' Festnahme. Aber Andrews Vater? Sag bloß nicht, die beiden heißen wirklich Buffalo!«

»Nein, aber die Ähnlichkeit zwischen Vater und Sohn ist offensichtlich. Wie die meisten Minenarbeiter wollte er von hier wegziehen. Dann hörte irgendwer, Harris würde dich entführen. Diese Neuigkeit verbreitete sich wie ein Lauffeuer im Camp. Mit so einem Verbrechen wollten sie nichts zu tun haben.«

Noch immer ließ er sie nicht los. »Hunter?«

»Ja, ich *weiß.*« Seine Arme lockerten sich ein wenig, bevor er sie erneut umschlang. »Noch nie im Leben hatte ich solche Angst, Tiffany. Ich war als Erster hier. Doch ich hatte keine Ahnung, wo ich dich suchen sollte. Ross holte mich ein, zusammen mit Andrews Vater, der uns den Weg zeigte. Beinahe hätte ich dem Sheriff meine Pistole an den Kopf gehalten, weil er mich dran hinderte, dich sofort zu befreien. So eine Panik will ich nie wieder ertragen. Morgen heiratest du mich. Oder schon heute Abend. Ich werde erst wieder ruhig schlafen, wenn du da bist, wo ich dich beschützen kann. Zwing mich nicht, heute Nacht auf deiner Veranda zu schlafen!«

Sie lächelte. Vor lauter Aufregung war er unvernünftig. »Bitte, ich muss meine Eltern wissen lassen, dass ich gerettet bin. Bring mich hier raus. Über *uns* reden wir später.«

»Also, auf zur Veranda.«

Nur halb und halb glaubte sie, er würde scherzen.

Es war kein Witz.

Kapitel 54

Außer sich vor Zorn, fluchte Rose. Unfassbar, Harris versuchte, sie schon wieder zu manipulieren, indem er ihre Tochter bedrohte! Sie eilte sofort zu Zachary, drückte ihm die Nachricht mit den Forderungen in die Hand und befahl: »Hol Tiffany da raus!«

Erst nachdem man ihr versichert hatte, Harris würde zusammen mit seinen Komplizen hinter Gittern landen, beruhigte sie sich. Dank seiner arroganten Überzeugung, er dürfte sich im »gesetzlosen« Westen alles erlauben, lag ziemlich viel gegen ihn vor, und so erwartete ihn eine lebenslange Haft …

Auch Zachary war wütend, aber nicht daran gewöhnt, dass man ihn zu manipulieren wagte. Er hätte das Dokument unterschrieben, Tiffany nach Hause geschickt und Harris erschossen. Aber als Ross versicherte, die Mine solle stillgelegt werden, und ihm gestattete, den Eingang zu den Tunnels auf einfache Weise zu schließen, fühlte er sich etwas besser. Mit Dynamit. Damit war Zachary hochzufrieden und steckte die Zündschnur eigenhändig in Brand.

Die Callahans folgten den Warrens tatsächlich in deren Haus, wo Rose Whiskeygläser verteilte. Eines behielt sie für sich selbst. Tiffany protestierte nicht, weil sie von dieser Trinkrunde ausgeschlossen wurde. Etwas früher hätte sie einen

Schluck Whiskey gebrauchen können. Aber jetzt, in Hunters Nähe, wurde sie von einem wundervollen Gefühl der Sicherheit erwärmt. Schon immer hatte es ihr gefallen, wie beharrlich er seine Absicht bekundet hatte, sie zu beschützen – ganz egal, in welcher Situation. Noch bevor er ihre wahre Identität gekannt hatte.

Eine Rückkehr zum Tanzfest wurde nicht erwogen.

Darüber war nur Tiffany enttäuscht. Ihre Brüder versicherten ihr, vor dem Ende des Sommers würden noch viele solche Feste stattfinden. Natürlich nahmen sie an, dann würde sie noch hier sein. Dass Rose mit ihr nach New York zurückzukehren plante, wussten sie nicht. Und dass ihre Tochter das nicht mehr wollte, wusste Rose noch nicht.

Aber Tiffanys endgültige Entscheidung hing von Hunter ab. Ob es richtig war, ihn zu heiraten, wusste sie noch immer nicht.

Roy führte sie in eine ruhige Ecke des Wohnzimmers. »Falls du dich das schon mal gefragt hast – ich mag Hunter. Ich finde, er ist bei Weitem der netteste Callahan. Als er mir verraten hat, was er für dich empfindet, ist er übrigens kein bisschen rot geworden.«

»War das, bevor ihr die Nachricht von Harris bekommen habt?«

»Die hat er seinem Vater aus der Hand gerissen. Noch nie ist mir ein so großer Mann begegnet, der sich derart schnell bewegt hätte. Als wir zu unseren Pferden kamen, war er längst davongaloppiert. Wenn du ihn willst, gehört er dir.«

*

Rose erzählte Zachary die Geschichte des Abends, an dem sie William Harris kennengelernt und er ihr erklärt hatte, sie müsse ihren Mann verlassen. Dann wurde die Verhaftung des Schurken mit einer weiteren Runde Whiskey gefeiert. Nichts konnte die verlorenen Jahre wettmachen. Aber wenigstens bekam einer der Schuldigen an der Tragödie, was er verdiente.

»Hat richtig gut getan, dass wir heute Abend alle auf einer Seite standen«, gab Zachary zu, als die Warrens die Callahans zur Haustür begleiteten. »Wenn du's auch willst, Frank – ich bin bereit, die Vergangenheit endgültig zu begraben.«

Franklin reichte ihm die Hand. Ein bedeutsamer Moment – zum ersten Mal schüttelten sich die beiden Männer die Hände.

»Um meine Frau glücklich zu machen, wäre ich nach New York übergesiedelt«, gestand Frank. Aber sie will *hier* glücklich werden. Und das müsste ihr jetzt gelingen. Danke, Zach.«

Rose hatte eine noch bessere Idee und umarmte den ältesten Callahan, der tatsächlich errötete. »Schon gut, schon gut«, murmelte er. »Vielleicht wird Mary nun wieder öfter mit mir reden.«

Tiffanys Brüder ritten mit den Callahans davon, um in die Stadt zurückzukehren. Immerhin war es ein Samstagabend. Rose und Frank nahmen ihre Tochter in die Arme, hielten sie sehr lange fest und bewiesen ohne Worte die innige Liebe, die sie ihr schenkten.

Dann gähnte Rose ausgiebig, was nach Tiffanys Meinung gespielt war. »Was für ein langer Tag! Jetzt brauche ich meinen Schlaf.«

»Schlaf?« Lachend folgte Frank seiner Frau die Stufen hinauf.

Tiffany schaute ihnen lächelnd nach. Etwas langsamer ging auch sie zur Treppe. Und da erinnert sie sich an Hunters alberne Ankündigung, er würde auf der Veranda übernachten.

Nur um sich zu vergewissern, dass er gescherzt hatte, lief sie hinaus.

Tatsächlich ... Neben dem unbequemen Holzstuhl, auf dem er saß, lag Patches' Sattel und sollte später offenbar als Kopfkissen dienen. Grinsend schaute er zu ihr auf. »Warum hast du so lange gebraucht?«

Sie lehnte sich an die Hausmauer, ahmte seine Lieblingspose nach und zog ein Knie an. »Weil ich nicht dachte, du hättest es ernst gemeint.«

»Natürlich dachtest du's, sonst wärst du wohl kaum herausgekommen.«

Das bestritt sie nicht. »Soll ich dir eine Decke bringen?«

Bevor er antwortete, dachte er kurz nach. »Heute war einer der heißesten Tage dieses Sommers. Also dürfte die Nacht nicht allzu kalt werden. Oder du schläfst hier bei mir, da würden wir's gar nicht merken, wenn die Temperatur sinkt.«

»Auf diesem Stuhl? Mit dir?«

»Warum nicht? Du kannst sicher schlafen. Aber ich werde wach bleiben.«

»Glaubst du wirklich, wir müssen mit neuen Gefahren rechnen? Die schlimmsten Feinde sind im Gefängnis. Und der Sheriff hat erwähnt, er würde die restlichen Minenleute in den nächstem Tagen per Bahn wegschicken. Nach Osten oder Westen.«

»Was ich gemeint habe – wenn du auf meinem Schoß sitzt, werde ich keinen Schlaf finden.«

»Oh.«

Die Verandalampe brannte nicht, aber aus den Wohnzimmerfenstern fiel genug Licht. Trotzdem störte es Tiffany ausnahmsweise nicht, dass sich ihre Wangen färbten, doch sie senkte wenigstens den Blick. »Warum hast du heute Abend nicht mit mir getanzt?«

»Weil's mir zu viel Spaß gemacht hat, dich zu beobachten und zu sehen, wie du auf die Tricks unserer Country-Tänze gekommen bist. Und weil du merken solltest, dass unsere Feste im Westen genauso amüsant sind wie die Partys im Osten. Außerdem konnte ich dich nicht umarmen, denn ich hätte dich nicht mehr losgelassen. Und jetzt warte ich nicht noch länger.«

Er neigte sich zu ihr und zog sie auf seinen Schoß. Einen Arm um ihre Taille gelegt, hob er mit der anderen Hand ihr Kinn und zwang sie, ihn anzuschauen.

In seinen blauen Augen las sie so intensive Gefühle, eine so heiße Glut, dass ihr der Atem wegblieb.

»Ich will dich heiraten, Tiffany. Noch nie im Leben habe ich mir etwas so sehr gewünscht.«

»In letzter Zeit nennst du mich dauernd Tiffany.«

»So? Wahrscheinlich gewöhne ich mich dran. Aber ganz egal, wie du heißt – du bist die Frau, die ich liebe. Das weiß ich seit der Nacht, in der ich dich mit Calebs Baby sah. So sanft und zärtlich hast du den Kleinen im Arm gehalten. Da war nichts gekünstelt, da hast du keine Rolle gespielt. Das warst du – schlicht und einfach. Und nach deiner Entlarvung dauerte es nicht lange, bis ich deine anderen echten Wesenszüge erkannte. Du hast dich allein ins feindliche Lager gewagt, und dazu gehört eine ganze Menge Mut. Statt vor dem Feuer wegzulaufen, hast du es zu löschen versucht. Du hast über dich selbst gelacht, weil du so lange gebraucht hast, um eine Kuh mit einem Lasso zu fangen. Und du hast dich ausgerechnet mit einem Schwein angefreundet. Gib's doch zu. Nichts davon war vorgetäuscht. Deine einzige Lüge war dein falscher Name.«

»Vielleicht …«

»Vielleicht? Ist das alles, was du zu sagen hast? Du wolltest mir einreden, ich würde dich nicht kennen. Soeben habe ich dir das Gegenteil bewiesen. Und ich habe dich gebeten, meine Frau zu werden! Und das ganz sicher nicht, weil wir schon verlobt sind oder weil du Warren heißt. Sondern weil ich dich liebe!«

»Ich liebe dich auch, aber …«

Mehr musste er nicht hören, um ihr den Mund mit einem Kuss zu verschließen. Auch Tiffany wollte ihn schmecken, wollte nicht länger warten. Zur Hölle mit ihren Bedenken, zum Teufel mit allem, was er ihr – was er *Jennifer* an jenem Tag erzählt hatte, als sie ausgeritten waren. Warum er Warrens einzige Tochter nicht heiraten wollte.

Viel zu lange hatte sie geglaubt, sie könnte nicht mit ihm zusammenleben. Und jetzt schien der Hoffnungsschimmer am Horizont einen Damm niederzureißen und alle ihre Gefühle plötzlich zu befreien.

In dem Kuss lag exquisite Leidenschaft. Hunters Hand umfing Tiffanys Nacken. Aber ihre Position war ungünstig, sie spürte nicht genug von dem Mann, den sie liebte.

Und dann erkannte sie den einzigen Vorteil des unbequemen Holzstuhls – er hatte keine Armstützen, die sie daran hindern würden, rittlings auf Hunter zu sitzen. Blitzschnell nutzte sie das aus. Er war ein bisschen überrascht, weil sie jetzt ihren Busen an seine Brust presste und mit beiden Händen seinen Kopf umfasste, der sich auf gleicher Höhe mit ihrem befand. Zwischen ihren Beinen *fühlte* sie ihn, diese harte Wölbung. Daran konnte sie sich sogar reiben. Und das tat sie. Er trieb sie zum Wahnsinn – nein, sie trieb *sich selbst* zum Wahnsinn. Denn sie empfand beinahe die gleiche betörende Erregung, das gleiche überwältigende Entzücken wie in jener Nacht im Stall.

Ja – da war es, dieses Verlangen, das außer Kontrolle geraten wollte, dieses Streben nach Erfüllung. Aber außerhalb der Reichweite. Eine so wilde Lust, deren Höhepunkt ihr verwehrt blieb …

Wie Hunter das schaffte, ohne irgendwas umständlich zu bewegen, ohne den Kuss zu unterbrechen, wusste sie nicht. Jedenfalls zog er an einem Band, streifte ihre gelockerte Hose nach unten, und plötzlich verschmolz er mit ihr, drang wirklich in sie ein. Er hielt ihre Hüften fest, um sie zu dirigieren. Aber sie brauchte keine Hilfe. Was sie tun musste, wusste sie ganz genau. Und dann verband sich alles – Leidenschaft, Liebe, Hoffnung – zu einem Gipfel aus wunschlosem Glück.

*

Reglos saßen sie da, immer noch im Kuss vereint, und schöpften Atem. Tiffanys Haar hatte sich aus den Nadeln gelöst und hing über Hunters Armen, die sie umfingen. Vorerst wollte sie sich nicht bewegen, auf nichts von ihm verzichten. Eine erstaunlich bequeme Position auf dem unbequemen Stuhl.

Bis ihr die Realität bewusst wurde. »O mein Gott, auf der Veranda?«

Sein Gelächter erschütterte ihren Körper, den er fester an sich presste. »Auf der Veranda, im Stall – ist das wichtig?«

Sie legte den Kopf auf seine Schulter und küsste zärtlich seinen Hals. »Nein.«

»Vorhin habe ich ein *Aber* gehört«, begann er vorsichtig. »Kein *Ja, ich heirate dich*, oder?«

Seufzend hob sie den Kopf und schaute ihn an. »Da gibt es einen letzten Vorbehalt, einen großen. Das kann ich nicht bestreiten.«

»Was meinst du?«

»Du hast gesagt, dass du eine Warren nicht heiraten willst,

weil dein Hass gegen diese Familie immer da sein würde, tief in deinem Innern. Und du hast befürchtet, das würde immer zwischen dieser Frau und dir stehen. Zwischen *uns* …«

»Daran erinnerst du dich natürlich.« Er lächelte wehmütig. »So etwas dachte ich sehr oft. Jedes Mal, wenn ich einen Grund suchte, um eine fremde, ungeliebte Frau nicht heiraten zu müssen. Was ich *nicht* erwähnt habe – manchmal versuchte ich, die arrangierte Verlobung von der positiven Seite zu betrachten. Wer weiß, vielleicht würde ich diese Tiffany mögen, sogar anbeten. Deshalb begann ich, für sie einzukaufen – nun ja, Sachen zu bestellen. Ab und zu bekommen wir sonderbare Kataloge. Und so kaufte ich lauter Zeug, von dem ich annahm, es würde einer jungen Dame aus dem Osten gefallen. Lach nicht, aber in meinem Zimmer stehen Kisten voller hübscher Vasen und Nippes, edlem englischem Porzellan, kunstvoll bemalter, hauchdünner Teetassen, obwohl ich gar nicht wusste, ob sie überhaupt Tee trinkt. An meinen optimistischen Tagen kam ich auf die dümmsten Ideen, an den pessimistischen wollte ich das alles ins Feuer werfen. Schon bevor ich dich sah, hast du mich verrückt gemacht.«

Trotz seiner Bitte musste sie lachen. »Welch eine Ironie! Solche Kisten sind mit demselben Zug wie ich hier eingetroffen.«

Er schob sie ein wenig von sich, um ihr Gesicht mit beiden Händen zu umfassen. »Warum fragst du mich nicht, warum ich dir an jenem Tag von meiner Angst erzählt habe?«

»Nun, warum?«

»Weil ich schon damals mit dir zusammen sein wollte. Für immer. Und du solltest nicht glauben, du würdest eine schicksalhafte Verlobung zerstören. Und darin liegt die *wahre* Ironie. Wir *waren* füreinander bestimmt, wir wussten es nur noch nicht. Zumindest ich wusste es nicht. Und du hast mich hintergangen, du kanntest mich schon lange, bevor ich *dich* kennenlernte.«

»Wirst du mir das nie verzeihen?«

»Heute Nacht sage ich kein Wort mehr ...« Als sie lachte, fügte er hinzu: »Die Ungewissheit bringt mich um, Rotschopf. Heiraten wir morgen oder nicht?«

Sie küsste seine Wange. »Meine Mutter hat ein Brautkleid für mich machen lassen«, erklärte sie und küsste seine andere Wange. »Das habe ich in New York zurückgelassen, weil ich dich nicht heiraten wollte.« Sie küsste seine Lippen. »Wenn's hierher geschickt wird, dauert es mindestens eine Woche.«

Nach einem langen, glutvollen Kuss schlug er vor: »Nächsten Sonntag?«

»Klingt wundervoll.«

»Du musst ein Bett für mich auf die Veranda stellen lassen.« Als sie die Augen verdrehte, betone er: »Kein Witz! Aber unsere Hochzeit am nächsten Sonntag – eine sehr gute Idee. Bis dahin könnten wir unser Haus fertigbauen.«

»Also, das ist absurd – das ist doch niemals zu schaffen ...«

»Oh, du wirst staunen. Hier gibt's Zimmerleute. Sogar Maurer und eine Menge Leute, die sich verdammt anstrengen werden, damit's klappt. Ein Stall kann in einem Tag gebaut werden. Für ein schönes Wohnhaus braucht man ein paar Tage länger. Und du kannst entscheiden, wie du alles haben willst – wenn du hier leben möchtest ...«

Plötzlich runzelte er leicht besorgt die Stirn und schien zu fürchten, er hätte zu viel für selbstverständlich gehalten.

Aber Tiffany beruhigte ihn lächelnd. »Wenn das Haus fertig ist, sollten wir nach New York fahren und unsere Möbel zusammen aussuchen. Dann kann ich dir zeigen, wo ich aufgewachsen bin, und dich mit meinem Freundeskreis bekannt machen ... «

»… und mich überreden, dort zu leben? Wenn du darauf bestehst, wäre ich dazu bereit. Wo wir wohnen, ist mir egal, solange wir zusammen sind.«

»Das würdest du für mich tun?«

»Alles würde ich für dich tun.«

Was er sagte, überraschte Tiffany nicht besonders, und sie glaubte ihm.

»Wie nett von dir, Hunter! Aber du hast Glück, weil ich die Sonnenuntergänge in Montana liebe. Unter anderem. Und wir werden sicher ein Bett für dich in diesem Haus finden.«

Mit seinem Wesen und seinem Charme, mit seinem attraktiven Aussehen und seinen strahlenden Augen hatte er ihr Herz ganz und gar gewonnen. Träumerisch lächelte sie und erinnerte sich, wie sie vor nicht allzu langer Zeit geglaubt hatte, ihre Enkel würden keine Cowboys sein.

Welch ein Irrtum!